CB074772

EVIDENCE
E.L.A.S®
TO BE OPENED BY AUTHORIZED PERSONNEL ONLY
ESPECIALISTAS LITERÁRIAS NA ANATOMIA DO SUSPENSE
CRIME SCENE FICTION
DARKSIDE BOOKS

SAM HOLLAND

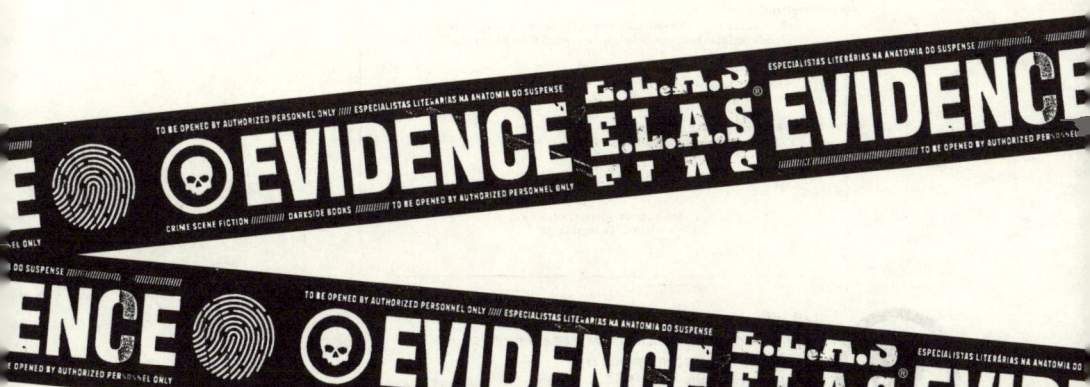

E.L.A.S ESPECIALISTAS LITERÁRIAS NA ANATOMIA DO SUSPENSE

ESPECIALISTAS LITERÁRIAS NA ANATOMIA DO SUSPENSE

CRIME SCENE® FICTION

THE ECHO MAN
Copyright © 2022 by Sam Holland
Todos os direitos reservados.

Tradução para a língua portuguesa
© Dandara Palankof, 2025

Diretor Editorial
Christiano Menezes

Diretor de Novos Negócios
Chico de Assis

Diretor de Planejamento
Marcel Souto Maior

Diretor Comercial
Gilberto Capelo

Gerente de Marca
Arthur Moraes

Editora e Diretora de Estratégia Editorial
Raquel Moritz

Editora Assistente
Jéssica Reinaldo

Capa e Projeto Gráfico
Retina 78

Coordenador de Diagramação
Sergio Chaves

Designer Assistente
Jefferson Cortinove

Preparação
Cristina Lasaitis

Revisão
Maximo Ribera
Yonghui Qio
Retina Conteúdo

Finalização
Roberto Geronimo

Marketing Estratégico
Ag. Mandíbula

Impressão e Acabamento
Ipsis Gráfica

DADOS INTERNACIONAIS DE CATALOGAÇÃO NA PUBLICAÇÃO (CIP)
Jéssica de Oliveira Molinari CRB-8/9852

Holland, Sam
  O colecionador de monstros / Sam Holland; tradução de Dandara Palankof. — Rio de Janeiro : DarkSide Books, 2025.
  400 p.

  ISBN: 978-65-5598-504-7
  Título original: The Echo Man

  1. Ficção inglesa 2. Terror 3. Assassinos em série
  I. Título II. Palankof, Dandara

24-5159   CDD 813.6

Índice para catálogo sistemático:
1. Ficção inglesa

[2025]
Todos os direitos desta edição reservados à
DarkSide® Entretenimento LTDA.
Rua General Roca, 935/504 — Tijuca
20521-071 — Rio de Janeiro — RJ — Brasil
www.darksidebooks.com

Sam Holland

O colecionador de monstros

TRADUÇÃO DANDARA PALANKOF

E.L.A.S

DARKSIDE

Para Ed

"Aquele que luta contra monstros precisa tomar cuidado para não se tornar também um monstro. Quando você olha muito tempo para o abismo, o abismo olha para você."

— Nietzsche, *Além do Bem e do Mal*, 1886 —

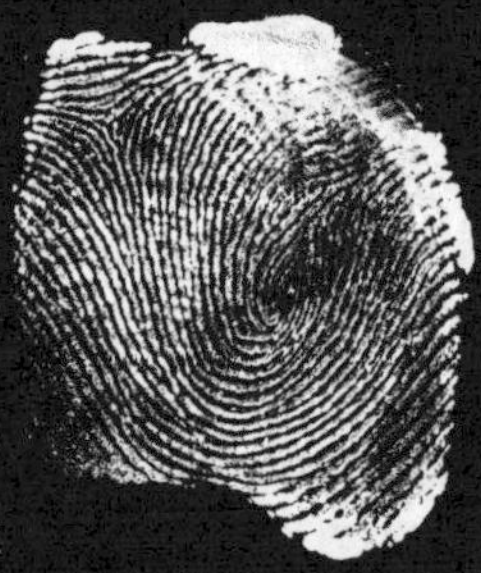

E.L.A.S SAM HOLLAND
O COLECIONADOR
DE MONSTROS

PRÓLOGO

As folhas crepitam sob seus passos. A escuridão se fecha ao seu redor; ele existe apenas no estreito túnel de luz dos faróis do carro. O sujeito inspira profundamente. A floresta cheira a folhagem úmida, lama, ar fresco e limpo. Até agora, tem sido tudo tão bom quanto imaginou que seria. Todas as peças estão se encaixando perfeitamente.

Está segurando uma mulher, um dos braços em gancho por baixo das pernas dela, o outro ao redor de suas costas. Ela ainda está fresca, o sangue dela verte pelos ferimentos das punhaladas, escorrendo pela calça plástica branca. Ele saboreia o calor em suas mãos frias.

Fita a mulher com ternura por um momento, então a joga no porta-malas. Ela cai com um baque pesado por cima do segundo corpo, a perna balançando frouxa sobre o para-choque. O homem a empurra para dentro.

Tudo tem que ser do jeito certo.

Ele olha para os dois corpos, então se inclina e solta as algemas. Mesmo no escuro, consegue ver as tênues marcas pretas e vermelhas no pulso dela, feitas enquanto a mulher tinha um corpo que reagia o bastante para criar hematomas. O sujeito está satisfeito: isso vai mostrar o que fez.

Ele volta até a parte dianteira do carro e abre a porta do passageiro. Pega os dois instrumentos deixados no assoalho e tira a capa de um deles. A lâmina de aço inoxidável da faca brilha, limpa e recém-afiada. É sua favorita; ele sabe que funciona melhor em ocasiões assim. Menor e mais precisa do que aquela que usou para matar.

O homem leva os dois instrumentos de volta até os corpos. Se detém. Olha para as garotas. Nunca fez isso ao ar livre antes, no escuro. Não gosta de fazer nada com pressa. Mas a necessidade exige.

Ele agarra um braço e a puxa para fora do porta-malas pela metade. Senta o corpo escarranchado, agarrando um bocado de seu cabelo. O sangue escorre, mas o sujeito sabe o que está fazendo, isso não interfere no processo.

Ele muda de posição, repuxando o corpo para ter acesso ao outro lado. Então, põe a faca de lado e pega a outra ferramenta. Ela é maior, mais pesada. O peso é reconfortante. O homem faz o que precisa fazer, e então, retorcendo e puxando pela última vez, ele termina.

Levanta-se, reposiciona os corpos, então repete a ação na segunda garota. Desta vez, é mais rápido; consegue executar melhor a técnica na segunda tentativa e, depois, ele faz uma pausa, afastando-se do carro e avaliando a cena no porta-malas.

Não está perfeito. Ele suspira. Fica incomodado por dessa vez não poder completar o quadro da maneira adequada, por nada daquilo estar na ordem correta, mas quer que estes sejam encontrados.

O homem fecha o porta-malas. Com o salto do sapato, quebra o farol direito do carro. Então se dirige ao segundo veículo, retira as roupas de plástico e as coloca em outra sacola para queimá-las depois. Ele entra no carro e põe a mão na chave que está na ignição, mentalizando que o velho carro funcione. Depois de o veículo engasgar até pegar e o homem se afastar dali, ele volta o olhar para o carro. De fora, ninguém poderia dizer o que se encontra lá dentro.

Ninguém pode imaginar os horrores que ainda estão por vir.

PARTE 1

E.L.A.S — SAM HOLLAND
O COLECIONADOR DE MONSTROS

1

Dia 1, Segunda-feira

Que tédio do caralho.

O pensamento dispara em sua mente, intrusivo e incômodo. Ela olha no espelho acima da pia. A expressão em seu rosto não é de luxúria ou desejo — é de tédio. Puro e absoluto tédio.

Está curvada sobre a pia: o dispensador de sabão está diante dela, o secador de mãos está à esquerda. Ela consegue ver o homem às suas costas. O homem que está fazendo o trabalho muito abaixo da média de comê-la no banheiro para deficientes do centro comunitário, pouco mais de quinze minutos depois de terem deixado seus filhos na escola.

A calcinha está ao redor dos tornozelos dela; a saia está levantada até a cintura. O homem está com uma das mãos enfiadas por baixo de seu sutiã, amassando seu seio como quem sova um pão, a outra agarrando seu quadril enquanto desfere estocadas nela.

Ethan? Evan? Tanto faz, pensa a mulher. Ela se lembra de que o nome do filho dele é Hayden. O sujeito disse que o menino estava na mesma turma de Alice, apontando na direção da multidão de crianças indistinguíveis correndo até a escola quando o sinal tocou.

O homem se destacou em meio à turba de mães saradas com roupas de ginástica apertadas e apressadas mulheres executivas a caminho do trabalho. Cabelo castanho curto, um pouco magro demais para o gosto dela, mas decente o bastante. Sem aliança de casamento.

Esse era o único sinal de que ela precisava antes de dar a sugestão. Ele ignorou a aliança dela, o aro platinado agora refletindo a dura luz fluorescente.

A mulher se encolhe diante do espasmo dele, que goza com um grito contido, depois desaba sobre as costas dela. Ela se contorce para sair debaixo dele e endireita a postura, puxando a saia para baixo, tentando preservar algum tipo de recato.

O sujeito está de costas para ela, se limpando. Joga o pedaço de papel higiênico e a camisinha na privada, então dá a descarga.

Ele aperta o cinto outra vez, antes de abrir a porta e dar uma espiada nervosa.

"É Jessica, né? Você quer...?", pergunta ele.

"Vai logo", diz ela. O homem se inclina para dar um beijo nela, que recua.

"Obrigado", murmura ele constrangido, fechando a porta.

Ela a tranca depois que o sujeito sai e se senta no vaso. Balança a cabeça, descrente, vestindo a meia-calça outra vez.

Que tédio do caralho, pensa de novo.

Jess toma um banho ao chegar em casa, lavando todo e qualquer traço de Ethan/Evan. Faz uma caneca de café e a leva até o jardim.

Já parou de chover e o ar do inverno é frio e cortante. Ela se senta na beirada de um dos degraus de concreto, vestindo apenas um suéter e calça jeans, os pés descalços, o cabelo ainda molhado do banho. Sabe que não pode ficar ali fora por muito tempo, mas desfruta da sensação do frio em seu corpo.

O jardim deles é grande e labiríntico. Grama alta, a erva daninha abrindo caminho pelos vãos nas placas de pavimento, os arbustos não mais do que gravetos. Seu marido vez por outra faz comentários sobre essa bagunça, mas ela responde que gosta desse jeito — a natureza forjando o próprio caminho, ignorando regulamentos ou ordens.

Jess termina o café e baixa os olhos para os pés. A carne ficou pálida, as unhas estão azuladas. Ela começou a tremer levemente. Está na hora de entrar, e ela volta a atenção para o que precisa ser feito antes de pegar Alice na escola.

Costumava trabalhar antigamente, mas equilibrar o próprio horário com o da escola era um pesadelo. Jess não sente falta — sentia tanto tédio antes quanto sente agora —, mas gostava da distração que aquilo proporcionava. Agora, não tem nada em que se focar. Nada para fazer.

Na saída da escola, Jess esquadrinha a multidão, nervosa, mas graças aos céus Ethan/Evan não está ali. Ela perambula à beira do parquinho, ignorando a conversa das outras mães, suas banalidades constituindo um anátema para Jess. A porta se abre e as crianças saltam para fora, uma por uma, conduzidas pela professora na direção de suas responsáveis.

E então: lá está Alice. Seus cachos escapam da faixa no cabelo quando ela saltita na direção de Jess, com um enorme sorriso no rosto, a mochila ainda gigantesca em comparação ao seu corpo pequenino. Jess a puxa para um abraço, então a conduz na direção do carro, ouvindo-a tagarelar a respeito de seu dia.

Ela olha para a filha no retrovisor. Fica pasma por ter conseguido criar essa bela e confiante criatura: desinibida, ágil, cheia de energia. A única coisa boa a ter saído dela, pensa Jess com pesar. Alice fala sobre Georgia, sobre Isabelle, sobre Ned. Crianças sem rosto que Jess nunca conheceu.

"E quanto a Hayden?", retorque à filha.

Alice balança a cabeça. "Não conheço ele", responde a menina, e Jess fica aliviada. A última coisa de que precisa é que o cara force a barra para combinar de os filhos brincarem juntos.

Elas chegam em casa. Alice corre para seus brinquedos e Jess se ocupa do jantar. Esta noite, vai fazer um filé ao molho de vinho tinto, cortar vegetais cuidadosamente, saltear a carne. Ela escuta o marido entrar pela porta da frente e Alice corre para cumprimentá-lo. Jess mal ergue os olhos até senti-lo atrás dela, beijando sua nuca.

"Que cheiro bom", murmura Patrick em meio aos cabelos dela.

"Meu ou do jantar?", pergunta ela, e o marido ri.

Jess se vira para observá-lo quando ele atravessa o corredor. Vai tirando o paletó enquanto anda, afrouxando a gravata no pescoço. Ela o observa de modo objetivo.

Patrick nunca foi esguio, mas, nos últimos tempos, o metabolismo dele parece estar levando a melhor. A camisa está apertada no pescoço, a barriga esticando a cintura das calças.

Jess se volta outra vez para o fogão. Sabe que não está sendo justa. Ele é devotado, compassivo, trabalhador. Tem todos os adjetivos de um Bom Marido. Ela deveria estar aproveitando ao máximo, pensa Jess, servindo uma taça do vinho, e então despejando o resto na panela. Era com *ele* que deveria estar transando em banheiros públicos, em vez de estranhos sem nome. Talvez então Patrick não ficasse tão propenso a procurar isso em outros lugares.

Jess tenta tomar um gole da taça de vinho, mas a mão está escorregadia por estar cozinhando e a taça desliza, espatifando-se no chão.

"Mamãe?", ela ouve Alice gritar da sala de estar.

"Tudo bem, só derrubei uma coisa. Não entre aqui."

Jess baixa os olhos para os cacos de vidro nos azulejos, fazendo cara feia, o vermelho do vinho se espalhando aos poucos. Um dos cacos tem a curva voltada para o chão, a ponta afiada apontando para o teto. Os pés dela estão descalços, já que sapatos e meias são desnecessários diante do dispendioso aquecimento de piso, e Jess estende o pé direito, o colocando sobre o fragmento. Ela transfere seu peso para ele lentamente. Ouve o ruído da peça se partindo, então sente o leve estalo de sua pele se rompendo e o vidro penetrando o tecido macio.

A sensação é boa.

Ela observa um lento gotejar de sangue refluir de seu pé, o vermelho vibrante se misturando ao tom mais claro do vinho.

"Jess! Que diabo você está fazendo?"

Sente as mãos de Patrick em seus braços. Ele a arrasta para longe daquela bagunça, empurrando-a na direção de uma cadeira. Jess se senta com um baque. O marido a olha, com as mãos nos quadris. Ela percebe que Patrick está com raiva, mas que não quer gritar.

"Você tem mais juízo que isso", diz ele, abaixando-se para olhar o ferimento. "Merda", murmura entredentes, se encolhendo ao puxar o caco de vidro da parte carnuda na dianteira do pé dela. "Vai precisar de pontos."

"Eu resolvo", afirma ela. "Vou pedir a Nav para passar aqui."

Patrick se levanta e olha para a esposa. Ele começa a dizer algo, mas então se detém. "Eu termino o jantar", declara ele, em vez disso.

Jess vira o pé e o aproxima para poder olhar. As beiradas do corte são retas e precisas, mas estão escancaradas, o sangue transbordando da incisão. Patrick lhe entrega um rolo de papel-toalha e ela enrola o pé com ele de improviso, então sai mancando até o banheiro.

Lá dentro, tranca a porta e se senta na tampa abaixada do vaso sanitário. Pega o kit de primeiros socorros no armário e abre a caixa, colocando-a sobre a beirada da banheira. Há mais ali do que os curativos de sempre de uma casa — há uma coleção de esparadrapos, gazes, fitas: tudo que ela poderia precisar para uma situação assim.

Jess olha outra vez para a sola do pé, então se põe ao trabalho, unindo as beiradas do corte, secando a área ao redor do ferimento e a colando da melhor forma possível com curativos adesivos. Mas ele ainda verte sangue. Patrick tem razão: vai precisar de pontos, e ela pega o telefone, enviando uma mensagem. Uma resposta chega de imediato.

Estou no trabalho, Jess. Dando plantão. Vá à emergência feito uma pessoa normal.

Ela responde: *Eu não sou uma pessoa normal, Nav, você sabe disso. Qual é o horário mais cedo em que pode vir aqui?*

Três pequenos pontos aparecem — ele está digitando. Então, uma pausa. Jess sabe que força a amizade entre os dois até o limite, mas não suportaria ir até outro centro de acolhimento. As mesmas perguntas, uma vez após a outra. Os mesmos olhares, a mesma suspeita.

Seu telefone vibra.

Tá bom. Amanhã de manhã. Saio do hospital às 8h.

Então, mais uma na sequência: *Não posso mais continuar com isso.*

Jess suspira e põe o telefone longe, fazendo o melhor curativo possível em seu pé. Então, calça uma meia: precisa esconder o ferimento da filha.

Quando ela volta para a cozinha, Patrick e Alice estão sentados à mesa do jantar, com o marido começando a servir a refeição. Jess bagunça o cabelo de Alice ao se sentar e a filha ergue o olhar, abrindo um largo sorriso.

"Tudo bem?", pergunta Patrick.

Jess lhe dá a resposta que ele deseja: um sorriso e um aceno de cabeça. Ela se pergunta, não pela primeira vez, qual é o problema dela.

• • • •

Eles jantam, e Alice conta como foi o dia na escola. É uma grande digressão, o relato incoerente de uma história, mas os dois escutam, os pais indulgentes de uma criança de 5 anos, filha única. Patrick faz perguntas nos momentos certos enquanto Alice tagarela; ela não nota hostilidade alguma entre os pais.

Jess dá um banho na filha e a põe na cama. Lê uma história para ela. Tudo está calmo. Alice se aconchega embaixo do edredom, Jess lhe dá um beijo e lhe faz um carinho. A filha cheira a xampu, calor e inocência, e Jess sente uma onda de amor no peito. Ela fica grata — pela centésima vez — pela filha ser normal.

Patrick entra logo depois dela e dá boa-noite, desligando a luz. Jess espera no corredor enquanto o marido fecha a porta, mas ele passa por ela sem lhe dirigir a palavra e desce as escadas. Jess o segue até a cozinha, hesitando no batente da porta enquanto ele tira uma cerveja da geladeira.

"Me desculpe, Patrick", diz ela, e o marido assente devagar, sem olhá-la. Ele abre a garrafa e a leva aos lábios, entornando um longo gole.

"Vou para Londres de manhã", responde Patrick. "Vão começar cedo. Vou dormir no quarto de hóspedes para não acordar você." Ele faz uma pausa. "Vou marcar uma consulta com a dra. Crawford."

Sem mais uma palavra, Patrick se vira e segue até a sala de estar. Jess detesta a ideia de mais uma hora insuportável com a dra. Crawford, uma mulher que nem se importa, nem entende. Que faz a Jess perguntas que ela não consegue responder. *O que faz você querer se machucar? O que você acha que vai acontecer se continuar a ser autodestrutiva?* Jess reconhece a ameaça implícita na pergunta aparentemente inocente.

Ela ouve a televisão ser ligada e o som do futebol. Patrick sabe que a esposa odeia futebol. Ele está lhe dizendo: fique longe. Não quero estar perto de você neste momento.

Jess não o culpa. Neste momento, também não quer estar perto de si mesma.

• • • •

Ela vai para a cama. Assiste à televisão em seu quarto, algum documentário sobre crimes reais, mas o drama exagerado não oferece a distração que esperava encontrar para esquecer-se da própria vida. Após algum tempo, ela ouve Patrick escovar os dentes e então fechar a porta do quarto de hóspedes. Jess se pergunta se deveria ir até lá e desejar boa-noite, pedir desculpas outra vez, então decide pelo contrário. Pedir desculpas significa "sinto muito, vou tentar não fazer de novo". Palavras inúteis, quando ela sabe que não é verdade.

Ela desliga a televisão, mergulhando o quarto na escuridão.

Fica ali deitada no escuro, fazendo uma vagarosa contagem enquanto inspira e expira. A filha está em silêncio no quarto ao lado, Jess não consegue ouvir movimento algum de Patrick no quarto de hóspedes. Aos poucos, ela cai no sono.

Com a noite tomando conta, a mão de alguém abre lentamente a caixa de correio. Por meio dela, o líquido é derramado pelo corredor; ele corre pelos azulejos, encharcando o tapete da porta. Então, algo se segue a isso: um fósforo sendo aceso.

Ele chega ao chão e, com um zunido, o fogo se acende.

Diário de Hampshire, 15 de julho de 1994

MATADOR DE ANIMAIS AINDA À SOLTA — DOZE GATOS ESFAQUEADOS

Um sádico matador de animais de estimação está à solta, e estima-se que ele tenha matado oito gatos e ferido outros quatro nos últimos dois meses. Outros animais também podem ter sido alvo, afirma a Sociedade de Prevenção à Crueldade Animal, citando dois cães e quatro coelhos que desapareceram no mesmo período.

Michelle Smith, que tem dois filhos, diz que as crianças estão "traumatizadas" após chegarem em casa na última sexta-feira e encontrarem seu gato de estimação, Stimpy, morto e eviscerado no alpendre. Fontes anônimas da polícia também informaram sobre casos em que animais de estimação foram encontrados esfolados, possivelmente ainda em vida, embora isso ainda não tenha sido confirmado.

A Sociedade de Prevenção à Crueldade Animal e a polícia de Hampshire estão trabalhando juntas para encontrar o assassino, e pedem aos cidadãos que denunciem às autoridades qualquer comportamento suspeito.

Aconselha-se a todas as pessoas da região que possuem animais de estimação a mantê-los dentro de casa até que o criminoso seja detido.

2

O vidro brilha com luz vermelha e laranja, chamas iluminando as janelas, transformando o interior em preto. A fumaça escala as paredes, dedos cinzentos se alçando ao céu.

Com uma disparada quase silenciosa pelo carpete, o fogo se prende às cortinas, aos móveis, a tudo em seu rastro. Vidros racham com o calor, colunas pretas se arrastam escada acima, esgueirando-se por baixo das portas.

Elas entram pelo nariz de Jess furtivamente. A tosse a desperta, a falta de oxigênio a forçando a tomar o ar profundamente. Ela abre os olhos. O breu é quase total, mas é possível ver um nevoeiro espreitando as bordas do telhado. Ele paira, um espectro indolente, denso e intimidador. Jess tosse outra vez, sentindo os pulmões começarem a entupir.

De repente, em meio ao atordoamento, sua consciência desperta. Ela pula da cama, vestida apenas com uma camiseta larga, e vai até a porta. A maçaneta está fria, e Jess a abre lentamente para o corredor.

Todo o primeiro andar está tomado pela fumaça. Por instinto, Jess cai de joelhos, o coração acelerando enquanto engatinha pelo carpete. Ela olha para o fim da escada, encolhendo-se diante do que vê.

A porta da frente está obscurecida; todo o corredor está repleto de chamas. Um lago de fogo lambe a beira da escada. Os estalidos a apavoram, encobrindo qualquer outro som. E então, Jess se dá conta. Os alarmes de fumaça. Ela ergue o olhar em meio ao cinza, encarando os supérfluos círculos brancos no teto. Por que não estão disparando? Por que não acordaram Patrick ou Alice?

Pensar em sua família a incita a entrar em ação. Jess grita o nome do marido uma vez após a outra, engasgando-se, tossindo, enquanto atravessa engatinhando o piso do corredor, sentindo o calor das chamas atrás de si. Ela abre a porta do quarto da filha, aumentando o ritmo e tentando acordar Alice às sacudidas. A fumaça está mais densa ali dentro, quase preenchendo o cômodo até o chão. Jess sabe que as duas não têm muito tempo. Mas Alice não se move, seus olhos permanecem fechados, sua respiração está pesada.

O alpendre fica abaixo da janela do quarto de hóspedes, onde Patrick está dormindo. Jess olha para trás, orando para que o marido já tenha conseguido fugir. Não existe possibilidade de as duas conseguirem chegar até ali. O chão do corredor agora parece um cobertor de chamas, vermelhas e amarelas, arqueando-se até o teto. Jess consegue sentir o calor, o carpete começando a derreter sob seus joelhos.

Ela fecha a porta com um chute, tentando freneticamente pensar em uma saída alternativa enquanto puxa a filha inconsciente para seus braços. Ela se abaixa até o chão o máximo possível e se aproxima da janela.

É uma queda de dois andares até o jardim. Jess sabe que, no momento em que abrir a janela, a lufada de oxigênio vai alimentar as chamas, e ela espia através do vidro obscurecido. O gramado está lá embaixo, mas mesmo assim. Com uma geada congelante, ele poderia estar tão duro quanto concreto.

Mas se ficarem ali, é quase certo que as duas vão morrer.

Com a tosse agora incontrolável, ela abre a janela. O ar fresco acalma seus pulmões, mas, no mesmo instante, Jess ouve o bramido do fogo ganhando força atrás de si.

Desajeitada, com Alice ainda em seus braços, ela se alça ao beiral da janela. Suas pernas balançam no vazio. Jess olha para o rosto da filha. Não sabe dizer se Alice está respirando, e o pânico toma conta dela.

Jess baixa os olhos para a escuridão.

E pula.

Seu corpo se contorce quando ela atinge o chão e desaba na grama fria, Alice em cima dela. Jess sente a cabeça atingir algo duro: a beira do pátio de concreto. A adrenalina a faz tremer e ela ergue o olhar para sua casa. Cada janela está iluminada, vermelho e amarelo flamejantes dançando através delas. A janela saliente da sala de estar ao lado das duas foi estraçalhada, estourada de dentro para fora pela ferocidade do incêndio.

Jess tenta se mover, mas sua cabeça gira. Está tonta, nauseada, e fica deitada de costas na grama, sorvendo o ar em longos fôlegos.

Ouve sirenes, vê as luzes azuis piscando na estrada. Pessoas chegam. Um homem vestido de amarelo refletivo está junto a ela, chamando auxílio médico em seu rádio. Jess vê escadas, sua casa fervilhando em movimento.

A filha é tirada de seus braços. Jess agarra o ar.

"Pra onde vão levá-la?", pergunta, sem fôlego, enquanto vê Alice ser levada para longe. Um paramédico aparece ao seu lado.

"Sua filha está segura agora. Vamos levá-la ao hospital, você vai logo em seguida." Jess sente as mãos dele por todo o seu corpo, procurando por lesões. "Vou lhe dar algo para amenizar a dor", diz o sujeito.

"Eu não...", começa a falar, mas está cansada demais para discutir quando a agulha é inserida em seu braço.

Um bombeiro está ao lado dela.

"Quem mais está na casa?", berra ele.

"Patrick", murmura Jess. "Meu marido. Quarto da frente."

A mensagem é repassada, e ela fica deitada de costas na grama. O paramédico está tentando falar com ela, mas Jess não o escuta. Não pensa em nada além da filha.

Uma máscara é colocada em seu rosto. Um colar rígido é apertado ao redor de seu pescoço.

Jess sente a grama no cabelo, a umidade atravessando a camiseta. O calor do incêndio é substituído por um vento frio quando ela é rolada para um lado, depois para o outro, para cima de uma maca.

Sua mente não consegue conceber o que aconteceu: o fogo, a velocidade com que se espalhou, as chamas destruindo a casa. Jess quer Patrick. Cada parte sua deseja que Alice esteja bem. *Me levem*, pensa Jess, *tirem tudo de mim, menos minha filha.*

A emoção a domina e ela começa a soluçar, as lágrimas traçando linhas claras na fuligem de seu rosto. Ela é levada até uma ambulância. Um paramédico fica ao lado dela no caminho até o hospital, as sirenes berrando, e ele toma uma de suas mãos.

"Vamos chegar logo", garante ele. Sua expressão é gentil. Compreensiva. "Precisa de mais alguma coisa para a dor?"

"Não", sussurra Jess. Tudo está dormente, pensa ela. Seu mundo inteiro está dormente.

3

Dia 2, Terça-feira

O policial na beira do cordão de isolamento parece pálido. O dia está um gelo: a grama está quebradiça por causa do frio, as poças estão congeladas. Karen Elliott sai do carro. Seu hálito é expelido em colunas de fumaça; ela bate com os pés no chão, tentando se manter aquecida.

Às suas costas, o detetive Noah Deakin termina seu cigarro e o joga fora, pisando a guimba com a ponta do sapato.

"Pronto?", pergunta a ele, que assente, a boca já cerrada em uma linha sisuda.

Um dos guardas na cena do crime entrega aos dois os trajes brancos que cobrem dos pés à cabeça e eles os vestem, balançando desajeitados em uma perna, depois na outra, colocando proteções plásticas nos sapatos e uma camada dupla de luvas nas mãos.

Eles passam pela fita e seguem a trilha, transpondo o caminho até as plataformas de percurso[*] colocadas junto à cena do crime pelos peritos que já apinham a mata. Sob a pouca luminosidade, eles parecem seres de outro mundo, figuras fantasmagóricas se deslocando por entre as árvores. Karen vê o eventual flash de uma câmera, documentando a cena.

---

[*] No original, *stepping plates*, equipamento usado no exterior para criar um caminho que possa ser pisado sem o risco de adulterar cenas de crimes. [N.T.]

O carro foi encontrado às 5h da manhã. Um homem caminhando com seu cão notou as marcas de sangue na carroceria e uma poça de algo vermelho perto do porta-malas. A ligação acordou Karen logo depois disso, arrancando-a da escuridão com um rude sacolejo. Ela se vestiu com rapidez e buscou Noah no caminho.

Karen vê o carro. Reconhece a marca — um Ford Galaxy, amado por muitas mães para buscar os filhos na escola. Ele é azul-claro, velho e levemente sujo. O farol traseiro está quebrado, pequenos fragmentos de plástico vermelho espalhados pelo chão. O porta-malas está aberto, e uma figura alta está espiando ali dentro.

Grandes refletores em armações de metal foram colocados ao redor do carro, e a clareza repentina faz Karen semicerrar os olhos.

O homem os nota e se ergue, esticando as costas.

"Detetives", cumprimenta ele. Ela reconhece a voz e a postura — direto, alto, classe média.

"Dr. Ross", responde Karen. "Sou a detetive inspetora-chefe Karen Elliott, este é o detetive-sargento Deakin."

"Detetive inspetora-chefe. Mandaram os peixes grandes." Ele suspira, dando as costas para o carro. "Que puta zona, isto daqui."

O sujeito se posta mais atrás, permitindo que os dois vejam o interior do carro. Ambos se encolhem, e a mão de Karen cobre sua boca. Sabia o que estava por vir, mas ver pessoalmente ainda é chocante. É desumano.

"Caralho", ela escuta Noah murmurar junto dela, com a voz gutural e rouca.

Karen olha outra vez para o porta-malas, tentando parecer impassível. Um cobertor foi puxado para um lado, revelando dois corpos. A inspetora presume que sejam de mulheres. As roupas estão rasgadas, meias-calças rompidas, as pernas desnudas.

Há sangue por toda parte. Nódoas e manchas pela pele, as roupas encharcadas, tingidas de vermelho.

"Alguma ideia da causa da morte?", pergunta Karen.

"Claras evidências de lesões perfurantes em ambas as garotas", diz o patologista. "Embora eu tenha que levá-las para o necrotério para determinar a *causa mortis* de forma definitiva. A hora da morte se deu entre três e oito horas atrás, mas não assino embaixo disso. Já há *rigor mortis*; os corpos ainda estão razoavelmente quentes."

"E quando teremos o resultado da autópsia?"

Dr. Ross inspeciona o carro. "É provável que não antes de amanhã. Nos dê 24 horas antes de começar a pentelhar."

Ele passa a Karen um saco de evidências e ela o ergue sob a luz. Nele, há duas carteiras de motorista. A inspetora olha para os rostos nas fotos. São jovens, na casa dos vinte anos, com longos cabelos castanhos, sorrisos inocentes. Irreconhecíveis ante aquilo que agora se encontra à sua frente. "Achamos nos bolsos delas, junto de uma boa quantidade de dinheiro", acrescenta Ross.

"Então, não foi latrocínio."

"Não cabe a mim dizer, detetive inspetora-chefe."

Deakin pega com ela o saco de evidências e anota os nomes nas carteiras de habilitação.

Karen se força a olhar outra vez para o porta-malas. Os corpos estão um por cima do outro, largados sem nenhuma consideração pelas vítimas. Além disso...

Ela meneia a cabeça, tentando tirar da mente aquilo que está vendo. Quem faria uma coisa assim? Seja lá quem for, não tem limites, não hesitou. Ele — e a inspetora presume que seja um homem — é desprovido de compaixão.

Sangue havia escorrido do carro, empoçando na lama embaixo do veículo. Karen nota dois sulcos profundos, percorrendo a extensão do para-choque.

"O que acha disto aqui?", pergunta ela a Ross, apontando na direção deles. Os sulcos são retos, com cerca de quinze centímetros.

"Meu palpite?" Ross faz um gesto de corte com o braço, de cima para baixo, e Karen estremece. "Forte o bastante para atravessar o plástico preto. Os peritos vão procurar impressões digitais depois que eu terminar."

Karen já viu o suficiente. Ela se afasta do porta-malas e abre a porta para olhar a parte de trás do carro. Há sangue acumulado nos bancos, respingos e gotas nas laterais do interior do carro e pelo teto. Ela vê algo no assoalho que presume ser vômito e, mesmo usando máscara, sente que o veículo cheira a urina e suor. A medo.

Karen pigarreia. Tem um trabalho a fazer. "Mortas aqui dentro?", ela se dirige a Deakin, que está às suas costas, observando por cima de seu ombro.

"Talvez. Viu as marcas nos pulsos? Obviamente foram amarradas. Ele veio preparado."

Os dois olham para a parte da frente, abrem o porta-luvas, checam embaixo dos bancos. Karen quer ver por si mesma, embora saiba que os técnicos da cena do crime farão uma varredura completa, procurando por qualquer coisa que tenha sido deixada para trás. Material biológico, impressões digitais, vestígios. Mas não há nada óbvio ali.

A inspetora dá um aceno de cabeça de despedida na direção de Ross, e ela e seu detetive voltam pela mesma trilha. Deakin segura a fita enquanto Karen passa por baixo. Ambos tiram os trajes e Karen desativa as trancas do carro. Eles entram no veículo, aliviados pela trégua do frio congelante.

Deakin acende um cigarro quase de imediato e dá uma longa tragada. Ele abre a janela e sopra a fumaça para o ar frio. Karen aperta os dedos contra a boca, pensando, observando os peritos se movimentarem pela cena.

Duas mulheres mortas. Pouco mais do que meninas. Ela se lembra das roupas... tops brilhantes, meias-calças e saias curtas.

"Saíram para a farra?", pergunta ela.

"Numa segunda-feira?" Deakin dá mais uma tragada e a inspetora olha para ele. Noah Deakin é o tipo de pessoa que fuma como se fizesse isso desde que nasceu. E isso se encaixa bem em sua aparência geral: hoje ele está usando uma camisa de corte justo, uma gravata com o nó frouxo e jeans escuros. Em qualquer outra pessoa, pareceria desmazelado; em Deakin parece descolado sem esforço algum.

"Estudantes?", sugere Karen.

"Mas estariam fazendo o que por aqui?"

Eles estão no meio do nada, a mais de quinze quilômetros da cidade mais próxima.

"Estavam voltando para casa a pé, o sujeito as pegou e as sequestrou?", responde a inspetora.

Ela fita o cigarro com inveja. Já tinha visto cadáveres, é claro, mas nada como aquilo. O que devia estar passando pelas mentes delas quando o assassino as levou até ali? Quando as algemou? Devem ter ficado apavoradas.

O telefone de Karen toca, interrompendo seus pensamentos. Ela o coloca no viva-voz.

"Chefe? Você tá na cena?" A voz de um de seus detetives, um homem tranquilo e diligente que atendia pelo nome de Toby Shenton, preenche o carro.

"Estamos aqui. Algum resultado para as placas?", questiona Karen.

"Prestaram queixa do roubo na noite passada", informa o detetive, e ela suspira. "Estão trazendo o dono para interrogatório."

"Ótimo. Noah vai mandar para você os nomes das vítimas agora. Quero saber tudo sobre elas no momento em que eu chegar à delegacia."

"Não quer que eu...", gagueja o detetive, e Karen o interrompe.

"Não, Toby, não se preocupe. Não quero que notifique as famílias, deixe isso conosco." Ao lado dela, Noah está revirando os olhos. A inspetora sorri, indulgente. "Apenas cheque os antecedentes."

"Chefe..." Shenton hesita mais uma vez. "É verdade o que estão dizendo?"

Karen franze o cenho. Era bem provável que fosse vazar. Detalhes de um duplo homicídio como este, tão singular, tão explícito, dariam um jeito de chegar à equipe de Crimes Hediondos em minutos, por mais que tentassem suprimi-los.

"Sim, é verdade."

"Que as vítimas estavam..."

Karen olha de relance para Noah. Ele dá outra tragada no cigarro, olhando pela janela para o lado de fora.

Ela se lembra do interior do carro. Dois corpos contorcidos, estraçalhados. Dois pescoços ensanguentados: os ossos brancos, a carne e os tendões visíveis. E duas cabeças, uma ao lado da outra; descartadas casualmente, o cabelo molhado pelo sangue, os olhos vidrados e arregalados.

"Sim", responde Karen. "Decapitadas."

4

O tempo passa em um borrão. Jess se lembra da ambulância, de perguntar sobre Alice, sobre Patrick, de ser levada para o hospital, das luzes fortes acima dela. Lembra-se dos médicos, dos diferentes rostos na altura de seu olhar.

Quando ela desperta, sabe de imediato onde está. Reconhece os ruídos: os bipes, a conversa no corredor, o guinchar dos sapatos confortáveis no piso de linóleo. Reconhece a sensação dos lençóis ásperos contra sua pele.

Está em uma enfermaria de hospital; as cortinas azuis foram fechadas ao seu redor, isolando-a do resto dos pacientes.

Ela ouve o rangido de alguém se mexendo na cadeira ao lado e se vira. Há um homem ali, um cara grande, vestindo uma jaqueta preta e jeans gastos, com botas grandes e pesadas.

"Quem é você?", pergunta Jess. Sua voz está roufenha, a garganta está dolorida.

"Como está se sentindo, sra. Ambrose?"

"Um pouco mole", responde ela. Mas então se lembra, e o medo a domina. "Onde está Alice? Onde está minha filha?"

"Está na UTI, com seus pais", diz o homem. "Ela inalou muita fumaça do incêndio e estava com insuficiência respiratória pelo envenenamento por monóxido de carbono. Mas o pior já passou, ela vai ficar bem."

Jess tenta se sentar, mas sua cabeça tonteia. "Eu tenho que vê-la", murmura, mas o homem meneia a cabeça.

"Ainda não, sra. Ambrose. Preciso falar com a senhora sobre a morte de seu marido antes de podermos deixar que veja sua filha."

"A morte de...", repete Jess. "Patrick morreu?"

O homem tem a decência de parecer envergonhado. "Sinto muito, achei que soubesse. Encontraram um corpo no quarto de hóspedes. Presumimos que seja seu marido."

Jess assente, devagar. Ela começa a chorar. O que diabos havia acontecido? Como Patrick poderia estar morto? Ele estava ali, estava bem ali, com ela, em casa. Ele iria para Londres hoje. Alguém telefonou para o trabalho dele para avisar? Alguém falou com os pais dele? Será que Jess deveria...?

"Poderia me falar sobre a noite passada?", pergunta o homem calmamente.

"Você é da polícia." Jess se encolhe, cerrando os dentes, o coração acelerado. Um familiar espasmo de alarme. "Não quero falar com você."

Ele endireita a postura na cadeira. Fica na mesma altura do olhar dela, encarando-a. "Essa história não vai sumir, Jessica", declara ele. "Quanto mais cedo me contar, mais cedo podemos esclarecer tudo e você poderá ver sua filha."

"Esclarecer? Do que está falando?" Mas então, Jess se dá conta. Ela o fuzila com o olhar por entre as lágrimas. "Acham que fui eu?"

"O incêndio foi criminoso. Alguém pôs fogo na casa deliberadamente."

"Não fui eu!"

"Então me conte o que aconteceu." O sujeito faz uma pausa e Jess sente que ele está estudando sua expressão, esperando uma reação. "Não quer ver Alice, sra. Ambrose?", acrescenta o policial.

Jess assente. Sim, quer isso mais do que tudo.

O homem entrega a ela um lenço tirado da caixa na mesa de cabeceira e Jess enxuga os olhos e assoa o nariz. O catarro no lenço está preto por conta da fuligem.

Jess balança a cabeça. "Não me lembro de muita coisa, sinceramente, não lembro. Eu acordei, senti cheiro de fumaça. Saí do quarto. O fogo estava por toda parte. Agarrei minha filha e saí pelo único caminho que pude ver."

"A senhora ligou para os bombeiros?"

"Não, não liguei."

"Por que não?"

"Eu... não sei." Por que não tinha ligado para a emergência? Aquilo não havia lhe ocorrido. Em meio ao pânico, a única pessoa em quem pensou havia sido a filha.

"Por que estava dormindo em um quarto, e seu marido em outro?"

"Ele tinha que levantar cedo para trabalhar. Não gosta de me incomodar."

O homem assente, pensando. Ele não é o que Jess esperaria de um policial. É sombrio, solene, com o cabelo bagunçado e uma barba por fazer de, pelo menos, uma semana. Há um cheiro emanando dele: não é desagradável, mas é levemente bolorento, misturado com óleo diesel. Lembra uma oficina mecânica.

"Qual é o seu nome?", pergunta ela. "Detetive...?"

"Griffin", responde ele. "E a senhora notou alguém estranho nos últimos tempos?"

"Estranho?"

"Alguém que não reconheça em seu bairro. Observando a senhora, ou sua casa. Seu marido mencionou algo de estranho?"

Ela tenta se recordar. "Não, nada que me venha à mente."

"Sua casa tem câmeras de segurança ou um alarme?" Jess meneia a cabeça "Uma pena."

Jess nota o olhar dele se desviar para seu antebraço esquerdo, para as linhas retas prateadas, gritantes em sua pele. Ela se apressa para puxar o lençol e cobri-lo.

"O detector de fumaça", lembra Jess de repente. "Ele não disparou."

O detetive assente outra vez. Não está fazendo anotações, apenas escutando, de cenho ainda franzido. "Quando foi a última vez que os conferiu?", pergunta ele.

Jess não consegue se lembrar. Abre a boca, então a fecha outra vez. Não sabe o que mais dizer a Griffin para fazê-lo acreditar nela.

Mas então a cortina é aberta e um homem aparece diante dos dois. Griffin se levanta e abre passagem enquanto observa o cordão com o crachá, o estetoscópio ao redor do pescoço do sujeito.

"Jess! Me perdoe, eu vim assim que soube. Você está bem?"

Ela sente o corpo relaxar ante a visão bem-vinda de seu amigo. O médico se vira, dando-se conta do outro homem de pé ao lado da cama de Jess.

"Nav Sharma", apresenta-se ele, prestes a estender a mão, mas Griffin já está indo embora, de cabeça baixa e costas curvadas.

Nav se vira outra vez para Jess, sentando-se na cadeira que o detetive acabou de deixar vaga. Ele toma a mão dela nas dele.

"Nav, você viu Alice?", pergunta Jess.

"Vi. Está acordada, mas ainda recebendo oxigênio, está confusa, com uma dor de cabeça horrível." O médico sorri, mas ela consegue ver em sua expressão a noite de sono perdida e a preocupação. "A equipe da UTI é ótima. Ela está nas melhores mãos possíveis. E eu conheço minha afilhada, ela é forte. Uma guerreira."

"E mamãe e papai...?"

"Estão cuidando dela." Jess se sente levemente melhor por saber que seus pais estão com sua filha. Imagina a mãe acariciando gentilmente os cabelos de Alice. O pai zanzando de um lado para o outro, garantindo que todas as providências estivessem sendo tomadas.

"E você, como está?", repete Nav, gentilmente.

A ternura dele a faz começar a chorar outra vez, e o médico estende os braços, abraçando-a forte. Ela se recosta em Nav. Ele tem cheiro de antisséptico e de uma longa noite passando por enfermarias. Nav se desvencilha aos poucos.

"Sinto muito pelo Patrick", diz o médico. "Ele era... ele...", e então para de falar, a boca curvada para baixo, os olhos fechados. Jess dirige um sorriso débil ao amigo, apertando sua mão. Nav inspira profundamente, recompondo-se, antes de voltar a atenção a Jess. Ela sabe que Nav está mais abalado do que vai deixar transparecer agora, mas o profissionalismo toma conta dele.

"Eles sabem...?", pergunta Nav, mas Jess o interrompe.

"É claro que sabem, Nav. Está escrito em todos os meus prontuários." Jess é mais ríspida do que pretendia ser, e se sente culpada no mesmo instante. Há uma pausa, e ela sabe que Nav está encarando-a. Ela não gosta de ser essa pessoa que o amigo está vendo. Fraca, doente. Patética.

Jess baixa os olhos, o lenço empapado ainda apertado entre seus dedos. Nota o preto por baixo das unhas, linhas de sujeira do incêndio entalhadas em sua pele.

"E quem era aquele?", pergunta Nav, por fim.

"Da polícia."

Ele se vira para olhar na direção para a qual Griffin seguiu, mas os corredores estão vazios.

"Não me deixam ver Alice. Acham que eu..." A voz de Jess se esvai enquanto Nav assente, com expressão grave.

"Eu sei. Sua mãe me contou."

"Você vai cuidar dela, não vai?", pergunta Jess, sentindo as pálpebras começarem a pesar. Seu corpo está exaurido, precisando de energia para se recuperar.

Ela se consola com o fato de Nav estar por perto. É seu amigo mais antigo, desde que se conheceram em um boteco da região, na universidade. Nav tinha sido parte de um grupo de estudantes de medicina que tornavam o ato de beber um ritual, impelidos pela testosterona. Jess tinha saído para uma noite tranquila com os amigos. Nav balbuciara desculpas antes de vomitar nos sapatos dela.

No dia seguinte — de algum modo —, ele a localizou e a presenteou com um par de tênis novos. Havia sido um gesto inesperado, mas de certa maneira totalmente adequado ao jeito de ser de Nav. Educado, sofisticado, distinto. Jess sempre confiou sua vida a ele. E, agora, confia a de sua filha.

Ela fecha os olhos.

"Eu prometo", ouve Nav dizer enquanto a mente dela resvala para o nada.

5

Karen nota os sussurros de seus colegas no momento em que ela e Deakin adentram a delegacia. Duas jovens mulheres. Assassinadas. Cabeças decepadas. A inspetora sabe que cada um de seus passos será vigiado para verem como ela lida com o caso; ela supõe que já deve haver uma aposta de quanto tempo demorará para a primeira prisão. Não que alguém vá admitir publicamente algo tão insensível.

"Elliott!" Karen ouve um berro vindo do outro lado da sala, e se vira para ver o detetive superintendente-chefe avançando em sua direção.

O superintendente Marsh é um homem sob pressão, sobrevivendo à base de nicotina e cafeína em excesso, com a palidez que combina com tal situação. As feições são cinzentas, fundas sob as maçãs do rosto, e ele carrega uma caneca ensebada em uma das mãos. Marsh agora toma um gole dela, estremece, então instrui o detetive mais próximo a lhe buscar café fresco.

Ele gesticula para que Karen o siga até a sala dela, depois descansa a bunda inexistente na mesa da inspetora e cruza os braços.

"Soube que o dono do carro é um beco sem saída", comenta ele, indo direto ao ponto.

Karen tira o casaco e se senta na cadeira.

"O sujeito tem um álibi para a noite passada", confirma ela, repetindo o que Shenton dissera a eles no caminho de volta da cena do crime. "Mas as famílias foram notificadas, e o namorado de uma das moças está esperando lá embaixo."

O detetive deles trabalhou duro e, com toda certeza, as duas vítimas eram estudantes. Mulheres inteligentes, esforçadas e diligentes, com futuros brilhantes. E famílias em partes diferentes do país.

Apesar de não querer admitir, Karen fica feliz por não ter sido ela quem teve que dar a terrível notícia. Já fez isso por vezes demais. Pais com rostos pálidos, maridos angustiados, esposas chorosas. Não há uma forma boa de dizer a alguém que seu ente querido foi brutalmente assassinado.

"Ótimo. Veja o que consegue com ele." Marsh franze o cenho, olhando para o quadro branco na sala de investigações através da porta aberta. Shenton pregou fotos das vítimas ao longo da borda superior, seus nomes escritos com pincel atômico preto. Marisa Perez. Ann Lees. Ambas sorriem, sem saber o que o futuro reserva a elas, em fotos tiradas de suas carteirinhas de estudante.

"Algo das câmeras de vigilância?"

Karen aponta para o computador diante do qual Shenton está agora sentado, com Deakin se inclinando por cima do ombro do colega. "Estamos vendo isso agora."

Marsh assente. "Me mantenha informado", pede ele.

Karen o segue até a sala de investigações, então o observa voltar à própria sala. No caminho, o superintendente pega a nova caneca de café, quase entornando o líquido escaldante de um só gole enquanto sai.

"Deaks", chama Karen, e ele se vira. A inspetora inclina a cabeça na direção da porta. Siga-me, está dizendo. Hora do interrogatório.

Rick Baker é jovem, anda na moda e está nervoso. Namorado de alguns meses, e claramente fã de academia. Foi colocado em uma sala de interrogatórios, onde esperava havia meia hora, o suor atravessando a camiseta.

Karen e Deakin se sentam diante dele. Dão início à gravação e dão ao rapaz os alertas padrão para um interrogatório voluntário, e nesse momento ele parece prestes a chorar. Deakin toma a dianteira. O tempo é crucial, e Karen sabe que Noah tem um jeito de ser com o qual os homens formam um vínculo instantâneo. O detetive começa com gentileza, expressando pesar pela perda de Rick. O namorado assente, de lábios comprimidos.

"Pode nos contar qual foi a última vez em que viu Marisa?", pergunta Noah.

"Ontem. Na hora do almoço. Combinamos de fazer algo só hoje, ela queria uma noite das garotas com Ann." Karen observa enquanto o rapaz tenta admiravelmente manter a compostura, mas então seu rosto se contorce e ele começa a chorar.

Deakin olha para Karen e ergue um tantinho a sobrancelha. Com essa única expressão, a inspetora sabe o que Noah está dizendo: ou ele é um namorado traumatizado ou está tentando ao máximo parecer isso.

Deakin entrega um lenço ao rapaz. "E aonde elas planejavam ir?", pergunta.

Rick enxuga os olhos. Assoa o nariz ruidosamente. "Reflex. O lugar de sempre. É uma boate estilo anos 1980 no centro. Eu devia ter ido com elas. Devia ter insistido para voltarem de táxi, pra variar."

Karen se retesa na cadeira. "Como elas costumavam voltar pra casa?"

"Andando. Mas fez frio ontem à noite, elas podem ter..." A voz enfraquece. Ele balança a cabeça. "Às vezes pediam carona. Alguém sempre dava. Marisa riu de mim quando eu falei que ficava preocupado com isso, me dizia que elas eram duas, que ficariam bem." Rick ergue a cabeça, seus olhos estão injetados. "Mas não ficaram, não foi?"

Deakin se inclina para a frente, olhando o pobre rapaz nos olhos.

"Você não tinha como saber", diz ele com tranquilidade. "E o que você estava fazendo na noite passada?"

Rick vai lhes contando como foi a noite anterior. Escrevendo um trabalho dissertativo, em seu quarto. Foi para a cama por volta das 23h.

"Alguém viu você?", pergunta Noah.

Pelo visto, não.

Eles encerram o interrogatório. Rick vai embora. Karen e Noah o observam abrir a porta dupla, saindo para a tarde fresca de janeiro.

Karen olha Noah de relance. Ele está imerso em pensamentos, então passa a mão pelos cabelos.

"Não é o nosso assassino, é?", comenta ele.

"O rapaz é baixo, mas é forte, poderia facilmente ter sido ele. Mas roubar um carro, dirigir uma hora até sair da cidade e as matar daquele jeito? Qual seria o motivo?" O rosto da inspetora se contorce. "Pegamos as amostras dele, quem sabe o que a perícia pode trazer. Mas não. Não acho que é ele."

"Então, estamos dizendo que foi alguém aleatório?", questiona Deakin. Ambos se viram e voltam escada acima para a sala no outro andar.

Karen não responde a pergunta. Sabe o que ele está pensando. A maioria dos assassinatos são cometidos por alguém próximo à vítima. Um ataque em um surto de raiva, motivos óbvios. Fáceis de encontrar. Algo assim, do nada, é uma situação espinhosa.

Eles abrem a porta para a sala de investigações. Não há mais nada a ser feito ali além de um bom e genuíno trabalho de detetive. Câmeras de segurança. Perícia. Porta a porta. A parte chata. Dar continuidade aos depoimentos de testemunhas, até algo aparecer.

A inspetora olha de relance para o relógio na parede, já são 16h. Ela sabe que não estará em casa para o jantar.

Porque abaixo do relógio estão novas fotos, tiradas naquela manhã, na cena do crime. Shenton as recebeu, obviamente enviadas pelo laboratório, e elas exigem a atenção de Karen. Ela se força a desviar o olhar das mulheres mortas, das cabeças decepadas, do resto do carro.

Os assentos ensanguentados, as marcas de mãos pelas portas, as nódoas no teto. Karen franze o cenho. Deakin percebe sua expressão.

"No que está pensando?", pergunta o detetive.

"É só que..." Ela cutuca uma das fotos da cena do crime com um dedo. "Tudo nessa cena indica obviamente um ataque em frenesi. As punhaladas. O sangue. De perto e pessoal."

"Sim. E?"

"Mas o local — no meio do nada — e a decapitação." Karen olha para Noah. "Isso parece planejado. Ele teria precisado de ferramentas, do tipo certo de facas. E por que decapitá-las, Deaks? Quando é que, normalmente, esperamos ver algo assim?"

"Quando querem desovar o corpo com mais facilidade?"

"Isso. Mas não há nada disso aqui."

"Talvez o sujeito tenha mudado de ideia?" Eles estão lado a lado, encarando o quadro. Suas posturas espelham uma à outra: braços cruzados, cenho franzido de modo idêntico.

"Um estupro que deu errado?", sugere Noah. "Elas fizeram algo que o irritou, e ele perdeu o controle?"

"A coisa então se agravou bastante", murmura Karen. "O sujeito pegou pesado demais."

Não quer verbalizar seu último pensamento. Deakin sabe o que vai passar pela cabeça dela, mas falar em voz alta seria como fazer um convite ao destino.

Se esse cara perdeu o controle, ela pensa, soturna, *não vai ser apenas uma vez. Há grandes chances de que ele vá fazer isso de novo. E logo.*

6

Quando Jess acorda, o quarto está mais escuro. Sente-se desnorteada, e se esforça para ter noção de quanto tempo se passou.

Ela olha para a cadeira ao lado dela. Nav está jogado ali, a cabeça em um ângulo desconfortável, o cabelo escuro caindo por cima do rosto, em sono pesado. Ele claramente foi embora e voltou: há uma bolsa aos seus pés, o casaco está dobrado sobre a cadeira.

Mesmo com Nav presente, Jess se sente mal e sozinha. Pensa em Patrick, na discussão que tiveram na noite anterior. Em como deixaram as coisas, sem nem mesmo um beijo de boa-noite.

Jess começa a chorar, enormes soluços avassaladores. Tudo o que quer é ver o marido, abraçar a filha. Alice perdeu o pai. Jess deveria estar com ela. Como é possível que alguém possa pensar que teve algo a ver com aquilo?

Mas então Jess escuta vozes do outro lado da cortina. Ela se detém e apura os ouvidos. Tons apressados e urgentes. É algo importante.

"Só porque os detectores de fumaça estão sem baterias, não significa que ela matou o marido." Jess reconhece a voz: o detetive outra vez, rude e irritado.

"Não, mas as impressões digitais dela estavam no regador com a parafina. O que isso te diz?" Desta vez, uma mulher, obviamente nada feliz. "E ela tem o perfil, você já leu a ficha dela? Não, é claro que não leu."

A mente de Jess está atordoada. De algum modo, ainda acreditava que o incêndio tinha sido um acidente. Que alguma fiação defeituosa ou um plugue danificado tinha causado a fagulha. Mas isso? E eles *sabem*. Sobre o que aconteceu dois anos antes. Sobre...

"Eu discordo."

"Griffin, com todo respeito, estou cagando pra isso. Você não está trabalhando para a polícia. Esse caso não é seu. Você nem deveria estar aqui." Jess ergue a cabeça e, por uma fenda minúscula na cortina, consegue ver o rosto da mulher. A boca franzida, o olhar baixo. Parece ser alguém que está se contendo para não dizer uma centena de outras coisas.

"Já perguntou a ela sobre o brinco?"

"Sério, Griffin, essa sua teoria..."

"Perguntou?"

"A porra do brinco não tem nada a ver com os outros casos. Essa é uma investigação separada. *Minha* investigação. Nem tudo está conectado." Uma pausa. O ar sendo inspirado, então um longo suspiro. "Está bem. Assim que ela tiver alta, vamos prendê-la, e aí vamos poder perguntar."

"E quando vai ser isso?"

"Agora mesmo, se dependesse de mim. Mas ela levou uma queda feia e não a quero apagando em uma cela." O homem começa a dizer algo, mas a mulher o interrompe. "Sério, Griffin. Chega. Fique longe de minha suspeita, estou avisando."

Jess escuta passos quando a mulher sai pisando duro, depois fecha os olhos rapidamente quando a mão de alguém abre a cortina. Imagina o homem ali parado — o homem que, pelo visto, *não é* um detetive, que parece estar do lado dela —, em seguida ouve o ar ser exalado quando a cortina é fechada outra vez e as pesadas botas desvanecem à distância.

Ela abre os olhos de novo, e sente as lágrimas arderem. Ergue a mão e apalpa as ataduras, hesitante. Olha para o soro em seu braço. Está presa em uma cama de hospital, com uma detetive pronta para prendê-la, que acredita que ela matou o marido e tentou matar a filha. Uma filha que ela não tem permissão para ver, que ela não pode ter em seus braços, não pode confortar nem garantir que tudo ficará bem. Que tipo de mãe ela é?

Jess pode explicar as impressões digitais — o regador é provavelmente o dela, e ela o usou uma centena de vezes antes, no jardim. Mas a parafina? Isso ela não sabe. E já viu séries na Netflix o bastante para saber que, assim que a polícia tiver uma teoria, é só disso que vai querer saber. Vão ficar bitolados, cegos para quaisquer outras possibilidades.

Jess já conheceu policiais como essa mulher antes. Olhos frios e insensíveis, vendo-a como uma coisa, e uma coisa só, sem nunca mudar de ideia. Ela se lembra de seus braços sendo puxados para trás. Do metal frio nos pulsos, do cascalho afiado contra a bochecha. Ela se lembra da sensação de completa impotência, e da certeza de que nunca mais deixaria aquilo acontecer de novo.

Sua boca está seca e áspera, então Jess estende a mão e toma um gole do copo d'água na mesa. Está quente.

Ela olha para Nav. Seu amigo dorme profundamente, inclinado para um dos lados. Jess sabe o que tem que fazer. E tem que fazer agora.

Jess se senta. Sua cabeça gira, e ela se sente levemente nauseada, fazendo com que seja difícil sair da cama. Difícil, mas não impossível.

Ela olha para a cânula em seu braço e remove o curativo, então tira a agulha aos poucos. O vermelho aflora do local da injeção, e Jess pega um lenço na caixa ao seu lado e com ele aperta o lugar com força.

Ela se remexe, com os dois pés agora no chão. Levanta-se lentamente e olha para Nav. Mas ele nem se moveu. Jess sente a brisa fria ao seu redor. Não está vestindo nada além da camisola do hospital, aberta nas costas.

Não consegue ver sua camiseta em lugar algum e se dá conta, com um choque, que os detetives provavelmente a levaram como evidência. Ela abre o armário junto à cama e agradece em silêncio à mãe — alguns itens básicos de higiene pessoal e uma nova muda de roupas haviam sido deixados ali. Roupas de baixo, calças de moletom e um suéter. Jess os veste, junto das meias e um par de tênis. Com a escova e um elástico, puxa o cabelo para trás e o prende em um rabo de cavalo alto, fazendo o melhor possível com sua aparência desgrenhada. Ela força um sorriso no rosto. Vai dar certo. Tem que dar.

Jess vai até Nav e, com gentileza, afasta a bolsa dos pés dele. Ela a coloca na cama e revira o interior.

Seus dedos entram em contato com o metal frio, e ela puxa de lá as chaves do carro. Ao pensar melhor, pega também todo o dinheiro da carteira do amigo.

"Desculpe, Nav", sussurra Jess.

Ela sabe que essa é uma má ideia. Sabe que, quando está ferida, a pior coisa que pode fazer é ignorar as ordens médicas, mas esta situação é diferente. É uma emergência.

Mas deixar a filha para trás?

Com as pernas bambas, Jess abre as cortinas. A ala parece vazia, então ela sai andando.

Segue as placas até a UTI. Portas se abrem automaticamente ante seu avanço. Está tarde e os corredores estão desertos: ela progride sem desafios.

Mas, então, se detém. Há um homem na soleira da porta, com um reconhecível uniforme preto, esperando, protegendo, as mãos por trás das costas. O sujeito dá um aceno de cabeça e sorri quando um médico passa por ele e entra na UTI, e Jess então sabe que não será possível para ela ver a filha esta noite.

Ela se esquiva, virando em um canto, com a respiração pesada, à beira das lágrimas. Só queria dar uma olhada em Alice, segurar suas mãos quentes, beijá-la, dizer à filha que tudo vai ficar bem. Mas mamãe e papai estão lá, diz a si mesma. Jess se lembra das centenas de vezes no passado em que seus pais haviam comandado os médicos, sentados pacientemente à cabeceira de sua cama por quanto tempo fosse necessário. Ela pode não ser capaz de ver Alice, mas eles são a segunda melhor opção.

Jess se vira. Poderia voltar para sua ala. Depositar sua fé na polícia, em eles descobrirem a verdade. Mas a inquietação que se segue a essa ideia rapidamente a afasta de sua mente.

Ela começa a andar outra vez. Passa por duas enfermeiras batendo papo no corredor e sorri para ambas com confiança. "Cigarros", murmura. Elas fazem cara feia, mas a deixam passar sem questionar, e Jess dá um suspiro de alívio ao deixá-las para trás.

Ela procura as placas indicando a entrada principal. Seu coração está aos pulos dentro do peito durante todo esse tempo, e Jess está convencida de que, em algum momento, alguém vai vê-la e arrastá-la de volta para sua ala, desta vez algemada. Mas talvez seja tarde demais, ou as pessoas estejam exaustas demais. De todo modo, ninguém a detém.

Jess vê a porta dupla da entrada principal diante de si. Há mais gente ali: enfermeiras comprando café na cafeteria Costa, a entediada recepcionista olhando para seu computador. Seria preciso apenas que uma única pessoa a reconhecesse. E então, seria o fim do jogo.

"Ei." Uma voz se dirige a Jess, uma das mãos da pessoa a agarra pela manga. Jess se vira, com a respiração presa na garganta. "Você derrubou isto", diz o homem, segurando uma nota de cinco libras.

Ela a pega com a mão trêmula. "Obrigada", responde rouca.

"Posso ajudá-la em alguma coisa?", pergunta o sujeito.

"Não, não, estou bem. Só estou indo comprar cigarros." Ela sorri, a expressão forçada.

"Com esse tempo?", questiona o homem. Jess olha para a porta. Está chovendo a cântaros, e poças se formam no concreto. Ela está sem casaco. O sujeito parece desconfiado; ele a está encarando como se Jess fosse uma paciente da ala psiquiátrica, fugindo do terceiro andar.

Ela sorri outra vez. "Não vou demorar." Jess força uma risada. "Cortaram minha metadona, então nicotina é a única droga que tenho permissão pra usar."

A tática funciona e o homem se afasta dela. "Bom, vê se se cuida", diz ele, e se afasta apressado.

A chuva está pior do que havia antecipado. Jess fica encharcada em segundos, as roupas grudando no corpo, água pingando do rosto. Ela avança o mais rápido que pode na direção do estacionamento de funcionários, congelando, a cabeça zonza, tentando adivinhar a localização do Renault Clio preto de Nav.

Ela percorre as fileiras do último andar do edifício-garagem, apertando o botão do alarme do carro uma vez após a outra. O vento açoita o suéter ensopado, e Jess começa a tremer. Então, por fim, um lampejo alaranjado. Ela balbucia uma prece silenciosa, agradecendo por Nav ser um homem de hábitos, e segue na direção do carro, jogando-se em seu interior, fechando a porta contra o vento e a chuva.

Mas para onde ir?

Ela tem Nav. Poderia ir para a casa dele. Esconder-se até o amigo ir para casa.

Também tem seus pais. Mas eles ainda estão no hospital. Com Alice. Jess se dá conta, com um sobressalto, que não tem nenhum outro amigo. Pelo menos, não um tão íntimo em cuja porta ela possa bater no meio da noite e dizer: *E aí? Gostaria de abrigar uma suspeita de homicídio?*

Mas ela sabe que há apenas um lugar para ir.

Quer ir para casa.

7

A casa ainda está de pé por pouco. A fita de isolamento policial, branca e azul, tremula: tiras enlameadas ao vento.

Jess estaciona o carro por trás de uma pequena van branca e desliga o motor. Ela olha pela janela aberta. Consegue ouvir os carros a algumas quadras dali, mas, tirando isso, a rua está silenciosa. São 17h34.

A visão de sua casa arruinada é horripilante, mas ela não consegue desviar o olhar. Uma desordem despedaçada, preta e cinzenta, o teto do lado esquerdo não existe mais, desabado naquilo que ela sabe que era onde ficava o quarto de hóspedes. Onde Patrick estava dormindo. Um soluço irrompe de Jess e ela começa a tremer, aninhando a cabeça nas mãos. Se não tivessem discutido, ele teria ido dormir na mesma cama que ela. Estaria vivo.

Encontrar Patrick, tantos anos antes, havia sido inesperado, e ainda mais surpreendente para Jess quando ele a pediu em casamento. Ela se considerava indigna de ser amada. Muito perturbada, muito problemática. Ele tinha sido afetuoso, engraçado, amoroso — e tolerante com suas questões. Patrick só queria que ela se sentisse melhor. Que fosse normal.

Mas, agora, ele fora embora. E a casa dela havia sido destruída.

Jess abre a porta do carro e sai para o frio congelante. Sabe que pode não ter restado nada, mas parte dela deseja entrar. A maioria das janelas da frente está despedaçada, há pilhas vacilantes de destroços no jardim, mais deles jogados ao redor da casa, obviamente colocados ali pelas pessoas investigando o incêndio criminoso. É possível ver um grande adesivo branco e amarelo colado na porta da frente, avisando às pessoas para manter distância. Cena do crime em investigação, diz ali.

É a isso que ela foi reduzida? A primeira casa que comprou com Patrick, o horrendo desastre da decoração setentista reformado com amor para se tornar a casa dos dois. O lugar para o qual levaram a filha recém-nascida, onde ela passou noites chorando, onde deu os primeiros passos.

Com raiva, Jess afasta as lágrimas borrando sua visão. De nada adianta ficar ali agora. Ela volta para o carro, preparando-se para ir embora, quando vê um outro veículo encostando, bem na frente de sua casa.

É um Land Rover cinza, antigo, cujo motorista sai e se recosta na porta. Uma chama súbita lança em seu rosto uma luz bruxuleante quando ele se inclina para acender um cigarro. Jess só consegue discernir o cabelo escuro e a barba por fazer. É o homem do hospital: Griffin. Primeiro lá, agora aqui. Não é coincidência, o sujeito definitivamente está interessado no que aconteceu com ela. Mas por quê?

Jess se lembra da conversa dele no hospital, por trás da cortina. Griffin não acreditava que havia sido ela a responsável. Jess se pergunta o que dá tanta certeza a ele, sendo que a outra detetive estava pronta para prendê-la.

Griffin termina o cigarro e o joga na pista. Ele entra outra vez no Land Rover, e Jess dá a partida no carro de Nav.

Ela ouve o ronco da velha caminhonete, então segue Griffin quando ele começa a avançar. O sujeito começa dirigindo devagar pelas ruas residenciais, então acelera, como se percebesse que Jess está atrás dele.

O carro dele é mais veloz que a merda do Clio 1.2 de Nav, mas Jess conhece bem as ruas ao redor. Após cerca de vinte minutos de rápidas curvas à esquerda e à direita, Griffin encosta em um terreno industrial e ela o segue. Não quer deixar ele se afastar. No fundo de sua mente, Jess percebe o perigo em potencial, mas essa é a única coisa que consegue pensar em fazer no momento. Esse homem sabe de alguma coisa.

O carro dele desacelera. Há alguns postes de luz ali; as construções são grandes e intimidadoras. O Land Rover entra em um beco por trás de um prédio grande e para, e Jess encosta atrás dele.

A porta do carro se abre e Griffin sai, olhando para ela. O coração de Jess acelera, mas o sujeito passa por ela, então puxa um enorme contêiner de material reciclável para trás do Clio. Jess se vira, ainda no banco, dando-se conta, em um frenesi, da enormidade da situação na qual se envolveu. Está encurralada. O carro está preso entre o contêiner e o Land Rover dele. Pensa em sair do carro e começar a correr, mas sabe que não chegaria longe. Não se sentindo daquele jeito. Sua mão paira sobre o câmbio. Poderia rapidamente dar marcha à ré, jogar toda a força do pequeno carro contra o contêiner de lixo e, com sorte, o veículo se moveria. Ela poderia ao menos tentar.

Mas algo a detém. Griffin avança casualmente até sua janela, no lado do motorista, e bate ali, uma, duas vezes. As portas do Clio estão trancadas, ele não pode entrar, e Jess o encara por um segundo, seus olhos arregalados encontrando os do sujeito.

Griffin gesticula para que ela abra a janela. Jess baixa uma frestinha do vidro.

"Que diabo você está fazendo fora do hospital?", resmunga o homem.

"Que diabo você estava fazendo na minha casa?", retruca ela, forçando a voz a soar mais confiante do que ela está se sentindo.

A chuva começa a cair outra vez. Gotas grandes despencam diante do brilho dos faróis, espalhando-se pelo para-brisa. Griffin ergue os olhos semicerrados enquanto a água se acomoda em seu cabelo. Ele faz um gesto na direção do banco do passageiro e ergue a gola do casaco.

"Me deixe entrar", pede ele. Então percebe a relutância de Jess. "Puta que pariu, não vou fazer nada com você, só abra a porta, estou ficando com frio."

Jess respira fundo. Sabe que não é uma boa ideia, mas o que tem a perder? Seu marido e sua casa se foram. A polícia agora, com toda certeza, já está procurando por ela. Não tem permissão para ver a filha. No tocante a comportamentos de risco, essa é só mais uma decisão de merda em uma longa lista.

Jess abre as travas. Griffin dá a volta até o lado do passageiro e puxa a porta, então entra. Tem cheiro de cachorro molhado e fumaça de cigarro.

Ele balança a cabeça. "É impossível que tenham deixado você sair."

"Eles iam me prender..."

"Então, você está fugindo da polícia?", questiona Griffin com um muxoxo de escárnio. "Que sensato", acrescenta, sarcástico.

"Eu não confio neles. E quem é você?", indaga Jess. "Nem me diga que é policial, porque sei que não é."

"Sou detetive de polícia, mas não neste exato momento", responde ele. Ela percebe que Griffin cerrou os dentes. Ele começa a lhe dizer algo, mas o telefone dele toca dentro do bolso, interrompendo-o. Griffin o pega e olha de relance para Jess, antes de atender.

Griffin fala aos resmungos e monossílabos; Jess não consegue ouvir o que é dito do outro lado da linha.

"Vou, sim, pode deixar", afirma ele por fim, então se vira para Jess. "Você precisa parar de me seguir."

"Me conte por que está tão interessado no que houve, e eu deixo você em paz."

"Tenho que ir."

"Então, eu vou com você", declara Jess. Griffin fica em silêncio, então ela prossegue. "Você parece ser a única pessoa que não acha que eu matei meu marido, e quero saber por quê."

Muito embora o sujeito seja policial, ou tenha sido, há algo nele que parece diferente dos policiais que ela encontrou no passado. No hospital, Griffin a escutou, acreditou nela, a defendeu contra a detetive. E ele não parece um policial. Isso ajuda, de algum modo.

Griffin puxa um maço de cigarros do bolso do casaco e acende um. Não pede permissão para tal. Jess se preocupa com o cheiro e com o carro de Nav, mas depois ignora tudo. Seu amigo vai ficar com raiva por causa de muito mais, afinal de contas.

Os olhos de Griffin continuam voltados para baixo, de cenho franzido enquanto ele fuma. Então ele drageja entredentes e suspira. "Está bem. Mas precisa deixar esse carro aqui. Vão procurar por você, e não vai demorar muito para se darem conta de que você está com um carro." Ele nota a hesitação dela. "Olha, minha oferta é essa, é pegar ou largar. Se eu fosse fazer algo com você, já teria feito." Griffin faz um gesto indicando os arredores do beco. "Não há câmeras por aqui, e não é como se você pudesse ter se defendido. Olhe o seu tamanho. Eu poderia ter estrangulado você em segundos."

Ele tem razão. É um sujeito enorme, com mãos carnudas e ombros musculosos. Jess não teria nem chance. Não tem certeza se deve se sentir reconfortada ou assustada pelo fato de que Griffin já tinha calculado o método de seu assassinato, mas ela desliga o motor.

O homem sai, jogando a guimba do cigarro no concreto e voltando para o próprio carro. Jess o segue, e ele se inclina para abrir a porta do passageiro.

"Entre."

Ela se senta e coloca o cinto de segurança.

"Para onde vamos?", pergunta.

Griffin balança a cabeça. "Pare de fazer tantas perguntas. Você logo vai ver."

O Land Rover ganha vida aos engasgos e Griffin tira o carro do beco.

8

Ele queria ver com os próprios olhos; não há nada que substitua a presença na cena de um crime. Griffin tinha ficado ali de pé, olhando para a casa incendiada, as paredes despedaçadas, os vidros estilhaçados, e pensado: *Você esteve aqui?*

Se estivesse ali 24 horas antes, será que o teria visto? Será que agora saberia?

Mas um incêndio é diferente. Ele tinha feito cara feia, fumado o cigarro até a guimba, e então o jogado no chão. Mesmo após todo esse tempo, seus pensamentos parecem embaralhados. Precisa descansar um pouco. Parar de pensar nisso o tempo todo.

E, agora, ela está ali.

De algum modo, tinha saído do hospital. De algum modo, apesar de uma laceração na cabeça e uma possível concussão, ela está dirigindo ao cair da noite, e agora está sentada no banco do passageiro do Land Rover dele. Griffin deveria telefonar para Taylor. Deveria levá-la de volta para o hospital, no mínimo. Mas, cacete, ele não aguenta a detetive Taylor, nunca aguentou. Ela gruda nas investigações feito um esparadrapo fétido, sem nunca se afastar do suspeito mais óbvio. Está com a cabeça enterrada tão fundo no buraco que está quase vendo o outro lado do mundo.

E essa mulher, Jessica Ambrose? Griffin reconhece o que vê nos olhos dela. Essa confusão, esse luto, esse medo — misturados com uma determinação canina. Griffin se lembra dessa sensação, e de como, no começo, ele precisava de alguém apenas para ficar ao seu lado. Uma presença silenciosa para afastar o peso da solidão.

O isolamento que ainda sente.

Está sozinho há tempo demais.

Mas por mais desesperado que esteja para falar — com ela, com alguém, com qualquer um que escute —, ele não diz nada. Apenas acende outro cigarro e se concentra na estrada à frente.

Relatório da Assistência à Infância – Visita Domiciliar

Nome da Criança: Robert Daniel Keane (nasc. 31/03/1986, 9 anos)
Irmãos: nenhum
Data: 25 de janeiro de 1996
Razão para recomendação: faltas constantes às aulas, preocupações quanto ao bem-estar da criança, alerta dado pela professora.

Ao chegar à casa da família na alameda Milmoor, fui apresentada a Gary Keane (pai) e Marcus Keane (tio, morando com a família). A casa se mostrava malcuidada e suja. Havia evidências de consumo de álcool (garrafas vazias) e suspeita de uso de drogas (cheiro de maconha) por toda a propriedade.
    Perguntei pela mãe de Robert: o pai disse que ela fora embora em fevereiro de 1990, quando o filho tinha 3 anos, nem Robert nem Gary a viram desde então. Robert ficou do lado de fora, no corredor, enquanto conversávamos. Discutimos o motivo para minha visita e as frequentes faltas do menino às aulas; o pai disse que Robert sofria provocações de outras crianças e, como resultado, tinha ansiedade. O sujeito mencionou ensino domiciliar, embora tenha sido incapaz de dar maiores explicações ou oferecer qualquer evidência nesse sentido.

O pai descreveu Robert como tendo boa saúde em geral, dormindo e comendo bem, embora exames médicos prévios feitos na escola confirmem que Robert está abaixo do peso adequado para sua idade e altura. O menino tem uma cicatriz no lado esquerdo da testa, junto à linha do cabelo. O pai se recusou a permitir o acesso ao prontuário médico de Robert.

Ao observar o quarto de Robert, perguntei sobre a falta de lençóis na cama dele. O pai explicou que estavam sendo lavados, devido a alguns problemas com xixi na cama.

Pedi para passar algum tempo sozinha com Robert, o que foi concedido com certa hesitação inicial do pai. Robert tem poucos brinquedos, à exceção de dois grandes e surrados livros de capa dura, que ele me mostrou após um pouco de encorajamento. Um é *James e o Pêssego Gigante*, o outro é um complicado dicionário médico. Creio que esses livros pertençam a alguma biblioteca, embora eu não tenha sido capaz de confirmar. Perguntei se o menino entendia o dicionário e ele disse que não, mas que gostava das imagens.

A escola declarou que Robert é uma criança inteligente, com uma capacidade de leitura acima da de sua idade. Ele é calado e tímido, mas começou a se abrir conforme nossa conversa progredia. Recusou-se a responder quando perguntei se tinha algum amigo. E ele não parece ter a influência de nenhuma mulher, ou de nenhum outro adulto, em sua vida. Durante nossa conversa, ele segurava um caderno, fechado por uma tira elástica. Robert se recusou a me deixar ver seu interior, e, quando o puxei, ele gritou "não" e disse, "é meu, você não tem permissão para ver minhas coisas".

No final da hora designada para a visita, o pai nos interrompeu, declarando: "Você agora precisa ir embora, nós temos que sair".

Recomendações: O ambiente residencial está claramente abaixo dos padrões de limpeza e higiene, e ambos os responsáveis são fumantes, fazendo uso regular de impropérios em seu linguajar. Por conta disso, e por causa do baixo peso de Robert, acredito que seja improvável alcançar um padrão razoável de saúde sem a provisão de serviços das autoridades locais. Sendo assim, gostaria de passar o caso de Robert para a revisão interagências, com potencial para aprofundamento das avaliações especializadas de representantes da Polícia de Hampshire e da equipe de Primeiro Auxílio. Além disso, recomenda-se a requisição de uma ordem judicial para garantir acesso ao prontuário médico de Robert, o que pode oferecer maiores esclarecimentos. Uma indicação a um psicólogo educacional será feita. Faz-se necessária uma conversa com a direção da escola para explorar as afirmações sobre bullying, tendo como prioridade que Robert volte à escola o mais rápido possível.

A criança deve permanecer com a família durante a continuidade das investigações.

9

Eles seguem no Land Rover enferrujado em silêncio. Vez por outra, Jess olha para Griffin, desejando que ele dissesse alguma coisa, mas ela não ousa abrir a boca. Após um tempo dirigindo, seus olhares se encontram.

"Pare de me encarar.", resmunga Griffin.

"Me diga por que você acredita em mim. A detetive no hospital falou que você acha que há alguma conexão."

O sujeito lhe dirige um olhar cortante. "Você ouviu isso?"

"Me conte."

Griffin hesita, então faz uma curva para sair da estrada. Ele encosta em uma pista sombreada e para o carro. Então, desliga o motor. Jess olha pela janela e, naquele silêncio, ela de repente se dá conta do quanto está isolada, o quanto vinha sendo estúpida. Griffin se inclina na direção de Jess, e a mão dela busca a maçaneta para escapar, mas ele se abaixa até o piso e puxa de lá uma mochila preta. A respiração dela está pesada, e o sujeito nota o que Jess estava prestes a fazer. Ele lhe dirige um olhar afrontoso.

"Puta que pariu", murmura. Então se detém. "Você enjoa fácil?"

Jess olha de relance para a mochila. O que ele poderia estar guardando ali dentro? Um animal morto? Dedos decepados? "Não sei", responde ela, nervosa.

Griffin faz cara feia para ela por um momento, então abre a aba superior da mochila. "Tudo isso começou há uns dois anos", explica. Ele tira da mochila uma pasta de papelão desmantelada, repousando-a no colo e a abrindo. Com a outra mão, Griffin acende a luz interna do carro.

"Fui chamado à cena do crime de uma mulher, estrangulada e estuprada, que obviamente foi amarrada e torturada antes de ser morta." Griffin vai remexendo uma pilha daquilo que Jess reconhece como sendo fotos de cenas de crimes, e entrega uma a ela. Ela arfa. Sob a forte luz, consegue ver a pele pálida, os hematomas escuros. O rosto, os olhos fechados. "A mulher tinha 21 anos, era garçonete em um café da cidade. O nome dela era Lisa Kershaw."

Jess olha mais uma vez. O corpo está nu, e há claras marcas de ligadura no pescoço, pulsos e tornozelos.

"Então, você *é* detetive?", pergunta ela.

"Era", responde Griffin, rouco. Então prossegue rapidamente. "Daí, mais dois corpos foram encontrados." Ele entrega as fotos a Jess. Mais duas mulheres. Nuas. Mortas. Jess se encolhe ante as imagens. "Daria Capshaw e Sarah Jackman. Estranguladas, torturadas e estupradas." Griffin fala com os modos de um homem que tira algo do peito: palavras que não foram ditas em muito tempo, liberadas em uma enxurrada. Ele se vira e olha para Jess. "Então são três. Temos um assassino em série."

"Não vi nada disso nos noticiários", retruca Jess, atônita. "Como pode?"

"Meu chefe ficou preocupado que a publicidade encorajasse o assassino. Então, mantivemos tudo na encolha. Mas depois mais crimes hediondos apareceram. Dois estupros, invasões a domicílios, prolongados e brutais. Primeiro, não achamos que houvesse uma conexão."

"E havia?"

Griffin assente. "As vítimas tinham ouvido alguém em suas propriedades antes dos ataques. Pegadas foram encontradas em canteiros de flores, um padrão em forma de estrela que identificamos como sendo de um antigo tênis de corrida da Adidas, também encontrado perto do corpo de Sarah Jackman. Mas foi estranho. Assassinos não costumam regredir. Eles começam pelo estupro, então passam para o assassinato quando ganham confiança. Não andam para trás. Então, nos perguntamos se havia acontecido mais assassinatos que não notamos."

Jess se inclina para a frente no banco. Parece algo saído de um sonho, os relatos de Griffin daquelas mortes e daquela violência. Mas como isso poderia estar conectado a ela?

Griffin passa para a fotografia seguinte e aponta para a imagem, com uma expressão sombria. "Mais duas, mesmo *modus operandi* da primeira: estuprada e estrangulada." Fotos escuras e de baixa resolução, corpos difíceis de discernir. "Aconteceram alguns anos antes. Mas em dois condados diferentes, então ninguém ligou os pontos. Não foram solucionados."

"E depois?"

"Nós os ligamos e montamos uma força-tarefa. Mas não descobrimos nada. E as coisas se aquietaram. Até essas duas."

Ele aponta uma vez mais. "Emily Johnson e Isabelle Richards", diz Griffin. "Ambas trabalhadoras do sexo. Atingidas no topo da cabeça com o que o patologista acreditou ter sido um martelo, então mortas a punhaladas."

"É diferente", comenta Jess.

"É, sim. Mas são muitos assassinatos violentos não resolvidos para a Inglaterra. Ainda mais quando levamos em consideração que a maioria dos homicídios é cometida por alguém que a vítima conhece." Griffin a encara, pensativo. Ela havia começado a tremer no carro frio, e passou os braços ao redor de si mesma, mas Griffin não parece notar. "Então, um ano atrás, houve outra invasão em domicílio", continua ele, lentamente. "Um casal. Foram ameaçados com uma arma de fogo, com um facho de lanterna apontado para seus rostos. Foram separados, amarrados. A mulher foi estuprada repetidamente. Por horas." A voz de Griffin é baixa, e ele fala devagar, com palavras comedidas. "O marido foi gravemente espancado com uma tora de madeira de uma pilha de lenha e deixado inconsciente. Quando acordou, a esposa estava morta. Golpeada até morrer da mesma forma, de mãos amarradas com o cordão da cortina."

Griffin fica quieto por um segundo e Jess consegue ver os músculos de seu maxilar se mexendo, obviamente tentando ao máximo se controlar. Ela consegue perceber que esses assassinatos não resolvidos cobraram um alto preço dele. "Se tivéssemos pegado esse cara antes..." Griffin se detém outra vez e Jess pode apenas imaginar a culpa que ele sente, sabendo que mais alguém havia morrido debaixo de suas vistas.

Griffin respira fundo, então olha na direção dela. "Mas aí os rastros esfriaram."

"Nada desde então?", pergunta Jess, descrente. "Nada por um ano?"

Griffin meneia a cabeça. "Nada, até que recebi uma ligação na noite passada: um morto em um incêndio residencial. Suspeita de incêndio criminoso. Suspeita de homicídio."

Um nó se forma no estômago dela. Essa é sua casa. Seu marido. Jess começa a se sentir mal. Sabe que não foi ela quem deu início ao incêndio, mas tinha presumido que havia sido algo aleatório. Um adolescente cumprindo um desafio que deu errado. Um ataque por vingança em um caso de identidade trocada. Ela não achou que poderia ser algo assim, tão extenso.

"Não é possível que haja alguma ligação", gagueja Jess.

Griffin tira o telefone do bolso do casaco, passando o polegar pela tela, então mostra uma imagem a Jess. Ela se encolhe, mas desta vez é algo inócuo: um brinco, em forma de lua crescente, lampejos de verde e azul pela prata.

"Isso é seu?"

Ela nega com a cabeça.

"Tem certeza?"

Jess olha outra vez. "Tenho." Depois faz uma pausa. Mal ousa perguntar.

"Foi encontrado junto da porta da frente, do lado de dentro." Jess abre e fecha a boca. Griffin a encara. "Pertencia à última vítima de estupro. Acredito que tenha sido colocado lá deliberadamente."

"Mas por quê?"

"Isso eu não sei."

Ele estende o braço e dá partida no carro outra vez. E então Jess se dá conta de qual era o assunto da ligação.

"Houve mais uma?", pergunta. "Estamos indo a uma cena do crime?"

"Eu, sim, você, não. Você vai ficar no carro."

E sem esperar que ela concorde, Griffin pisa fundo no acelerador e os dois voltam à estrada.

• • •

A estrada vira uma rodovia de pista dupla, depois adentra uma cidade. Jess ainda está com as fotografias em mãos e as repassa mais uma vez enquanto os dois avançam. Imagens tremeluzentes sob as luzes dos postes. Morte. Destruição. Assassinato. O que isso poderia ter a ver com ela?

O medo a domina, e Jess começa a chorar em silêncio outra vez. Quem poderia querer a morte de sua família? Não há nada de excepcional nos três que poderia fazer deles um alvo. O trabalho de Patrick é sem graça, de escritório, e ela não é nada além de uma dona de casa.

Sente-se desorientada. Já perdeu a conta de quantos livros leu e quantos programas de TV viu sobre essas coisas: documentários, psicologia forense, o estranho e o macabro, mas, neste exato momento, nada disso ajuda. Tudo o que ouviu de Griffin poderia ter sido tirado diretamente de uma das páginas daqueles perfis dedicados a crimes reais.

E a cabeça dela é um problema em si; quando ela se move rápido demais, fica tonta. É óbvio que há algo de errado ali dentro. Mas não pode se preocupar com isso no momento.

Menos de 24 horas atrás, Jess estava em casa, com a filha e o marido. E agora ela está molhada e com frio, dentro de um Land Rover ensebado com alguém desconhecido, seguindo na direção de um outro assassinato.

Jess nunca tinha visto um cadáver — não na vida real. Mas ela se aferra com determinação a esse homem, como se ele guardasse a solução para o inferno que se tornou sua existência.

Os dois seguem por cerca de uma hora, até que Griffin entra com o carro em uma rua suburbana. É uma área agradável: grandes casas com art déco falsa, com portões e carros caros, como Discoveries e Evoques, nas amplas entradas de garagem. Jess olha para Griffin: está com os olhos semicerrados na direção do para-brisa, obviamente procurando alguém. Ele abre a porta do carro quando um homem aparece avançando pela estrada na direção de ambos. O sujeito é mais velho, com a cabeça calva, uma barriga protuberante e uma expressão amuada.

Griffin olha outra vez para Jess. "Você fica aqui." Ele percebe que ela está prestes a responder. "Sem discussão. Fique aqui."

Depois sai do carro e fica lado a lado com o homem, que olha Griffin com uma carranca. Estão perto o bastante para Jess ainda conseguir escutar a conversa entre os dois.

"Isso tem que parar", diz o homem. "Não pode usar um erro contra mim pelo resto da vida."

"Quando isso acabar, Alan, eu paro."

O homem olha para Jess pelo para-brisa do Land Rover.

"Ela vai ficar aqui", reitera Griffin, tanto em benefício dela quanto do homem.

Os dois homens começam a cruzar a estrada rapidamente. Jess os observa avançar por um momento, então abre a porta e os segue. Griffin que se dane. Ela precisa ver aquilo; saber que é tudo real. Esta é a vida *dela*, o pesadelo *dela*.

Jess se detém por trás de um carro estacionado quando Griffin e o homem param junto de uma grande van branca. Ao longe, consegue ver uma fita azul e branca esvoaçando na escuridão.

"O que temos aqui?", ela ouve Griffin perguntar.

Alan estende a mão para a traseira da van e entrega algo branco a ele. Jess observa Griffin vestir o traje para cenas de crimes, então os dois homens se afastam. Ela espera até estarem a uma boa distância, então pega um para si mesma: é grande, macio e de plástico, e Jess faz o melhor que pode, cobrindo os tênis com as proteções brancas para calçados, colocando as luvas azuis.

"Foi um massacre", ouve Alan dizer enquanto se esgueira por trás deles. "Sangue por toda parte."

"Você acha que foi ele?", pergunta Griffin, e Alan assente.

"Não vejo nada assim há muito tempo. Ainda estamos esperando o patologista, mas com certeza foi um homicídio. A Crimes Hediondos já veio e já foi embora. Não disseram muita coisa."

Jess os observa colocar as máscaras, depois os capuzes por sobre as cabeças. Ela faz o mesmo. Com essa vestimenta, de repente se sente segura — indistinguível de outras pessoas que enxameiam a estrada.

Os homens seguem na direção da casa em passos arrastados e se detêm diante do cordão de isolamento policial. O vigia da cena do crime observa Alan se curvar e fazer uma anotação em um livro de registros de cor turquesa, depois fazer um gesto para trás, na direção de Griffin.

"Ele já se registrou", Jess o escuta murmurar enquanto os dois passam. Ela aguarda. Está refletindo sobre tentar usar um nome falso, na esperança de que o guarda não confira sua identidade, quando uma grande multidão de técnicos da perícia surge por trás dela, falando alto e vestindo seus idênticos trajes brancos. Ela se integra ao grupo homogêneo conforme eles brincam com o guarda, assinando o livro um de cada vez.

E então o sujeito acena para que eles passem e Jess entra.

É uma mansão, com um longo acesso para carros que leva a uma grandiosa entrada. Jess pode ver a luz passando pela porta da frente aberta e os oficiais de cena do crime entrando e saindo da área. O terreno está apinhado de pequenos triângulos amarelos; vez por outra, ela vê o flash de uma câmera. A escuridão é lúgubre, e Jess sente um arrepio percorrer suas costas. À esquerda, há um carro estacionado, com a porta do motorista aberta e pessoas se inclinando para dentro dele. Ela alcança Griffin rapidamente, no momento em que Alan aponta para o carro.

"O primeiro está ali dentro. Um menino de 18 anos. Baleado. Umas boas vezes, e à queima-roupa, ao que parece. E retalhado com uma faca. Ainda não temos certeza dos detalhes específicos."

Jess não consegue desviar o olhar, imaginando o que deve haver ali dentro. Mas então sente a mão de alguém apertando seu braço com força. Ergue o rosto e encontra o olhar furioso de Griffin.

"Que porra é essa? Eu disse para ficar no carro."

"Eu vou junto. Sou parte disso."

"Quer saber..."

"Eu sei."

Ele a encara. Absorve sua expressão desafiadora por baixo da máscara. "Está bem", esbraveja Griffin, muito embora esteja óbvio para Jess que não está nada bem. Mas sabe que ele não pode se dar ao luxo de ela fazer um escarcéu, de chamar atenção para o fato de que nenhum dos dois deveria estar ali.

Eles param na entrada de uma grande tenda branca, do lado direito da casa. Alan ficou observando a discussão dos dois, e agora os fuzila com os olhos.

"Ela não era parte do acordo", sibila ele para Griffin.

"O acordo é exatamente aquilo que eu disser que é." Griffin assoma sobre o sujeito, claramente maior e mais forte. "Você fez merda e, se não fosse por isso…" Ele balança a cabeça. "Só faça o que eu peço e, quando isso acabar, nunca mais terá que me ver outra vez."

O olhar de Alan encontra o de Griffin por um instante, então o homem baixa os olhos, recuando. Exausto, ele abre a aba da tenda e Griffin se abaixa para entrar. Quando Jess entra depois de Alan, Griffin agarra o braço dela outra vez.

"Tem certeza de que quer ver isso?", pergunta ele, e ela assente.

Mas nada poderia tê-la preparado para o que estava ali dentro.

Um corpo — de uma mulher, Jess se dá conta — está caído no chão. Refletores foram colocados ali e iluminam o rosto da mulher, que exibe uma careta. Para todo lado que Jess olha, há sangue. A camisola branca da mulher está rasgada e encharcada dele. A grama ao redor dela está manchada de vermelho. Jess sente uma tontura e se dá conta de que não estava respirando. Ela se força a sorver breves arfadas de ar.

"Não tocamos no corpo, é óbvio", sussurra Alan. "Mas um bom palpite para a causa da morte seriam ferimentos perfurantes, provavelmente feitos à faca. À primeira vista, eu estimaria que ela foi apunhalada pelo menos trinta vezes."

"É um ataque bem caótico", resmunga Griffin, e Alan assente.

"E isso não é tudo."

Há um segundo corpo atrás. O rosto dele está irreconhecível pelas mutilações, mas, pelo cabelo e pelas roupas, Jess presume que se trata de um homem.

"Politraumatismo na cabeça, além do que acreditamos serem mais ferimentos perfurantes, mas pode ser um ferimento à bala, já que tivemos relatos de disparos", murmura ele. "Parece que o homem estava tentando correr. Pobre coitado."

Eles não se detêm.

Alan os conduz outra vez à escuridão. Ele aponta na direção da casa.

Eles sobem os grandes degraus de pedra. Entram na casa. É um lugar incrível. Os olhos de Jess se adaptam rapidamente à escuridão e ela contempla a vasta escadaria, o piso de pedra, as fotografias de um casal sorridente na parede.

As plataformas de percurso deslizam no mármore conforme eles andam por elas; o chão está coberto de manchas e nódoas de sangue e lama. Alan aponta para elas enquanto caminham.

"Essa bagunça é da primeira equipe a responder ao chamado", murmura ele. "Não vamos conseguir nenhuma marca de pegada útil com isso."

O corredor leva a uma porta dupla de madeira, deixada entreaberta. Alan as abre com o dedo enluvado, e Jess para no ato.

A sala de estar é uma área com pé-direito duplo, e a chuva começa a tamborilar nas claraboias no telhado. Jess consegue perceber que o cômodo devia ser decorado com bom gosto, de modo discreto e minimalista, em tons de bege e creme, mas, naquele momento, a sala está um completo caos. A mesa de centro está tombada, o sofá, empurrado para um dos lados; cada um dos itens da mobília está bagunçado.

E cada uma das superfícies está coberta de sangue. Respingos correm parede abaixo. As poltronas cor de creme estão manchadas e riscadas. Uma grande poça se formou no meio do cômodo, onde os corpos estão desabados.

O cheiro é estranho e perturbador. Ferroso e metálico, se prendendo ao interior do nariz de Jess. Mesmo com a máscara, ela quase consegue senti-lo e tem ânsias de vômito, cobrindo a boca com a mão.

Há dois corpos. Um espaço foi aberto no centro da sala e eles estão caídos encostados um no outro, molhados e ensanguentados. Jess pode ver que uma corda branca foi pendurada em uma das vigas do teto, então amarrada ao redor dos pescoços das vítimas. As mãos do homem estão amarradas.

"Eles... eles foram...", começa a dizer Jess, apontando para a corda, mas Alan balança a cabeça.

"Nós os encontramos assim. E não há nenhuma das marcas de ligadura óbvias ao redor dos pescoços deles, o que se esperaria se tivessem sido enforcados."

Parecem uma mulher e um homem. Parecem — Jess dá um passo adiante para olhar mais de perto. Griffin estende o braço para impedi-la.

"Ela está...", tenta Jess de novo. Mal consegue se forçar a dizer.

Griffin assente devagar, de olhos semicerrados.

As mãos da mulher estão amarradas por trás das costas, o corpo coberto de sangue. Ela está caída para a frente em um ângulo esquisito, mas Jess consegue discernir a curvatura em seu ventre.

Ela estava grávida.

Jess se sente nauseada. Sente o calor de seu hálito por trás da máscara. O sangue, a natureza frenética do ataque, são uma coisa, mas amarrar e assassinar uma mulher grávida? Aquilo era bárbaro. Insano. Ela se lembra de como se sentiu quando estava grávida de Alice. Teria feito qualquer coisa para proteger a filha por nascer. Jess se pergunta o que teria passado pela mente da mulher. Se ela implorou, se fez alguma súplica pela vida do bebê. Jess reprime as lágrimas e começa a se afastar dos corpos.

"Poderia ter sido pior", comenta Alan, e Jess rapidamente olha para ele. *Como?*, pensa ela. Como, exatamente, aquilo poderia ter sido pior? Alan continua: "Era para haver mais duas pessoas aqui, na noite de ontem, mas elas mudaram de ideia no último minuto. Vieram até aqui esta tarde para se desculpar e encontraram os corpos no gramado. E um rapaz, de uns 19 anos, que estava na edícula da avó, lá nos fundos".

"Uma testemunha?", pergunta Griffin, mas Alan meneia a cabeça.

"Completamente chapado. Dormiu. Diz que não ouviu coisa alguma."

"Qual é a da bandeira?"

Uma grande bandeira dos Estados Unidos está pendurada por cima do sofá, logo atrás do corpo da mulher. Ela é brilhante e espalhafatosa. Para Jess, parecia ter sido colocada de propósito — as pontas estão retas e precisas. É a única coisa na sala que não está coberta de sangue.

Alan olha para a bandeira. "Não temos certeza. Temos algumas teorias."

Mas, antes que possam perguntar, eles ouvem uma comoção às suas costas. Pessoas abrindo caminho conforme outras figuras adentram o cômodo. O sujeito parece igual a todos os outros, mas obviamente detém autoridade naquela cena. Griffin puxa Jess para trás.

"Alguém tocou neles?", grita o homem.

"Não, ninguém", responde Alan.

O homem assente com satisfação e se agacha junto aos corpos. Seus ombros se vergam quando ele vê a mulher. Jess o ouve murmurar uma torrente de profanidades.

Griffin cutuca o ombro dela e indica com um gesto que devem sair dali. Ela o segue, atravessando a casa. Depois de saírem da sala de estar, Jess sente sua mão sendo puxada e Alan a detém.

Ele observa Griffin caminhar para fora da casa, depois se volta para Jess.

"Escute", diz Alan. "Eu não sei quem é você, ou o que está fazendo aqui. Mas vou lhe dizer agora: não o deixe arrastá-la para essa missão dele. Nate já foi tão fundo nisso que não sabe mais onde é a superfície. Eu vou ser arrastado para o buraco com ele — e isso é culpa minha, tanto quanto é dele —, mas você parece nova nisso tudo. Não o deixe tomar tudo que você tem."

Jess franze o cenho. "Eu meio que já perdi tudo", responde ela, então se afasta.

Não vê nada além de sangue ao sair da casa. Marcas de mãos. Manchas e nódoas. Um fotógrafo está registrando evidências do lado de fora da parede da porta da frente, e isso chama a atenção dela. Há algo escrito ali. Grandes garranchos vermelhos, feitos com o que ela só pode presumir que seja sangue.

Jess para e fica encarando aquela palavra.

PORCO, é o que está escrito.

10

Jess alcança Griffin junto ao Land Rover. Ele tira as roupas próprias para a cena do crime com raiva, rasgando-as no processo, e as amassando em uma bola. Ele as joga no banco de trás do carro, então se senta no do motorista. Jess faz o mesmo e se senta ao seu lado, suspirando de alívio ao fechar os olhos por um segundo. Está se sentindo tonta outra vez. O exercício a mais não deve ter feito bem nenhum à sua cabeça.

Griffin dá a partida e os dois seguem em silêncio. Ele não olha na direção dela. Seu descontentamento com relação a Jess é palpável.

A cabeça dela está girando com tudo o que viu. As mortes parecem uma insanidade; a enorme quantidade de sangue, as punhaladas, a bandeira. Jess não entende como é possível que aquilo tenha qualquer ligação consigo, com o incêndio de sua casa. A morte de Patrick em nada lembra aquilo que viu neste dia.

Pensamentos zumbem em sua cabeça. Ela vê o sangue. A mulher grávida. Jess achou que assassinos tinham um tipo, um modo de matar. Por que alguém colocaria fogo em uma casa em um dia, então mataria cinco pessoas na casa delas, com facas, cordas e armas?

Griffin acelera com tudo, disparando em cada esquina. Jess fita o velocímetro de relance. Ali diz 100, então 110 quilômetros por hora. Ela segura firme no carro ao ser lançada para um lado e para o outro. Griffin está descontando a raiva na estrada, e não dá para culpá-lo.

Ela não faz ideia de para onde estão indo, até que param diante de uma loja de carros usados. É uma daquelas lojas de proprietários locais, com péssimos Ford Fiestas e Vauxhalls de dez anos de idade no estoque. Griffin não espera por ela quando sai do carro batendo a porta, abre um portão na lateral da loja e desce pisando duro os degraus de metal, até uma sala no andar de baixo. Jess corre atrás dele, mas, antes de chegar lá dentro, ouve um barulho.

É a pancada de algo sendo atirado, então um estrondo.

Hesitante, ela abre a porta.

O lugar não passa de uma grande sala, com o que ela presume ser um banheiro por trás da porta à esquerda. As paredes são de tijolo aparente e o piso é de madeira, mas há tapetes e um sofá. Uma cozinha básica ocupa o espaço da parede no extremo oposto da sala, com uma cama de casal à direita. Um conjunto grande de halteres está empilhado em um canto.

Griffin tinha derrubado uma das cadeiras; há uma garrafa de cerveja espatifada contra a parede mais próxima a Jess, os cacos de vidro espalhados pelo chão, o líquido escorrendo pelos tijolos. O homem berra e golpeia a parede com os punhos, então soca os tijolos com um deles. Griffin grita, e Jess corre até ele, segurando seu braço para impedi-lo de fazer aquilo de novo.

Ele se vira de repente, de punho erguido, formando uma linha reta com a cabeça dela. Jess sente a tensão nos músculos dele, a força de seus braços. É tudo o que pode fazer para não ser atirada ao chão enquanto o segura. O rosto dele está retorcido de raiva.

Griffin olha para ela. Não há nada nos olhos dele. Sinal algum de reconhecimento ou de humanidade. Apenas ódio. Ele avança, empurrando-a contra a parede, encurralando-a em um dos cantos.

Com a outra mão, Griffin agarra o pulso dela; Jess sente os dedos dele se enterrarem em sua carne e solta o braço do sujeito. Seu corpo é inundado pela adrenalina, mas, desta vez, não é medo. É algo mais. Uma onda de energia. Ela está com raiva, como ele. Griffin segura os braços dela, um de cada lado de sua cabeça. Jess sente a aspereza dos tijolos contra a pele. Ela se força contra Griffin o máximo que pode para se livrar, mas ele a mantém imóvel, com o rosto a meros centímetros do dela.

A respiração de Jess está pesada, dá para sentir seu coração acelerado. Ela olha nos olhos de Griffin, mas tudo o que consegue ver em sua cabeça é o sangue. Os buracos nos corpos, a maré vermelha. Aquele bebê não nascido, *o bebê não nascido...*

E então, a boca dela se pressiona com força contra a de Griffin. Não há elegância ali, apenas dentes se trombando, a barba por fazer dele contra sua pele, sua língua na boca dele. Griffin retribui o beijo, enfiando as mãos por dentro das roupas de Jess. Estão frias na pele quente dela, e ela faz o mesmo com ele, estendendo as mãos por dentro da camisa de Griffin. O corpo dele é maciço, áspero, e Jess o deseja — para ajudá-la a sentir alguma coisa, qualquer coisa, para tirar os pensamentos de sua cabeça.

Ela chuta os tênis para longe, sente as mãos de Griffin se enfiarem em suas calças. O dente dele bate contra seu lábio e, por um instante, Jess sente gosto de sangue. Isso a lembra dos corpos... do vermelho... mas fecha os olhos com força e se concentra no que está fazendo. Uma das mãos dele desce por trás de suas calças, a outra...

Jess arfa. Meu Deus. Ela força o corpo contra o dele e consegue sentir a boca de Griffin em seu pescoço, em sua clavícula. Jess tira a camisa dele, então se atrapalha com o cinto e a calça jeans, os dedos de Griffin ainda dentro dela, brincando, distraindo-a.

Então, abruptamente, ele para. Afasta-se, e seus olhos encontram os dela.

Algo mudou. Griffin balança a cabeça, ainda sem fôlego, dando um passo para trás.

"Não. Não podemos fazer isso", murmura, quase para o chão. Ele dá as costas a Jess, puxando a calça jeans para cima, então pega a camisa e o maço de cigarros da mesa e sai do apartamento.

Ela observa a porta se fechar. Fica ali, recostada na parede, atordoada. Estava gostando daquilo, ela queria continuar. Para sentir algo além do distanciamento sem fim.

Mas algo detém Griffin. Jess sobe a calça, antes de desabar na cama. Fica encarando o teto. Pensa que deveria se sentir culpada, sentir qualquer coisa, pelo que tentou fazer tão pouco tempo após a morte de

Patrick, mas não sente nada além da fisgada da rejeição. *Essa é a merda de pessoa que eu sou*, pensa ela. *Foi por isso que ele não quis trepar comigo. Nem um homem como Griffin me quer.*

A porta se abre e Griffin volta para o cômodo com uma lufada de ar frio. Ele olha para Jess.

"Jessica...", ele começa a dizer, mas ela o interrompe.

"É Jess. E não quero falar sobre isso", declara ela, e Griffin assente.

"Por mim, tudo bem."

Griffin se junta a ela na cama, tirando a camisa por cima da cabeça e deitando de bruços, o rosto virado para longe de Jess. Ele se cobre com o edredom. Um lampejo de luz reflete em sua mão esquerda e, pela primeira vez, Jess nota a aliança de casamento. Então, foi isso que o deteve? Mas por que Griffin está morando ali?

Ela não consegue pensar nisso neste momento. A exaustão a atinge e Jess descansa a cabeça no travesseiro. Apesar da recusa, Griffin não parece se importar com ela estar na cama ao lado dele, e Jess fica feliz com isso.

"Griffin?", pergunta ela, e ele resmunga. "Qual é o seu nome?"

O homem se vira para encará-la, franzindo o cenho. "Como assim?"

"Aquele homem o chamou de Nate."

Ele se vira outra vez. "Nate. Nathanial Griffin", responde, a voz abafada pelo travesseiro. "Poucas pessoas me chamam assim hoje em dia. Pode continuar com Griffin."

Jess escuta a respiração dele, que agora se reduziu a um leve inspirar e expirar. Ela fecha os olhos. As imagens surgem em sua mente. O sangue. A grávida morta. Sua casa arruinada.

Pense em outra coisa, diz a si mesma, fechando os olhos com força. Em algo bom.

Alice.

A dor de estar longe da filha faz com que quase seja difícil respirar. Mas Alice está viva. Ela está segura, garante Jess a si mesma, com minha mãe, com meu pai e com Nav.

E, com pensamentos sobre sua filha em mente, deitada ao lado de um homem estranho, em um apartamento estranho, Jess cai lentamente em um sono profundo e sem sonhos.

11

Ele gosta do *tum tum* que a linha do baixo faz na música, tão alto que reverbera em seu diafragma. As luzes piscando, a bruma das doses entornadas apressadamente no balcão do bar. Ele dança, as mãos acima da cabeça, o cheiro de suor — dele e de outros homens na boate. Fecha os olhos por um instante, sentindo os corpos contra o seu. Pele macia, músculos rijos.

Sente a mão de alguém em seu braço. Gentil, lhe acariciando.

"Nunca te vi aqui antes", grita o homem por cima da música. Ele fita os olhos dele; percebe o interesse.

"É minha primeira vez", responde.

"Sério?" O homem dá um sorriso sugestivo. "Quer fazer algo com relação a isso?"

Ele olha para o sujeito. Parece jovem, mal tendo saído da adolescência. Mas a confiança dele é atraente, esta boate claramente é um lugar onde ele se sente em casa, com sua camiseta branca justa, o jeans que levanta sua bunda.

Ele assente e o homem sorri, então agarra sua mão e começa a puxá-lo para longe da pista de dança na direção dos banheiros. Ele puxa a mão de volta e o homem se vira, com um olhar de curiosidade.

"Aqui não", berra ele. "Vamos pegar um táxi e ir pra minha casa."

O homem inclina a cabeça para o lado, fingindo-se de amuado. Então abre um sorriso. "Acho bom você ter algo que faça valer a pena."

"Tenho certeza de que consigo arrumar um rum com coca", declara com um leve sorriso. "Como é o seu nome?"

"Steve", responde o sujeito. "E o seu?"

Mas ele já se virou, o homem o seguindo obedientemente, o nome grudado em sua mente.

Steven, pensa. *Perfeito*.

Perfeito.

12

Dia 3, Quarta-feira

Jess desperta com a luz do dia abrindo caminho pelo cômodo. Por um instante, se sente desorientada, mas então se dá conta de onde está e se vira na direção dele.

Griffin ainda está deitado de bruços, com o rosto virado para longe dela. O edredom foi tirado durante a noite, e ela observa o homem sob a luz tênue, observando os músculos de seus ombros, os declives das costas. Consegue ver uma série de linhas prateadas e rosadas correndo pela base da coluna, desaparecendo por dentro do jeans. Parecem cicatrizes novas, e Jess se pergunta como ele as conseguiu.

Ela pensa nos próprios braços e pernas. Nas linhas franzidas esbranquiçadas, riscando a pele. Algumas paralelas entre si, algumas antigas, outras novas. Uma confusão. Sabe que Griffin, a esta altura, já deve tê-las visto, mas não comentou nada.

E que raio de lugar é este? Jess franze o cenho e sai da cama. Está fazendo mais frio nesta manhã, e ela agarra a primeira coisa que vê por perto e veste um suéter de Griffin. Tem cheiro de cigarros e da pele dele. A roupa evoca uma memória da noite passada e algo se revolve dentro dela. Mas Jess sabe que o que aconteceu — ou melhor, o que não aconteceu — não foi um gesto romântico. Apenas uma liberação de estresse e raiva, não mais do que isso. Ela afasta a lembrança da mente.

Há uma longa mesa de madeira no centro do cômodo, na direção da qual ela caminha enovelando-se nos próprios braços. Papéis cobrem a superfície, e Jess lê algumas das matérias de jornal. Todas informam sobre homicídios. Algumas têm linhas grifadas, outras têm comentários rabiscados nas margens. Alguns dos documentos parecem ser impressões de um sistema de computador, ou algum tipo de base de dados. Datas, nomes, descrições.

Mas é a parede à esquerda da porta que mais chama sua atenção. É enorme, cada centímetro dela coberta por fotografias e matérias, pregadas aparentemente de forma aleatória. Há um quadro branco no meio, com garranchos quase ilegíveis em pincel atômico preto. Ela se posta diante dele.

Olha mais atentamente para as fotos. Algumas delas são de lugares, de pessoas — rostos sorridentes —, mas as outras são fotos de mortos. Alguns deles Jess viu na noite anterior, alguns são novos. Corpos despedaçados, distorcidos e cinzentos. Partes faltando, olhos arregalados, encarando cegamente o nada. Sangue, carne rompida, pele rasgada. O estômago de Jess se revira, mas ela não consegue desviar o olhar, dominada pelo horror ali exposto.

Então ela se lembra. Dos corpos. Da barriga grávida. Da criança agora imóvel ali dentro. Do sangue.

Antes que consiga parar, as imagens correm por sua mente. Tanto sangue. Por toda parte, respingado pelo chão, pelas paredes. Ela se lembra da palavra escrita na porta da frente, em garranchos vermelhos. *PORCO*. Ela se detém. É estranhamente específico. Era uma mensagem para a polícia, ou um recado a alguém? Talvez de um amante dispensado?

Jess franze o cenho e encara o quadro branco. Algo na natureza dos assassinatos recentes lhe transtorna a mente. Algo que ela já viu antes. Cinco pessoas mortas, uma delas com uma gravidez adiantada. E *PORCO* rabiscado com sangue junto à parede.

Ela arfa.

"Griffin", berra Jess, sem tirar os olhos do quadro. O sujeito se remexe na cama, olhando para ela com olhos semicerrados e sonolentos.

Ela começa a mover as fotos na parede, tirando algumas e as jogando no chão. A destruição provocada por Jess o tira da cama e Griffin se levanta, colocando uma camiseta e se aproximando dela.

Ele observa enquanto Jess continua, com movimentos rápidos.

"O que está fazendo?", pergunta ele.

Ela aponta para uma foto na mesa. "Me passe aquela ali, e aquelas outras duas."

Griffin obedece, e ela as prega de volta na parede, juntas.

Depois de um momento, Jess para e dá um passo para trás, observando-as de longe.

Ela aponta para a parede, então se vira para Griffin. O rosto dele ainda está amarrotado pelo sono, e Jess nota que, cada vez que ele se move, se encolhe.

"O que você está vendo?", pergunta Griffin.

Ela aponta para o grupo no topo, seus nomes rabiscados com pincel atômico preto. "Lisa Kershaw, Daria Capshaw e Sarah Jackman. Todas estranguladas, torturadas e estupradas."

Griffin assente. Ele puxa de sua bolsa uma caixa de remédios e destaca um comprimido da cartela, depois para e pega mais um. Jess o observa jogar as pílulas na boca e as engolir em seco, então aponta para o grupo seguinte de fotos.

"Atingidos na cabeça com um martelo, depois esfaqueadas."

"O que você está dizendo?", pergunta Griffin lentamente.

"Dois modos muito específicos de matar", fala Jess. "Me dê seu telefone."

Griffin o desbloqueia e o entrega. Ele observa por cima do ombro dela enquanto Jess digita algumas palavras em um mecanismo de busca. Então ele se retesa, olhando do quadro para o telefone, ainda nas mãos de Jess.

Ela aponta para uma das fotos do agrupamento. "Onde esses assassinatos aconteceram?", pergunta.

"Ambos em Leeds", conta Griffin. "Isabelle Richards foi em Roundhay Park."

"Yorkshire", diz Jess. Ela olha para Griffin. "Ambas prostitutas."

A boca dele se escancara. "Sutcliffe", diz devagar. "Então, esse grupo...", começa ele, apontando para os primeiros assassinatos.

"O Estrangulador de Hillside", responde Jess.

Griffin balança a cabeça. "Deve ser coincidência", diz ele, quase para si mesmo. "E quanto a ontem?", pergunta. "Foi uma coisa completamente diferente."

A expressão de Jess é sombria. "Uma mulher grávida? Cinco assassinatos violentos dentro de uma casa?"

"Puta que pariu", murmura Griffin.

"Manson", termina Jess por ele.

A revelação faz Griffin dar um passo para trás. Seu rosto está pálido. Ele parece atordoado, quase em choque.

"São todos *modus operandi* de diferentes assassinos em série", declara Griffin, articulando em voz alta o que Jess está pensando.

Ela assente devagar. "Esse escroto perturbado está copiando assassinos em série", sussurra.

23/08/1990   13h30   P.S.   Residente em Especialização (dr. Evans)

Chamado de Trauma: menino, 4 anos de idade (Robert Daniel Keane, nasc.: 31/03/1986)
Queixa apresentada: Pai relata queda de escada na presente data, aproximadamente 14 degraus, caindo em piso de azulejos.
Nenhum sintoma anterior, breve perda de consciência relatada, vômito (2x), confusão subjetiva. Nega convulsões, sem estado pós-ictal.
Deformidade subsequente no punho direito, dor contínua na perna direita.
Histórico médico: Relatado acidente de carro aos 36 meses, nenhum atendimento anterior.
Histórico de medicamentos: Nenhum digno de nota, pai não tem certeza de imunizações e alergias a medicamentos.

Resultado do exame médico:
i) Queda de escadas
ii) Lesão cerebral por trauma (?)
iii) Fratura do distal radial direito causada por queda sobre a mão (?)
iv) Lesão de tecido mole na perna direita (??)
v) Lesão não acidental (??)

Recomendação:
1. Tomografia da cabeça para investigar lesão cerebral
2. Observação na ala de pediatria até resultado da tomografia
3. Radiografia da perna e da coxa direita
4. Informado ao Serviço de Proteção à Infância dada possibilidade de lesão não acidental
5. Encaminhar para pediatria

15h00   P.S.   Residente em Especialização (dr. Evans)

Atualização dos exames de imagem
Relatório da tomografia: Hematoma frontal extradural e traumatismo craniano linear sobrejacente
Radiografia do braço direito: Fratura distal do rádio sem deslocamento
Radiografia da perna direita: Ausência de lesão óssea aguda, evidência de fratura da tíbia na altura da metade do osso.
Conversado com o pediatra durante a chamada: Pai atribuiu a antiga fratura ao acidente de carro quando era bebê.

Recomendação:
1. Internação na pediatria
2. Observação contínua, para revisão pela manhã
3. Indicar que Pediatria tome providências junto a Proteção à Infância

13

Hoje, a cena do crime está mais tranquila. Um único policial vigia a mata; apenas algumas figuras de branco ainda permanecem ali. Desta vez, Karen está sozinha, Deakin tendo se recusado a se juntar a ela. A inspetora não discutiu, pois sabia a razão.

Ao chegar em seu carro, Karen vê Libby a aguardando. Vestida com o traje completo para cena do crime, Libby Roberts dá um sorriso largo para Karen. O capuz dela está abaixado, e seu longo cabelo rosa brilhante resplandece de modo incongruente em contraste com as árvores.

Conhecida como uma das melhores em sua área de análise de padrões sanguíneos, Karen ficou satisfeita ao saber que Libby iria avaliar a cena do crime. Ter a visão dela em primeira mão era inestimável. Karen sabia que ela daria sentido àquele caos.

"Café?", pergunta Karen enquanto estende um pequeno copo de papel com um espresso, trocando-o pelo traje branco na outra mão dela. Libby vai bebendo enquanto Karen veste o traje, descartando o copo vazio dentro do carro da inspetora.

Karen odeia esses trajes. Nunca servem direito, as luvas sempre deixam as mãos suadas, mesmo neste frio, e a máscara é constritiva, o que a faz se sentir sem fôlego e sufocada. Mas também por causa daquilo com que ela veio a associá-los: com a morte, o sangue, o horror do que está por vir.

Elas calçam as luvas, colocam as proteções para os sapatos e as máscaras e puxam os capuzes para cima. Karen a segue por baixo do cordão de isolamento.

"Coitadas dessas meninas", murmura Libby. Elas estão perto do carro, e Libby aponta manchas marrom-escuras na grama. "Sangue, e aparentes marcas de arrasto. O que eu esperaria ver se tirassem um corpo do banco de trás e colocassem no porta-malas."

"Corpo?", pergunta Karen. "Só um?"

Libby a leva para a traseira do carro. "É impossível dizer com certeza, mas pegamos amostras por toda a área, então vamos poder confirmar qual é o sangue de quem. Porém, se você me colocar contra a parede...", diz ela, e Karen assente. "...pelo padrão, eu diria que a vítima número um foi morta no banco de trás, então arrastada por aí, e a número dois, morta no próprio porta-malas. Está vendo aquele empoçamento e aquele vazio?" Libby aponta para um vão na mancha vermelho-escura. "Era ali onde o corpo dela estava caído. Está bem limpo, com as bordas intactas, então, estou presumindo que ela não foi reposicionada após a cabeça ter sido removida. E falando em decapitações..."

Libby aponta para os dois sulcos profundos no para-choque e para a poça de sangue no chão. "Presumo que as apagaram aqui." Ela faz um movimento de corte com o braço. "Um golpe forte em cada uma, passando direto pela vértebra da espinha e atingindo o carro."

"Alguma ideia do que usaram?", pergunta Karen, e Libby franze o cenho.

"Talvez algo parecido com um cutelo de carne. Encontre uma arma para nós, e aí poderemos comparar. Seguindo adiante", continua Libby, "temos respingos de impacto no topo do porta-malas, indicando ao menos um contato com sangue fresco. Está vendo?" Karen faz uma careta. "Isso pode ter se originado de punhaladas repetitivas em uma área já ferida."

Elas avançam até o banco de trás, com Karen seguindo Libby sem maiores comentários. É muita informação, quase informação demais para que consiga absorver.

"Mesmo empoçamento, mesmos respingos, porém mais bagunçado, pela vítima ter tentado escapar." Libby aponta para as manchas na janela do carro, grossas linhas vermelhas, nódoas ao redor da maçaneta. Karen não consegue evitar imaginar os últimos momentos da vítima, tentando desesperadamente escapar. E a garota dentro do porta-malas, escutando a amiga ser assassinada, sabendo o que a esperava.

Libby aponta para outro arco vermelho-escuro. "E essa daqui", diz ela, "sugere sangue arterial, o que seria compatível com um ferimento *peri mortem* no pescoço da vítima, ou algo similar. Já chegou o resultado da autópsia?"

Karen meneia a cabeça. "Espero que chegue hoje."

Libby segue até a outra porta de trás e a abre. Ela conduz a atenção de Karen para um padrão de respingos de sangue nas costas do banco do motorista, algumas gotas escorrendo para baixo, outras ocas e redondas. "Isso parece sangue expirado, está vendo as bolhas de ar dentro dos pontos? E os fios onde ele está misturado com saliva? Aposto que é de a vítima ter tossido depois de ser apunhalada no peito."

Os olhos de Libby se estreitam.

"Coitadas dessas meninas", repete. Ela respira fundo. "Temos impressões digitais com sangue por todo o carro, algumas manchas, alguns padrões de material."

"Das luvas?"

"Pode ser. Vamos torcer para que, em algum momento, o sujeito tenha se machucado com a faca e a gente consiga algo dele."

Karen olha para a posição do banco do motorista. É um carro grande, mas há pouco espaço para as pernas na parte de trás; o banco foi empurrado bem para trás, com o retrovisor virado para um ângulo alto.

"Qual é sua opinião a respeito disso?", pergunta Karen, mostrando o detalhe a Libby.

"Nós notamos. Definitivamente não foi movido *post mortem*, está vendo o padrão linear do gotejamento?" A mulher sai da frente para que Karen possa ver. "Onde o sangue da vítima correu para o piso a partir das costas do assento?"

Karen assente. "Então, essa pode ser a posição natural em que nosso culpado dirigia?"

"Pode ser. Fizemos algumas medições. Estimamos uma altura entre 1,77 m e 1,93 m."

Elas se afastam do veículo. Do outro lado do cordão de isolamento, tiram os trajes e os amassam nas mãos.

Sem o costumeiro traje de cena do crime, Libby ostenta uma silhueta impressionante com suas calças jeans pretas e justas, um suéter preto, uma espessa linha de delineador e longos cílios ressaltando seus olhos azuis-claros. Ela tira as luvas brancas, revelando as unhas pintadas de prateado brilhante.

"Você terá meu relatório oficial em 48 horas", conclui a mulher. Então observa Karen atentamente. "Como você está?"

"Estou bem."

"Bem? Você é a oficial de investigação sênior em um duplo homicídio violento, um dos piores que vimos em um bom tempo, e está bem?"

Karen dá de ombros. "Sabe como é. Ainda está de pé nossa saída para beber, hoje à noite?"

"Claro. E o Deak? Também vai?"

"Não, tem compromisso." Karen abre um sorriso. "Estava esperando repetir a dose?"

"Mal não faria." Libby retribui o sorriso. "Então, ele não está saindo com ninguém?"

"Livre, leve e solto."

"Eu não diria que chega a tanto", retruca Libby, estendendo os braços e dando em Karen um abraço de despedida. "Nada com relação a Noah é leve."

Karen fica agradecida pelo silêncio no carro durante o trajeto de volta, mas qualquer sanidade que tenha conseguido preservar é arruinada no momento em que pisa outra vez na delegacia. A detetive Taylor está lhe esperando na porta. Karen força um sorriso.

"Griffin andou zanzando por aí outra vez", comenta Taylor, abstendo-se de qualquer tipo de saudação amigável. "Achei que deveria saber."

Karen a chama com um aceno para a lateral do corredor, fora do alcance dos ouvidos dos outros policiais.

"Como assim, zanzando por aí?"

"Entrevistando minha suspeita pelo incêndio criminoso, para começo de conversa", esbraveja Taylor. "De algum modo, ele chegou lá primeiro e me fez parecer uma completa idiota."

Mas, também, você facilita, pensa Karen; mas não diz em voz alta.

Já havia trabalhado antes com a detetive Taylor. A mulher forma julgamentos rápidos, rápidos demais, na opinião de Karen, e as duas já tiveram diversas discussões nesse sentido. Mas aquele não era o momento de fazer inimigos.

"Ele causou algum prejuízo à sua investigação?", pergunta, em vez disso.

"Não, mas..." Taylor faz uma carranca. Karen tem a sensação de que ela não está contando algo. "Esse caso é meu, e nós sabemos quem é a culpada. Temos resultados da perícia que ligam a esposa à arma do crime, além do histórico prévio de violência. Só mantenha o Griffin longe de mim."

"Obrigada por me avisar", diz Karen com doçura. "Se você puder manter isso aqui..."

"Eu já falei com o superintendente-chefe", Taylor a interrompe, então se vira e sai andando pelo corredor.

"Merda", murmura Karen entredentes. Seria ótimo para ela se Griffin não ficasse complicando as coisas. Então, um pensamento lhe ocorre.

A inspetora vai até a própria sala e se conecta ao sistema. Como era de se esperar, o horário registrado de seu último login mostra 23h45 da noite anterior. Ela rói uma das unhas, encarando a tela. Deveria mudar a senha, sabe disso, mas assim pode ao menos ficar de olho no que ele anda fazendo.

Karen olha para a sala de investigações, onde os detetives estão todos trabalhando duro. Passaram as últimas 24 horas a todo vapor, sabendo que a hora dourada da oportunidade estava se afastando.

A cabeça de Deakin desponta na porta.

"Como foram as coisas com Libby?", pergunta ele. Fica parado na porta, recostado no batente enquanto Karen repassa a análise da outra mulher.

"Então não foi Rick Baker, ele não deve ter mais do que 1,70 m", comenta Deakin quando Karen conta sobre a posição do banco do motorista do Ford Galaxy.

"Foi o que eu pensei. E Libby perguntou de você", encerra Karen. "Tem certeza de que não quer vir, esta noite?"

O detetive dirige a ela um olhar sarcástico. "Essa história já está mais que encerrada. Como você bem sabe."

"A esperança é a última que morre."

"Chegou o relatório da autópsia", avisa Deakin, mudando de assunto. Ele se aproxima e se senta junto dela, em sua mesa, inclinando-se para a frente e puxando o relatório do Sistema de Gerenciamento de Arquivos. Os dois o leem em silêncio, absorvendo os complicados jargões médicos, sabendo exatamente o que aquilo significou para os últimos momentos daquelas garotas.

O dr. Ross fala sobre as incisões no pescoço. Um corte transversal, dividindo o músculo trapézio e uma grande quantidade de nervos e veias que Karen não sabia nem como pronunciar. Seccionando a coluna entre as vértebras C3 e C4.

Ele menciona o sinal positivo para hemorragias petéquias nos olhos e no rosto durante o exame, lesões na laringe e nos cornos superiores da cartilagem da tireoide, criando hematomas nos aspectos anterior e lateral do pescoço. Nenhuma abrasão causada por unhas, o que era consistente com as mãos estarem amarradas.

Karen sabe que o médico está se referindo aos costumeiros arranhões causados por vítimas que tentam se soltar de mãos que as estrangulam. Ela olha para Noah.

"O que ele está dizendo? Que elas também foram estranguladas?"

"É o que parece", murmura o detetive.

A inspetora se vira outra vez. Há fotos: hematomas escuros no pulso, unhas quebradas. Karen imagina a coitada da garota esfregando a pele até ficar em carne viva, arranhando o interior do porta-malas, tentando se libertar enquanto escutava a amiga ser assassinada no banco de trás.

Ela se força a prosseguir com a leitura.

Ferimentos perfurantes *ante mortem*. Quatro, no total, da mesma arma. Presume-se que sejam de uma lâmina de um só fio, do tamanho estimado de uma faca de cozinha pequena.

Causa da morte: estrangulamento, combinado à perda de sangue de vários ferimentos perfurantes, provavelmente resultantes das punhaladas. Cabeça removida *post mortem*.

Karen respira fundo e deixa o ar sair aos poucos.

"Ainda não chegou nenhum resultado do laboratório?", indaga ela, enfim.

Noah meneia a cabeça. "Amostras de sangue foram recolhidas", diz ele, continuando a ler. "Junto a raspagem das unhas e um kit de análises preliminares."

Kit de análises preliminares. Os testes padrão para estupro.

"Mas Ross não viu nenhum sinal de agressão sexual?"

"Não, em nenhuma das vítimas."

Karen se recosta na cadeira. Em qualquer investigação, é incumbência dela decidir pela equipe qual será o foco. O que eles encontraram, o que significa e o que farão em seguida. Está acostumada, mas com essas duas garotas, com esse nível de violência, ela sente o chamado à responsabilidade recair pesadamente sobre seus ombros.

O telefone toca. Karen atende, depois o coloca no viva-voz.

"O detetive Deakin também está aqui", avisa ela quando a voz do dr. Ross ressoa no celular.

"Já leu?", pergunta o médico.

"Li, sim", responde Karen. "Estranguladas e esfaqueadas." Está surpresa pelo sujeito ter telefonado. Patologistas e Ross, em particular, não costumam ficar contentes com a oportunidade de sofrerem questionamentos posteriores dos detetives.

"Isso, não", diz ele, incisivo. "A parte sobre a decapitação."

Karen olha de relance para Deakin, então de volta para o relatório. Não tem certeza em relação ao que o médico está se referindo. No outro lado da linha, ouvem Ross resmungar de exasperação.

"Os cortes", continua Ross. "Foram nítidos, precisos. Não há nenhuma das marcas de hesitação que esperaríamos ver em um cadáver com esse tipo de lesões *post mortem*. Não é fácil arrancar uma cabeça. Mesmo passando por cima dos aspectos psicológicos, há as questões práticas. Os músculos do pescoço são fortes. As vértebras são conectadas por ligamentos. São resistentes."

Ross se detém, e o sibilo na linha telefônica preenche a sala.

"Entendem o que estou dizendo?"

Karen olha para Noah. Ele está com um olhar intrigado, cheio de expectativas.

"Detetives", continua Ross. "Essas cabeças foram decepadas por alguém que sabia o que estava fazendo." Ele faz uma pausa. "Por mais que não me agrade dizer isso, seu assassino já fez isso antes."

14

Griffin se remexe com impaciência no banco do parque no qual está esperando. Ele fuma um cigarro, considera acender mais um, então se detém. Nem sabe se ela sequer vai aparecer. Olha para os documentos em suas mãos, reunidos de modo apressado. O que estão sugerindo é uma loucura, mas... sabe que Jess tem razão.

Ele a deixou em seu apartamento. Parece estranho, essa mulher de repente se intrometendo em sua vida. Mas ela tem algo de diferente: não há nela nada da prudência, da distância que Griffin costuma perceber em outras pessoas. Não se sente julgado por Jess, e isso é libertador.

Ele enfim avista a mulher, caminhando apressada pela trilha, de cabeça abaixada, o casaco fechado ao redor do corpo. A mulher o vê e um olhar passa por seu rosto antes de ela escondê-lo outra vez. Griffin sabe o que está pensando. Que preferia estar em qualquer outro lugar que não fosse ali.

A mulher alcança o banco e para diante dele, bloqueando a luz. Griffin não consegue ver o rosto dela; o corpo dela não é mais do que uma silhueta na sombra.

"O que você quer?", pergunta a mulher.

"Sente-se", pede ele.

Depois de um momento de resistência, ela obedece. Griffin lhe passa uma pasta.

"O que é isso?"

"Apenas me escute."

Ela suspira. "Griffin, não sei o que está fazendo, mas isso tem que parar. Há detetives me dizendo que você esteve interferindo com suspeitos, zanzando pelo hospital. E você ainda está usando meus dados de acesso. Desse jeito, você vai criar problemas para mim também."

"Karen." Ele se vira para encará-la. "Me escute só por um momento. Essa pasta contém informações sobre a série de assassinatos ocorrendo pelo país. Foram investigados por várias delegacias, todos com *modus operandi* diferentes, então ninguém percebeu a ligação."

"Que ligação?" Ela abre a pasta, folheando as páginas.

"O assassino está copiando os *modus operandi* de diferentes assassinos em série."

Karen se detém. Então o encara. "Como é?"

"Atente aos detalhes. Esses assassinatos aqui, todos cometidos seguindo Sutcliffe. Esses aqui, copiando o Estrangulador de Hillside. E o múltiplo homicídio em Doset, na segunda à noite? O que isso tudo a faz lembrar?"

Ele está olhando para o rosto dela, estudando as feições que conhece tão bem, tentando perceber se está conseguindo convencê-la. Karen olha para as fotos, para a palavra escrita em garranchos na parede com sangue, para a mulher grávida."

"Griffin, já vi mulheres mortas demais para uma mesma semana, muito obrigada."

O sujeito a encara.

"Que mulheres mortas?"

"Duas estudantes, esfaqueadas e estranguladas, depois seus corpos foram decapitados e deixados em um carro às margens da Floresta de Cranbourne."

"Decapitadas? Por que não fiquei sabendo disso? Você sabe que isso não é normal."

"Nós mantivemos o caso longe dos noticiários de propósito. Eles acabaram de atualizar o sistema." Karen diz isso em voz baixa, quase entredentes. Então balança a cabeça. "Isso é ridículo. Griffin, pare, por favor. Não posso protegê-lo para sempre. Você já está suspenso na atual situação." Karen olha para ele. Griffin sabe que ela está aborrecida. "Nate, por favor?"

Ele assente. Mas então aponta outra vez para a pasta. "Vai ver que estamos certos. E dê uma pesquisada em seu duplo homicídio. Aposto que se encaixa no padrão."

"Mas ele também aconteceu na segunda à noite. O que está dizendo? Que esse cara passou a noite dirigindo por aí, cometendo uma matança, e ninguém notou?"

Griffin se detém e pensa. *Ela tem razão. É coisa demais.* Porém...

Karen batuca a pasta com um dedo. "E, se esse padrão é tão óbvio, por que só agora está vindo à luz? Por que você não o notou antes?"

É uma boa pergunta, e que Griffin já fez a si mesmo várias vezes desde que Jess ligou aqueles pontos. Mas ele nunca havia sido fã de crimes reais — quando seu trabalho é tão cheio de morte e destruição, por que procurar por isso no tempo livre? —, e sua mente esteve tão aturdida no último ano, que, em alguns dias, ele mal se lembra de comer.

Griffin se recorda dos comentários de Alan na cena do crime. Será que ligaram os pontos e Manson era uma das teorias deles? Mas ele e Jess não ficaram por lá tempo o suficiente para descobrir.

Ele guarda isso para si. Em vez de mencioná-lo, diz: "Múltiplas delegacias, *modus operandi* diferentes, policiais que não trabalharam em conjunto. Você sabe como são essas coisas. Estão todos tão no limite, tão focados nos detalhes, que ninguém tem tempo de dar um passo para trás e pensar". Griffin olha para Karen. "Apenas me prometa que vai dar uma lida."

"Muito bem, está certo. Mas se eu não concordar com você, vai parar?"

Ele aperta os lábios. Então assente.

Ela se desloca para a frente, sentando na beira do banco do parque.

"E pode visitar a mamãe, por favor?"

"Karen..."

"Por favor. Vou fazer isso por você com a única condição de que vá visitá-la. Ela se preocupa com você. E está com saudades."

Griffin respira fundo, sentindo a tensão em seu corpo. "Ela sempre se esquece", comenta em voz baixa. "Sempre pergunta de Mia."

Karen se vira e toma as mãos dele com gentileza. Ela as encara, seus dedos acariciando os dele. "Sinto muito pelo que... houve", diz ela, finalmente. "Também é ruim para mim. Ela se esquece das crianças, se esquece de Roo. Acha que sou aquela menina boba de 20 anos, sendo chutada por namorados que não servem pra mim. Mas eu vou visitá-la toda semana." Karen ergue os olhos para ele. "Você precisa de ajuda. Me deixe ajudá-lo."

Griffin recolhe as mãos e busca um cigarro nos bolsos. Ele o acende com os dedos trêmulos.

"Você não parece bem, Nate", continua Karen. "Tenho saudades de você. Tenho saudades do meu irmão caçula."

Griffin se levanta. "Eu vou visitá-la. Só dê uma lida, por favor."

Ele dá as costas, dando uma longa tragada no cigarro enquanto caminha para longe. Sabia que encontrar Karen seria difícil, mas ela é a sua melhor chance de ser ouvido. E também tem saudades dela. Sente saudades de vê-la todo dia no trabalho. De discutirem casos à mesa do jantar, o marido dela revirando os olhos, enquanto soltam gracejos de lá pra cá. Tem saudades do sobrinho e da sobrinha.

Mas sabe que não está em um estado adequado para ver pessoas neste momento.

Ele caminha para longe rapidamente, sabendo que ela ainda vai estar encarando-o. Mas Griffin se recusa a se virar.

15

Ele está empolgado. O homem está deitado de costas diante dele, imóvel, no sofá. Está sem camisa e dá para ver o peito se soerguendo e se retraindo de leve. Os olhos dele estão fechados: está dormindo, drogado com soníferos.

Este é o momento do qual ele desfruta mais do que qualquer outro. A antecipação, sabendo o que está prestes a fazer. Neste segundo, ele está no controle. É dono delas, dessas pessoas, e, depois que estiverem mortas, se tornarão suas posses. Serão uma parte dele.

Sentiu esse entusiasmo aos 9 anos de idade, ainda jovem e inexperiente. Ele o sente da mesma maneira agora. Deita-se aos poucos, colocando a face junto ao peito quente e nu do homem. Ouve o coração dele bater lentamente, sente os pulmões inspirando o ar. *Steven*, pensa ele. E sorri.

Isto é diferente: essa calma. Ele se lembra das mulheres da segunda à noite, gritando. Lembra-se da vadia grávida, implorando por sua vida, quando ele a apunhalou uma vez após a outra, os homens chorando como putinhas ao tentarem escapar. A sensação do sangue grudento em seu rosto, encharcando as roupas, aquecendo a pele.

Ele também gosta disso. Geralmente, até mais. Mas isto? Isto é bom. Até agradável.

Mas está na hora.

Ele se senta, então se desloca até ficar montado sobre o peito do homem. Pousa cuidadosamente as mãos ao redor do pescoço dele, seus polegares se cruzando. Então se inclina para a frente, com todo o peso sobre os braços. E começa a apertar.

Sente a cartilagem ceder, um estalo quando um osso quebra no pescoço. O rosto do homem muda de cor, ficando vermelho. Minutos se passam. Ele observa o revelador tom da hipóxia, azul-arroxeado, se estabelecer. Uma linha de baba rosa corre pela boca aberta do homem — sangue misturado com saliva.

Ele mantém as mãos ali por mais tempo do que sabe que é necessário, sentindo os braços começarem a tremer com o esforço. Apenas desfrutando do momento.

Então, senta-se outra vez. Coloca novamente o rosto sobre o peito. Não há mais batimentos, nenhum movimento de erguer ou retrair. Ele sabe que, em pouco tempo, o corpo vai começar a esfriar, e gostaria de passar um pouco mais de tempo ali, mas precisa ir embora.

Ele se levanta, deixando o corpo no sofá. Por ora, vai servir que fique ali. Ele sabe que há mais a ser feito antes que tudo esteja pronto.

16

Griffin abre a porta de seu apartamento. Está prestes a chamar, mas se detém ao perceber que não há ninguém ali.

Jess foi embora.

Ele se sente estranho. Ver Karen hoje atiçou algo em seu interior. Memórias de sua vida anterior. Ele passou o último ano sozinho de forma resoluta, mas com o simples ato de uma noite na companhia de alguém, Griffin de repente percebe que não consegue suportar estar só.

Olha para o relógio: passou duas horas fora. Pergunta-se onde Jess está. Antes de ir embora, ele deu a ela seu número de telefone em um pedaço de papel, mas ela não tem celular, então não tem como contatá-la.

Ele se lembra da noite anterior. Não foi algo bom de se fazer, sabe disso. Beijá-la, então afastá-la. Naquele momento, Griffin a desejava, e sabia que ela o desejava também, mas algo parecia inadequado. Era sexo por todos os motivos errados.

O marido dela havia acabado de morrer. Mas quem decide que o melhor modo de seguir em frente após uma morte é um luto digno e silencioso? Talvez tudo de que Jess precisasse naquele momento era ele. Talvez fossem apenas duas pessoas solitárias se conectando do único modo que conheciam.

É isso que eu sou?, pensa consigo mesmo. Um solitário? Desde que Jess esteve ali, ele com certeza se sentia diferente. Alguém com quem dividir o fardo, talvez. Porque, de repente, alguém o escutou, acreditou nele e fez a conexão que Griffin não tinha sido capaz de alcançar.

Ele vai até o balcão da cozinha e liga a chaleira elétrica. Sente a dor familiar e, hesitante, se curva de um lado para o outro, encolhendo-se de leve. Não é nada bom. Griffin estende a mão para a gaveta mais próxima, tira a caixa, a última caixa de remédios, libera dois comprimidos de seu invólucro, coloca-os na boca e engole. Ele os sente descer devagar pela garganta e estende a mão em busca de um copo. Abre a torneira e o enche. Teria sido mais rápido colocar a boca debaixo dela, mas esse movimento é impossível, ao menos até os comprimidos surtirem efeito.

A falta de remédios o preocupa. Conta mentalmente por quanto tempo ainda vão durar. Quatro dias, talvez cinco, se ele se segurar.

Griffin faz uma caneca de café e senta-se à mesa.

Pôde perceber que Karen não o havia levado a sério. Sua irmã teve que aguentar mais merdas vindas de um irmão do que de costume, ao longo do último ano.

No início, foi compreensiva. Com o luto, aparentemente, ela conseguia lidar, mas não a busca obsessiva, as atitudes por debaixo dos panos no trabalho. Ela só pôde defendê-lo até certo ponto, e, quando Griffin foi suspenso, Karen concordou.

"Você precisa de um tempo fora", dissera sua irmã. Depois, em um adendo: "Tente procurar ajuda".

Griffin sabe que ela vai ficar com raiva dele hoje. Mas também espera que talvez os instintos de detetive de Karen entrem em ação e ela pare por um segundo. É uma boa policial, é curiosa.

Mas Griffin também é. Ele se pergunta sobre os assassinatos aos quais Karen se referiu. Ele entra no sistema, usando os dados de acesso dela, jurando mentalmente que será a última vez. Lê os detalhes do caso: os relatórios da perícia, a marca do carro, as vítimas, o *modus operandi*. Acessa a Wikipédia, abre um artigo básico sobre assassinos em série e passa os olhos pelas páginas.

Griffin clica e lê, sem perceber o tempo passar. Enfim, ele encontra algo que o faz parar. Manda uma mensagem para Karen, então olha para o relógio. Jess já está fora há quatro horas.

Ele acessa o sistema mais uma vez, fazendo uma busca pelo nome de Jess. A ficha dela ainda está lá, declarando que é procurada no momento.

Mas isso não significa nada, ela poderia já ter sido presa. Geralmente leva horas até essas coisas serem atualizadas.

Griffin suspira, incomodado consigo mesmo. Preocupado com uma mulher que acabou de conhecer. O que foi que deu nele? Não vai ficar ali sentado, estressando-se. Precisa fazer alguma coisa.

Mas Griffin sabe para onde vai. Ele fez uma promessa. Afinal de contas, isso não pode fazer com que se sinta pior.

Griffin ergue os olhos para a casa diante de si. Parece normal. Até mesmo tediosa. Ela é quadrada e proporcional, revestida por seixos telados e cercada por um estacionamento de concreto. Umas poucas árvores só para dar o ar da graça estão plantadas ali ao redor, e narcisos precoces rebentam pelas escassas porções de terra.

Ele toca a campainha e um zumbido alto se inicia em resposta, quase que instantaneamente.

Um homem usando um horroroso cardigã cor de mostarda o saúda, pelo nome, ao se aproximar. Griffin lê o crachá do homem.

"Como ela está, Miles?", pergunta.

O homem sorri. "Hoje ela está bem, vai ficar satisfeita em vê-lo. Há quanto tempo."

Griffin assente, então empurra um par de portas para adentrar a parte principal da casa. Ele observa a decoração desgastada, as cores aquareladas insípidas nas paredes, porta atrás de porta, todas fechadas para seja lá quem possa estar atrás. Há um cheiro forte de desinfetante.

Ele para no fim do corredor. Bate uma vez na porta, respira fundo, então abre sem esperar resposta.

"Mãe?", chama ao entrar. "Sou eu. Nate."

É um quarto com um pequeno banheiro à direita. No centro, há uma cama de hospital com grades em ambos os lados, decorada por uma coberta colorida. Um urso de pelúcia marrom está caído ebriamente junto a um travesseiro. Uma mulher está sentada junto da janela em uma grande poltrona verde. Ela tem um cobertor sobre o colo e uma caneca de chá na mesa junto dela. Seus olhos estão fechados e a cabeça está curvada; parece adormecida.

Griffin avança até ela e se ajoelha ao lado da poltrona. Pousa a mão gentilmente em seu braço. "Mãe", repete. "É o Nate."

Ela se remexe e olha para o filho, sorrindo.

"Ah, mas que bom ver você."

Griffin dá um beijo no rosto dela, fino feito papel; ela tem cheiro de talco de lavanda. Ele puxa uma cadeira para se sentar junto da mãe.

"Como você está, mãe?", pergunta.

"Não posso reclamar." Ela o fita com olhos semicerrados por trás dos óculos. "Você está um desmazelo, Nathanial. Faça essa barba. Quando foi a última vez que cortou esse cabelo?"

Griffin passa a mão pelos cabelos. Sorri. Algumas coisas não mudam nunca, no final das contas. As mães sempre gostam de um cabelo bem-cuidado.

"Você se lembra de que eu cortava seu cabelo quando você era menino? Uma vez, cortei a franja tão torta que tivemos que raspar tudo. Como o daquele amigo de Karen, sabe. O magrelo."

"Noah vem visitar a senhora?", pergunta Griffin. Ele sente um lampejo de culpa. Sabe que tem sido um péssimo filho quando até o lixo do Noah Deakin vem visitar sua mãe.

"Vem. É uma pena que o coitado daquele menino não tenha uma família só dele." A voz dela vai sumindo e ela sorri, olhando pela janela. "As prímulas estão brotando no jardim. A primavera já deve estar logo ali, virando a esquina."

A concentração de Griffin se desvanece enquanto ela continua a tagarelar. Ele olha para a mãe, sentindo-se triste. O cabelo dela já está quase todo branco, amarrado longe do rosto em um coque bem-feito, e ela está magra, os ossos da face se projetando, a pele pendendo solta sem nada para preenchê-la. Ela está usando um par de óculos de plástico, e, vez por outra, os baixa para olhar pela janela.

A demência já tomou praticamente cada fragmento da mãe de quem Griffin se lembra. Está surpreso por ela se lembrar da visita de Noah, obviamente algo a respeito dele grudou na mente dela.

Ele observa as fotos espalhadas pelo quarto. Karen cuidou de tudo para que a mãe vivesse ali, agora já há mais de cinco anos. E ela dedicou tempo para fazer aquele quarto parecer um lar. Há quadros nas paredes, a maioria reproduções impressas de pinturas conhecidas, bem como algumas fotos emolduradas decorando as prateleiras. Nate vê uma foto de família de Karen, Andrew e as crianças, e a toma nas mãos.

Sua sobrinha e seu sobrinho estão mais velhos ali do que ele se lembra. Griffin sorri dos vãos nos dentes de Tilly, os dois da frente tendo obviamente caído. Ele sabe que não mandou a nenhum dos dois um presente ou cartão de aniversário neste ano. Não há desculpas. São mais pessoas que ele decepcionou.

A mãe vê a foto nas mãos dele e dá uma espiada nela.

"Karen ainda está com aquele namorado horroroso dela?", pergunta ela. "Aquele com o nome bobo?"

Griffin presume que esteja se referindo a Andrew. Todos sempre o chamaram de Roo. "Hã, está, sim. Bastante."

A mãe fica radiante. "E como está Mia?"

A tragédia da demência, pensa Griffin, *é o quanto as memórias são aleatórias.* Karen e Roo se casaram muito tempo antes dele e de Mia, mas Mia é o nome do qual ela se lembra.

"Ela está bem, mãe."

"Traga ela com você na próxima vez que vier", pede a mãe.

Griffin nota as pálpebras dela caindo. Ele fica ali em silêncio por um instante, escutando a respiração lenta e arranhada dela. Lembra-se de sua infância, de crescer com Karen. Dias despreocupados, sem ter que pensar em nada no mundo, exceto chegar na próxima fase de *Lemmings* e disputar uma corrida contra a irmã no *Super Mario Kart.* Karen era mais inteligente do que ele, mas não o humilhava por conta disso, com as notas de Griffin ficando quilômetros de distância atrás das dela. Muito embora ele fosse mais novo, sempre tinha sido maior, protegendo-a no parquinho quando era necessário, um braço firme ao redor do ombro dela no enterro do pai deles aos 16 anos de idade. Griffin tinha entrado para a polícia primeiro, então, depois da universidade, para surpresa dele, Karen havia feito o mesmo, rapidamente o ultrapassando. Ela era o melhor resultado da criação deles.

Griffin se levanta para ir embora, mas então tem o vislumbre de uma foto, escondida por trás de outras. É uma foto antiga. Nela, ele está com a barba feita, com o cabelo curto e bem aparado, usando um terno. Deve ter sido em um casamento, talvez no batizado de Tilly. E ela está ao lado dele, com um sorriso largo, o braço ao redor da cintura dele.

Sua esposa era linda. Às vezes Griffin se pergunta se a idealizou em sua mente, mas não, a foto prova isso. Os cabelos pretos, longos e encaracolados, os penetrantes olhos verdes, o queixo delicado. Ela havia sido boa demais para ele, e Griffin sabia disso, mas teria feito qualquer coisa por Mia. Ela o havia abrandado, o tornado palatável pela primeira vez para o mundo exterior. Havia sido tudo para ele.

Griffin sente o maxilar se retesar, algo se grudar à garganta. A tensão familiar retorna. Ele coloca a moldura no lugar, mas, antes disso, tira a foto dela e a coloca no bolso.

Ele se curva devagar e dá um beijo suave no rosto da mãe, pegando o cobertor do chão, onde havia caído, e o colocando com cuidado ao redor dela.

"Tchau, mãe", sussurra Griffin.

17

Karen joga a pasta de Griffin no banco do passageiro com repulsa e dá a partida. Há muita coisa acontecendo em sua vida para ter que se preocupar com os delírios do irmão, e sua obsessão mais recente parece ainda mais surreal do que de costume. Assassinos em série? Pelo amor de Deus! Ele vai acabar sendo demitido, e depois? Vai acabar morando em um porão para sempre.

Ela está prestes a sair com o carro, quando para. Griffin disse "estamos", não disse? *Vai ver que estamos certos.* A quem ele estava se referindo? Karen franze o cenho. Não pode pensar nisso agora.

Deakin está esperando quando ela chega na delegacia.

"O que ele queria?", pergunta o detetive. Karen sabe a quem está se referindo.

A inspetora passa por Deakin e se posta diante do enorme quadro. Ele agora está coberto de informações e fotografias, de anotações dos destaques das autópsias. Duas garotas assassinadas. Griffin tem razão. Não é uma ocorrência comum.

"O que conseguimos das câmeras de segurança?", questiona Karen, ignorando a pergunta de Deakin.

Ele arregala os olhos diante do evidente mau humor, depois aponta para Toby Shenton, que está com as filmagens em sua tela.

Shenton ergue os olhos para Karen e seu rosto enrubesce. Ela sente uma onda de irritação, mas se controla. A última coisa de que a confiança desse menino precisa é de uma bronca de sua superior; não é culpa do detetive que o irmão dela seja um pesadelo.

"Então, terminamos de monitorar todo o trajeto das vítimas", começa Noah. Os dois se sentam à mesa, observando Shenton habilmente passar de uma tela para a outra. "A qualidade das imagens varia, mas aqui temos elas chegando na boate." Shenton muda a visualização. "E então saindo, à 1h12 da manhã."

Noah dirige um aceno de cabeça a Shenton e assume a narrativa.

"Aqui elas caminham juntas pela estrada", diz ele. "Então, param nesse cruzamento por cerca de cinco minutos. Até que esse carro chega."

Karen observa o Ford Galaxy azul encostar perto delas. Apenas a traseira do carro está em quadro, e as duas garotas somem de vista. Falando com o sujeito pela janela da frente, Karen presume.

"Nenhuma câmera de outro ângulo?", pergunta ela.

"Nenhuma."

"Testemunhas?"

"Alguns transeuntes e outros estudantes, mais cedo, quando as mulheres estavam caminhando pela estrada, mas ali é menos movimentado. Não havia mais ninguém nas gravações."

Karen observa uma das garotas voltar ao quadro, abrindo a porta de trás e entrando no carro. O veículo parte e Shenton ergue os olhos para a inspetora.

"E é isso."

"Nada nas câmeras de trânsito? Nenhuma outra filmagem?" Karen suspira. "A cidade está transbordando de câmeras de segurança, e só temos isso?"

Noah toma a frente quando Shenton gagueja ante a decepção de Karen. "Foi o que eu disse, mas é tudo o que temos. Ou o cara teve sorte, ou sabia exatamente por onde dirigir para evitar as câmeras."

Ela entende o que Noah está falando. Esse é um homem que sabe o que está fazendo.

A inspetora pousa a mão no ombro de Shenton, de modo reconfortante.

"Obrigada, Toby", encerra ela, e se levanta rapidamente, andando para longe da mesa, suprimindo a irritação.

Noah aparece na porta.

"O que Griffin queria?", pergunta ele outra vez.

Karen joga a pasta na mesa. "Nada que preste", responde ela. Seu telefone apita e ela o pega, então o solta de novo de forma bruta. "Some, Nate", murmura Karen. Deakin está folheando o conteúdo da pasta junto dela.

"Nem se dê ao trabalho, Deaks. É só mais uma das teorias malucas dele."

Mas Noah ainda está olhando, e lentamente se senta diante do computador dela. Ele faz uma busca no sistema e Karen olha por cima do ombro dele enquanto Noah acessa os detalhes.

"Você ficou sabendo disso?", pergunta o detetive. Ela puxa uma cadeira e senta-se ao lado dele, lendo a tela.

Cinco mortos, incluindo uma mulher grávida. Noah lhe entrega a pasta e Karen puxa uma das impressões que Griffin colou ali. É uma fotografia em cores de uma parede, com a palavra PORCO escrita em vermelho. Karen olha de volta para a tela, com Noah encarando uma foto, depois a outra.

"Sim, tem a mesma foto aqui", diz a inspetora, mas Noah meneia a cabeça.

"Esta não é a foto que está na sua mão", sussurra ele. "Esta é a foto de uma página sobre crimes reais." Noah olha para ela. "Isso é do massacre de Manson."

Karen olha para a tela, depois para a foto em suas mãos. Não há dúvida alguma. São idênticas.

"O que Griffin dizia na mensagem que acabou de lhe mandar?", pergunta Noah.

Karen se inclina para a frente e Deakin se afasta do computador. Ela digita alguns termos de busca e a informação aparece na tela. Duas estudantes, 18 anos. Sequestradas ao pegarem carona. Algemadas, estranguladas, esfaqueadas. Cabeças decepadas. Colocadas no porta-malas de um Ford Galaxy. Com um dos faróis traseiros quebrado.

Karen mal consegue respirar. Ela se força a desviar os olhos e se vira para Noah. O rosto dele está pálido.

"O que a mensagem de Griffin dizia?", pergunta o detetive outra vez.

Karen olha para o telefone, então de novo para a tela.

"Kemper", responde.

18

Karen vê todos os tipos de emoções nos olhos do detetive superintendente-chefe. Em silêncio, ela e Noah tinham pegado a pasta e a levado até a sala de Marsh. Eles não tinham se falado, mal tinham ousado olhar um para o outro. Reconhecer aquilo que ambos sabiam ser verdade parecia uma loucura. Ainda assim, não tinham como negar o que estavam vendo.

Entram na sala e se sentam diante do chefe deles. Começam a falar de seu próprio caso, mostrando as similaridades para Marsh, uma por uma. No início, ele pareceu estar apenas sendo indulgente com os dois, então um olhar de confusão cruzou seu rosto.

"Estão dizendo que alguém se deu ao trabalho de reconstruir um duplo homicídio de quase cinquenta anos, bem em nosso quintal?" Karen reconhece o ceticismo. Ela o havia escutado na própria voz.

"Sabemos que parece loucura, chefe. Mas os detalhes são todos os mesmos. Da marca do carro até o modo pelo qual elas foram mortas."

Marsh franze o cenho, pega a pasta, então a coloca na mesa outra vez.

"E daí? Estamos procurando alguém obcecado por um assassino em série da Califórnia?"

Karen olha para Noah e o chefe percebe o gesto. "O que foi?", questiona ele.

"Achamos que há mais."

Noah puxa a segunda pasta, a que Griffin deu a Karen. Ele coloca os papéis sobre a mesa.

"Esses são homicídios dos últimos poucos anos. Prostitutas, mortas em um modo similar ao de Sutcliffe, o Estripador de Yorkshire. E mulheres estranguladas e estupradas, consistentes com o Estrangulador de Hillside."

O superintendente olha para eles, a boca se escancarando.

"Então esse daqui, de ontem. Cinco mortos. Similar a Manson."

"Manson?", repete Marsh. "Charles Manson?" Ele olha para Karen e ela assente. O superintendente passa os dedos pelas outras fotografias. "E quanto a estes daqui?" Ele as desloca pela mesa e elas saltam à vista.

"Isso é...?", pergunta Marsh, olhando para Karen, e a inspetora assente. "Qual é a ligação entre isso tudo?"

"Ainda não sabemos."

O chefe deles se recosta na cadeira e passa as duas mãos pelos cabelos. "Caralho", murmura ele. "Por que só agora estamos percebendo isso?"

Mas Karen e Noah permanecem em silêncio. Não há desculpas. Os dois sentem-se fracassados. E Karen sabe o que o chefe está pensando. No início, é pura descrença, seguida de um vazio ao tomarem consciência de que eles têm um assassino em série nas mãos. E um bem perigoso, aliás.

Marsh tamborila os dedos na mesa, um movimento rápido e nervoso. Ele remexe as fotografias mais uma vez.

"Como vocês se depararam com isso?", pergunta, por fim. "O que fez vocês olharem para outros casos?"

Noah olha para Karen mais uma vez.

"Griffin", diz Marsh, franzindo o cenho. O superintendente deixa escapar um resmungo enfurecido. "Típico. Só um policial perturbado pra caralho pra perceber algo perturbado pra caralho." Ele ergue o olhar rapidamente, dando-se conta de que ofendeu o irmão de Karen, então continua sem se desculpar. "Ouvi dizer que Griffin anda fuçando por aí, se metendo no caminho dos nossos detetives." Marsh para. "Quem ele interrogou no hospital?"

"Creio que tenha sido este caso", responde Karen. "A morte de Patrick Ambrose em um incêndio criminoso na noite de segunda-feira."

"Incêndio criminoso? Não parece ter nenhuma ligação." Marsh se inclina para a frente em sua cadeira, enérgico. "Vamos fazer o seguinte. Quero ter cem por cento de certeza antes de falarmos sobre isso em qualquer outro lugar. Investiguem tudo o que vocês tiverem. Coloquem uma equipe nisso, mas, pelo amor de Deus, fiquem na moita. Não queremos uma onda de pânico nas mãos. Vou alertar o delegado-geral." Marsh olha para Karen. "E quanto a Griffin? Está muito instável?"

Karen sabe a qual incidente o superintendente está se referindo. "Ele parece bem, chefe", diz ela. "Mas está completamente obcecado com isso. Talvez precisemos trazê-lo de volta. Nem que seja só para mantê-lo na linha."

"Certo." Dá para ver que a ideia não o agrada, e, sinceramente, nem a ela. Seu irmão havia sido suspenso por uma razão. O comportamento dele havia se tornado imprevisível, com acessos aleatórios de raiva, que culminaram com ele quebrando o nariz de outro detetive aos socos. Não é seguro estar perto de Griffin, e seu chefe sabe disso.

Mas também sabe que, quando Griffin crava os dentes em algo, ele não solta mais, e é melhor tê-lo ali, sendo vigiado de perto, do que por aí, fazendo algo impulsivo.

"Mas ele é responsabilidade sua, está me ouvindo, Elliott?"

Antes que Karen possa dizer qualquer coisa em resposta, uma batida apressada na porta desvia sua atenção. Noah a abre e ali está Shenton. Está sem fôlego, com o rosto vermelho, tendo obviamente subido as escadas correndo.

"O senhor não estava atendendo o telefone, chefe", explica ele, ofegante. "Os resultados dos exames de sangue chegaram." O agente estende um pedaço de papel entre eles e Karen o apanha de suas mãos.

"A maior parte das amostras foi compatível com as das vítimas, porém, uma... uma não foi", diz Shenton, se embaralhando. "Nós a procuramos no sistema."

"E...?"

"Temos uma compatibilidade."

Karen e Deakin se levantam, prontos para sair.

"Inspetora Elliott?", chama Marsh, e ela se vira. "Encerre essa história. E logo."

Karen faz que sim com a cabeça. Ela sente a empolgação se revolver no estômago. Eles têm um suspeito. Hora de pegar esse cara.

19

"Michael Sharp, puta de um criminoso, prisões por agressão sexual, posse e tráfico de drogas, lesão corporal grave, já cumpriu várias penas..."

Deakin está lendo uma ficha impressa enquanto eles são balançados para a frente e para trás na traseira da van. Karen coloca o colete de proteção preto, passando outro para Noah, que o veste por sobre a cabeça, ajustando-o ao redor do corpo.

A energia é palpável. Uma equipe foi reunida, o veículo de resposta armada* à frente deles, pronto para partir. Não vão correr riscos com esse cara. Sabendo do que sabem agora, vão avançar rápido e com tudo.

Há dois endereços possíveis para Michael Sharp: a casa da mãe do sujeito, e seu próprio apartamento, para onde Karen e Noah estão indo agora. O plano é abordar os dois ao mesmo tempo. Duas equipes separadas, dois grupos entusiasmados de armas e policiais, prontos para fazer buscas e apreensões e — o mais importante — prender esse canalha.

Eles se agrupam na calçada, então avançam velozes na direção da porta da frente do edifício. Sabem o que estão ali para fazer, a resposta armada seguindo na frente, Karen e Deakin logo atrás.

---

* Viatura que transporta policiais autorizados a portarem armas de fogo, uma vez que, via de regra, as forças policiais da Inglaterra não portam armamento desse tipo. [NT]

Sobem as escadas até o segundo andar, então ouvem um grito do policial da dianteira, seguido de um baque quando o aríete se choca contra a porta. Passos pesados e barulho preenchem o corredor quando os oficiais invadem o apartamento 213.

Mas conforme Karen se aproxima, ela sabe que algo não está certo. No início, é o silêncio. Depois do baque inicial e dos gritos, geralmente há gritos dos suspeitos presos, ou murmúrios decepcionados dos policiais, mas hoje há apenas o silêncio. Então, ela percebe o cheiro. Ele se agarra às suas narinas, fazendo-a parar inconscientemente. A inspetora se força a avançar até o apartamento. O cheiro está mais forte. Ela percebe um zumbido, e uma mosca passa por sua orelha.

Um oficial — um policial grande, robusto, de mais de 1,80 m — abre caminho por Karen na direção do corredor. Ela o vê se curvar, vomitando nas escadas. A inspetora olha para Noah. Ele está de cenho franzido, encarando o interior do apartamento.

O lugar está quente, até demais, e Karen encosta a mão no aquecedor causticante. Está na potência máxima. Porém, apesar do calor, ela sente os pelos de seu braço se eriçarem, um arrepio frio descer por suas costas.

O rádio de Deakin zumbe e vozes cruzam o ar nas ondas sonoras.

"Casa dois limpa. Mãe levada para interrogatório. Nenhum sinal de Sharp." Eles conseguem ouvir o chiado ao fundo. "A mãe está sendo presa por posse e tráfico de drogas, classe A."**

Deakin pragueja entredentes, então olha mais uma vez para Karen. Ele começa a avançar mais para o interior do apartamento, e a inspetora o segue até a cozinha.

Os policiais estão todos encarando uma das pontas do pequeno cômodo. Nenhum deles fala. Mais dois policiais dão meia-volta e passam por Karen rapidamente, com os rostos exibindo pura repulsa.

A inspetora abre caminho pelo grupo. Então se detém.

** No Reino Unido, drogas ilegais são divididas em grupo pela justiça — sendo as de classe A as mais pesadas, como cocaína e heroína. [NT]

Diante deles, uma geladeira aberta. Há uma caixa de papelão na última prateleira. A mão de Karen dispara até a boca. Dentro da caixa, há uma cabeça decepada, com o rosto virado para cima.

"Bem", sussurra Deakin às suas costas. "Isso responde a pergunta."

"Detetive inspetora-chefe?"

Uma voz atrás de Karen captura sua atenção. Ela se vira e há outro policial junto a um freezer. Ela não quer, mas se força a olhar dentro dele.

Lá, há mais três cabeças humanas.

A inspetora sente o estômago revirar e dá um passo para trás.

Ela sai da cozinha, seguindo até o quarto. Mas lá talvez fosse até pior. Há uma cama de solteiro no meio do quarto, e o colchão está manchado com o que se presume ser sangue, bem como respingos pelas paredes e na fronha. Há um armário para arquivos feito de metal junto à cama, além de uma cômoda e uma caixa com uma tampa de isopor.

Por todo o cômodo, há o cheiro indescritível de morte e podridão.

"Que porra é essa?", pergunta Deakin, apontando. No canto, se encontra um grande tonel de plástico azul com uma tampa preta.

Karen olha para o objeto por um momento. Está com um péssimo pressentimento em relação àquilo.

"Não abra", pede ela. "Temos que sair daqui", berra Karen para a equipe. "Tragam a perícia o quanto antes. Alguém ligue para o patologista."

Os policiais não esperam que ela diga duas vezes. Karen ouve passos rápidos, o apartamento se esvaziando. Deakin fica, então avança até o armário de arquivos. Ele puxa a gaveta de cima, então recua, enojado.

"Caralho", repete o detetive.

Ela vai até Deakin e olha também. Lá dentro, encarando-a, colocadas sobre uma toalha preta, há três caveiras humanas. Destituídas de pele e carne, parecem quase surreais, como modelos surrupiados de uma aula de ciências. E estão pintadas — de verde, com pintas pretas.

Karen não consegue mais suportar o cheiro. Combinado à visão das caveiras, seu corpo se rebela, expulsando-a do quarto na direção do corredor. Ela consegue descer as escadas e chegar ao jardim antes de vomitar, curvada sobre si mesma, o estômago purgando seja lá o que tivesse sobrado do almoço.

Ela se agacha na grama, limpando a boca com as costas da mão. Fecha os olhos, mas a imagem perdura.

Cabeças decepadas. Apodrecidas, a pele amarronzada, o cabelo desgrenhado. As caveiras, o sorriso largo, as órbitas oculares vazias.

Ela vomita outra vez, então fica ali, caída de quatro na grama, fraca e ofegante.

O que mais?, pensa a inspetora, enquanto golfa. O que mais há nesse apartamento?

decapitar desmembrar descarnar? bobagem Coloque no ácido para liquefazer — qual ácido? Muriático

esmigalhe ossos com marreta, espalhe na mata

Broca 3/8 broca 1/16 martelo de garra serrote

Ração de peixe ciclídeo africano barbo Sumatra peixe-porco

Bíceps — fritar em frigideira, amaciar, espalhar tempero

Ferver crânio — detergente alcalino e água sanitária — MAS muito quebradiço pra guardar? Diluir água sanitária

Tirar carne, cortar genitais, esmigalhar ossos. Usar acetona — submergir cabeça — cortar escalpo, arrancar a carne dos ossos, manter crânio e escalpo

Dissecar — pernas da pélvis nas juntas, ferver em água e detergente alcalino — 1 hora. Derramar, lavar na pia, remover carne restante.

Colocar ossos em ácido por 2 semanas derramar lodo preto na privada OU crânio no forno? Não — explode.

separar juntas, as juntas dos braços, as juntas das pernas, duas fervuras.

Quatro caixas de detergente alcalino, cada uma ferve Duas horas Transforma carne em geleia como substância sai lavando

limpar ossos com água sanitária diluída, deixar por um dia colocar sobre jornal e deixar secar

tinta spray revestir crânio com esmalte

manter toda pele? Faca pequena para descascar, incisão na nuca, cortar até a coroa, então puxar pele para baixo (como frango?)

Camada externa tirar do músculo com cuidado. Remover do crânio, pode ter que cortar ao redor do nariz, dos lábios, da boca (2 horas)

Preservar em água fria e sal?

erguer torso para drenar sangue. Cortar fígado pedaços menores, cortar carne na área de perna ou braço ir descendo

cabeça em caçarola com água globos oculares somem fervura carne leva mais tempo colher de sobremesa para tirar cérebro

mas...? cheiro aromatizador incenso

20

Jess desperta com o cheiro da comida. Consegue ouvir um rádio, alguém descendo as escadas. Está confortavelmente aquecida debaixo do edredom.

Ela recapitula. Lembra de Griffin sair do apartamento. Então, um súbito branco. Havia acordado no banheiro de Griffin, a visão borrada, uma outra onda de tontura a fazendo oscilar. Tinha se levantado e se olhado no espelho. Alguém que ela não reconhecia a olhou de volta, os olhos vermelhos ao redor, o rosto cinzento e exausto. Sua mão tinha subido até o galo na parte de trás da cabeça, a parte de cabelo que fora raspada para que levasse os pontos. Ela então soube para quem tinha que ligar.

Nav.

Havia mandado mensagens para ele pelo messenger, acessando o notebook de Griffin com a senha que ela o havia visto usar naquela manhã. A resposta de Nav tinha sido curta e imediata:

Jess! Onde você está? A polícia está procurando você. Você levou meu carro!

Havia respondido: *Eu sei. Desculpe. Como está Alice?*

Tinha observado os três pontos cinzentos rodarem na parte de baixo da tela.

Bem melhor. Acho que vai ter alta em alguns dias. Seus pais estão com ela. Estão loucos de preocupação.

Saber que Alice estava bem era um alívio imenso. Jess continuou digitando: *Preciso da sua ajuda.*

Ela prendeu a respiração.

Sua cabeça.

Jess tinha percebido a desaprovação pela brevidade da mensagem.

Sim. Me desculpe. Preciso que veja se estou bem.

Os três pontos mais uma vez. Então: *Não sou a droga de um mecânico. O cérebro é complicado, não tenho como ver o que se passa dentro dele. Venha para o hospital.*

Não posso, vou ser presa, respondeu Jess. Então digitou as palavras que sabia que fariam ele ir até lá. *Tudo bem. Não se preocupe.*

Ele havia chegado ao apartamento fulo da vida e de cara feia. Jess havia perdido a conta de quantas vezes Nav partiu em seu auxílio ao longo dos anos, fazendo curativos, examinando-a, mas sempre estivera no limite daquilo que seria aceitável um médico fazer. Nunca algo tão ruim assim. E nunca diante de tantos riscos.

Nav passou por ela e entrou na sala.

"Sente-se", vociferou ele. "E onde diabos eu estou?"

Jess não respondeu à pergunta, apenas fez o que o amigo mandou. Ele pegou outra cadeira e sentou-se diante dela, puxando uma caneta-lanterna de sua bolsa e lançando o facho nos olhos dela.

"Olhe para mim", pediu Nav. Jogou a luz em um olho de cada vez, enquanto Jess olhava para o rosto dele. Parecia severo, concentrado. O médico moveu a luz para a esquerda e para a direita, depois para cima e para baixo. Em seguida, pôs a mão quente gentilmente na testa da amiga. "Olhe para meu dedo."

Jess o observou movê-lo em forma de H diante de seus olhos. Ela conhecia o exame neurológico de trás para frente, já o tinha feito muitas vezes. Nav continuou e ela seguiu as instruções dele, colocando a língua para fora, encolhendo os ombros, estendendo os braços e fechando os olhos. Nav pediu que resistisse à pressão contrária que fez em seus braços, e depois em suas pernas, e ela assim o fez. Jess tocou o nariz com o dedo, então tocou o dedo dele, fazendo isso uma vez após a outra.

"Teve algum problema de visão?", perguntou Nav, rouco.

"Só um pouco borrada. Senti tontura algumas vezes."

"Sem perda de consciência? Sem fala embolada?"

"Tive um desmaio rápido."

"Sentiu náuseas?"

"Não."

Ele suspirou. "Você parece bem", murmurou Nav. "Fiz o download da tomografia que você fez quando chegou ao hospital, e não havia nada. Mas pode estar havendo alguma coisa desde então. Um hematoma se expandindo, um aumento da pressão intracraniana... e, sem saber quanta dor você está sentindo..." A voz dele se aquietou.

"Volte comigo", continuou Nav. "Não vamos avisar a polícia, prometo. Preciso saber..." Ele se deteve. "Preciso ter certeza de que está tudo bem aí", concluiu, apontando para a cabeça dela. "É importante que você esteja bem."

Jess sabia que Nav tinha razão. Ele não precisava repassar a lista de complicações médicas, ela já estava preocupada. Um cansaço absoluto a dominou. Sentada no apartamento, ela sentiu o corpo áspero, as roupas que estava usando, as que estavam no hospital, eram desconfortáveis. Jess tinha olhado para a pilha de fotos de mulheres mortas na mesa, perguntando-se em que loucura havia se metido.

Tinha olhado ao redor do quarto, enxergando-o com olhar renovado. Griffin é um homem adulto, vivendo em um apartamento de um cômodo só, se é que poderia ser descrito como tal. A mobília era velha, gasta. E onde estava a esposa dele? O que Jess realmente sabia a respeito dele?

Ela sabia que era a coisa certa a ser feita.

Então, agora, ali estava ela. Havia dormido e instantaneamente se sentido melhor. Estar com Nav, na casa dele, é tudo o que quer.

Jess se senta, de boca pastosa e cabeça atordoada. Olha para o relógio. 16h35. Passaram-se sete horas. O dia inteiro havia passado sem que notasse.

Jess se põe de pé. Lentamente vai até as escadas e desce até a cozinha. Nav sorri ao vê-la.

"Sente-se melhor?", pergunta o amigo.

"Não muito." Jess sente-se imunda, com uma camada de sujeira por baixo das roupas. "Posso tomar um banho?"

Nav segue em direção ao banheiro, mas ela acena para que ele volte. "Eu sei onde fica", diz. "Eu me arranjo."

O médico assente. "O jantar sai em uma hora. E comprei isso para você."

Ele lhe passa uma sacola de supermercado e Jess olha ali dentro. Há uma calça jeans, uma camiseta e um suéter, algumas meias e calcinhas.

"Não são muito boas, e eu tive que adivinhar seu tamanho...", explica Nav, mas Jess o interrompe.

"Está perfeito, muito obrigada."

Ela enche a banheira e imerge dentro dela. O calor da água é revigorante. Cauteriza sua pele, lavando os eventos do dia anterior.

Jess se recorda do apartamento com Griffin, e agora parece surreal estar ali. Sente-se mal por simplesmente ter saído de lá, mas o sujeito não se importa com ela, não vai ligar, é o que diz para si mesma. Griffin vai ficar satisfeito por ter seu espaço de volta.

Dá para ouvir Nav no andar de baixo. Ele está cantando junto do rádio, fora do tom. Ela sorri. É reconfortante estar em um lugar familiar.

A água agora está morna e ela está ficando com frio. Jess se levanta da banheira e se enrola em uma toalha. Ouve a campainha tocar e paralisa. Não ousa se mover.

O corredor é logo abaixo do banheiro, e Jess pode ouvir uma voz se infiltrar escada acima. Ela abre uma fresta na porta e escuta.

"Detetive Taylor. Polícia." Uma mulher, com tom metódico e formal. "Dr. Sharma?"

"Como posso ajudar?", Jess ouve Nav dizer.

"Estou procurando por Jessica Ambrose. Estava torcendo para que soubesse onde ela está."

"Não a vejo desde que ela roubou meu carro, na terça-feira", responde Nav.

"Terça-feira?", repete a detetive. "E está dizendo que ela o levou sem sua permissão?"

"Sim. Como eu falei aos seus colegas na hora."

Jess passa os olhos pela sala. É impossível que consiga sair do banheiro sem que a detetive a veja. Ela prende a respiração, trêmula, ainda apenas de toalha.

"Posso entrar?", pergunta Taylor.

"Veja bem, acabei de voltar depois de passar noites no hospital." A voz de Nav é calma, medida, mas inegavelmente gélida. "Eu trabalho como médico residente na oncologia. Estou um trapo, prestes a comer alguma coisa e, como você bem me lembrou, estou irritado porque vocês apreenderam meu carro. Se tiver mais alguma pergunta, poderia vir mais tarde, ou combinar um horário? Estarei lá de novo amanhã." O médico está acostumado a estar sob pressão. *Mas não a mentir para a polícia*, pensa Jess, sentindo uma outra onda de culpa.

Faz-se uma pausa. Jess imagina a detetive esticando o pescoço para dentro da casa, procurando por algum sinal de que ela esteve ali. Jess passa os olhos pelo banheiro, até onde suas roupas estão empilhadas, no chão. Pergunta-se o que pode ter deixado na linha de visão da mulher.

"Está bem. Farei isso, doutor."

Jess deixa o ar escapar ao ouvir a porta da frente se fechar. Põe a cabeça para fora do banheiro. Ela consegue ver Nav por pouco. O amigo está junto à porta, descansando de encontro à parede, com a cabeça nas mãos.

Jess veste as novas roupas o mais rápido que consegue, então vai para o andar de baixo. Nav voltou para a cozinha, e ela pode ouvir o retinir dele mexendo em caçarolas e pratos. Fica parada na porta, observando-o, e o amigo dá um pulo quando a vê.

"Aí está você! Está com fome?", pergunta ele. Sua voz parece alegre de um modo não natural. Ele rapidamente lhe dá as costas.

"A polícia esteve aqui", diz Jess, e ele se vira outra vez. "Eu ouvi. Obrigada."

"Você faria o mesmo por mim", responde Nav, desconversando.

"E sinto muito pelo seu carro."

O médico a olha por um momento um pouco longo demais. "Pois é. Podia ter passado sem isso. Você me deve uma." Jess assente. Com uma pontada, ela percebe que é mais uma das dívidas para acrescentar à coleção.

"Agora venha comer."

É a primeira refeição decente desde o incêndio, e Jess se dá conta de que está faminta. Nav sempre foi bom cozinheiro, mas esta noite o risoto simples é a melhor coisa que ela já provou. Come vorazmente, mal fazendo qualquer pausa até acabar.

Depois de terminarem, Nav recolhe os pratos e os dois se sentam lado a lado no sofá. É um lugar onde ela já esteve mil vezes antes: jantares civilizados com Patrick, Alice dormindo no andar de cima. Festas de Ano-Novo, rodeados de entusiasmados médicos ébrios. Ela sabe que Nav tem uma caixa de brinquedos, os favoritos de Alice, guardados para os momentos em que serve de babá. Por diversas vezes Jess cochilou naquele mesmo sofá após uma noite fora.

Mas hoje a conversa não é despreocupada como as que teve antes com Nav. O médico a encara e ela se recusa a olhar nos olhos dele. Imagina a preocupação no rosto dele. Jess não suporta: a pena, a óbvia empatia.

"Pare de olhar para mim", murmura.

O amigo franze o cenho e se recosta no assento. "Só quero ajudar, Jess."

Ela se sente mal. Nav está arriscando tudo ao tê-la ali. E tudo o que Jess consegue fazer é bancar a megera com ele.

"Eu sei, me desculpe", diz.

Nav assente, em resposta. "Então, o que você vai fazer?"

Jess balança a cabeça. "Não sei. Não sei mesmo." Percebe que ele vai dizer alguma coisa, mas o interrompe. "Não posso voltar para o hospital, Nav. Eles vão me prender, e aí, onde é que vou parar?"

"Mas ao menos deixariam você ver Alice", sussurra ele.

A menção ao nome dela faz com que Jess tenha vontade de chorar. Alice domina seus pensamentos desde que deixou o hospital: uma preocupação constante, a separação de sua filha causando uma dor quase física. Mas não pode ser presa, ficar nas mãos da polícia.

"Não quero visitas supervisionadas", responde. "Com a presença de uma porra de assistente social. Não acha que já tive o suficiente disso em minha vida?"

"É melhor do que nada. E eu vou ajudá-la a conseguir um advogado. Vão resolver tudo antes que você se dê conta." Nav faz uma pausa. "Não vai ser como da última vez. Eu prometo", acrescenta ele, com gentileza.

Jess balança a cabeça, olhando para o chão. Grandes lágrimas redondas começam a cair. "Não posso arriscar", responde.

Nav põe um braço ao redor dela. A sensação é cálida e familiar. Ela mal consegue se conter para não começar a soluçar nos braços do amigo e descansa a cabeça em seu peito, fechando os olhos. Consegue sentir o cheiro de Nav — sua mistura singular — e é reconfortante. Não é a primeira vez em que se pergunta como a vida teria sido se ela e Nav tivessem ficado juntos.

Os dois nunca nem mesmo trocaram um beijo bêbados. Por algum tempo, na universidade, Jess se perguntou se o amigo era gay, mas a namorada de dois anos com quem morou deu fim a essas ponderações. Agora, porém, a mulher já tinha ido embora há muito tempo. Jess não conseguia se lembrar do motivo, algo a ver com as exigências do treinamento médico.

Nav era tudo o que Jess não era. Educado em colégio particular, ridiculamente inteligente, culto. Tinha boa forma: corria em maratonas em prol de crianças com leucemia. E, pelo amor de Deus, era um médico especializado em câncer. Um bom sujeito, de cabo a rabo. Jess pensou que talvez fosse por isso que nunca ficaram juntos. Eram diferentes demais.

Ela se afasta e enxuga as lágrimas. Olha para ele. A luz está se desvanecendo e Jess pode ver o quanto Nav está esgotado.

"Nós temos que conversar sobre isso, Jess", pede ele, tentando mais uma vez. "Você ouviu o que a polícia disse. Estão procurando por você."

Jess olha para as próprias mãos. As unhas estão rachadas e quebradas, presume que seja pela fuga do incêndio, e há um arranhão cruzando o pulso que ela não havia notado antes.

"E não quero você voltando àquele apartamento", continua Nav, sério. "Quem mora lá?"

"Griffin. Ele é um..." Jess não tem certeza de como responder à pergunta. "Ele está me ajudando", conclui.

"Ajudando você em quê?"

Jess detecta um traço de algo na voz do amigo. Ciúme? Com certeza, não.

"A descobrir o que houve. Alguém começou aquele incêndio de forma deliberada. Griffin sabe de algo..." Ela se detém. Mal acredita em si mesma. Repetir aquilo parece ridículo. "Você ouviu a polícia", diz. "Já estão com a cabeça feita. Fui eu. Não estão procurando por mais ninguém."

"É difícil culpá-los", fala Nav, sem pensar.

As palavras dele pairam pela sala.

"Se não acredita em mim, então por que não contou à polícia onde eu estava?", esbraveja Jess.

"Eu acredito em você! Sei que não é capaz de fazer algo assim..."

"Então aja de acordo!"

"Mas, Jess, você tem que ver a situação pela perspectiva deles", implora Nav. "Gente inocente não foge."

"Eu não confio na polícia. Vou acabar na cadeia."

"Mas você confia em mim, certo?"

Jess permanece quieta. Ela confia. Mas Nav nunca esteve do lado errado da lei. Ele não entende.

"Então, é assim?", responde Nav, de voz amargurada, tomando o silêncio dela como uma negativa. "Você confia em um cara que mal conhece..."

"Por que presume que eu mal o conheço?", berra Jess, na defensiva, muito embora o amigo esteja certo.

"Você nunca o mencionou pra mim antes!"

"Eu não conto tudo a você, Nav."

"Claramente, não." Jess vê os olhos dele estreitarem, o temperamento se inflamar. Ele deixa escapar um grito alto de frustração, fazendo ela se sobressaltar. "Meu deus, Jess", esbraveja Nav. "Como pode ser tão cega?", questiona. "Tão... tão..."

"Tão...? Tão... o quê?", berra Jess.

"Tão idiota, caralho!" Dá para ver que o corpo dele está tenso, e Nav se levanta, começando a andar de um lado para o outro na sala. "Você se mete nessas situações, depois espera que todos — não, todos, não! Que eu tire você delas", grita o médico.

Jess sente a amargura daquelas palavras. Daquela traição. Achava que ele era seu amigo. "Não fui eu quem causou o incêndio", protesta ela, sentindo a garganta apertar.

"Não, mas saiu do hospital, mesmo estando doente. Está fugindo da polícia. E eu tenho que mentir... tenho que escondê-la..."

"Sinto muito. Vou embora." Jess se levanta. Não pode ficar ali, sabendo os verdadeiros sentimentos dele, o que ela o impeliu a fazer. Jess começa a sair da sala, mas uma repentina mão em seu pulso a detêm. Ela se vira, erguendo o olhar para os olhos de Nav.

O amigo pestaneja, a expressão aflita. "Não foi isso o que eu quis dizer, Jess", diz ele, agora mais baixo. "Não estou expulsando você. É só que..." Nav solta o pulso dela, então baixa a cabeça, apertando os olhos com os dedos e os esfregando com força. "Me desculpe", acrescenta. "Preciso dormir um pouco, Jess. Fique aqui esta noite. Conversamos de novo pela manhã."

Ela hesita. As palavras dele ainda ardem.

"Por favor?"

Devagar, Jess assente. Nav estende os braços e tenta dar outro abraço nela. Mas o corpo dela permanece rígido, resistindo ao conforto do amigo.

Ela o segue escada acima e o vê fechar a porta do próprio quarto. Jess se deita de costas na cama de hóspedes. Normalmente, estaria bêbada ao dormir nesta cama. Normalmente, sua mente estaria cheia de risadas após uma noite de diversão e frivolidades.

Esta noite é diferente. A escuridão se fecha ao redor dela. Jess sente a solidão cravar as garras em suas entranhas. Não sabe quando vai poder abraçar a filha outra vez. Alice deve estar tão confusa, perguntando-se onde estão a mãe e o pai, por que não pode vê-los, e lágrimas correm pelo rosto de Jess, encharcando o travesseiro. Ela pensa em Patrick, caído morto em uma mesa de autópsia em algum lugar. Ela se pergunta se teria permissão para vê-lo uma última vez, então se dá conta de que não teria restado nada para ver. O choque a atravessa como um raio. O corpo dele estaria queimado, o fogo o devia ter transformado em algo impossível de se reconhecer.

Foi ela quem fez isso. Não tinha acendido o fósforo, mas a razão para Patrick estar no quarto de hóspedes? Isso era com ela. Jess se pergunta se o marido havia se dado conta do que estava acontecendo. Ela espera que ele tivesse sido dominado pela fumaça durante o sono e não tivesse acordado.

Sente a familiar frustração aflorar, tensionando seus músculos. Ela se vira, enterrando o rosto no travesseiro, gritando, o corpo inteiro rígido conforme ela direciona toda a raiva para baixo, as plumas abafando o som.

Permanece com o rosto para baixo, contando lentamente, mentalizando que sua respiração volte ao normal.

Jess de repente não consegue suportar estar sozinha. Ela se levanta e abre a porta para o corredor, então aos poucos empurra a maçaneta do quarto de Nav. Consegue discernir a silhueta dele, um volume sob o edredom, e fica parada na porta por um segundo, escutando a respiração estável dele, o inspirar e expirar.

Ela sabe que, desta vez, levou o amigo ao limite. Mas ele tem razão. Ela é uma idiota. Toma decisões ruins, péssimas. Mas Jess pensou que Nav a via para além disso; que via uma mulher que era mais do que o caos que causava na própria vida.

Mas não. Nav a vê da mesma forma que todos a veem: uma fodida. Uma transtornada. Indigna.

Jess pediu a ele que fizesse tudo isso. Teve que mentir para a polícia, arriscar sua licença médica. Tudo por ela.

Ela o fez ir longe demais. E o fato de Nav ter atingido um ponto crítico a assusta. Sem Nav, seu melhor amigo, a pessoa mais legal de sua vida, quem mais ela tem?

Jess precisa sair dali. Precisa ir embora.

Ela desce as escadas e pega o telefone de Nav, carregando na cozinha. Olha para o teclado. A polícia estaria ali em minutos. Ela não teria mais que fugir. Poderia ver Alice. Fazer a coisa certa pelo menos uma vez na vida.

Ela faz a ligação, então se senta na sala de espera para aguardar, espiando nervosa pela janela.

Depois de quinze minutos, um carro encosta lá fora. Jess sai, fechando a porta da frente silenciosamente atrás de si.

Esta é sua única opção. Agora tem certeza.

Ela entra no carro. Griffin olha em sua direção.

"O que houve?", pergunta ele.

Jess meneia a cabeça em resposta.

"Ele expulsou você?"

"Não quis colocá-lo em risco", murmura ela. "Ele não merece fazer parte desta confusão." Jess mantém para si a verdadeira razão, a vergonha das palavras de Nav ainda queimando dentro de si.

Griffin dá a partida no Land Rover.

"O último dos mocinhos, hein?", diz ele para si mesmo.

"Você não entenderia. Você não é como Nav." Jess se vira para o outro lado e olha pela janela para as ruas escurecidas. Ela se dá conta daquilo que insinuou, de que o risco para Griffin não importa.

Mas Griffin balança a cabeça. "Não. Não sou, não", murmura ele em resposta.

21

Não há mais possibilidade de que a investigação seja mantida em sigilo. Ela se expandiu para uma caçada em larga escala. Outras delegacias estão sendo convocadas; múltiplas investigações precisam ser combinadas. Karen sabe que o delegado-geral vai ter um infarto, berrando com qualquer um que esteja por perto.

Ela assumiu o controle, designando ações e tarefas para os novos detetives na operação. Agora está diante do bloco de apartamentos, observando a maré de oficiais de cena do crime começarem o trabalho. Libby chegou com um lampejo de cabelo rosa e um sorriso para Noah; o dr. Ross já está lá dentro. Apesar da hora, jornalistas e equipes de TV pairam pelos arredores, desesperados por uma migalha de informação. Um deles grita, pedindo atenção, de trás do cordão de isolamento. Karen o conhece, é Steve Gray, do *Diário*, mas ela lhe responde com um "sem comentários" e o deixa desapontado.

Eles só partilharam a teoria com um punhado de pessoas, até agora — Libby, Ross, alguns outros detetives; a imprensa não faz ideia da gravidade da situação. Karen sabe que uma declaração precisa ser feita, mas o que diria? Temos um assassino em série nas mãos. Que já matou mais de dez pessoas. E, não, desculpem, não temos ideia de quem seja.

A inspetora observa Deakin à porta. Está animado, conversando ao telefone com a equipe que está na delegacia, reiterando as ordens dela, um cigarro queimando até a guimba entre os dedos. Ele lidou com a visão no apartamento melhor do que Karen, mas tinha ficado abalado. E com raiva. Ela conhece os sinais; o cenho vincado, as mãos inquietas.

Seu telefone toca e Karen olha para o número. Atende.

"Então, temos um Dahmer", diz Griffin.

"As notícias correm rápido."

"Quantas vítimas?"

"No mínimo dez. Mas todas aos pedaços, todas em estados variados de decomposição, então, quem pode ter certeza?"

"E os vizinhos, não notaram nada?"

"Estão dando seus depoimentos na delegacia neste exato momento", informa Karen. "Até agora, só disseram terem notado um cheiro e terem reclamado, mas alguém colocou um bilhete por debaixo das portas deles dizendo que havia um problema com ratos."

"Uns ratos grandes pra caralho. Eles guardaram o bilhete?" Griffin não espera por resposta. "Eu vou até aí."

"Não vai fazer nada disso. É sério, Griffin. Vá para delegacia amanhã, logo cedo, mas não quero você aqui. Não agora." Karen faz uma pausa. "O lugar está apinhado de jornalistas, Nate. Eles vão se esbaldar se virem você."

Ela ouve uma pausa do outro lado da linha. Seu irmão sabe que ela tem razão. Karen vê Deakin apontar em sua direção da porta do bloco de apartamentos.

"Escute, Nate. Preciso ir. Vejo você amanhã. Está bem?"

Faz-se uma nova pausa. "Está bem."

Karen desliga e respira fundo. Ela segue Deakin de volta até o prédio.

"Não sei para que precisam de mim", o dr. Ross está dizendo quando Deakin e Karen se aproximam da sala de estar. "Não posso fazer porra nenhuma aqui."

A voz dele está exausta. Karen não se surpreende. Também não era assim que gostaria de passar a noite.

"Achamos partes de corpos, tanto na geladeira quanto no freezer ao lado dela. Há mais no armário do corredor, e o que acreditamos ser um esqueleto completo no quarto. A maioria está morta há um bom tempo, o sujeito está matando há, pelo menos, alguns anos. Embora haja um recente na banheira, e ele parece estrangulado, provavelmente nas últimas doze horas. E, não, não vamos saber exatamente quantos corpos são até começarmos a juntar todos os pedaços." O médico dá as costas aos dois. "Literalmente."

Deakin se inclina para a frente, olhando para os DVDs sob a televisão. *O Retorno de Jedi* e *O Exorcista 2*.

"Quase não parece verdade, não é?", murmura ele para Karen. "Digo, o que esse cara faz? Desmembra as pessoas em sua cozinha, depois senta no sofá e vê *Guerra nas Estrelas?*"

Karen balança a cabeça e olha ao redor do cômodo. No canto, há uma mesa preta, e, no topo, um aquário. Em toda aquela imundície, ele se destaca: está impecavelmente limpo, uma variedade de peixes tropicais nadando em seu interior.

"Se ao menos você pudesse falar", sussurra a inspetora para o aquário.

Ela segue Deakin e os dois voltam ao quarto. O armário de metal foi esvaziado, e um saco de papel se encontra em uma caixa, pronto para ser levado como evidência. Deakin o pega e tira algo dele com a mão enluvada. É pele escura em um longo rolo.

"Achamos que isto é um pênis", explica uma voz detrás deles.

Deakin pragueja e o solta de novo no saco.

Eles se viram. Libby está ali, reconhecível pelo lápis de olho preto.

"Até que gostei da ideia", afirma ela, com os olhos se enrugando em um sorriso por trás da máscara. "Acho que estou começando a gostar desse cara."

"O que mais pode nos mostrar, Libs?", pergunta Karen.

Libby aponta para o tonel de plástico azul. "Ainda não abrimos isso", diz primeiro. "Vamos levar do jeito que está. Junto do freezer. Mas se esse cara *estiver* copiando Dahmer, esperamos achar alguns torsos humanos aí dentro."

Deakin fica para trás quando os três seguem até a cozinha.

"Ele não usava muito o cômodo para preparar comida. Formaldeído, éter e clorofórmio encontrados no armário do corredor. Ácido e água sanitária aqui dentro." Libby ergue sacos de evidências, mostrando um de cada vez. "Agulha hipodérmica grande. Uma furadeira e brocas de 1/16."

Karen não gosta de pensar no que eles deviam ter sido usados.

Libby continua: "Esvaziamos a lata de lixo. Havia algumas sobras, fragmentos de papel. Não sei se algo vai ser útil, mas vamos passar por tudo. Evidência de sangue por todas as superfícies — vamos pegar amostras —, impressões digitais, alguns respingos de sangue pelas paredes. Não sei mais o que dizer a vocês, detetives, tirando que esse bichinho é dodói pra caralho".

"E bom com facas." O dr. Ross se une ao grupo na cozinha. "Para desmembrar tantos corpos desse modo, estamos procurando por alguém com um conhecimento decente de anatomia humana."

"O mesmo cara da segunda à noite?", questiona Karen.

"É possível. Vamos comparar as marcas de ferramentas usadas em ambas. Envio meu relatório quando souber mais", conclui Ross. Com inveja, Karen e Libby observam o médico ir embora, querendo desesperadamente fazer o mesmo.

Deakin tinha saído vagando até outra parte do apartamento. "Ainda topam sair para beber?", pergunta Libby à inspetora.

Karen olha para ela em dúvida. "A esta hora da noite?" Ela aponta para a cena movimentada. "Com tudo isso acontecendo?"

"Eu conheço um lugar. E eles começam o turno da noite em meia hora", comenta Libby. "O que mais você vai fazer aqui? Sério." Karen dá de ombros. "Não acha que faria bem relaxar um pouco?"

Libby tem um bom argumento. O telefone da inspetora começa a tocar. "Está bem. Trinta minutos", sussurra para Libby ao atender.

É Shenton. "Alguma novidade com a mãe?", pergunta Karen.

"Não. Falou que não vê Michael Sharp há um ano. Mas vamos dar continuidade, ela pode estar escondendo o jogo de nós."

"Ótimo, bom trabalho, Toby", acrescenta a inspetora, dando o melhor para ser encorajadora. Eles precisam desse estímulo. São quase 23h, Karen não come desde o almoço — seria bom se alguém desse a *ela* um papo animador.

• • •

Lá fora, Deakin já tirou o traje de cena do crime e está fumando na esquina do bloco de apartamentos, fora das vistas dos repórteres. Karen se junta ao detetive e estende a mão para tomar o cigarro dele, mas Deakin o segura longe dela.

"Roo me mata se eu deixar você fumar."

"Me dê a porcaria do cigarro, deixe que eu me preocupo com meu marido", diz Karen. "Acho que tenho o direito de fumar um depois do dia que tivemos."

Deakin ergue as sobrancelhas, mas lhe entrega o cigarro; ela dá uma longa tragada antes de devolvê-lo.

"Você já soube de algo assim antes?", pergunta Deakin.

Karen balança a cabeça. "Felizmente, não. E você?"

Ele sopra uma nuvem de fumaça. "De alguns, no departamento de narcóticos. "Uma coisinha aqui, outra ali, com a SO10", diz, entregando o cigarro a Karen mais uma vez.

A inspetora sabe ao que ele está se referindo. SO10: a antiga unidade de operações infiltradas na Polícia Metropolitana. Um dos cargos anteriores de Noah.

Ela estende o cigarro de volta ao detetive, mas ele o dispensa com um aceno da mão.

"Pode terminar", diz Deakin.

Ele se recosta na parede de seixos telados dos apartamentos, fechando os olhos por um segundo. Os dois ficam ali em silêncio, e Karen se dá conta do quanto é grata por Noah estar ali com ela. Nesses momentos, quando algo realmente terrível como isso acontece, ninguém fora das forças policiais consegue nem chegar perto de entender.

Em seu primeiro dia no Departamento de Crimes Hediondos, Noah tinha chegado com a cabeça rigorosamente raspada em máquina um, camiseta justa, jeans apertados e um par surrado de All Stars azuis nos pés. Ele tinha a compleição de um galgo sob efeito de heroína, com um metabolismo que passava a mesma impressão. E ele a havia chamado de Karen. Não de chefe, não de detetive inspetora-chefe Elliott ou comandante, como os outros detetives em sua equipe. Certamente não de senhora, um termo que ela odeia por fazê-la se sentir com quase 50 anos. Noah tinha solicitado uma transferência e Karen tinha lido o arquivo dele. Infiltrado até 2014. Departamento de narcóticos desde então, acompanhado de aclamações, e tinha concordado sem hesitar. *Mas esse homem?*, foi o que pensou à primeira vista. Havia um distanciamento nele que Karen tinha confundido com arrogância, e ela se perguntou se havia cometido um erro.

Porém, ela logo descobriu que nenhum de seus outros detetives era como Deaks — e isso era algo bom. Inconscientemente, Karen se viu gravitando para junto dele. Os dois atendiam chamados juntos, e ela o escolhia para perguntar sua opinião. Ele era sério, quieto e trabalhava mais duro do que qualquer um ali, incluindo ela mesma. Sua parceria se tornou a norma: aonde a detetive inspetora-chefe Karen Elliott fosse, o detetive-sargento Noah Deakin ia atrás.

Deakin se afasta da parede. Pousa a mão sobre o braço de Karen, então se inclina e dá um abraço nela. A inspetora fica surpresa com esse contato súbito, mas se dá conta de que era exatamente isso de que precisava neste momento, descansando a cabeça no ombro dele. Noah tem cheiro de algum tipo de sabonete ou sabão em pó, de um pós-barba do qual Karen sempre gostou, e pastilhas Polo. Noah se desvencilha do abraço e agora oferece uma pastilha a ela. Karen pega um dos doces da embalagem e joga na boca.

"Eu já vou indo", anuncia a inspetora, rompendo o silêncio. "Quer uma carona?"

Ele meneia a cabeça. "Vou ficar aqui, de olho nas coisas", murmura.

Karen sabe que qualquer tentativa de persuasão será inútil. E sabe como Noah está se sentindo. Essa inquietude, misturada ao desespero da falta de progresso. Mas Libby tem razão: não podem fazer mais nada ali, ela precisa deixar que os peritos façam seu trabalho. Catalogar e retirar amostras e processá-las — e torcer e rezar para que esse cara tenha cometido um erro.

Porque Deus sabe, pensa Karen, ao olhar para o bloco de apartamentos sem graça, ciente dos horrores por trás das paredes cobertas de seixos, *que já basta desse banho de sangue.*

22

Jess ouve o telefone tocar, então percebe Griffin saindo da cama. Ela abre os olhos e o observa na escuridão, de cabeça curvada, falando ao telefone em tons sussurrados. O sujeito está usando apenas a cueca boxer, e ela aprecia a vista, mas então se pergunta: quem é esse cara e o que ela está fazendo ali?

Quando voltaram até ali, mais cedo, não haviam conversado. Griffin não tinha lhe oferecido nem comida, nem bebida, apenas tirou a própria roupa e se deitou na cama. Ela se deteve por um segundo, então fez o mesmo, agora que pelo visto sua presença naquele apartamento era aceita implicitamente.

Nav tinha ficado preocupado com ela estar ali, e Jess sabe que o amigo tinha razão em ficar. Griffin poderia ser qualquer um.

Mas ela sente como se o conhecesse. Lá no fundo de sua psique, Jess reconhece algo. O trauma. A busca desesperada pelo intangível. Griffin tem basicamente o dobro de seu tamanho, mas desde aquela primeira noite ele nunca fez nada que a tenha levado a se preocupar. Talvez seus padrões sejam baixos, pensa Jess. Talvez não saiba reconhecer o perigo até ele acertá-la bem no meio da cara.

Griffin termina a ligação e volta para a cama. Jess percebe que ele ainda está acordado. Está inquieto, remexendo-se.

"Mais um?", pergunta ela, e Griffin se vira para ela. Ele assente, Jess vê o rosto dele em meio à escuridão.

"Isso significa que definitivamente há uma ligação com a morte de Patrick?", indaga Jess em voz baixa.

"Nada é definitivo, Jess", responde Griffin. "Mas talvez."

Ele desvia os olhos dela e se agita por baixo do edredom, deitado de costas, encarando o teto. Ela precisa fazer algo para se esquecer daquilo. A ansiedade, a impaciência. A expectativa de uma explosão. Consegue sentir o calor do corpo de Griffin junto ao dela; ela quer tocá-lo. Ela quer...

Mas não pode. Jess cerra os punhos. Sabe que fazer sexo com Griffin a faria se sentir melhor, ao menos por um momento, mas depois da última rejeição, ela não aguentaria lidar com outra.

Precisa conquistar algum controle. Mesmo que seja sobre o próprio corpo.

Jess respira fundo, então se levanta e vai até o banheiro, fechando a porta atrás de si. Pestaneja ao acender as luzes, então se senta no chão frio de linóleo, inclinando-se para a frente e abrindo o armário embaixo da pia. Ela encontra o que está procurando e coloca junto a si. Uma lâmina de barbear nova, ainda na embalagem. Ela está usando apenas uma camiseta e calcinha, e estende as pernas nuas diante de si.

Por dentro, se sente como uma coleção de pequenos pedaços, fraturados e quebrados. Então, por que o exterior não deveria aparentar o mesmo? Ela pega a lâmina e a quebra na metade, libertando as lâminas da embalagem plástica. Joga o lixo no chão, então segura uma lâmina entre dois dedos. Pode sentir as mãos tremendo.

Lentamente, ela coloca o gume afiado no alto da coxa. Vê as cicatrizes das vezes anteriores. Algumas não são mais do que linhas prateadas, outras ainda vermelhas, mal tendo cicatrizado. Jess faz força e corre a lâmina pela perna. Sente-a perfurar a pele, cortar carne adentro. O sangue aflora, correndo perna abaixo. Ela repete o gesto. Sabe a força que deve aplicar: o suficiente para sangrar, mas não a ponto de precisar ir ao hospital. Afinal de contas, ela não tem mais Nav.

Jess sente as lágrimas correndo pelo rosto, caindo pela perna, misturando-se ao sangue. Sabe que o que está fazendo a está destruindo, pedaço por pedaço. Mas é a punição pela merda de pessoa que ela é. A punição por não ser normal.

Ela conta. Sete, oito. Sabe que vai parar em dez. Dez sempre é o suficiente para aliviar a tensão, para abrir a válvula de segurança da panela de pressão. Isso ou achar algum homem aleatório para fazer o que eles fazem tão bem.

Porém, assim como a lâmina, o sexo nunca a apazigua por muito tempo. A excitação inicial da atração e a endorfina de uma trepada rápida fornecem o barato, uma distração da tempestade em sua cabeça. Mas depois que termina e o homem vai embora, Jess volta a ser a mesma desgraça perturbada que era antes.

Sempre se perguntou se Patrick sabia. Se sabia, nunca disse nada. E ela também havia ignorado as indiscrições dele. A mulher sussurrando no ouvido dele com um sorriso e um olhar de relance na direção de Jess na festa de Natal. As ligações tarde da noite que Patrick atendia em outro quarto. Jess não o culpava. Ela não era uma boa esposa. Não era boa em nada.

A porta se abre, afastando-a de seus pensamentos. Ela ergue os olhos. Griffin está ali parado, semicerrando os olhos sob a luz. Ele pragueja, caindo de joelhos ao lado dela.

"Caralho, Jess, o que está fazendo?"

Ele se inclina para a frente, pegando o papel higiênico e embolando as folhas, pressionando contra a perna dela, tentando estancar o sangramento. Então, Griffin para por um momento e Jess o vê respirar fundo, encarando o chão.

Ele ergue os olhos e, aos poucos, estende a mão. Ela solta a lâmina na bola de papel higiênico ensanguentado.

Jess está esperando raiva, decepção, julgamento, medo. Todas as reações que já viu antes, dos pais, dos profissionais de saúde, do marido. Mas Griffin parece diferente.

"Quer me contar o que está acontecendo?", pergunta ele. A voz dele está séria, porém calma.

Jess meneia a cabeça. Griffin abre o armário outra vez e tira de lá uma caixa velha de curativos adesivos. Em silêncio, ele faz o possível para estancar o sangramento, cobrindo os cortes um por um, indignado com aquele caos. Vez por outra, ergue os olhos para ela enquanto trabalha, como se esperasse alguma reclamação pela dor, mas Jess apenas o observa, impassível.

Quando termina, Griffin senta-se no chão, de pernas cruzadas. Ela ainda está recostada na parede, com as pernas diante de si.

"Quer conversar com alguém sobre isso?", pergunta Griffin.

Jess nega com a cabeça outra vez. "Não."

"Já conversou? Antes?"

"Não ajudou."

"Certo."

Ela vê Griffin a observando, o olhar dele se desloca para o curativo na cabeça dela, então de volta a sua perna. Ele sabe que algo está acontecendo, pensa Jess, eu devia só contar a ele. Mas está ciente de que, uma vez que as pessoas descobrem, a percepção a respeito dela se transforma. Elas a tratam diferente. E, além do que Jess acaba de fazer com a lâmina, já há muita coisa acontecendo para um momento só.

Griffin desvia o olhar e suspira, pensativo. Então, ele se levanta, estendendo a mão. Jess a toma e o sujeito a põe de pé. Ela sente as pernas bambas. "Bom", diz ele, quase para si mesmo, levando-a de volta para a cama, desligando a luz. "Nós dois estamos muito na merda."

Ele se deita ao lado dela na escuridão, puxando o edredom sobre a cama. Jess escuta a respiração dele, os carros lá fora, na rua. Todas as vezes que pensa que conseguiu avaliar Griffin, ele prova a ela que está errada uma vez mais.

Deve ter caído no sono, porque, quando acorda, está encolhida junto a ele, pele com pele. Jess se afasta, constrangida com aquilo que pode ter se passado por afeição.

Griffin está dormindo e Jess o olha sob a luz tênue. Todas as feições dele estão relaxadas, e o costumeiro cenho franzido desapareceu. Ela se detém.

Quer saber mais sobre Griffin. Sua curiosidade a corrói.

Ela tateia a mesa onde Griffin deixou a mochila. Remexe os bolsos, olhando de relance para a cama para se certificar de que ele ainda está dormindo. Lá estão o notebook, as páginas impressas e algumas fotos, todas no bolso principal. Embalagens de algum tipo de barra energética, recibos amassados. Jess volta a atenção para o bolso lateral e tira o que está lá. Ela observa: é uma pequena caixa branca, com o nome

OxyNorm escrito na parte da frente, cloridrato de oxicodona embaixo. Ela puxa a cartela; são os pequenos comprimidos laranja que viu Griffin tomar em diversas ocasiões.

Jess não sabe nada sobre alívio da dor, mas já ouviu falar em oxicodona. Uma droga forte, viciante. Ela olha para a caixa, restam oito comprimidos.

Ela franze o cenho, mas os coloca de volta na mochila. Sua atenção se volta para a calça jeans dele, largada sobre o sofá, e Jess a pega, sentindo os bolsos. Há uma carteira em um dos lados, e ela a retira, olhando os cartões. Nathanial Griffin. Já é alguma coisa: ao menos, aquele é o nome de verdade dele.

Jess a coloca no lugar, então algo no bolso chama sua atenção. É uma fotografia, levemente amassada, de Griffin com uma mulher. O braço dele está ao redor dela e ele está sorrindo. Jess se dá conta de que, nesse tempo em que o conhece, nunca o viu sorrir daquela forma, e olha mais de perto. O cabelo dele está mais curto, a barba está feita, ele está lindo. Parece feliz. O olhar dela passa para a mulher ao lado dele. Tem cabelos longos e escuros, caindo com suavidade sobre o ombro. O braço dele está firme ao redor dela, que se recosta nele.

E então, Jess se dá conta. Vai até a mesa e remexe as fotos de cenas do crime, até encontrar. Ela olha para a foto que estava grudada no quadro, então para aquela em sua mão.

Ela se detém, com as mãos tremendo. Não é de admirar aquilo ser uma questão pessoal para Griffin. Não é de admirar ele ser um homem devotado a uma missão.

Aquela é a mulher que foi estuprada e assassinada. E o marido deixado à própria sorte? Era Griffin.

23

O bar está lotado; Karen nem acredita no quanto ali está movimentado àquela hora de uma quarta-feira à noite. Ela zanza na porta, olhando para a multidão. Não consegue avistar Libby. Deveria ir para casa — está tão exausta que até as pálpebras doem —, mas quando está prestes a enviar uma mensagem pedindo desculpas e ir embora, Karen vê Libby abrindo caminho até ela.

"Venha", diz Libby, vendo a expressão da inspetora. "Vamos pegar uma bebida para você."

Duas taças de vinho depois, Karen já derramou tudo o que sabe sobre as autópsias de Kemper, os assassinatos dos Manson, todos os detalhes sobre a teoria de Griffin. Karen sabe que sua expressão é um reflexo da de Libby: cenho franzido, cantos da boca virados para baixo. Não há nada de bom ali.

"Mas não consigo deixar de pensar", acrescenta Karen, virando o último restinho de sua taça. "Por que fazer isso? Por que se dar a todo esse trabalho para copiar assassinos em série?"

"Admiração? Infâmia? Reconhecimento?", sugere Libby. Com a mão, ela faz um sinal para o barman, que enche mais uma vez as taças das duas. "Por que os assassinos em série matam? Não pode aplicar uma lógica normal. Já pensou em chamar um perfilador?"

"Marsh nunca liberaria a verba."

"Não vale a pena perguntar?" Libby se detém, pensando por um momento. "E o que Noah acha disso?"

Karen faz uma pausa, um sorriso se insinuando por seu rosto. "Libby, como é que, com você, a conversa sempre vai parar no Deakin?"

Libby afasta do rosto o longo cabelo rosa. "Só estou interessada, só isso. E, de todo modo, não preciso do Noah", diz ela com um sorriso largo. "Tenho um encontro na sexta à noite." Libby pega o telefone e mostra a Karen o perfil no aplicativo de encontros. A inspetora assente, aprovando.

"Mas *por que* vocês terminaram, mesmo?", pergunta ela.

Libby suspira. Põe o telefone de volta no bolso. "Pergunte ao Noah. Não foi escolha minha. Ele não contou a você?" Karen nega com a cabeça. "Achei que vocês conversavam sobre tudo."

"Conversamos sobre assassinatos, estupros e bandidos. Não falamos sobre a vida amorosa dele, e a minha é xoxa demais para eu ter o que falar."

Libby encara a inspetora, então inclina a cabeça para o lado.

"O que foi?", pergunta Karen.

"Sabe, sempre achei que havia algo acontecendo entre vocês dois."

"Entre mim e Noah?" Karen ri. "Por quê?"

"Vocês passam todo dia, o dia todo, juntos. Estão sempre cochichando em cantos escuros, rindo. Feito um clubinho impenetrável." A inspetora bufa, zombando, e Libby toma um gole de sua taça. "Está me dizendo que nunca pensou a respeito?"

"Não!"

"Nem uma vez?"

"Não!", repete Karen. "Bom, talvez. Uma vez."

"Rá!" Libby joga a cabeça para trás, entretida. "Eu sabia. Pois deveria, sabe." Ela ergue uma sobrancelha imaculadamente arqueada. "Você iria gostar."

"Sério?"

"Ah, iria." Libby estica a palavra em uma única e longa sílaba. "O cara é mais safado do que uma ex-freira numa convenção de *Fleabag*." Ela acena por cima do ombro de Karen. "De um jeito bom", acrescenta, então se levanta para se despedir de uma das amigas que está indo embora.

Karen a observa, batendo papo e rindo no outro lado do bar. Sempre pensou que eles combinavam, Libby e Noah. Ambos não convencionais, mas inegavelmente atraentes. Formavam um belo par. Mas ele dera fim ao relacionamento, e Karen se perguntava por quê.

E por que está tão interessada? Ela beberica o vinho, já se sentindo zonza com o álcool subindo à cabeça. Mas é agradável, esse ar abafado. Ajuda-a a esquecer a violência e a morte do modo mais tradicional.

Libby volta gingando ao banquinho junto ao balcão do bar, cruzando as elegantes pernas uma sobre a outra. Ela exibe um riso malicioso.

"E então", pergunta a Karen, "mais umas doses?" E, sem esperar uma resposta, acena para o barman do outro lado.

Uma hora depois, Karen se vê rolando para fora do táxi diante da porta de sua casa. Nenhuma das luzes está acesa. Sabe que o marido vai estar na cama, precisando acordar cedo para trabalhar no turno do café da manhã.

Ela abre a porta da frente e coloca as chaves no gancho do modo mais silencioso possível em seu torpor alcoólico. Tira o casaco, os sapatos, e os guarda. Sentia vontade de poder falar com alguém sobre outras coisas além de assassinatos, garotas mortas e membros decepados, mas se contenta com servir para si mesma uma tigela de sucrilhos, comendo enquanto assiste a um antigo episódio de *Friends*.

Ela deixa a tigela na pia e desliga a luz outra vez, seguindo para o andar de cima. Detém-se diante da porta do quarto da filha, então empurra a maçaneta, abrindo-a em silêncio.

Lá dentro, as estrelas no teto iluminam o rosto da menina com um brilho indistinto. Tilly está dormindo, as mãos agarrando apertado uma pequena coruja branca, agora ensebada e puída após anos de amor. Karen rearruma o edredom por cima dela, então se agacha ao lado da cama.

É o pior pesadelo de uma mãe ou pai, receber a notícia que muitas famílias receberam nessa semana. Seu filho, ou filha, morreu, e não só isso como suas últimas horas devem ter sido assustadoras e dolorosas. É provável que tenham implorado por clemência, pedido por suas mães, e seus últimos pensamentos devem ter se voltado àqueles que amavam.

Karen olha para o rosto adormecido da filha e sente a raiva corroer o estômago. Perder um filho por doença ou um acidente é trágico, mas esse absurdo de tomar uma vida, tantas vidas, é irracional. É desumano. Pela primeira vez naquela semana, sente lágrimas se derramarem por seu rosto, então as engole, enxugando-as com a manga da camisa.

Karen se inclina para a frente e beija a filha no rosto, e a menina se remexe. Então abre os olhos e a fita.

"Volte a dormir, chuchu", sussurra Karen.

"Você pegou os monstros?", pergunta Tilly. "Papai disse que você não estava em casa porque estava pegando os monstros."

"Sempre, meu amor."

"Como eles são?" Os olhos de Tilly brilham na escuridão. "Papai disse que são iguais a eu e você."

Karen pragueja contra o marido em silêncio. "São, mas eu sou treinada, então consigo ver a diferença."

"Josh é um monstro?"

Karen sorri, afofando o edredom ao redor dela. "Não, por mais que você pense assim, seu irmão não é um monstro."

"E o papai? E o Noah? E o Tio Nate?"

"Não. Aqui, não tem nenhum monstro, Tils. Me livrei deles há muito tempo. Agora, volte a dormir."

A menina assente, satisfeita com a resposta, e fecha os olhos, rolando na cama, levando a coruja consigo.

Karen se levanta e vai até o próprio quarto, escovando os dentes no banheiro da suíte, no escuro. Não quer olhar para si mesma. Ver os efeitos daquele dia em seu rosto. Ela tira a roupa e se deita na cama, pressionando o corpo contra as costas do marido. Ele murmura algo incompreensível.

"Roo?", sussurra Karen. "Está acordado?"

Sabe que ele não está e se sente culpada por querer acordá-lo. Mas Andrew permanece resoluto em seu sono, e ela inveja a habilidade de dormir do marido.

Karen rola para longe dele, e fica deitada de costas, olhando para o teto. Espera que o cansaço a domine, pelo bem-aventurado vazio que, ela sabe, nunca virá.

24

São as primeiras horas da manhã, ainda está escuro, quando a dor o desperta. Griffin se mexe na cama, testando a extensão do problema, então senta-se aos poucos. A esta altura, não é nada com o que já não esteja acostumado, e ele se levanta hesitante, avançando na direção da cozinha.

O apartamento esfriou e ele sente o arrepio em sua pele. Segue se apoiando pelos cantos até a mochila, tirando a caixa de comprimidos e engolindo dois rapidamente.

Ele não é um dos mocinhos, Griffin sempre soube disso. Não se ofendeu com as palavras de Jess, mais cedo; é assim que ele é, e pronto. Mesmo quando ainda era novo na polícia, não era um dos recrutas radiantes e vibrantes, que apareciam ávidos, com camisas bem passadas e botas limpas. Ele ficava nos fundos, com um cigarro nas mãos, quando devia estar se apresentando para seu turno.

Mas era ele quem chamavam quando um escroto não queria entrar na cela. Era o cara que mandavam sozinho para uma área duvidosa. Griffin havia entrado em brigas: sua ficha era cheia de ossos quebrados e olhos roxos. Ele fazia o trabalho, e se isso significava que o serviço de saúde teria que gastar mais algumas libras, que fosse.

Havia passado raspando pelas provas escritas, mas tinha chegado a detetive e então a detetive-sargento. Forjou alianças, com os mocinhos e com os vilões, trocando favores, conquistando respeito.

E então, tudo deu errado.

Ele volta para a cama e se senta, o colchão se movendo com seu peso. Jess se remexe de leve em seu sono e Griffin olha para ela. Está feliz por ela ter voltado. Ele não gosta de pensar no motivo disso, mas, quando ouviu a voz dela no outro lado da linha, não hesitou. Apenas entrou no carro e a trouxe de volta.

Griffin se sente protetor com relação a Jess, uma conexão, ainda mais depois do que ela havia acabado de fazer consigo mesma. O marido dela, a esposa dele — ambos mortos pelo mesmo homem, mas não era só isso. Ele sabe como Jess está se sentindo. A propensão à autodestruição, o senso constante de fracasso.

Ele sabe como é ser diferente, não viver no mesmo mundo que o resto das pessoas.

Mesmo antes de tudo isso acontecer, ficava observando enquanto as pessoas levavam suas vidas normais. Homens no supermercado, com os filhos, dirigindo para o trabalho. E a maioria deles parecia feliz. Como isso podia ser possível? Não estavam cientes de toda a merda que havia no mundo? As injustiças, os problemas, as preocupações? Griffin veio a aceitar que talvez não fosse com eles que havia algo de errado. Talvez fosse consigo.

Mas isso significa que ele pode olhar para essas fotos de cenas do crime, para esses cadáveres, e não piscar. Isso não o faz perder o sono — não *isso*, pelo menos. Griffin aceita que é para a morte e a destruição que ele serve.

Ele volta a se deitar ao lado de Jess e puxa o edredom. Sente a lufada de um corpo quente, levemente rançoso, levemente grudento, mas, de algum modo, reconfortante. Ainda não tem certeza de por que ela voltou. Em seus momentos sombrios, Griffin costumava questionar o amor de Mia, perguntar por que estava com ele, apesar de tudo que ele havia feito de errado. Eu estou segura com você, dizia ela, encolhendo-se junto a Griffin feito uma gata. Eu sou sua, você é meu. Sei que sempre vai cuidar de mim.

Mas ele não cuidou, não é? Não quando mais importou.

Griffin encara o teto na escuridão, esperando que o raiar da aurora venha assumir o controle; que o dia comece devidamente, que todos os vestígios de sono sumam. Com o que eles descobriram, sua resolução agora arde com mais intensidade do que nunca.

Ele vê o que esse psicopata está fazendo. Sabe que vai pegá-lo. E sabe que vai fazê-lo pagar.

Custe o que custar.

25

Dia 4, Quinta-feira

"Jeffrey Dahmer, condenado pela morte de dezessete homens e meninos entre 1978 e 1991. Particularmente afeito a desmembramento de corpos, com uma pitada de estupro e necrofilia para acompanhar."

Griffin está diante de uma tela, as imagens projetadas na superfície branca, um grupo de quase vinte detetives o escutando. Esse é o lado do irmão que Karen conhece tão bem: confiante, inabalável.

"Conhecido por fazer buracos nos crânios das pessoas enquanto elas estavam drogadas, e então derramar ácido ou água quente lá dentro, supostamente para criar zumbis ambulantes." Griffin aponta para as fotos das cenas dos crimes quando as imagens se iluminam na tela. "Acreditamos ter encontrado onze corpos em vários estados de decomposição. Todos remetendo a Dahmer."

Noah sussurra junto a Karen: "Como pode tantas pessoas desaparecerem sem que ninguém perceba?".

"Provavelmente, pelo mesmo modo como aconteceu com as vítimas de Dahmer", responde Karen. "Pessoas às margens da sociedade. Os sem-teto, os desempregados. Homens afastados de suas famílias." Karen decide, silenciosamente, descobrir seus nomes. De cada um deles.

Griffin avança pelo quadro branco.

"Peter William Sutcliffe, também conhecido como o Estripador de Yorkshire. Condenado pelo assassinato de treze mulheres. O nosso assassino conseguiu matar duas." Ele aperta o botão na mão e uma imagem sanguinolenta é exibida na tela. Karen já a viu antes, nas fotos das cenas dos crimes, mas projetada diante deles, tão grande, é garantia de que até mesmo o mais duro dos detetives vai se encolher.

Ela esfrega os olhos. Está de ressaca, exausta, e o dia apenas começou. Malditas sejam Libby e sua tequila.

Mal se lembra de pegar no sono na noite anterior, apenas se recorda de ainda estar acordada quando viu as 3h aparecerem no relógio digital. Mas ela deve ter adormecido, já que o marido a acordou quando o alarme dele disparou, pronto para o turno do café da manhã no restaurante no qual é chef.

Ele a havia beijado no rosto ao sair da cama. "Vem jantar esta noite?"

"Assim espero", murmurou Karen em resposta.

Depois de tentar extrair mais algumas horas de sono, ela ouviu a porta da frente com a chegada da babá. Lauren, uma mulher recém-chegada à casa dos 20 anos, parecia ter a vida organizada de um modo que Karen podia apenas olhar e invejar. Dava para ouvi-la rir com as crianças enquanto as aprontava para a escola. Talvez se Karen tivesse um trabalho diferente também seria assim. Uma paciência sem fim, uma energia sem limites. Um corpo ágil que estalava de vitalidade e calor, em vez de se sentir exaurida aos 39 anos.

Karen tinha se arrastado da cama para o chuveiro, secando mal o cabelo e o amarrando longe do rosto em um coque desleixado. Sua filha havia saltado quarto adentro e pulado na cama, observando-a.

"Lauren perguntou se você quer mingau."

Karen tinha olhado de relance para o relógio, prestes a dizer não, então viu o olhar esperançoso no rosto da filha.

"Quero, por favor", respondeu, e foi se juntar à família na cozinha, extraindo alguns poucos momentos de normalidade e inocência antes que o horror de seu dia começasse.

• • •

Ela volta a prestar atenção na sala de investigações, onde Griffin pressionou o botão outra vez.

"Manson", diz ele, então faz uma pausa. "Cinco pessoas apunhaladas e baleadas na noite de segunda-feira." Karen ouve os detetives ofegarem pela sala. "Inclusive uma mulher grávida."

"Mas Manson não era um assassino em série", sussurra Shenton junto a ela. "Foram Tex Wanson, Susan Atkins e Pat Krenwinkel que cometeram os assassinatos do caso Tate."

Karen lança um olhar a ele. "Não vamos nos prender à semântica agora, Toby", responde. "Cinco pessoas foram mortas. Não sei o quanto dá para racionalizar o que está acontecendo."

Deakin se inclina para a frente. "Acho que você devia dizer isso a ele", murmura o detetive, acenando com a cabeça na direção de Griffin.

Mas Karen impede Shenton no momento em que ele está prestes a falar. Ela fuzila Noah com o olhar.

"Não pegue no pé dele, Deaks", sibila ela. "As coisas já estão difíceis do jeito que estão."

Karen sabe que não há um pingo de consideração entre seu irmão e seu parceiro. Ambos são indivíduos passionais e teimosos, mas enquanto Griffin faz o que quer, e as consequências que se danem, Deakin gosta de regras, procedimentos e processos. E ela sabe que Noah está irritado por Griffin ter tomado a frente dessa reunião de instruções. No fundo, Karen acha que Noah provavelmente está aborrecido por ele mesmo não ter notado as conexões.

Para piorar ainda mais as coisas, Griffin seguiu em frente e está falando sobre Ed Kemper.

"Em 1972, ele capturava caroneiras, levando-as para áreas isoladas onde as esfaqueava e as estrangulava, então desmembrava e desovava os corpos. Foi preso depois de matar a própria mãe e trepar com a cabeça dela, em 1973."

Karen estremece diante do palavreado. Vai precisar ter mais uma conversa com o irmão.

"Assim como Kemper, nosso assassino usou um Ford Galaxy. Assim como a palavra 'porco' escrita na parede e a bandeira estadunidense nos assassinatos de Manson, incluindo até o aquário e os DVDs no apartamento de Dahmer, ele usa detalhes similares aos dos assassinatos reais."

"Então, ele está nos provocando?", pergunta um dos detetives. "Está se exibindo?"

Griffin volta a olhar para o projetor. "O sujeito certamente está tentando dizer alguma coisa."

Karen vê Griffin dar as costas para a sala e respirar fundo. Ela sabe o que vem em seguida. Ele clica no botão e uma imagem aparece na tela. A inspetora sente seus músculos se tensionarem.

A sala fica em silêncio.

Griffin pigarreia. "Outras vítimas. Outros assassinatos que acreditamos estarem conectados a esses."

É uma foto de Mia. A cunhada de Karen. Mas ali ela mal está reconhecível. O corpo está caído no chão, as mãos estão amarradas, ela está seminua. O longo cabelo castanho está sobre o rosto, e há sangue — sangue por toda parte.

É uma foto de cena do crime de pouco mais de um ano atrás. Karen se lembra daquele dia.

Havia sido designada para investigar um esfaqueamento em um shopping center; encarava as imagens das câmeras de segurança quando o chamado veio pelo rádio. Não tinha visto Nate naquela manhã, o que não era anormal, já que os dois estavam em equipes diferentes. Deakin havia posto a mão em seu ombro.

"É o Griffin", dissera ele, com expressão sombria.

Haviam corrido até o hospital e parado diante da janela da UTI, olhando para o corpo inconsciente e espancado. Os médicos falaram com Karen, mas ela não assimilou. Até que se virou para eles e perguntou: "Onde está Mia?".

Havia gostado de Mia no momento em que a conheceu. A primeira vez, uma viagem de fim de semana no chalé deles, com Roo e as crianças. O refúgio no campo deles, longe da agitação da cozinha de Roo e da natureza sombria de seu trabalho policial. Griffin havia chegado, atrasado como sempre, e parecia apreensivo. Como poderia seu arrogante irmão caçula estar nervoso? Mas tudo se explicou quando ele apresentou a bela mulher ao seu lado. Karen havia se dado conta de que aquela era diferente para Griffin. Aquela iria ficar.

Mia tinha pele escura e um sorriso que iluminava os olhos de cor verde-garrafa. Ela pegou Tilly no colo, um bebê naquela época, e falou sobre ter filhos no futuro, dando um sorriso tranquilo para Griffin. Mia havia feito aflorar um lado de Griffin que Karen adorava. O irmão ficava mais calmo junto de Mia. Mais feliz. Estava apaixonado. Pela primeira vez na vida, Karen não tinha que se preocupar com ele.

Até aquele dia.

E agora, ali estava ele, um ano depois. Diante de uma imagem brutal do corpo de sua esposa.

Griffin se detém. Todos estão em silêncio. Karen sabe que a maioria dos detetives vai fazer a conexão entre a imagem ensanguentada na tela e o homem de pé diante de todos. Ele aperta o botão mais uma vez e uma imagem da antiga sala de estar de Griffin aparece, o cômodo detonado, sangue pelas paredes e pelo chão. "Isto foi um ataque a um casal no ano passado, a esposa foi estuprada e espancada até a morte. O marido foi surrado, mas sobreviveu."

"O marido conseguiria identificar o assassino?"

Cabeças se viram para encarar o rapaz que está falando. Ele é novo, vindo de West Yorkshire, então é provável que não esteja ciente. Karen vê a mulher ao lado dele o cutucar e fazer cara feia.

O maxilar de Griffin se retesa. Então: "Não", diz ele, por fim. "Não houve nenhuma informação útil por parte do marido."

Karen se levanta. Gesticula para o homem junto à porta e ele acende as luzes. Todos se encolhem de leve ante a súbita iluminação.

A inspetora se posta diante do grupo. Griffin se desloca para o fundo da sala.

"Certo. Então, agora todos sabemos com o que estamos lidando", afirma, assumindo o comando. Há agora um grande número de detetives ali, seguindo diversas linhas de investigação, para não falar no exército de policiais e agentes comunitários de apoio* fazendo perguntas

---

* Funcionários auxiliares que são parte das forças policiais no Reino Unido, mas não detêm os mesmos poderes dos policiais propriamente ditos. [NT]

pelas ruas. "Sabemos que esse cara já matou mais de vinte pessoas até agora. Para evitar qualquer dúvida, podemos presumir que ele vai matar de novo, e vai fazer isso de modo brutal e sem remorso." Ela aponta para a foto de Michael Sharp no quadro. "Até o momento, a menos que as evidências nos digam o contrário, esse é nosso principal suspeito. O sangue dele foi encontrado na cena do crime de Kemper, e os crimes de Dahmer foram encenados no apartamento dele." Karen começa a designar funções aos vários grupos pela sala. "Aqueles que estão aqui vindos de delegacias de todo o país, quero que troquem de casos. Deixem as equipes a par daquilo que sabem, depois deixem eles cuidarem do resto." Ela vê os detetives trocando olhares. "Não se trata de culpar ninguém. A questão aqui é trazer olhares novos a um caso de assassinato. Shenton", chama Karen, apontando na direção de seu detetive. "Você parece saber muito sobre assassinos em série. Pesquise tudo a respeito de nossos assassinatos até o momento e monte uma lista dos assassinos em série mais notórios que estão por aí. Algo pode brotar que nos ligue a outro caso. E, Campbell" — um dos novos detetives assente, em confirmação —, "dê seguimento com o pessoal de Pessoas Desaparecidas. Quero essas vítimas identificadas."

Karen encerra a reunião de instrução e a sala é tomada pelo barulho. Energia, conversas, pessoas ávidas para se pôr a trabalhar e pegar esse cara.

A inspetora gesticula para Griffin.

"Tudo bem?", pergunta, e o irmão assente. Não está, mas ela sabe que ele não vai querer que pergunte de novo.

"Tudo bem. Escute, Nate." Karen se vira para o irmão. "Se é para você estar aqui, nesta investigação, preciso que se mantenha na linha. Não pise no calo de ninguém, não tire ninguém do sério."

Griffin inclina a cabeça, dando um leve sorriso. "Vou tentar."

"Faça mais do que isso. Porque meu emprego também está em jogo aqui. Ninguém mais vai aceitar você. Marsh deixou isso bem claro, você é responsabilidade minha. Então, se você for demitido, eu vou ter problemas. Ficou claro?"

Ele assente, erguendo a mão em uma saudação zombeteira. "Feito água, chefe."

"Ótimo. Deaks?", grita Karen para o outro lado da sala, e Noah vai até ela. Griffin fecha a cara.

"E você tem que pedir desculpas ao Noah."

Os dois homens fuzilam um ao outro com o olhar.

"É sério, Nate. Peça desculpas. Porque não tenho como deixar os dois trabalhando juntos desse jeito."

E lá estava: o motivo para a suspensão dele. A tensão estava alta, era tarde da noite, nenhum progresso havia sido feito quanto ao assassinato de Mia. Griffin mal havia saído do hospital. E uma observação de Noah dirigida a Griffin: "Talvez você não devesse estar aqui".

"Talvez eu não precisasse estar, se você fosse um policial melhor."

E então, o comentário final: "E se você fosse um marido melhor, talvez...".

Noah se arrependeu no mesmo instante em que disse aquilo, ele confessou depois a Karen, mas então Griffin já havia lhe desferido um soco no meio do rosto, quebrando seu nariz.

Griffin franze o cenho para Karen, então suspira. "Me desculpe por ter socado você", resmunga ele. "Mas você foi um babaca."

"E você, Noah. Deixe isso pra lá."

"Só se eu puder retribuir o favor."

"Pelo amor de Deus", murmura Karen entredentes. Homens. "Tá bem. Se Griffin bancar o babaca, você tem minha permissão para quebrar o nariz dele. Mas não faça isso onde os outros possam ver."

"Fechado." Deakin estende a mão e Griffin a aperta, relutante. "E me desculpe pelo que eu falei."

Griffin assente brevemente, em reconhecimento. Karen revira os olhos. "Agora vão fazer algo de útil."

Seu irmão parte dali e Karen olha para Deakin. Ela balança a cabeça. "Me diga que foi uma boa ideia trazer Griffin para essa história, por favor."

Noah lhe dirige um olhar fulminante. A mão dele inconscientemente vai até o próprio nariz. "Não foi. Mas nós bem que podemos tirar o máximo proveito disso. Por mais que eu odeie esse otário arrogante, ele é bom no que faz." Karen vê o olhar dele passar para o quadro branco. "E então, o que há para nós na sequência?"

A inspetora fecha os olhos por um instante, então os abre e olha para o detetive. "Vamos continuar com Kemper e Dahmer", diz ela. E meneia a cabeça. "Não acredito que estamos chamando eles assim."

Mesmo com tudo o que ela sabe, esse caso ainda parece surreal. Mas a realidade não pode ser negada. Os fatos estão ali, no quadro, preto no branco.

E em vermelho-sangue.

26

Jess ouviu o alarme soar naquela manhã. Fingiu estar adormecida, vendo Griffin se levantar e ir para o banheiro com os olhos semiabertos.

Não queria conversar depois do que havia feito na noite anterior; sob a fria luz do dia, ela havia sentido a vergonha, a pontada de sua tolice. Ela se remexeu debaixo do edredom e desceu a mão até a coxa, sentindo os curativos, as cascas, o sangue grudento onde os cortes ainda não haviam cicatrizado.

Ouviu o chuveiro ser desligado e a porta do banheiro se abrir. Griffin havia saído, com uma toalha enrolada ao redor da cintura. Ele a viu observando, um lampejo de constrangimento passando por seu rosto antes de continuar a se vestir. Cueca boxer, calça jeans, sentando na cama para calçar as meias, então suas pesadas botas pretas. Por cima da cabeça, vestiu uma camiseta, depois um moletom com capuz. Não se parecia muito com um policial. Jess gostava dele daquele jeito.

"Vai estar aqui quando eu voltar?"

Ele estava diante do espelho, tentando domar o cabelo, e dissera isso sem se virar.

"Tudo bem por você?", perguntou ela.

Griffin deu um sorriso um tanto breve, e Jess notou que ele havia tentado suprimi-lo.

"Sem problemas", respondeu ele.

• • •

Mas agora o apartamento está em silêncio, e Jess se sente incerta. A preocupação voltou, a incerteza quanto ao que o futuro guardava. Quando Griffin está presente, a presença dele é reconfortante. A confiança silenciosa, a figura sólida que era ele a ancorando. Agora que ele foi embora, Jess sente o nervosismo retornar.

Devia estar em casa com Alice naquele momento, vendo desenhos animados, tomando café da manhã. Patrick estaria dando uma bronca nelas por derramarem migalhas no sofá. Um nó cresce em sua garganta e ela o engole. Tem que pensar em outra coisa. Focar-se em descobrir quem pôs fogo na casa, quem cometeu aqueles outros assassinatos.

Ela se levanta, veste as roupas e faz uma caneca de café. Coloca-a entre as mãos, sentando-se à mesa. As fotografias ainda estão espalhadas ali em cima: anotações, jornais, o notebook de Griffin.

Jess pega um jornal diante de si, enterrado sob uma pilha de fotos de cenas do crime. É de quarta-feira, o dia anterior, dobrado com as páginas internas para fora, uma reportagem nítida no topo da página. *FOGE A SUSPEITA DE INCÊNDIO CRIMINOSO COM MORTE*, ela lê, com os dedos trêmulos.

Jessica Ambrose, 29 anos, suspeita pelo assassinato do marido, Patrick Ambrose, morto em um incêndio em sua residência na noite da última segunda-feira, fugiu do Hospital Geral, contrariando as ordens médicas. Os pais de Patrick, Cynthia e David Ambrose, pedem ao público que fiquem atentos à suposta assassina de seu filho, afirmando que a nora era "um pouco estranha. Parecia que sempre havia algo meio errado com ela".

Acredita-se que Jessica não seja perigosa, porém, caso ela seja avistada, pede-se que seu paradeiro seja informado à polícia.

Jess pragueja entredentes. Tem vontade de rasgar o jornal em pedacinhos, mas, em vez disso, se contenta em jogá-lo no chão. Ele esvoaça para o chão, as páginas pousando em uma satisfatória bagunça.

Seus olhos se deslocam para uma das fotos sobre a mesa. Ela a pega, encarando o rosto da mulher de cabelos escuros: a esposa de Griffin. A foto a mostra sorrindo, em uma época feliz, e Jess reconhece os brincos de lua crescente, verde e prata, pendendo de suas orelhas.

Aquele que foi encontrado em seu capacho.

Jess puxa o notebook para mais perto e o acessa, abrindo o Google. É uma pesquisa básica, a polícia já deve ter feito ao menos isso, pensa ela ao digitar *mulher estuprada assassino em série*, mas Jess o faz mesmo assim. Um número absurdo de resultados aparece na tela, cada um mais brutal e explícito que o anterior.

Jess franze o cenho e tenta novamente, desta vez: *assassino em série incêndio criminoso* e um nome surge no topo da ferramenta de busca.

Bruce George Peter Lee. Ela clica no link da Wikipédia e lê a página. Então, com uma determinada linha, seu fôlego fica preso na garganta.

... derramando parafina pela caixa de correio...

Precisa contar a Griffin. É essa a conexão entre os outros assassinatos e Patrick. Em frenesi, ela olha ao redor em busca de um telefone, uma linha fixa, e acaba encontrando um, enterrado sob uma pilha de roupas.

Jess puxa do bolso o pedaço de papel e disca.

Griffin atende, de voz rouca, e ela vai direto ao ponto.

"É o Lee", diz Jess. "Procure. Isso prova tudo. Prova que não fui eu. Eles precisam me deixar ver Alice."

Faz-se uma pausa.

"Eu já tinha percebido", comenta Griffin. "Mas isso não prova nada."

"Você contou à sua irmã? O que ela falou?", insiste Jess.

Silêncio outra vez. "Vou mencionar", murmura ele.

"E o elo com..." Jess se detém. "...o brinco", conclui.

"Vou mencionar", repete Griffin, então desliga.

Jess fica escutando a linha muda por um segundo, então lentamente baixa o telefone da orelha. Após a empolgação de sua descoberta, a resposta de Griffin parece imensamente frustrante. Ela fica ali parada, sozinha no apartamento frio e vazio, de pés descalços e roupas sujas. Ela sente o vácuo. Tem saudades da família, da filha, do marido e, ainda agarrada ao telefone mudo, começa a chorar.

27

"Dez minutos", diz a voz no outro lado da linha, então desliga. Mas Karen não precisa saber mais do que aquilo. Ela suspira, afasta o cabelo do rosto, então o deixa cair outra vez, perguntando-se o que fazer com ele.

"Sabe o que mamãe diria?", pergunta Griffin, da porta da sala dela.

Karen sorri. "Não deixe o cabelo lambido pra trás?"

"Exato. *E ponha um batom, está toda molambenta*", zomba ele, depois sorri, entrando e sentando-se na cadeira diante da mesa dela. "Karen, escute..."

"Chega dessa merda entre você e Deakin, sério", interrompe ela.

"Não, não é isso." Seu irmão hesita. "Precisamos falar sobre o incêndio de segunda-feira. Acho que esse é Lee, um incendiário do fim dos anos 1970."

Griffin entrega o arquivo a ela. Karen sabe ao que está se referindo. "Mas Taylor disse que esse é diferente. Eles não têm um suspeito?", pergunta ela. "Não foi a esposa, que depois fugiu? E como você sabe disso?"

"Pus um alerta no sistema. Ele avisa quando há uma suspeita de homicídio", responde seu irmão, e Karen revira os olhos. "E você sabe como Taylor é. Não conseguiria prender a pessoa certa nem se o culpado cagasse no colo dela. Além disso, acho que não foi a esposa. Dê uma olhada nos detalhes do caso. Derramaram parafina pela caixa de correio. O brinco de Mia encontrado no capacho da entrada é outro sinal do assassino brincando conosco. E as evidências contra a esposa são, no máximo, circunstanciais. Impressões digitais em um regador que até mesmo Taylor admite que provavelmente foi tirado do barracão do jardim."

"Então, por que ela fugiu?"

"Ela não confia na polícia. Estava com medo, com pavor de que não fossem deixá-la ver a filha outra vez."

"Isso é só uma suposição, Griffin, como pode ter tanta certeza?" Então, Karen se dá conta. "Ah, caralho. Ah, Nate, você sabe onde ela está?"

"Não foi ela, está bem?", sussurra Nate. "Por favor, mantenha isso entre nós."

"Nate, não é possível que você esteja escondendo uma suspeita de homicídio!" Karen olha de relance para a sala de investigações. "Ainda mais tendo voltado para cá. Onde ela está? No seu apartamento?"

"Não! Acha que sou tão idiota assim?", questiona ele, mas Karen vê um certo olhar cruzar sua expressão. Idiota exatamente assim, ela sabe. "É só incluir o caso. E, se ele não se encaixar, eu a entrego."

"Já não temos o suficiente para fazer? Já temos poucos recursos no atual estado das coisas." Mas Karen solta um suspiro exasperado. "Está bem. Só entre nós, eu vou dar uma olhada. Mas deixe Taylor cuidando do caso também, por ora. Não quero presumir que esteja tudo conectado." Griffin vai se levantar para sair, mas Karen se inclina para a frente e o pega pelo braço. "Nate, me mantenha a par de tudo, está bem?"

Ele assente e sai. A inspetora resmunga baixo entredentes. Não está com energia para aquilo, para seu irmão abrigando uma criminosa em potencial. Ela decide que, no momento, vai deixar aquilo de lado. Vai fingir que não sabe de nada.

Karen se levanta e deixa a sala, observando o resto dos detetives trabalhando duro. Essa é a parte do trabalho que ela ama, a agitação na sala: um propósito em comum, todos trabalhando juntos para chegar a um resultado. Por um breve momento, ela se permite sentir-se confiante. Eles vão pegá-lo. Então, um outro pensamento surge: têm que pegá-lo.

Deakin aparece junto dela.

"O que foi que houve ali?", questiona o detetive, olhando para Griffin.

"Só mais um caso que ele acredita que se encaixe."

O olhar de Deakin se dirige ao outro lado da sala. "Roo está aqui procurando você", diz ele.

Karen se vira, e, como já esperava, o marido está de pé na porta da sala de investigações, com um policial fardado junto a ele. Está vestindo jeans e um moletom, a caminho do restaurante, ela crê.

Ela vai até os dois, cumprimentando o marido com um beijo surpreso. "Lauren disse que você esqueceu o telefone, hoje de manhã", explica Andrew, entregando-o a ela. Ela pega o aparelho, agradecida. "Então, essa é você?", pergunta ele, fazendo um gesto que vai da porta ao quadro branco.

"É, receio que sim", responde Karen. "Você viu na TV?"

"Não se fala em outra coisa." Andrew faz uma pausa. "E eu acabei de receber uma ligação da escola, Tilly passou mal."

"Merda", murmura Karen entredentes. Faz-se uma pausa. Ela não sabe o que dizer. Não há possibilidade de sair dali naquele instante, e o marido sabe disso. "Lauren não pode buscá-la?", pergunta Karen.

"Ela estava de folga à tarde", diz Roo, então suspira. "Vou ligar para ela. Tenho certeza de que não vai haver problema."

"Eu volto para o jantar", diz Karen, tentando apaziguar o marido. "Prometo."

"Vai ser ótimo. Eu levo algo do restaurante. Noah também vai?", pergunta Roo.

Karen olha para a sala de investigações, onde Deakin agora conversa com Shenton. "Vou garantir que ele vá", responde a inspetora. "Aliás, Roo."

"Hmm?"

"Quando tudo isso acabar, vamos viajar. Levar as crianças para o chalé, algum lugar tranquilo. Não me importo." Tudo o que Karen deseja neste instante é um pouco de paz. Sono, boa comida. Passar algum tempo com o marido.

Ele sorri. "Seria ótimo."

Então Karen vê Marsh gesticular em sua direção, do fim do corredor. Dois dedos apontando para longe. Está na hora.

• • •

Ela rapidamente segue o superintendente pela delegacia, e, ao fazê-lo, sente a culpa de sempre. O peso de ser todas as coisas: mãe, esposa, detetive, parceira, irmã. Sua filha não está bem, e ali está ela, encarando aquele que é, potencialmente, o caso de assassinatos em série mais chocante que o país já viu. Karen suspira. E se há uma coisa que ela vai fazer esta noite é estar em casa na hora do jantar.

Mas não pode pensar nisso agora. Sabe aonde vão e não é algo pelo qual esteja ansiosa.

"Só fique em silêncio. Eu aviso se precisar que você fale." Marsh se detém diante de um par de portas de madeira. "E, em caso de dúvida, diga sem comentários."

Ele abre a porta dupla. O barulho os atinge no mesmo instante. Conversas, gritos, empurrões em busca de atenção quando eles atravessam o mar de jornalistas até o lugar onde o delegado-geral está aguardando. Os flashes das câmeras fazem a inspetora piscar.

"Malditos abutres", murmura Marsh para Karen, enquanto os dois tomam seus lugares na parte da frente. Ela obedece e permanece calada, enquanto Marsh ergue a mão acima da cabeça.

"Silêncio!", grita ele. "Podemos começar?"

A sala é insípida e tediosa: paredes brancas descascadas, carpete azul estampado sujo. Passaram do cenário de costume de relações públicas, mais agradável, para aquele, porém, mesmo assim, só há lugar para ficar em pé. Karen nunca viu nada igual. Cada uma das cadeiras está ocupada, a imprensa fazendo pressão, desesperada pelo menor dos fragmentos de informação.

Lentamente, o rebuliço esfria e tem início a coletiva de imprensa.

"Como tenho certeza de que estão todos cientes, aproximadamente às 16h15 da tarde de ontem, a polícia fez uma busca em um apartamento na zona oeste da cidade, onde os detetives descobriram os restos mortais daqueles que acreditamos serem onze homens adultos, em variados estados de decomposição."

"Trata-se de um assassino em série?", berra um jornalista, ao qual se segue uma saraivada de perguntas de outros repórteres.

Marsh ergue o braço outra vez, de cenho franzido.

"Sim, acreditamos que todos esses assassinatos tenham sido cometidos por um único criminoso." Marsh está suando visivelmente, uma película reflexiva cobrindo sua testa.

"E esse criminoso é um cara chamado Michael Sharp?"

Marsh dirige à mulher um olhar cortante. "Sem comentários."

"Os corpos foram encontrados no apartamento de Michael Sharp?"

"Sem comentários."

Olhos são baixados enquanto os jornalistas anotam. Karen sabe que, para essas pessoas, a resposta de Marsh vale tanto quanto um sim.

"Vocês já conseguiram identificar as vítimas?"

"Ainda não. Entramos em contato com todos os familiares que pudemos, mas as investigações estão em andamento. Qualquer parente preocupado deve entrar em contato com o número de telefone que está no comunicado distribuído a vocês."

"Detetive inspetora-chefe Elliott! Pode confirmar os rumores de que esses assassinatos estão ligados a outras mortes por todo o país?"

Karen olha de relance para Marsh, mas antes que ela possa responder, um outro jornalista grita em meio à multidão:

"Pode confirmar que o Colecionador de Monstros está copiando o *modus operandi* de outros assassinos em série notórios?"

Um silêncio cai sobre a sala. Karen reconhece Steve Gray do *Diário* quando todos os olhos se voltam em sua direção.

"O que foi que disse?", sibila Marsh.

"Colecionador de Monstros", continua Gray. "É assim que o estão chamando. Porque ele está colecionando e copiando os ataques de assassinos do passado."

O fôlego de Karen fica preso no peito. A muralha de barulho e câmeras ganha vida mais uma vez. Ela pragueja entredentes.

Isso não é nada bom. A única coisa que eles não queriam que acontecesse.

O sujeito agora tem um nome.

O Colecionador de Monstros.

PARTE 2

Diário de Hampshire, 20 de fevereiro de 1996
IRMÃOS SÃO MORTOS A FACADAS EM CRIME CHOCANTE

Uma investigação de homicídio está em andamento após a Delegacia de Hampshire ter sido chamada até uma casa na alameda Millmoor, às 7h de segunda-feira. Os vizinhos fizeram a denúncia após verem uma criança coberta de sangue sair da casa. Ao adentrarem a propriedade, encontraram Gary e Marcus Keane, dois irmãos moradores da cidade, mortos a punhaladas nos quartos do andar de cima.

A criança (9 anos), cujo nome não pode ser revelado por motivos legais, estava ilesa e agora está sob custódia da assistência social.

A polícia ainda vai emitir um comunicado completo à imprensa, mas fontes afirmam que os dois irmãos foram declarados mortos no local. Também há rumores de que os corpos estavam mutilados, com as genitálias extirpadas.

Os dois irmãos, desempregados, eram notórios na comunidade por supostos elos com traficantes de drogas e redes de pedofilia.

Nenhuma prisão foi efetuada, e a polícia não está, neste momento, procurando nenhuma outra pessoa ligada às mortes. Porém, uma fonte anônima na polícia estava ávida em acrescentar que não há motivos para pânico e nenhum risco ao público em geral.

28

Griffin está assistindo à coletiva de imprensa na tela da sala de investigações. Ele vê a reação de Karen quando a alcunha é dada. O Colecionador de Monstros. Ele sabe que, por mais que tentem contê-lo, é isso, já está no mundo.

Esse novo desdobramento não o agrada, e Griffin pode ver que tampouco a Karen ou a Marsh. Dar um nome a um assassino em série confere ao criminoso um senso de importância. Um nível de infâmia compartilhado por outros assassinos do passado: Filho de Sam, o Assassino BTK, o Matador de Green River.

Griffin vê os outros detetives olhando em sua direção.

"Não quero esse nome sendo usado por ninguém aqui", declara para a sala. "Estão ouvindo?" E os detetives assentem. Mas ele sabe que o alerta vai ser inútil. A polícia ama um apelido tanto quanto a imprensa.

"Detetive-sargento Griffin?" Uma voz o distrai.

Ele só quer ser deixado em paz por um momento. Está preocupado com Jess, com o que houve na noite anterior, e precisa colocar os pensamentos em ordem. Tentar parar de pensar em Mia. Mas o detetive se achegou cauteloso, zanzando por trás de sua cadeira.

"Só Griffin", responde ele. "O que foi?"

"Detetive Toby Shenton, sargento." O sujeito se senta. "Pensei em uma coisa, sobre seu caso, na verdade, e queria... eu só..."

"Desembuche logo", rosna Griffin.

Shenton coloca três fotos na mesa. Griffin passa os olhos por elas.

"Eu sei como elas são, Shenton. Eu estava lá."

"Sim, mas... acho que esse foi o MGS."

Griffin o encara. Shenton tem sua total atenção pela primeira vez. "MGS?"

"Matador de Golden State. Condenado por treze acusações de homicídio doloso e treze acusações de sequestro, mas acredita-se que ele tenha cometido mais de cinquenta estupros e mais de cem roubos a domicílios na Califórnia, entre 1974 e 1986." Shenton agora parece mais confiante. "Os fatos de seu... seu ataque, batem com os assassinatos de Lyman e Charlene Smith. O assassino entrou pela janela do banheiro, amarrou as vítimas com as cordas das cortinas. Ele..." Shenton faz uma pausa. "Ele a estuprou, depois surrou os dois até a morte com uma tora da pilha de lenha." Shenton hesita, em seguida olha para Griffin. "Acho que não era para você ter sobrevivido, sargento."

Griffin engole em seco. Ele olha para as informações que Shenton pôs à sua frente. Lembra-se de ser ofuscado pela luz, da arma enfiada em seu rosto. Lembra-se da total impotência de ser amarrado, enquanto ouvia os gritos de sua esposa no outro cômodo.

"Mas há uma diferença."

Griffin consegue limpar a garganta. "Prossiga."

"Os sapatos. Nas outras invasões seguidas de estupros, as marcas dos sapatos encontradas na cena do crime batiam com um antigo tênis da Adidas, de estampa hexagonal, o mesmo do MGS. Mas os que foram encontrados do lado de fora da janela do seu banheiro? São diferentes."

Griffin fica tenso. "Você encontrou algo compatível?"

"Anda não. Mas acha que foi deliberado? Ou será que o assassino cometeu um engano?"

"Dê seguimento a isso, descubra. E conte a Elliott", instrui Griffin. Shenton se levanta para ir embora. "Como é que sabe tanto sobre essas coisas, mesmo?"

Ele nota as faces de Shenton corarem. "Estudei na universidade." Griffin ergue uma sobrancelha. "Tenho mestrado em Criminologia e Psicologia Comportamental. Fiz minha dissertação sobre assassinatos em série como resultado direto de abusos sexuais na infância."

Griffin respira fundo. "Diga isso a Elliott também", pede por fim.

29

Karen coloca a chave na porta da frente e apura os ouvidos. Lá dentro, pode ouvir gritaria, uivos agudos, seguidos de berros. Ela abre a porta. A casa está um caos. Brinquedos cobrem o chão da sala de estar, a TV ainda está ligada, um filme de Lego Ninjago sendo exibido na tela. Noah a segue, fechando a porta da frente atrás de si.

O barulho vem do andar de cima, e Karen o segue. O banheiro está inundado, há toalhas espalhadas pelo chão. Ela pega o suéter da filha, então reúne o resto de suas roupas.

"Mamãe!" A filha põe a cabeça para fora do quarto e então corre até Karen. Ela se curva quando a menina se joga ao seu encontro, envolvendo-a nos braços.

"Você chegou!", exclama a filha, junto ao peito dela. "Vai ler uma historinha pra gente?"

Tilly olha por sobre o ombro, vê Noah no topo da escada, então solta um gritinho de alegria.

"O Noah vai ler uma história pra gente?"

Karen sorri. Sabia que seria deixada de lado no momento em que vissem Noah. Para sua surpresa, quando Noah os conheceu, ela descobriu que não havia sotaque que Deakin não pudesse imitar. Nenhuma voz engraçada que não houvesse aperfeiçoado. Ele havia feito as crianças se dobrarem de rir, absorto na leitura da história favorita mais recente delas.

Tilly apanha a mão de Noah, então o arrasta para o quarto. Karen os deixa a sós por um instante, colocando as roupas descartadas das crianças no cesto de roupas sujas, pegando uma toalha e a usando para secar o chão. Ela dobra as outras e as pendura no cabide.

Karen se vira ao ouvir passos suaves subindo as escadas, surpresa ao ver Lauren ainda ali.

"Obrigada por ter ficado", diz à babá.

Lauren sorri. "Sem problemas. Não tinha nenhum plano."

Karen assente. As duas mulheres ficam ali, no meio do corredor, por um instante. Lauren coloca o longo cabelo loiro para trás das orelhas e Karen se sente levemente desconfortável. Quer lhe dizer para ir para casa, que quer esse tempo a sós com sua família, mas acredita que pode ser uma grosseria, uma vez que Lauren fez o esforço de ajudá-los hoje.

As duas escutam a voz de Noah vindo do quarto, começando a história. Karen sorri quando o ouve falar com um sotaque do leste de Londres, depois com um pesado sotaque escocês. A porta se abre e Roo aparece.

"Rejeitado outra vez?", pergunta Karen, e Roo sorri.

"Como sempre." Ele põe um braço ao redor dela e dá um beijo em sua testa. "Como foi o seu dia?"

"Não vai querer saber."

Ela abraça o marido, apreciando ouvir as risadinhas felizes de sua filha, o riso de seu filho. Consegue imaginá-los aconchegados junto a Noah na cama de Josh, limpinhos e aquecidos com seus pijamas.

"Como Tilly está?", indaga Karen.

"Não vomitou mais, comeu umas torradas na hora do chá, então parece tudo normal. Vou providenciar o jantar", diz Roo. "Você vai ficar?", pergunta ele a Lauren.

Diga que não, diga que não, mentaliza Karen em silêncio.

"Obrigada, mas acho que já vou indo", diz Lauren. "Mas eu ajudo a arrumar tudo."

Karen ouve os protestos de Roo quando os dois descem as escadas, dizendo que a esposa deveria colocar os pés para cima. *Eu não pago o bastante a essa mulher*, pensa Karen, sentindo uma familiar onda de culpa.

No quarto, Noah está sentado na cama de Joshua, o filho dela ao seu lado, olhando para as figuras de um livro enquanto a história avança. Tilly está sentada no chão, e Karen se une à menina, sentando de pernas cruzadas, puxando a filha para seu colo.

Karen se inclina para a frente e encosta o nariz nos cabelos da filha. Tem cheiro de xampu de morango. Tilly toma seu leite e encara Noah, completamente absorta na história.

Karen ergue o olhar para Noah. Pela primeira vez naquele dia, ele tem um sorriso no rosto; está gostando de ler o livro, de receber atenção total dos filhos dela. Esse é um aspecto dele que sempre a surpreendeu: esse lado suave e paternal. Adoraria que Noah encontrasse alguém, que se apaixonasse.

A segunda história chega ao fim e Noah se levanta, dando nas duas crianças um abraço de boa noite, deixando Karen a sós com eles.

"Agora, para a cama, por favor?", pede Karen enquanto as crianças fazem bagunça juntas, até se acomodarem, por fim, embaixo de seus edredons, Tilly indo para o próprio quarto, logo ao lado. Karen abraça o filho e lhe dá um beijo de boa noite. Ela para na porta após ter apagado a luz, apenas discernindo a silhueta do menino na escuridão, sentindo uma onda de amor.

Ouve o clique da porta da frente quando Lauren vai embora e encerra seu turno, então Roo subindo as escadas e indo dar boa noite a Tilly.

Karen faria qualquer coisa por sua família. Ela se pergunta se deveria desistir desse trabalho, fazer algo mais estável, com um horário mais convencional, depois afasta esse pensamento. Sabe que nunca fará isso, então pensa: *por que isso não seria suficiente?*

Roo sai do quarto de Tilly e se junta à esposa no corredor.

"Tudo tranquilo", sussurra ele.

Karen assente e Roo vai dar boa noite a Joshua, enquanto ela faz o mesmo com Tilly.

Ela já está semiadormecida.

"Mamãe?", chama a menina, quando Karen está prestes a fechar a porta.

"Hmm?" Karen se vira, a luz do corredor lançando um brilho tênue sobre a filha.

"Você tá ganhando? Dos monstros?"

Karen suspira. "Estou fazendo o melhor que posso", responde, por fim. "Vá dormir um pouco, chuchuzinho."

Ela fecha a porta atrás de si e para no corredor. Lá embaixo, consegue ouvir a risada profunda de seu marido, então Noah se juntando a ele. Mesmo em tamanho êxtase doméstico, Karen sente um peso no corpo. Sabe que, neste momento, não está ganhando. Não está ganhando nem de longe.

Na cozinha, a mesa está posta e os aromas tentadores estão começando a emanar do forno. Roo está junto ao balcão, com uma faca em mãos, a lâmina um borrão enquanto ele pica cenouras. Karen para na porta.

O marido termina, jogando os vegetais na água fervente, então percebe Karen observando. Ele joga a faca no ar. Ela roda uma vez, depois Roo habilmente a pega pelo cabo.

"Quantos anos você tem? Doze?", escarnece Deakin de seu lugar à mesa. "Se exibindo para sua garota?"

Roo estende a faca para Deakin. "Quer tentar?", pergunta.

"Deakin, não vou te levar pro hospital, de sirene ligada, com a mão arrebentada, por você ter tentado se mostrar pro meu marido", declara Karen, e Noah estende as mãos diante de si.

"Sei admitir quando sou derrotado", responde ele, rindo.

O forno apita e Roo vai até ele, transferindo a comida de lá de dentro para os pratos deles. É uma mistura bizarra: canelone de espinafre e ricota com molho de tomate, fatias perfeitas de bife wellington, batatas gratinadas — tudo sobras do restaurante. É uma das vantagens de ter um marido que trabalha em horários estranhos como chef — refeições pelas quais você pagaria vinte, trinta libras, são servidas em sua própria casa.

Todos comem. Deakin parece faminto e Karen se pergunta quando ele cozinhava para si mesmo, se é que o fazia. Roo conta aos dois sobre a nova subchef, uma delicada garota francesa, reduzida a lágrimas na primeira hora.

"Ela deveria vir trabalhar conosco por um dia, daí teria motivos para chorar", diz Noah com a boca cheia.

Roo olha para Karen. "Vi você no noticiário." Ele faz uma pausa. "É um assassino em série?"

Karen assente devagar. Dá um gole na taça de vinho diante dela. "É o que parece. Nate descobriu o padrão."

"Como ele está? Eu deveria ter dado um oi quando estive lá."

"Pura alegria, como sempre", comenta Noah, sarcástico.

Karen o olha feio. "Ele está bem. Está de volta conosco, pelo menos por enquanto. Prefiro que esteja grudado em mim na delegacia do que mofando naquele porão."

Ela ergue os olhos ao ouvir uma vozinha gritar no andar de cima. Roo afasta seu prato.

"Eu vou", diz ele. "Vocês ainda estão comendo."

Noah o observa sair, depois olha para Karen. Ela percebe seu olhar.

"O que foi?", questiona ela.

Noah baixa os olhos para a comida e dá uma outra garfada. "Lauren tem namorado?", pergunta, por fim.

Karen franze o cenho. "Não, acho que não. Por quê? Está interessado?" Não tem certeza aonde Noah quer chegar.

Noah dá um gole de sua cerveja. "Ela só parece um pouco..." Ele faz uma pausa. "Íntima demais do Roo."

"Os dois se conhecem há muito tempo."

"Eu sei, é que..." Noah fecha a cara. "Não é nada."

"Desembucha, Deaks."

"Quando eles foram lá fora, até o carro, eu a vi colocar a mão no braço dele. E, sei lá, ficou ali por muito tempo. E quando ela me viu, tirou a mão."

Karen meneia a cabeça. "Não é nada, Noah. Eu sei o que está fazendo. Só porque vemos um monte de merda todos os dias, não significa que estão todos enfiados nela. Há algo rolando entre Roo e Lauren tanto quanto há entre você e eu."

Noah se detém e olha para Karen. Ele a encara por um tempo longo demais, e ela desvia os olhos.

"Você tem razão. Desculpe por ter mencionado", diz ele por fim.

Ambos terminam o jantar em silêncio. Roo volta para o andar de baixo e se senta à mesa.

"Tudo bem?", indaga ele, olhando para os dois, intrigado.

Karen força um sorriso. "É claro."

Noah dá um último gole em sua garrafa de cerveja. Recolhe os pratos deles e os leva para a pia; Karen o segue com o resto da louça.

"Eu vou indo", diz ele. Seu olhar não encontra o dela.

"Não, Noah, fique", pede Karen, mas ele nega com a cabeça.

"Me perdoe, estou simplesmente exausto."

Roo dá um abraço em Noah e um másculo tapinha em suas costas, e Karen leva o amigo até a porta. Ele a abre, pegando seu paletó, então se vira.

"Karen, esqueça o que eu disse, não devia ter falado nada", murmura Noah. Ele apalpa os bolsos, pegando o costumeiro maço de cigarros. Coloca um na boca.

"Deaks, eu te dou carona, por favor", roga Karen. Está chovendo, e poças se formam na pista. Sabe que o amigo vai ficar encharcado em segundos, mas ele meneia a cabeça outra vez, acendendo o cigarro.

"Vou ficar bem. Estou precisando da caminhada."

"Pelo menos leve uma capa de chuva."

Karen estende uma de Roo e Noah a pega, vestindo-a e então seguindo para a estrada a passos largos, cabeça baixa, puxando o capuz para cima para se abrigar da chuva. Lembrando da conversa com Libby no bar, Karen se pergunta o que exatamente está acontecendo entre ela e Noah. O que ele sente por ela, exatamente.

Karen sente Roo abraçar seus ombros e ela se recosta no peito dele.

"O que foi isso?", pergunta seu marido.

Karen se vira nos braços dele e se estica para beijá-lo. "É só essa investigação. Está nos esgotando." Ela descansa o rosto junto ao moletom dele enquanto Roo fecha a porta. "Foi bom te ver no trabalho hoje", comenta ela, fechando os olhos por um instante.

"Sempre fico preocupado em incomodá-la."

"Não, foi bom ser lembrada das coisas boas da vida."

Seu marido a puxa para mais perto por um instante e Karen o sente beijar o topo de sua cabeça. Então, ela ergue os olhos para Roo.

"Vamos para a cama?", sugere ela.

Roo sorri. Karen sabe que não restam dúvidas quanto ao que está propondo.

"Vamos para a cama", concorda Roo.

30

Griffin chega em casa. Com um baque alto da porta, ele joga a mochila sobre a mesa, então tira dois comprimidos da cartela e os joga na boca.

Jess está sentada no sofá, os pés aninhados debaixo de si. Seu dia foi um tédio só. Dormiu, tomou um banho, se vestiu. Almoçou. Não ousou sair dali, sabendo que há pessoas por aí procurando por ela.

"O que houve?", pergunta Jess.

Griffin ergue o olhar rapidamente, depois franze o cenho. "Nada", diz ele. "Nada mesmo."

"Algo deve ter...?"

"Nada! Está bem?" Jess se sobressalta diante do grito dele e Griffin vê sua reação. O maxilar dele se retesa. Então, em voz mais baixa, ele acrescenta: "Só um monte de coisas de rotina da polícia, Jess. Nenhuma pista. Não estamos mais perto de achar esse cara".

Depois, sem nenhum outro comentário, ele remexe dentro da mochila outra vez e tira de lá um celular.

"Trouxe isso para você", diz ele, e joga o aparelho para Jess por cima da mesa.

Ela pega o celular e o encara com uma interrogação no rosto.

"Telefone pré-pago", explica Griffin. "Impossível de ser rastreado. Achei que poderia querer ligar para sua filha."

Uma súbita empolgação a domina. Jess olha para o telefone e pressiona a tela, que ganha vida. É um telefone bem porcaria, básico, mas é uma boia salva-vidas.

Ela fita Griffin. "Obrigada", diz, começando a chorar outra vez.

Ele olha desconfortável para sua demonstração de gratidão. "Tá, beleza", responde. "Só não demore muito. Eu ocultei o número, mas nunca se sabe."

Jess se levanta, afastando-se e sentando-se no sofá. Ela contempla o telefone em suas mãos, em seguida digita de cor o número do celular de sua mãe. A respiração de Jess fica presa na garganta enquanto a ligação chama, então cai na caixa de mensagens. Ela disca outra vez.

"Alô?" Ao ouvir a mãe, ansiosa e hesitante, Jess começa a chorar outra vez. "Tem alguém na linha?", repete a mulher.

"Mãe?", Jess acaba conseguindo crocitar.

"Jess, é você?"

"Sim, sou eu, mãe, mas tenha cuidado, por favor."

"Onde você está? Como você está?" A voz de sua mãe se torna um sussurro dramático. "Venha para casa agora, chega dessa brincadeira."

"Mãe, me desculpe, não tenho tempo para discutir. Posso falar com Alice, por favor?"

Ouve-se um suspiro perceptível. "Você sempre foi teimosa", comenta a mãe, como se Jess tivesse sido grosseira com um professor, em vez de ter fugido enquanto é suspeita de um homicídio. "Prontinho."

Há um farfalhar e mais alguns sussurros. Então uma voz, alta e à beira das lágrimas.

"Mamãe?", diz sua filha.

Jess sente uma onda de alívio, um engasgo de emoção, mas dá conta de manter o tom de sua voz.

"Oi, querida. Você está bem?"

"Cadê você, mamãe? Cadê o papai?"

"Vou..." Jess faz uma pausa. "Vou estar em casa logo mais. Tive que viajar um tempinho, mas a vovó e o vovô vão cuidar de você."

"Tá bom. A gente pode assistir *Frozen* quando for pra casa?" Jess congela outra vez. Não há uma casa para onde voltar, não há o DVD de *Frozen*.

"Talvez a gente não possa voltar para casa por algum tempo, querida", diz Jess. "Mas a vovó vai deixar você assistir *Frozen*."

"Promete?", pergunta Alice.

"Prometo. Te amo, bonequinha. Pode passar o telefone de volta para a vovó?"

"Também te amo, mamãe." Então, há um outro farfalhar quando o telefone é passado de volta.

"Mãe? Você não contou a ela sobre Patrick?", pergunta Jess.

"Eu...", começa a mãe. "Achei que isso era função da mãe dela. Que ela precisaria estar com você quando descobrisse."

Jess assente, engolindo em seco. "Obrigada, mãe", consegue dizer antes de desligar o telefone. Não consegue reunir forças para se despedir.

Ela sente as lágrimas surgindo em seus olhos outra vez, em seguida a raiva aflorando. Toda essa emoção — todo esse choro, embora justificado — não está levando a lugar nenhum. Agora fez uma promessa à filha. De voltar logo. E é nisso que precisa se focar.

Jess se levanta e Griffin estala os dedos na direção dela, fazendo um gesto para indicar o telefone. Ela o passa para ele e ele abre a traseira do aparelho, tirando o chip SIM, e depois o partindo em dois.

Griffin a vê olhando para o chip, vendo sua salvação ser destruída.

"Quer que rastreiem você e a encontrem aqui?", indaga ele, e Jess meneia a cabeça.

Griffin joga os pedaços na lixeira, então vai até a cama e se joga de costas, com as mãos atrás da cabeça. Jess o observa.

Ela se pergunta o que a teria levado até ali. Àquele apartamento, àquele homem. E a essa situação maluca. Jess deveria ir embora. Nav tem razão, ela deveria se entregar. Essa seria a atitude sensata a ser tomada — mas quando foi a última vez que isso se aplicou a ela? E algo a arrasta na direção do mistério; uma corda rumo à destruição. Sempre encontrou consolo nas coisas sombrias da vida: documentários sobre crimes reais, aqueles assassinos e párias que faziam com que ela não se sentisse tanto uma aberração. Durante sua vida inteira, Jess esteve lutando pelo desejo de ser normal. Um desejo de ser inteira, de algum modo, de sentir o que as outras pessoas sentem. Mas agora que tudo foi arrancado dela e está sozinha, ela não tem mais essa pretensão. Pela primeira vez em sua vida, o macabro faz sentido, de um modo perverso. E Griffin é parte disso.

"Está com fome?", pergunta Jess.

"Não."

"Cansado?"

Ele nega com a cabeça. "Sinto que nunca mais vou dormir de novo. Todo esse tempo..." Griffin rodopia as mãos sobre o rosto enquanto encara o teto. "As coisas só dão voltas e mais voltas. Eu queria só *fazer* algo de fato."

Jess não fala, mas se levanta lentamente do sofá. Põe-se de pé na ponta da cama. Sente um rubor: nervosismo depois do que houve na última vez. Mas também excitação.

"O que você quer fazer?", indaga.

Griffin abre a boca para falar, mas para quando ela tira a camiseta e o moletom em um rápido movimento. Ele se ergue na cama sobre os cotovelos, vendo-a se livrar dos jeans até estar diante dele com as roupas de baixo.

"O que você quer fazer?", repete Jess.

"Jess..."

"Griffin. Cala a boca e tira a roupa."

Ele hesita por um momento, e ela está ciente de que algo mudou dentro dele. Griffin não vai dispensá-la. Como era de se esperar, de decisão tomada, ele tira a camiseta e a calça jeans. Jess tira o resto das próprias roupas, então sobe na cama, sentando-se sobre Griffin.

Ele estende as mãos para baixo e, com um rápido movimento, remove a cueca boxer. Então se detém, e os olhos de ambos se encontram.

As mãos dele sobem até a cintura dela e Jess pode sentir o toque leve dos dedos de Griffin em suas costas. Nenhum dos dois se move; o cômodo está em silêncio; Jess pode ouvir a chuva caindo lá fora, caindo sobre as sarjetas da calçada. Ela sustenta o olhar de Griffin.

Ela se move para trás de leve, esperando enquanto ele estende as mãos até a mesa de cabeceira, abrindo com destreza a embalagem de uma camisinha e a colocando. Em seguida, Jess se levanta e se coloca sobre Griffin. Ela o vê respirando fundo, depois mais uma vez, quando ela começa a se mover. As mãos de Griffin ainda estão sobre a cintura dela, mas ele a deixa fazer o que quer, movendo-se lentamente.

Mas então, algo muda nele. Não consegue mais se conter. Griffin a ergue, as pernas dela enlaçando sua cintura, e ele a pressiona contra a parede. Jess consegue sentir a aspereza dos tijolos em suas costas, e sabe que é uma má ideia, mas gosta disso, e Griffin entra nela, com força.

A cabeça dele ainda está enterrada em seu pescoço, e ela a puxa para que se encarem. Quer beijá-lo. Quer sentir os lábios dele nos dela, para se lembrar de que são humanos, de que estão vivos, mas Griffin se detém, como se questionasse o que estão fazendo.

"Não para", diz Jess.

Ela o beija, e Griffin mete com mais força desta vez.

Jess escorrega um pouco, a posição dos dois muda. Eles se deslocam, juntos, Griffin a apoiando na beira da grande mesa de madeira, seus dedos se afundando na bunda dela. Jess agarra os ombros de Griffin, movendo-se junto dele. Ela não está mais pensando. A não ser nisso, na sensação que ele causa.

Pode sentir o suor no corpo dele, a aspereza da barba por fazer em seu pescoço. É *isto* o que ela quer, pensa Jess.

Mais tarde, os dois estão deitados na cama, dividindo um cigarro. Quando o quarto esfria, Griffin puxa o edredom por cima deles e Jess observa as sombras, os faróis dos carros lá fora tremeluzindo pelo teto.

"Não pode usar isso sempre para resolver tudo", afirma Griffin, depois de um tempo.

"Usar o quê?"

"Sexo. Isto." Ele usa o cigarro para gesticular na direção do próprio torso nu.

Jess fica quieta por um segundo. "Está reclamando?"

"Não", responde Griffin. "Caralho, não. Só que, em algum momento, você vai ter que pensar num modo de se sentir melhor que não seja transando com alguém." Ele faz uma pausa. "Ou fazendo o que estava fazendo na noite passada."

Ela não gosta do que ele está dizendo, mas seus modos, sua franqueza, a pegam desprevenida.

Griffin se inclina por cima dela, apagando o cigarro no cinzeiro na mesa de cabeceira. "Não é uma crítica", acrescenta ele. Griffin permanece apoiado em um dos cotovelos, observando-a na escuridão. "Não estou julgando. Você não é tão diferente de mim. Talvez mais bonita, mas, lá dentro, somos iguais. Só tentando chegar no fim do dia."

Jess encara o teto. "Griffin...", começa ela, lentamente. Precisa contar a ele. Ela lhe deve ao menos isso. *Ele vai achar que sou uma aberração*, pensa Jess, *assim como a maioria das pessoas, quando descobre*. Mas não se importa. Por alguma razão, confia nele.

"Eu tenho uma condição chamada insensibilidade congênita à dor", declara. Griffin se vira na cama para encará-la e ela fita seu olhar atônito. "Não consigo sentir dor nenhuma", conclui Jess.

Ele faz uma pausa. "Nenhuma mesmo?", pergunta.

"Consigo sentir calor e frio. Posso sentir o toque, ter sensações. Mas dor, não."

Ainda sente coceiras. Tem cócegas. Mas nenhuma pontada, nenhuma agonia, nenhuma dor. Ao menos, não do tipo físico.

"Então, é por isso...", Griffin começa a dizer, gesticulando na direção da cabeça dela, e ela assente. "Parece uma boa", acrescenta, depois de um momento.

"Não é."

Jess só foi diagnosticada aos 6 anos. Naquela época, já havia arrancado a ponta da língua com uma mordida, tinha mais fraturas do que conseguia se lembrar e uma ficha na assistência social. Costumava pular do topo das escadas, rolando despreocupada até embaixo. Colocava a mão sobre velas, vendo a pele formar bolhas e queimar. Seus pais ficavam furiosos. Ela passou quase o tempo todo engessada até fazer 11 anos.

Quando as crianças da escola descobriram, a socavam para saber se era verdade. Depois, a resposta dela foi revidar: disputas sangrentas que sempre vencia.

Ao ficar mais velha, Jess desenvolveu os sinais de alerta. Tinha que conferir regularmente cada centímetro de seu corpo em busca de cortes ou hematomas, qualquer indício de que algo poderia estar errado. Uma hemorragia interna é uma das maiores preocupações: seu peito se encher de sangue, arrebentando-a de dentro para fora. Estaria morta antes que se desse conta. Mas sempre foi um tanto descuidada quanto a isso. Um tanto imprudente.

Jess explica tudo isso a Griffin. Ele apenas a encara. Parece estar pensando.

"Então, como você sabe que não tem uma hemorragia cerebral?", pergunta ele.

"Não tenho. Os médicos teriam dito."

"Pode ter."

"Não tenho."

Faz-se uma outra longa pausa.

"Se você cair morta, vou simplesmente jogar seu corpo no meio do mato em algum lugar", diz Griffin por fim, com um leve sorriso. "Fechado?"

Jess assente. "Fechado."

Ele rola na cama até ficar de bruços, afofa o travesseiro algumas vezes, depois cai de cara nele. "Eu falei sério", murmura Griffin para o travesseiro. "Você não pode continuar fazendo essas coisas consigo mesma."

Jess ouve a respiração dele desacelerar conforme ele adormece. Outras pessoas já disseram a mesma coisa a ela antes, mas soa diferente vindo de Griffin.

Seu marido costumava repreendê-la todas as vezes em que havia um incidente com a lâmina. "Não entendo por que continua fazendo isso", disse Patrick certa vez. "É para chamar a atenção? Está tentando se matar?"

Não era nenhuma dessas duas coisas, e parece que Griffin reconhece isso tacitamente. Patrick nunca tinha reconhecido. No dia do casamento deles, Jess havia entreouvido uma conversa.

"Ela é boa demais para você", comentou o padrinho deles. "É muita areia para o seu caminhãozinho."

Patrick tinha rido. Já era tarde, e o excesso de álcool o havia deixado desinibido.

"Ter uma mulher bonita ao lado nunca fez mal à carreira de ninguém", respondeu ele. "E você nem faz ideia, parceiro." Jess o viu fazer um movimento circular com o dedo junto à lateral da cabeça. "Parafuso totalmente solto", concluiu, rindo.

Jess se sentira magoada. Mas sabia que ele tinha razão.

Nunca mencionou isso ao marido. Naquele dia, ela havia decidido que ficaria melhor. Mas só ficou pior. Não houve terapia que adiantasse. Nada mudou.

Até que sua casa foi incendiada e seu marido foi morto.

Ainda nua sob o edredom, Jess se aproxima de Griffin. Aninha sua perna sobre a dele, pele nua junto a pele nua, e ele, adormecido, murmura de leve, envolvendo-a com o braço.

Talvez, reflete ela, absorvendo o calor dele, *talvez a solução não seja se livrar da loucura*. Talvez seja encontrar alguém tão perturbado quanto ela, que a entenda.

31

Ele segura uma faca na mão, a lâmina apontando para a frente. Ela é grande e afiada. Lentamente, ele extirpa uma parte da polpa da maçã e a come. Regozija-se com a ideia de que ainda há vestígios de sangue na lâmina, que ele pode estar consumindo os restos de suas vítimas.

Está frio ali embaixo. Pendurou uma única luz no canto do cômodo, mas a lâmpada nua é fraca e seu brilho mal chega ao fundo do buraco.

Mas consegue ver os olhos dela, encarando-o. Dois círculos brancos, injetados, reluzindo no rosto sujo.

Cavar o buraco no porão tinha sido difícil e extenuante, mas ele soube que era necessário. Não é grande — cerca de 2,5 metros de profundidade —, está enlameado, molhado. Choveu na noite anterior, e o buraco se encheu com cerca de trinta centímetros de água. A mulher havia suplicado mais uma vez, ali, na lama. Disse que estava frio; havia implorado para que ele a deixasse ir embora. Disse que deixaria ele fazer sexo com ela, que faria qualquer coisa.

A ideia o deixou com raiva. Ele a teria *se* ele quisesse, não quando ela dissesse que tudo bem. Já havia fodido com ela, assim que a levara para lá. De mãos amarradas, a mulher tinha lutado, implorado, chutado, mas sua resistência só o havia instigado, os socos dele acertando o rosto dela em cheio, silenciando-a.

E o olhar esperançoso depois? Ela achara que aquilo era o fim. Que ele a deixaria ir embora. Aquele olhar logo mudou quando ele a arrastou ali para baixo, quando a enfiou no buraco.

Para calar a boca da mulher, ele havia encontrado uma longa tábua de madeira e a usado para bater nela. Estendendo-se buraco adentro, ele a havia golpeado uma vez após a outra. Ela primeiro tinha se desviado, mas depois que ele acertou um belo golpe em sua cabeça, ela ficou atordoada, encolhendo-se no fundo da lama, e ele foi capaz de acertá-la com bastante força.

Agora consegue ver esses hematomas, as cascas de feridas sujas, sanguinolentas e em carne viva. Consegue ouvir a chuva lá fora, outra vez. O buraco só vai ficar pior. Ele corta um outro pedaço da maçã e o coloca na boca.

A casa é perfeita. Tinha ficado vazia por anos, reivindicada pelo governo após a morte de seu pai, e abandonada para apodrecer. Muito parecida com ele, naquele abrigo para crianças. Aos poucos, as outras casas ao redor dela foram sendo abandonadas. Ninguém queria morar perto do local de um duplo homicídio, muito menos na casa onde eles aconteceram. Ninguém a não ser ele.

"Não vai demorar", diz à mulher, e ela olha para ele outra vez, de olhos suplicantes. Ele joga o resto da maçã no poço e ela vai atrás, tal qual o animal sujo e faminto que ela é, as correntes tilintando quando a mulher se arrasta na água. Ele a observa achar os restos na lama e comê-los, e os lábios dele se curvam de repulsa.

Vai ficar feliz em se livrar dessa daí. Neste exato momento, ela não é nada além de um objeto de posse para ele, mas a realidade de encarar esse poço fedorento, enlameado e cheio de merda todos os dias não é algo de que esteja desfrutando. Mas talvez...

Ele olha para o fio de extensão elétrica, para a ponta desencapada. Talvez, dessa parte, ele vá desfrutar.

Ele segura o isolamento do fio, logo acima dos fios desencapados, então estende a mão e pluga a outra ponta na parede. Ele puxa as correntes dela mais para perto e a mulher o vê — com o cabo na mão — e o metal que envolve seus pulsos e seu torso. Ela olha para a água ao redor dos pés.

"Por favor...", ela começa a dizer, mas as palavras são arrancadas de sua boca quando ele aplica a corrente elétrica.

A mulher grita, seu corpo convulsiona e se contorce, então cai na água.

Ele sorri. Sim, talvez vá desfrutar dessa parte, no fim das contas.

32

Dia 5, Sexta-feira

Sexta-feira, e tudo segue adiante. Todos estão de volta à sala de investigações, sem hesitação. Todos os detetives sabem que há um trabalho que precisa ser feito.

Karen se senta com Shenton, revisando evidências coletadas da cena do crime de Dahmer. Os resultados dos testes de impressões digitais e dos exames de sangue ainda não chegaram, mas o laboratório encaminhou fotografias das outras provas recolhidas no apartamento.

Toby passa as imagens pela tela lentamente, procurando qualquer coisa que valha a pena aprofundar. Karen vê Noah chegar para iniciar o dia; ele ergue a mão para cumprimentá-la, então joga uma pastilha Polo na boca ao mesmo tempo em que dá início a uma conversa com um dos detetives. O de sempre.

A inspetora volta sua atenção à tela. Mais detritos da lixeira: a embalagem de uma barra de chocolate recheado, um pedaço de papel verde, um tíquete de estacionamento.

Ela aponta. "Pode ampliar isso?"

Shenton aproxima a imagem. É pequena, mal é digna de nota, *Pagou, Mostrou* na parte inferior de um dos lados, com uma data, uma hora e um conjunto de seis dígitos.

Toby aponta para os números. "Provavelmente a localização da máquina de tíquetes", diz. "Quais as chances de achar imagens de câmeras daquela área?"

"Vale a pena conferir", responde Karen.

Ele faz uma anotação e passa para a imagem seguinte: uma carta, algum tipo de propaganda, *Para o morador do apartamento 214* está escrito na parte superior. Então, mais papel, fotos de bagunça e detritos.

Shenton franze o cenho e dá um rosnado baixo entredentes. Karen olha para ele.

"Algum problema?", pergunta. Ela sabe que esse tipo de trabalho de investigação é monótono, mas, às vezes, é o único modo de desenterrar uma pista.

"Não, é só que..." Shenton faz uma pausa e Karen o encara fixamente. "Olha só essa bagunça. Toda essa porcaria, esse lixo. Não tem nada a ver com ele."

"Ele?"

"O Colecionador de Monstros." O detetive olha para Karen e ela nota um rubor se insinuar por seu colarinho acima. Ele sabe que não deveria ter usado esse nome, mas ela deixa passar. "Veja todo o resto que ele fez", continua Shenton. "Ele usa as ferramentas certas para decapitar aqueles corpos na cena de Kemper. Mas como chegou em casa? Deveria haver um outro carro. O mesmo com a de Manson. O mesmo com a de Dahmer. Ele é organizado. Ele planeja. Ele é inteligente."

"Você tem uma teoria, Toby?", pergunta Karen.

"Tudo o que ele faz é deliberado, certo?" A inspetora assente com a cabeça. "Então, isso..." Ele aponta para a bagunça na foto exibida na tela. "Também é deliberado. Há alguma coisa aqui."

Karen olha outra vez para a foto. Há tanta *coisa*. Tantos detritos. "Talvez seja só um outro aspecto do apartamento de Dahmer. Dahmer era bagunceiro, então, talvez o sujeito também tenha que ser?"

Toby se vira outra vez para a tela e aproxima a foto. A inspetora o observa enquanto ele a examina atentamente.

"Shenton?", chama Karen, e o detetive olha outra vez para ela. "Você sabe dessas coisas, não sabe? Sobre esses assassinos?"

"Sei um pouco."

"Sabe mais do que um pouco. Faça um perfil para nós."

"Chefe?"

"Um perfil psicológico do assassino, sabe? O que o instiga? Quem é ele?" Karen não tem certeza se esse é o passo correto, mas, uma vez que Marsh não vai liberar a verba para um psicólogo propriamente dito, que mal isso pode fazer? Sempre podem ignorar o perfil, no fim das contas.

Shenton faz uma pausa. "Eu poderia..."

"Então faça." Karen dirige a ele um aceno de cabeça e ergue o olhar quando Griffin aparece na mesa dos dois.

"Ela chegou", informa ele a Karen, e Shenton ergue o olhar, ávido.

"Posso ir com o detetive-sargento Griffin?" O detetive arfa com o entusiasmo de um filhotinho de cão e Karen vê Griffin revirar os olhos. Ele não quer fazer esse interrogatório com Shenton, Karen sabe disso. Por outro lado, um pouco de mentoria pode ser bom para o avanço de que seu irmão precisa.

"Griffin, leve Toby", pede Karen.

Mas então Shenton parece dividido. "Mas o perfil...", gagueja ele, parecendo estar prestes a chorar.

"Vá." Karen sorri. "Seus lampejos psicológicos podem esperar uma hora, ou coisa assim."

Griffin lança um olhar fuzilante a Karen, então suspira, derrotado. "Venha, então."

33

A testemunha tem um forte sotaque do sul dos Estados Unidos. Ao voltar de uma visita a parentes, conta ela, a fita de isolamento de cena do crime lhe provocou um grande susto. Suas mãos rodopiam junto ao pescoço enrugado e sarapintado; ela parece mais empolgada do que assustada.

Griffin enuncia os avisos padrão para um interrogatório voluntário e a testemunha assina a papelada. Cabelos loiros acobreados, maquiagem construída em camadas com uma espátula. Seu perfume preenche a pequena sala, quase fazendo os olhos de Griffin lacrimejarem. Ele não tem muita esperança nesse interrogatório, mas ela é a última vizinha da lista, moradora do apartamento 215.

"E a senhora diz que nunca conheceu o morador do 213?", pergunta Griffin.

Ao lado dele, Shenton já está sendo irritante, ocupando-se de fazer anotações em um bloco, aparentemente tentando capturar cada parte da conversa, apesar de estar tudo sendo gravado.

"Bati na porta algumas vezes", confirma a mulher. "Para reclamar do cheiro. Mas ele nunca atendeu." Ela tamborila o tampo da mesa com as unhas azul-claras, e o som dá nos nervos de Griffin. "Que bom, porque ele tinha a maior cara de deprimido."

Griffin ergue a cabeça de pronto.

"Mas a senhora não falou que não o conhecia?"

Ela assente. "E não conhecia. Ele nunca disse nem oi. Só o vi uma vez, indo para o apartamento."

"E poderia descrevê-lo para nós?"

A mulher dá de ombros e Griffin reprime a impaciência. "Branco, negro? O que ele estava vestindo? Tem certeza de que era um homem? Alto, baixo?"

Ela franze o cenho. "Sim, era um rapaz. Alto. Difícil dizer qualquer outra coisa. Estava todo vestido de preto: calças pretas, moletom preto, tênis. O capuz puxado por cima do rosto."

Griffin se levanta; ele gesticula para que Shenton faça o mesmo. "Alto, quanto? Alto como eu ou como meu colega?"

A mulher se levanta e se posta diante deles. Avalia os dois. "Como ele", responde, apontando para Shenton. "Também tinha o mesmo porte dele."

Todos se sentam outra vez.

"Você é um sujeito bem grandalhão, não é?", acrescenta a mulher, fazendo-se de tímida.

Griffin ignora o flerte dela. "Mas a senhora não viu o rosto dele?"

Ela meneia a cabeça, outra lufada de seu perfúme soprando na direção do detetive. "Eu disse oi, mas ele não se virou. Só entrou na porta do lado."

"Desculpe", pede Shenton, hesitante. "Porta do lado?"

"Não se desculpe, gracinha", diz a mulher, com voz fanhosa e um sorriso bajulador. "Não é culpa sua."

Griffin olha para Shenton. Ele está encarando as anotações, correndo o dedo pela página.

"Mas a senhora mora no apartamento 215?", pergunta Shenton. "Então, esse cara estava indo para o..."

"Apartamento 214. Certo."

"Caralho", murmura Griffin entredentes.

"Senhora?", diz Shenton, calmamente. "Nós precisamos saber sobre o morador do apartamento 213."

"Ah." Ela se recosta na cadeira, cruzando os braços sobre o peito, os braceletes retinindo. "Não. Aí, eu não posso ajudar."

• • •

Griffin e Shenton seguem de volta, desalentados. Karen os encontra no corredor.

"Alguma coisa?", pergunta a inspetora.

Griffin nega com a cabeça. "Por um segundo, achei que sim. A mulher tinha uma vaga descrição de um sujeito entrando no apartamento. Mas no fim das contas era do 214." Karen fica cabisbaixa. "Você foi falar com Marsh?"

Ela assente. "A mensagem de sempre. Resolvam o caso."

"Sem pressão", comenta Griffin, sarcástico.

"Nenhuma."

Os três vão andando juntos para a sala de investigações. Mas então Karen os detém junto da porta.

"Apartamento 214?", pergunta ela.

Griffin assente.

A inspetora os arrasta até a mesa de Shenton. "Toby, puxe aquelas correspondências que estávamos vendo hoje cedo." Ela o instrui, apontando para as fotos no monitor. "Ali. Aquelas que acharam na lixeira do 213."

"214", lê Griffin em voz alta. Ele olha para Karen. Conhece a expressão dela. "No que você está pensando?"

"Toby, quem mora lá? Puxe os registros de impostos municipais."

O detetive obedece, navegando habilmente pelo sistema.

"DeAngelo", diz Shenton, empolgado, gesticulando para a tela. "Joseph DeAngelo."

Griffin olha de Karen para Shenton e então para a irmã outra vez. Os dois estão sorrindo. Karen ergue a mão e Toby a acerta com um "toca aqui".

Griffin conhece aquele nome. Até pouco tempo atrás, era um desconhecido. Ex-oficial da marinha. Ex-policial. E agora?

"Joseph DeAngelo", repete Shenton. "O Assassino de Golden State."

Karen pega o telefone. "Temos que entrar naquele apartamento."

34

"Bom, não sei, não..."

Karen está diante do bloco de apartamentos com Griffin, o mesmo bloco de apartamentos do dia anterior. As vans brancas do serviço científico ainda estão estacionadas do lado de fora; Karen sabe que os peritos ainda vão passar dias ali, com pilhas de evidências para catalogar e levar embora. O senhorio está junto deles, retorcendo as mãos nervosamente.

"Ele pode ter matado onze homens", diz Karen.

"Não o Joe. Joe é um bom rapaz."

"Você o conheceu?"

"Não, não o conheci pessoalmente. Mas..."

Seu irmão ergue os olhos. Karen acompanha o olhar dele. A janela do apartamento 214 parece estar coberta com alguma coisa, os dois não veem nenhuma persiana ou cortina.

"Como você chegou a alugar o apartamento para ele? Como ele paga?", pergunta Griffin.

"Ele colocou um bilhete por baixo da minha porta quando anunciei, há um ano. Dinheiro vivo todo mês, nunca atrasa." O senhorio agora atropela as palavras.

"E o senhor pediu os documentos dele?"

"Não, ele... hã..." O homem para, olha para baixo. "Ele me pagou o dobro para eu ficar na minha. Ignorar a burocracia de costume." Karen e Griffin o fuzilam com o olhar. Envergonhado, o senhorio estende a chave reserva. "Sinto muito. Como eu ia saber que ele é um assassino em série?"

Karen pega a chave e se dirige à portaria.

"Como você quer fazer?", indaga Griffin. "Chamar a resposta armada?"

A expressão de Karen endurece. "Isso poderia levar horas." Ela olha para Nate. "Não há a menor chance de o sujeito estar lá, não é? Quero dizer, de ainda estar morando no apartamento com o lugar apinhado de peritos e policiais."

"Parece improvável."

"Então vamos só dar uma olhada. O que pode acontecer de pior?"

Griffin fica em silêncio. Ambos seguem na direção da portaria do bloco de apartamentos onde Karen se lembra de ter vomitado no canteiro de flores apenas 48 horas antes. Está feliz por Nate não ter respondido. Já sabe qual é a resposta. Mais corpos. Um assassino em série com uma arma.

Mas eles não podem mais perder tempo algum.

Passam pela porta aberta do apartamento 213, pela fita azul e branca cruzando a entrada. Karen pega dois novos trajes brancos para cenas do crime na pilha e entrega um a Nate. Ambos os vestem, calçando ainda os sapatos e as luvas. Eles mantêm os capuzes abaixados e as máscaras nas mãos.

A inspetora se detém diante do 214.

"Pronto?", pergunta a Griffin. Ele assente. Karen se sente reconfortada por saber que seu irmão de 1,80 m está ali.

Ela bate à porta.

Não há resposta, então ela coloca a chave na porta. A mão dela está tremendo; são necessárias duas tentativas, então Karen a vira, abrindo a porta.

Lá dentro está escuro.

Faz frio dentro do apartamento, o ar parado e rançoso, mas a inspetora não detecta o mesmo cheiro intenso de podridão como havia acontecido no apartamento do lado. Mesmo assim, ela coloca a máscara e puxa o capuz para cima. Ao lado dela, Griffin faz o mesmo.

As tábuas de madeira rangem sob seus pés conforme eles seguem até o primeiro cômodo. Parece um quarto de dormir, embora esteja completamente vazio. Nenhum carpete, nada nas paredes, exceto uma mancha de umidade em um dos cantos do teto. A única janela está coberta por jornal, atravessada por uma luz cinzenta. Karen está decepcionada, mas se dá conta do quanto esse sentimento é absurdo. Com certeza, não haver nenhum cadáver é algo bom.

Ela se vira para Nate, estreitando os olhos. O irmão dá de ombros e aponta para a porta seguinte. Nenhum dos dois fala nada.

Um banheiro, desta vez. Pia e banheira verde-abacate, privada branca. Uma fuligem cinza cobre cada superfície, o linóleo se curvando no piso. Mas nada.

Eles olham a última porta.

"Karen...", começa Griffin.

"Se foi um desperdício de tempo, que seja", responde a inspetora. "Vamos ter perdido o quê?"

O detetive abre a porta.

E Karen sabe que não estava errada.

Tábuas nuas no assoalho, o quarto envolvido pela escuridão, camadas de jornais cobrindo as janelas. Porém, diferente do primeiro, este está abarrotado até a tampa. Há estantes que vão do chão ao teto, criando um labirinto de livros e pertences. Há matérias de jornal pregadas em toda parte visível das paredes, tremulando levemente na nova brisa da porta aberta.

Cheira a poeira e abandono. Um tênue odor de suor rançoso e frituras.

Os dois entram devagar, as mãos junto aos flancos. Mesmo com o traje completo, Karen reluta em tocar qualquer coisa. Ela aperta os olhos para ler os títulos nas estantes. *A Anatomia de Gray. Medicina Forense, de Simpson. Uma Introdução à Perícia de Cenas do Crime.* Ela os deixa para trás, adentrando mais ainda no quarto.

A parede dos fundos havia sido coberta por papel de parede. Pelos vãos nos recortes de jornal, Karen consegue ver pequeninas rosas onde um pouco dele ainda perdura. Ela lê as manchetes: CINCO PESSOAS ASSASSINADAS NO LITORAL e PROSTITUTA ENCONTRADA MORTA. Recortes de assassinatos anteriores.

Há espaços onde o gesso caiu; ela raspa o pé em parte dele que está no chão. Há uma poltrona — de couro marrom rachado — posicionada diante de uma antiga e volumosa televisão. E no braço esquerdo do móvel, refletindo a luz do sol de um canto da janela, um copo de cerveja vazio e transparente.

A inspetora arfa, agachando-se e inspecionando-o sob a luz tênue. Consegue ver marcas na borda, o semicírculo perfeito de uma boca, e cinco impressões digitais bem nítidas.

"Tá de sacanagem", diz Griffin por trás dela.

Karen olha para trás, na direção dele. "Poderia ser assim tão fácil?", murmura, e dirige ao irmão um olhar de incredulidade. "Chame um perito ali do lado", pede ela. "Vamos mandar catalogar e analisar o mais rápido possível."

Griffin sai e ela continua olhando pelo quarto. Passa os olhos pelas prateleiras, puxa uma caixa de papelão. Não tem tampa. Dentro dela, Karen vê tiras de couro, fivelas prateadas, enormes dildos roxos. Com cautela, ela tira algo de lá, usando dois dedos da mão enluvada. É algo que parece ser um chicote de nove pontas, de couro preto, material seco em um dos filamentos. Ela coloca a caixa de volta rapidamente.

Karen continua sua jornada. Pilhas de jornais, pornografia empilhada de forma bem-organizada. Ela pega uma das revistas mais próximas e na mesma hora se arrepende: a mulher usa apetrechos de *bondage* em couro preto, uma mordaça de bola em sua boca pintada com batom vermelho, amarrada em uma cama pelos quatro membros, as pernas mantidas abertas por uma espécie de barra de ferro. Karen presume que aquilo foi encenado, porém, percebendo com um choque que poderia não ser, ela reprime a bile subindo de seu estômago.

Esse cara gosta que seja pesado e não consensual. Mas já sabiam disso, diz Karen a si mesma, qual é a surpresa? Por que qualquer parte disso ainda é uma surpresa?

Mas então a inspetora vira no canto de uma das estantes e é quando as vê.

Pequenos quadros brancos, cobrindo completamente a parede do lado oposto. Organizadas em fileiras impecáveis. Karen se aproxima. São fotos polaroides, imagens borradas, mas inconfundíveis. Pessoas. Corpos. Membros. Sangue.

Karen cobre a boca com a mão. Já viu morte antes, mas aquilo é outra história. Ela sente Griffin voltando à sala e parando às suas costas. Karen sabe que o irmão está passando os olhos pela parede, olhando para as mesmas imagens que ela está vendo.

Ela ouve um barulho, quase um grunhido, preso no fundo de uma garganta, então se dá conta de que está vindo dela.

Porque aquelas polaroides não são de cadáveres. São de pessoas vivas. São olhos, fitando a câmera, implorando, sofrendo, morrendo.

Aquelas são pessoas sendo torturadas, capturadas em negativos, para o entretenimento de um assassino.

E uma dessas pessoas é seu próprio irmão.

35

"Não me lembro de uma câmera", sussurra Griffin junto a ela.

Karen se vira para ele. "Pare de olhar, Nate." Ela tenta empurrá-lo para trás, mas seu irmão não se move. "Por favor? Isso não é algo que você deveria ver."

Por fim, Griffin se vira. "Só me diga", pede ele, em voz baixa. "Mia está aí?"

A inspetora passa os olhos pela parede. Reconhece algumas das vítimas. Lembra-se das meninas do Ford Galaxy de Kemper, e lá estão elas, vivas. Consegue discernir o metal da porta de um carro, a garota está virada, as mãos diante de si. Está fora de foco, mas Karen consegue ver a pele ensanguentada, os buracos no peito da garota. Não consegue compreender como esse cara pode controlar alguém ao mesmo tempo em que as esfaqueia, porém, ali está a evidência. Karen sabe que esses são os suvenires dele, a parede para a qual ele volta para desfrutar do que fez, continuamente.

Mas, então, a inspetora se detém.

"Karen?"

"Sim, Nate. Sinto muito. Ela está aqui."

Griffin se vira, vê a foto para qual Karen está olhando. É Mia, de mãos amarradas, a foto tirada de cima. Um dos olhos já está roxo e inchado, o outro olha para o alto, cheio de lágrimas. Griffin avança para tirá-la da parede, para impedir que permaneça à vista, mas Karen o detém.

"Me desculpe, Nate. São evidências."

Ela sabe que o irmão é forte o suficiente para subjugá-la e tirar a foto de qualquer modo, mas, em vez disso, Griffin vira as costas e sai em um rompante. Karen corre atrás dele, para fora do apartamento, passando pelo traje de cena do crime que o irmão descartou no chão, alcançando-o nas escadas.

Ela agarra a mão dele, mas Griffin se desvencilha.

"Me deixe em paz, Karen", diz Griffin. Seus ombros estão curvados. "Por favor. Só faça o seu trabalho. Pegue esse desgraçado."

Ele se afasta dela, agora mais devagar, e Karen o deixa ir embora.

Não leva muito tempo para a cena de peritos criminais se estabelecer. Eles trabalham rápido, catalogando evidências, tirando fotos. Karen não suporta voltar à parede, então começa a olhar o que mais há no quarto. Um exemplar surrado em capa dura de *James e o Pêssego Gigante*. Uma prateleira inteira de livros de medicina. Biografias de Dahmer, Bundy, Manson, Fred West e o Assassino de Golden State. Ela puxa uma delas: papéis adesivos marcam páginas específicas e Karen abre o livro, olhando para as marcas de lápis sublinhando passagens no texto. *Erga o torso para drenar sangue*, ela lê. *Cabeça em caçarola com água globos oculares somem com fervura carne leva mais tempo*. Ele fez sua pesquisa. E fez bem.

A inspetora avança. Duas câmeras polaroides, o tipo amado por *millenials* fãs de coisas retrô. Manchas de algo que parece sangue nítidas no plástico de cores claras. Caixas de filmes. Cadernos, de todas as formas e tamanhos. Ela abre um deles. Um recorte de jornal sai flutuando e Karen se abaixa, pegando-o do chão. A manchete: MATADOR DE ANIMAIS AINDA À SOLTA. Ela o coloca outra vez no caderno e olha para parte do texto na página. É uma caligrafia infantil, rabiscos em letras maiúsculas. Karen tenta ler, mas não consegue discernir as palavras. Precisam levar alguns refletores para lá, pois não consegue ler porcaria nenhuma.

Karen acena para uma das pessoas da equipe de técnicos. "Podemos catalogar isto daqui primeiro?", pergunta, e a pessoa assente. Há prateleiras e mais prateleiras daquilo, quem sabe o que está escrito naquelas páginas.

O copo de vidro já foi levado, colocado em análise às pressas.

Em meio a todo o caos, Deakin chega. A inspetora reconhece a postura dele no traje branco e o observa enquanto o detetive caminha até a parede de polaroides. Ela o deixa ali e se agacha junto ao videocassete abaixo da televisão. Não via um aparelho daqueles há anos, e pega uma fita deixada em cima dele. Depois das fotos instantâneas, Karen tem um mau pressentimento quanto à fita — e as fileiras de outras atrás dela.

"Karen?"

Ela se vira na direção de Deakin. Ele aponta para as fotografias.

"Já sabemos se há alguém ali que não achamos?", questiona o detetive, e Karen avança para se juntar a ele.

"Não que eu saiba. Será que nos ajuda se identificarmos as vítimas de Dahmer?"

"Hmm."

Deakin se vira, encarando a parede. A inspetora se posta ao lado dele. Os dois olham juntos para os pequenos quadrados brancos. A atenção dela se detém em um deles. É um homem, de peito nu, sorrindo, posando de boa vontade para a câmera. Ela reconhece a cozinha ao fundo — é o apartamento de Dahmer. Karen se pergunta quanto tempo aquele homem viveu após a fotografia ser tirada.

"Por que não me avisou que estava vindo para cá?"

Deakin fala em voz baixa. Karen olha para ele. Após um instante, Deakin se vira na direção dela, mas naquele traje branco e com a máscara ela consegue ver apenas os olhos dele, não consegue discernir sua expressão.

Karen não responde. Sem se dar conta, desejou impor uma distância entre ela e Noah. Algo na noite anterior pareceu ter se perdido em território desconhecido, mas vendo a confusão do amigo agora, ela soube que havia se enganado. Deveria ter levado seu parceiro consigo. Não deveria ter corrido o risco de ter Griffin ali, e agora seu irmão tinha visto o inimaginável e havia ido para Deus sabe onde.

"Me desculpe, Deaks. Não pensei direito."

Noah assente, um movimento tênue, e a transgressão dela é perdoada. E o momento é interrompido quando uma voz pede a atenção deles do lado mais distante do quarto.

Ambos seguem até lá.

"Ah, caralho", murmura Noah.

É um grande freezer baú.

"Eu nunca mais vou olhar para eletrodomésticos brancos da mesma forma outra vez", comenta Karen. "Vá lá, abra."

Todos se esticam para diante, preparados para o que estão prestes a ver. Mas quando o perito puxa a tampa para cima, ele está vazio. Karen dá um suspiro de alívio.

Então, seu celular toca, uma quebra barulhenta da quietude, fazendo-a se sobressaltar. Ela olha para a tela. É Griffin.

"Chefe", diz ele. E, com aquela única palavra, a inspetora sabe que a ligação é profissional. "Precisamos de você. Aconteceu mais um."

36

Jess alterna os canais da televisão. Junto a ela, o notebook exibe o canal BBC News. Como os programas sobre crimes reais que assistiu no passado, ela está viciada em saber mais sobre este caso. Ela assiste à cobertura da coletiva de imprensa do dia anterior de novo, desta vez olhando atentamente para a detetive inspetora-chefe Karen Elliott. A irmã de Griffin. Jess consegue ver a semelhança: a altura, a confiança, a intensidade na expressão.

O Colecionador de Monstros, repete para si mesma em voz baixa. Parece estranho que a razão para ela ter conhecido Griffin se devesse a um assassino. O sujeito matou Mia. Matou Patrick. Uma verdade sombria que os une.

Ela se espreguiça e sente a pele nas costas distender, então estalar. Estende a mão e, hesitante, toca a casca do ferimento, pele destruída ao ser empurrada contra a parede por Griffin.

Ele passou o dia inteiro fora. Não falaram sobre a noite anterior — sobre o que fizeram, sobre o que ela contou a ele. Jess é grata por isso. Não tem certeza quanto ao que acha disso tudo — quanto ao que acha *dele*. Sabe que há coisas que Griffin não está lhe contando. E o mesmo quanto a ela. Mas Jess confia nele. Mais do que confiou em qualquer pessoa em um bom tempo.

Ela pega o notebook de Griffin, passando por outras páginas de notícias, procurando atualizações, mas parecem não estar dando nenhuma informação nova. Então, seus dedos hesitam sobre as teclas. Nunca foi muito afeita às redes sociais, mas agora que está longe da filha, precisa de alguma conexão. Precisa ver o rosto dela.

Jess abre o Facebook. Ignora a banalidade de sempre e a tagarelice insignificante de seus supostos amigos e clica em seu perfil, selecionando a aba de fotos. Não há muita coisa ali, mas é o suficiente.

Alice.

Ela clica na miniatura de uma das mais recentes. É uma *selfie* de uma caminhada na praia, o sol brilhando ao fundo. Jess está rindo, Alice está com o rosto perto da câmera, perto demais, seu nariz está enrugado, suas faces deliciosamente rechonchudas, vermelhas e saudáveis. Jess se lembra desse dia. Havia sido só as duas, livres para vagar e fazer o que quisessem, sem o severo olhar cuidadoso de Patrick.

Jess volta e então rola a página para fotos mais antigas. Alice quando bebê, recém-nascida, deitada pacificamente nos braços de Jess. Jess parece semiacordada, inchada, de pele manchada, mas o olhar de Alice está fixo em seu rosto. Sempre foi assim, como se, aos olhos da filha, a mãe não pudesse fazer nada de errado. Jess sabe que a filha não tem falhas — a prerrogativa enviesada de uma mãe —, mas, ao contrário do resto do mundo, Alice só pensou, desde sempre, que sua mãe era perfeita.

Jess sente as lágrimas ameaçarem cair e volta a clicar. Agora ali está Nav, segurando a bebê Alice, radiante feito um pai orgulhoso. Ela se lembra de Nav ter postado essa foto ele mesmo no Facebook — abaixo dela, os comentários de mulheres em veneração eram algo de se admirar. Na época, Jess tirou sarro, o que Nav encarou com a graciosidade de costume, mas sua devoção para com Alice nunca mudou. Jess se perguntou o que aconteceria se ele se casasse, tivesse os próprios filhos.

Como se pressentisse seus pensamentos, o notebook soa um aviso, e uma mensagem aparece na parte inferior direita da tela. Navin Sharma, diz ali, e então: *Onde você está??*

Com um sobressalto, Jess se dá conta de que o computador devia ter sinalizado que ela estava online e ela fecha a tampa do notebook rapidamente. Como podia ter sido tão idiota? Se Nav viu, a polícia não poderia ter visto também? E se a rastreassem até ali?

Jess se lembra da última vez. Ela se lembra do medo, da incerteza. De ser enfiada no banco de trás de uma viatura, as mãos algemadas atrás das costas. O sangue. As lágrimas. Patrick berrando. As luzes piscantes da ambulância. Mas não há nenhum outro lugar para ir, desta vez. Nenhum lugar para onde fugir.

Ela desliga a televisão e as luzes. Senta-se em silêncio na escuridão. E aguarda.

37

Chove a cântaros, inundando as estradas. O carro esguicha grandes jatos d'água enquanto Karen avança, o pé pisando fundo.

Ao telefone, Griffin tinha sido vago quanto aos detalhes. Dois mortos. Baleados. Ela imediatamente fez uma ligação para Shenton. Se esse é o assassino deles, Karen quer saber os detalhes de pronto. Saber qual escroto perturbado o sujeito está imitando. Ela espera que Shenton saiba tanto quanto afirma saber.

Há uma escalada nas ações do assassino. As mortes agora estão acontecendo mais rápido.

"Ali, ali", grita Deakin apontando para um vão entre as árvores, e Karen faz a curva rapidamente. O carro pula ao entrar na estrada de terra. "Colina Salterns", diz o detetive. "Ponto paradisíaco local. Conhecido por atrair praticantes de trilha durante o dia e pessoas querendo passar um tempo a sós durante a noite."

Karen agora consegue ver os veículos: duas viaturas e uma van branca. Os peritos chegaram lá antes deles, mas por pouco. Pelos vãos entre os limpadores do para-brisa, ela consegue ver pessoas erguendo uma tenda branca às pressas, desesperadas para proteger a cena do crime da chuva torrencial.

Deakin abre a porta, e Karen o segue até o porta-malas. Os dois trocam os sapatos por galochas, e Deakin pega um guarda-chuva, abrindo-o acima deles. Karen puxa o capuz por sobre a cabeça. Ela observa um agente de cena do crime passar por ambos na direção oposta. A pessoa parece estar chorando.

Ela vê Griffin adiante, iluminado pelos faróis. Não está vestindo nada que seja à prova d'água, apenas tendo erguido a gola do casaco preto até o queixo, calçando as costumeiras botas pretas.

"O que temos aqui?", grita Karen por cima do estrépito da chuva.

"Dois mortos: um homem, uma mulher." Griffin aponta para o carro no lado oposto. As duas portas da frente estão abertas, a janela direita está quebrada. "O homem está metade para fora do carro, baleado na cabeça. A mulher..." Ele aponta para o fim da trilha. "Parece ter tentado fugir. Baleada nas costas. Temos diversos conjuntos de marcas de pneus na cena, os peritos então tentando preservar algumas antes de perdermos todas nessa chuva."

A inspetora dirige um enfático aceno de cabeça a Deakin e ele lhe entrega o guarda-chuva, então vai até o carro.

O telefone de Karen toca e ela atende. "Shenton", diz. "O que você me conta?"

"Não tive muito tempo para pesquisar", começa o detetive, hesitante. "Mas, pelo que Griffin me disse..." Ele para e Karen espera, impaciente. "Casal morto, baleado. Ou você está diante de Berkowitz, ou do Assassino do Zodíaco." Shenton faz uma pausa. "Meu palpite seria o Zodíaco, porque Berkowitz na verdade nunca matou um casal formado por um homem e uma mulher."

"Me conte mais", pede Karen. Griffin está ao lado dela, abrigando-se sob o guarda-chuva, e a inspetora coloca o telefone no viva-voz.

"Assassino do Zodíaco, ativo nos anos 1960 e 1970, nunca encontrado", continua Shenton. "Estima-se que matou 7 vítimas, mas algumas fontes dizem que chegou a 37, a maioria baleada ou esfaqueada."

A atenção de Karen é desviada por vozes à esquerda. Ela olha nessa direção — Deakin está berrando, discutindo com um técnico de cena do crime. Karen desliga o telefone e vai até eles.

Deakin a vê de longe e se contém. Ele estende os braços.

"Não vá até lá, Karen", pede ele. O olhar de seu amigo a faz congelar. Ele está aborrecido, mas essa não é a raiva dura costumeira ao ver um cadáver. A chuva corre pelo rosto de Deakin, e ele parece à beira das lágrimas. Karen olha para trás dele, para o meio das árvores.

"Por que você está gritando?"

"Eu queria..." Ele se detém, baixa o olhar, tentando se recompor. "Eu queria ir até lá, me certificar de que ela está morta. Achei que ainda poderíamos ajudá-la. Mas..."

"Mas, Deaks, eles já checaram, eles teriam confirmado...", ela começa a dizer, mas sua voz se esvai. Karen continua a olhar por cima do ombro de Deakin e dá um passo na direção do corpo. O detetive estende o braço, impedindo-a de avançar mais. Ela viu algo, algo que reluz em seu subconsciente. Mas... será?

O telefone dela toca outra vez e a inspetora atende, ainda encarando o corpo da mulher.

"Chefe, o laboratório ligou." É Shenton outra vez. "Saiu o resultado das impressões digitais no copo do apartamento 214."

Ele agora tem toda a atenção dela.

"E...?"

"Bom..." Shenton se detém. "Bateu com as de alguém no sistema chamada Elizabeth Roberts. Ela trabalha no..."

"No laboratório, sim, eu sei..."

Karen se detém. Ela olha para Deakin e vê a confirmação nos olhos dele. E dá mais um passo.

"Não vá até lá, Karen", pede ele outra vez, mas a inspetora o tira da frente, dando passos largos, quase correndo na direção do corpo.

De perto, agora consegue ver com certeza. A mulher está caída com o rosto na lama. As mãos estendidas, com as unhas pintadas de prateado. Está usando um longo vestido preto, um par de botas Dr. Martens nos pés. E o cabelo é de um rosa vibrante.

"Ah, Libby", diz Karen. Sua mão toca o rosto dela, e a inspetora sente as pernas fraquejarem. Ela cai de joelhos, desabando na terra. "Ah, Libby. Eu sinto muito."

Relatório de Avaliação – Departamento de Psicologia Clínica

Nome do paciente: Robert Daniel Keane (nasc.: 31/03/1986, 18 anos)

Robert (nome de preferência: Robbie) é paciente ambulatorial e tem se consultado uma vez por mês desde sua chegada ao Lar das Crianças de Northbrooke, em fevereiro de 1996.

Histórico
Robert deu entrada no ambulatório pela primeira vez logo após a morte do tio e do pai, esfaqueados. Nesse momento, a conclusão das investigações é de que Robert cometeu os assassinatos. Porém, como Robert não tinha idade para ser responsabilizado judicialmente na época em que os crimes foram cometidos, o juiz recomendou que ele fosse levado para Northbrooke em vez de para uma instalação de detenção juvenil. Isso claramente beneficiou Robert, e permitiu que ele recebesse a ajuda e o apoio suplementares dos quais necessitava.

Situação atual
Robert foi diagnosticado com depressão, transtorno de estresse pós-traumático (TEPT), transtorno obsessivo-compulsivo (TOC) e transtorno de ansiedade generalizada (TAG), condições resultantes dos graves abusos sexuais que sofreu na mais tenra idade pelas mãos de seus responsáveis.

Além disso, dada a relação entre transtornos de personalidade e abuso sexual na infância, um diagnóstico de transtorno de personalidade antissocial foi sugerido. A preocupação quanto à habilidade de Robert de sentir empatia pelos outros permanece, embora os resultados sobre sua psicopatia tenham sido inconclusivos.

Um diagnóstico de transtorno de identidade dissociativa foi dado originalmente, mas retirado em 2001, depois de concluírem que os estados de personalidade alternativos apresentados pelo paciente eram papéis interpretados voluntariamente, ferramenta usada por Robert como fuga de seu cotidiano. Robert foi visto imitando outros indivíduos (geralmente pessoas bem conhecidas na mídia), mas concluímos que esse não é um mecanismo de apoio incomum e que não apresenta riscos.

Após testes neuropsicológicos, descobriu-se que o QI de Robert se enquadra em uma porção muito superior da escala geral (por volta de 145). Ele é um estudante diligente e aplicado, tendo obtido notas máximas em doze disciplinas no certificado geral de educação secundária, além de quatro certificados gerais de educação em nível avançado.

Riscos
Robert tentou cometer suicídio por overdose em duas ocasiões distintas, a última delas em 2002 (ver abaixo). Acreditamos que as tentativas de suicídio estejam relacionadas à depressão: esse continua a ser um foco da psicoterapia de Robert, conduzida com uma abordagem de terapia cognitiva-comportamental.

Alguns incidentes de incêndio criminoso foram relatados ao longo dos anos de 1999 e 2000, o último tendo resultado na destruição quase total da ala de arteterapia. Embora tenha sido sugerido de forma enfática que eles foram resultado das ações de Keane, nenhuma evidência concreta foi encontrada e as acusações foram retiradas. Porém, Keane foi supervisionado de perto no ano seguinte a essas ocorrências e nenhum comportamento suspeito foi observado.

Formulação Clínica
O comportamento extremamente sexualizado que Robert demonstrou na época do assassinato do tio e do pai era incomum para uma criança daquela idade (9 anos), embora possa ser explicado por um comportamento aprendido por meio do problemático ambiente familiar ao qual ele estava acostumado.

Robert tem dificuldade em desenvolver relações, particularmente com mulheres. Acredito que isso se deva ao fato de Robert atribuir à mãe ausente a culpa pelos abusos que sofreu (ela deixou a casa da família quando ele tinha 3 anos), projetando isso em outras mulheres.

Porém, Robert foi capaz de forjar uma amizade durante o tempo que passou em Northbrooke. A partida desse menino, dois anos antes (em 2002), de fato causou um retraimento inicial e uma tentativa de suicídio. Robert respondeu bem à terapia e nenhuma tentativa foi feita desde então.

Propostas de Intervenções Futuras
Acredito que Robert tenha vindo a se tornar um jovem competente e, com a continuidade da terapia, será capaz de obter sucesso em sua vida adulta.

Devido à melhoria apresentada durante a reabilitação de Robert, e pelas circunstâncias notórias do assassinato do pai e do tio, minha recomendação é que Robert receba uma nova identidade e que todos os registros e amostras biológicas associados aos seus crimes, em 1996, sejam eliminados. Essa privacidade é essencial para garantir que ele possa levar uma vida normal, sem medo de preconceito ou represálias.

<u>Documento ditado, sem revisão ou assinatura para evitar atrasos.</u>
<u>Dr. Mark Singleton</u>
<u>Neuropsicólogo Clínico</u>
<u>03/08/04</u>

38

O Colecionador de Monstros queria que eles encontrassem o apartamento 214, Karen agora sabe disso. O nome no contrato de aluguel, o fato de que era o apartamento vizinho — literalmente na porra da porta ao lado — à cena montada de Dahmer. E ele deixou aquele copo ali para provocá-los.

Ela não sabe como o sujeito conseguiu as impressões digitais de Libby. Poderia tê-las apanhado em um bar anos atrás, e, de certo modo, não importa. O que importa é que ela está morta, e Karen não consegue evitar olhar para o local onde sua amiga está caída, sob uma tenda branca, preservando as evidências em seu corpo.

Karen já passou por todo o espectro de emoções na última hora. Raiva pura e incandescente, forçando-a a marchar pela trilha, as lágrimas a cegando. Ela se agachou, as mãos descansando nos joelhos, longe das vistas da equipe enquanto a chuva a ensopava até os ossos. Ignorou o telefone tocando até que, dando-se conta de que ele não pararia nunca, foi forçada a atendê-lo, e, com frio e esgotada, a inspetora voltou à cena do crime.

O show tem que continuar.

O clima na mata é sombrio. Tudo está quieto. Karen observa Deakin sentar na porta aberta do carro dela e fumar, encarando os próprios pés. Ele ainda está usando a capa de chuva de Roo, e os vivazes tons de vermelho e azul parecem inadequados e deslocados.

O dr. Ross a chama até o local onde o corpo do homem está caído sobre a abertura da janela.

"Por favor, diga que tem alguma coisa. Qualquer coisa", pede Karen, e Ross franze o cenho. "Só me dê seu melhor palpite. Não vou cobrá-lo depois. Mas essa é uma das nossas, Greg."

Ele assente. "Minhas primeiras impressões são de que se trata de um homicídio seguido de suicídio."

Karen o encara fixamente. "Como disse?"

Ele aponta para a arma, caída na lama, um pequeno triângulo amarelo a marcando como uma evidência. "É provável que tenha caído da mão dele", explica o médico, então aponta para o corpo curvado no banco do motorista. "E os ferimentos que ele sofreu na boca e na cabeça são consistentes com um disparo de arma de fogo de baixo para cima." Ross faz a mímica do tiro, a mão na boca, apontando para o alto. "Os peritos confirmaram que há resquícios de pólvora na mão direita do homem, sem sinais de luta. Acho que ele atirou em Libby, depois voltou a arma contra si mesmo."

"Já conseguimos identificá-lo?", pergunta Karen.

Ross estende a mão, apalpando os bolsos do morto. O médico percebe um volume em um deles e, desajeitadamente, tira dali uma pequena carteira preta. Ele a coloca nas mãos enluvadas de Karen.

A inspetora se dá conta de que está tremendo ao abri-la e tirar de lá uma carteira de motorista. O rosto na foto é emburrado, pálido. Sobrancelhas escuras, cabelos escuros. E o nome na habilitação: Michael Sharp.

Karen arfa e Ross ergue o olhar.

Ela encara a foto, comparando com o rosto do morto. "Esse é o nosso traficante de quarta-feira", diz.

"O cara com todos aqueles cadáveres na geladeira?", pergunta Ross, e Karen assente. "Então, parece que você tem um caso encerrado, detetive", conclui ele.

Karen se afasta do carro, meneando a cabeça. Griffin se aproxima dela e a inspetora estende a ele a carteira de habilitação, agora dentro de um saco plástico para evidências. O detetive a ergue na direção da luz para ler, então se detém, de boca aberta.

"Aquele corpo ali?", questiona ele.

Karen assente. "Ross disse que foi homicídio seguido de suicídio."

Griffin a encara, descrente. "O quê? Ele se dá a todo esse trabalho de matar um homem depois do outro, uma mulher depois da outra, então estoura os próprios miolos num acesso de... de quê? De culpa?"

"Ou nada disso é relacionado, no fim das contas", murmura a inspetora.

"Mas e quanto ao apartamento dele? E todos aqueles corpos? Essa porra não foi um caso único, Karen. São meses, anos de planejamento, mortes, e tudo parece com Dahmer por pura coincidência? É isso o que você pensa?"

Karen de repente está bastante esgotada. "A única coisa em que eu penso, Nate, é que eu preciso da minha cama."

Ela se vira e caminha na direção de seu carro. Sabe que deveria ficar, uma vez que Griffin provavelmente vai ficar, mas nada faz sentido para ela. Está muito tarde. Karen está com frio. Está molhada. A chuva começou outra vez, infiltrando-se em suas roupas, um frio congelante em sua pele.

Deakin ergue o olhar quando Karen se posta diante dele.

"Estou indo para casa", declara ela. "Você vem? Pode dormir no quarto de hóspedes."

Ele nega com a cabeça. "Me deixe na minha casa no caminho."

"Você não deveria ficar sozinho, Deaks."

Com um peteleco, ele lança seu cigarro na escuridão e gira as pernas para dentro do carro, enquanto Karen dá a volta para o lado do motorista e fecha a porta. "Este é um dia como qualquer outro. Sempre é o ente querido de alguém. A filha de alguém, a ex-namorada de alguém. Vamos pegar esse cara, como sempre fazemos." Deakin nota o olhar de Karen. "O que foi?", pergunta ele, e a inspetora o põe a par da suposição de Ross.

Ela vê o cenho dele se vincar, um olhar de incompreensão. "Caralho, eu preciso dormir", murmura Deakin.

Karen dá a partida e os dois seguem para longe da cena do crime. Conforme ela avança, olha de relance pelo retrovisor para o carro, para as luzes, para a van do patologista se preparando para levar os corpos embora.

Ela se lembra do rosto de Libby, empolgada com a ideia de ir a um encontro. Teria sido com esse cara? Com Michael Sharp? E quando Libby se deu conta de que algo estava errado, tentou correr. E ele a abateu com um tiro antes de apontar a pistola para si mesmo.

Karen avança pelas ruas vazias e encosta diante da casa de Deakin. "Quer que eu entre?", pergunta, mas o detetive meneia a cabeça. "Vejo você amanhã, chefe", diz ele.

A inspetora observa enquanto ele coloca a chave na fechadura e entra em casa. Deakin nunca a chama de chefe. Estava impondo distância entre os dois.

A mensagem havia sido clara. Me deixe em paz.

39

Jess ainda está acordada quando Griffin volta para casa, sentada na cama, assistindo ao noticiário. É a única luz no cômodo, lançando um tênue brilho branco sobre seu rosto. Ele observa por cima do ombro dela — os repórteres não demoraram a chegar até a mata. Vê Karen, o dr. Ross e sua própria silhueta corpulenta juntos das outras figuras, brancas feito marshmallows, os agentes da cena do crime.

"Achei que estaria dormindo", comenta ele, descartando as roupas molhadas e as botas em uma pilha junto à porta.

Jess o fita com olhos vermelhos. "Acho que fiz merda, Griffin", diz ela, e explica sobre o notebook e o Facebook.

"É improvável", responde Griffin. "Mas seria assim tão ruim? Você poder limpar seu nome? Ver sua filha?"

Ela nega com a cabeça, um movimento rápido e assertivo, repetidamente. "Não até você achar alguma coisa que prove que não fui eu. Você achou?", acrescenta Jess, e ele ouve o desespero se insinuando na voz dela. "Achou alguma coisa sobre o incêndio?"

Griffin franze o cenho. "Não, sinto muito. Comecei a fuçar um pouco, mas não há nada de novo."

A expressão dela está marcada pela decepção. Griffin sente o peso da expectativa dela, o desespero quase palpável de ser separada de sua filha.

Ele se junta a Jess na cama, baixando o corpo cuidadosamente. Passou o dia inteiro em pé, e isso não ajuda em nada sua coluna. Ele vê que Jess percebe sua hesitação ao se recostar nos travesseiros.

"Você está bem?", pergunta ela, e Griffin assente, afastando sua preocupação. Ele sabe que, em algum momento, terá que prendê-la. Não pode escondê-la ali para sempre.

"Eu prometo que vou cuidar de você se você se entregar", diz ele, mas Jess se vira para o outro lado, ignorando o comentário. "Karen cuidaria de você."

"Você e Karen são muito próximos?", indaga ela.

Ele dirige um sorriso exausto a Jess. Sabe que ela está mudando de assunto, mas deixa passar batido. Insistir só vai lançar ainda mais luz sobre seu fracasso em encontrar algo que a inocente, e não ter que lidar com a culpa lhe cairia muito bem no momento. "Acho que sim, temos nossos momentos", responde Griffin. "Como a maioria dos irmãos e irmãs. Quando éramos mais novos, num momento estávamos brincando, felizes da vida, e, no seguinte, gritando um com o outro. Sermos adultos agora ajuda."

"Mais maduros?"

Griffin sorri. "Não. Eu sou maior do que ela, então ela não ousaria deixar meu braço dormente na porrada."

Jess ri e Griffin fica grato pela leveza, embora tênue, depois do dia que teve. Apesar dos protestos de suas costas, ele se inclina na direção dela, descansando a cabeça em seu ombro. Depois de um instante, sente a cabeça dela encostar na sua.

"Depois que eu nasci, acho que não tinha sobrado muita energia em meus pais, tendo que lidar com todos os meus problemas", comenta Jess. "Nav é o mais próximo que tenho de um irmão."

"Irmão, é?", questiona Griffin, mais para si mesmo do que para Jess. Ele se pergunta se é assim que o maravilhoso Nav enxerga a situação.

Jess se move de leve, agora descansando a cabeça no peito dele, e Griffin passa o braço ao redor de seus ombros. A posição parece um pouco estranha: um novo nível de intimidade, apesar dos acontecimentos da noite anterior.

"Na faculdade, ele sempre foi um perfeito cavalheiro. Nunca me deixava voltar sozinha do bar para casa. Uma vez, me carregou até minha cama por quatro andares de escada depois de eu exagerar na cerveja barata."

Griffin baixa o olhar para Jess, erguendo as sobrancelhas. Ela ri. "Não foi assim. Nunca fizemos nada." A voz dela se esvai e ele se pergunta por que não, dado o aparente comportamento aberto de Jess quanto ao sexo. Duas pessoas atraentes, anos de bebedeira na faculdade? As condições perfeitas para uma transa aleatória.

"Eu nunca fiz faculdade", confessa Griffin, com um leve arrependimento, em especial à luz de seus pensamentos recentes sobre sexo. "Karen foi, então acho que mamãe pensou que eu iria. Até que fui expulso do colégio no último ano."

"Por quê?"

"Quer chutar?" Griffin nem tem certeza da razão para estar contando isso a ela.

Jess faz uma pausa. "Briga?"

"Acertou de primeira. Dei um soco no professor de matemática", acrescenta Griffin, e Jess bufa, achando graça. "Mas, em minha defesa, ele era um babaca. Depois disso, passei três meses de bobeira na frente da televisão e bebendo no bar, até que Karen voltou pra casa e me deu um belo sermão."

Griffin se lembra da irmã aparecendo na porta do bar, fuzilando-o com o olhar, e então indo direto até o balcão e contando que ele tinha 17 anos. Sua raiva pela interferência dela só era páreo para a decepção dela com ele. "Você está jogando sua vida fora", dissera Karen, sentando-o em uma mesa do restaurante de comida para viagem, o sal e o vinagre em lufadas provocantes vindas das batatas diante deles. "Você é inteligente, e, mesmo assim, estraga toda chance que tem. O que você quer fazer?"

"Quero ser policial", respondeu ele sem pensar. Griffin acha que o álcool pode ter aturdido sua mente adolescente, porque aquilo era algo em que nunca havia pensado antes. Mas, no momento em que respondeu, tinha soado verdadeiro. Sempre tivera um forte senso de justiça, de certo e errado. Queria um modo de punir os valentões e os cuzões, mas, de preferência, um modo que não significasse que ele acabaria na cadeia.

"Eu me candidatei à polícia no dia seguinte", diz Griffin.

Ele baixa os olhos e se dá conta de que Jess dormiu. O rosto dela está em meio às sombras lançadas pela luz tremulante da televisão, os olhos fechados, os longos cílios tocando as faces. Com gentileza, Griffin a coloca em uma posição mais confortável na cama e ela murmura de leve, então se vira de lado.

Ele a cobre com o edredom e se levanta, esticando as costas com uma careta, e depois segue até o banheiro para escovar os dentes. Ao terminar, põe a escova de dentes junto àquela novinha em folha de Jess, na caneca da pia. Griffin olha para aquilo por um segundo. Uma vermelha, a outra azul.

Ele se deita na cama ao lado dela, então estica a mão e desliga a TV. O cômodo inteiro é mergulhado na escuridão. O dia foi longo. A morte de Libby. A descoberta do apartamento 214. Ver a foto de Mia, a imagem ainda gravada em sua mente.

Griffin sente o corpo todo exausto, mas não consegue dormir. E algo quanto à contínua reação de Jess à polícia não lhe bate bem. Várias pessoas não gostam da polícia, mas a resposta dela sugere algo além do medo.

Ele se lembra do comentário de Taylor naquele primeiro dia no hospital: *Ela tem o perfil*. O notebook dele ainda está junto da cama e Griffin o pega e ergue a tela. O aparelho lança luz sobre o quarto, e ele olha nervoso ao redor, mas Jess nem se moveu. Ele acessa o sistema. *Jessica Ambrose*, digita, então seleciona o registro correto.

Lá está. Uma linha no computador nacional da polícia. Um incidente, há dois anos.

VD.? LCG. Intencional? Vítima: P. Ambrose. Detida por 48h – seção 136 da LTM.* Solta, não indiciada.

Merda.

---

*   VD: violência doméstica. LCG: lesão corporal grave. LTM: lei de transtorno mental; no original, MHA (Mental Health Act), lei do Reino Unido que dispõe sobre a avaliação, o tratamento e os direitos das pessoas com transtornos mentais — e que permite também a internação compulsória das mesmas. [NT]

Griffin encara aquilo por um segundo, as siglas facilmente decifráveis para um policial. Então rapidamente fecha o computador, sentindo uma onda de culpa pela intromissão na vida privada dela.

Griffin se deita de costas na cama, então se vira e a encara. O cabelo de Jess caiu sobre o rosto, e ele estende a mão para afastá-lo, colocando-o atrás da orelha dela.

Sempre achou que dormir com alguém depois de Mia pareceria uma infidelidade. Uma traição à esposa, ainda mais quando falhou tão completamente em encontrar o assassino dela. Mas isso, com Jess, é diferente.

Ele se importa com ela, porém, é mais do que isso. Griffin reflete por um momento, mas a palavra certa permanece fora de alcance, esforço demais para sua mente aturdida. Ele deixa o cansaço tomar conta. E então, bem nos limites do sono, Griffin se dá conta.

Redenção.

Ela é a salvação dele.

Uma chance de fazer as coisas direito.

40

Dia 6, Sábado

Karen pensou que deve ter tido uma hora de sono, talvez duas. Sem querer incomodar Roo quando chegou em casa, ela se deitou no quarto de hóspedes, encarando o teto. Havia pensado em Libby, enquanto as lágrimas rolavam por seu rosto.

Ela acorda com o som de risadas na cozinha e coloca um suéter. Olha para o relógio, são oito da manhã. Alguma parte de seu cérebro se dá conta de que é sábado, mas não para ela. Esse caso precisa ter um ponto final, e rápido.

Karen desce as escadas. Lauren está lá, fazendo torradas, pentelhando as crianças para que se aprontem para irem nadar. Roo está sentado à mesa do café da manhã, uma ocorrência rara, o que significa que não estará de volta até mais tarde, de noite. Ele está sorrindo para Lauren, e Karen se lembra das palavras de Noah de duas noites antes. Lauren ri de algo que ele diz e lhe entrega uma caneca de café.

Karen se sente excluída. Em desconexão com aquela pequena cena. Esta é a família dela, porém, ninguém sente sua falta.

"Olá, dorminhoca", diz Roo quando Karen entra. "Não ouvi você chegar na noite passada."

Ela se senta à mesa e, sem nenhuma palavra de agradecimento, aceita o café que Lauren lhe dá.

"Ele matou Libby", sussurra Karen para o marido.

Roo ergue o olhar rapidamente, o sorriso sumindo de seu rosto. Ele estende a mão e toma a dela, mas ela a afasta. Karen se sente mal imediatamente por ter contado a ele, devia ter lidado com aquilo com mais sensibilidade. Roo conhecia Libby. Podia ter guardado aquilo para si, mas queria transmitir um pouco de sua infelicidade, acabar com aqueles momentinhos felizes de intimidade que seu marido estava tendo com a babá deles.

"As crianças já não deviam estar saindo?", esbraveja Karen, e Lauren parte para a ação em um pulo, as faces coradas em resposta ao tom da patroa. A babá conduz Tilly e Joshua até o banheiro para escovarem os dentes.

"Isso foi desnecessário", murmura Roo para a esposa.

"Ela é a babá, cacete", sibila Karen em resposta. "Ela deveria estar fazendo o que é paga para fazer, não flertar com você."

"Ela não estava...", começa Roo, mas se detém, virando-se e terminando seu café.

"Vou tomar um banho", resmunga Karen, levantando-se e saindo rápido do cômodo.

Não deveria descontar neles, sabe disso, enquanto vira o rosto para os jatos de água escaldante. Não é culpa deles, é dela, por não ter pegado esse cara antes. Karen começa a chorar outra vez, afundando no chão do box do chuveiro. Por Libby, por ter decepcionado sua amiga, mas também de alívio. O cara está morto. O pesadelo acabou. O patologista vai confirmar.

Mais um dia na delegacia e eles podem dar um fim a isso de vez.

41

Karen está diante de sua equipe: ombros para trás, a mulher que manda. Ela sabe o que tem que fazer. Não precisa silenciá-los, não há nem sinal do bate-papo de sempre. Estão todos ali para trabalhar.

"Foram dias duros, e nenhum deles foi mais duro do que a noite passada", declara a inspetora. "Podemos presumir que Libby foi um alvo deliberado, e devemos a ela encerrar esse caso, e encerrar bem." A porta se abre e Deakin entra na sala. A aparência dele reflete os sentimentos de Karen, com olheiras à mostra. O detetive se recosta na parede do lado oposto, os braços cruzados diante de si. Ela repara que Griffin ainda não chegou.

"Warmington, Sohal", continua a dizer, dirigindo-se a dois dos novos detetives no caso. "Quero que se concentrem nas imagens das câmeras públicas de segurança. Identifiquem os movimentos de Sharp na noite passada, onde ele encontrou Libby, aonde os dois foram antes de seguir para a Colina Salterns. E, Shenton? Confira tudo que sabemos sobre o Zodíaco."

"Então, ainda estamos seguindo a linha do assassino em série?", alguém pergunta.

"Até certeza do contrário, estamos, sim." Karen designa mais ações para o resto do grupo, desejando saber o que Sharp estava aprontando seis meses, um ano atrás. "Além disso, vão atrás dos relatórios laboratoriais de ontem. O resto de vocês, nos casos antigos, continuem."

"Podemos presumir que Sharp é o responsável?", indaga alguém da equipe de West Yorkshire.

"Ele é nosso principal suspeito. Quero ter certeza. Mantenha a mim e aos meus sargentos informados", termina Karen.

O grupo se dispersa e a inspetora nota um policial fardado esperando no corredor que dá em seu escritório. O sujeito parece entediado, remexendo um caderno nas mãos. Ele ergue o olhar quando Karen se aproxima.

"Detetive inspetora-chefe Elliott?", pergunta o homem, e ela assente. "Policial Cobb, chefe. Meu capitão disse que você queria falar com qualquer um que conhecesse Michael Sharp."

"Sim", responde Karen. "O que pode me dizer a respeito dele?"

O policial ri. "O cara é um babaca. Quero dizer..." Cobb se detém, parecendo constrangido. "Não era particularmente inteligente. Eu o prendi lá em 2015. Violência doméstica. O cara praticamente socou a namorada na nossa frente."

"Sujeito bacana", murmura Karen.

"Pois é. Mas, mesmo antes disso, já o tínhamos visto por aqui: tráfico, começar umas brigas. Era presença costumeira na cela provisória."

Ele se detém quando Deakin se une aos dois na sala.

"E quando foi a última vez que viu Sharp?", pergunta Karen, gesticulando para que Cobb continue.

O policial pensa por um instante. "Provavelmente, há mais de seis meses. Não tenho como ter certeza."

Karen agradece ao sujeito, que vai embora. "O marginal idiota de sempre, pelo visto", explica a Noah, e ele escarnece.

"Nada disso faz sentido", resmunga o detetive.

Karen sabe ao que ele está se referindo. Um traficante fichado seria cuidadoso, a ponto de não deixar uma única amostra forense em nenhuma de suas cenas do crime tão violentas, sangrentas e calculadas? Exceto na da vítima seguinte, deliberadamente deixada para provocar a polícia?

"Então, qual é o plano?", pergunta Deakin.

"A perícia terminou com algumas das evidências do apartamento 214 ontem, então vou ligar para Griffin, pedir para ele passar lá e buscar tudo", começa a responder a inspetora. "Eu e você vamos à casa de Libby." Ela olha para Noah: o rosto dele está cinzento e exaurido, a aparência está terrível, mas Karen tem juízo o bastante para não perguntar se o amigo está bem. "Vamos descobrir mais sobre esse encontro ao qual ela foi. E quero o celular dela. Ross disse que não estava com Libby, nem no carro. Você sabe onde ela guarda a chave reserva, não sabe?", pergunta Karen, e Noah assente. "Então, vamos."

Karen fica em silêncio enquanto Deakin pega a chave na pedra falsa no vaso de plantas.

"Eu falei para ela que isso não era seguro", comenta ele. "Irônico, hein. As coisinhas inúteis que tentamos fazer até que, no fim, alguém dá um tiro em você na lama."

Karen põe a mão no ombro de Noah. "Você não tinha como saber. Não foi culpa sua."

Ele a dispensa dando de ombros e coloca a chave na fechadura. "Eu fui um merda quando as coisas entre nós acabaram", murmura Noah. "*Isso* foi culpa minha."

Os dois abrem a porta, então param na entrada, colocando proteções nos sapatos e luvas. Depois entram, e Karen fica impressionada com o quanto o lugar é arrumado. A cozinha está limpa, as superfícies estão vazias. As almofadas estão dispostas de modo impecável. No quarto, a cama está feita, não há nenhuma roupa sobrando em cima da cadeira.

Karen se vira outra vez para Deakin, "Sempre foi assim?", indaga ela, e ele assente.

"Sempre. Ela brincava sobre ser um pouco obsessiva, mas acho que era isso o que a tornava boa em seu trabalho. A atenção aos detalhes, o gosto pela ordem e pela rotina."

Karen vê o notebook de Libby na lateral do cômodo. Ela abre o aparelho e surge uma tela de inserção de senha. A inspetora olha para Noah.

"Nem ideia", responde ele.

Karen o coloca em um saco para evidências e o etiqueta. "Algum sinal do celular dela?", pergunta.

Deakin tira o próprio telefone do bolso e pressiona a tela. Após uma pausa, os dois ouvem um ruído agudo vindo do corredor.

O detetive se vira e Karen o segue, observando enquanto ele vasculha os casacos pendurados ali. Deakin tira um telefone de um dos bolsos e lhe mostra.

"Por que ela o deixou para trás?", pergunta Karen. "Isso é estranho, mesmo para Libby. Consegue acessar?"

"Não sem a senha. Ou a impressão digital dela."

Karen faz uma pausa. Sabe aonde precisarão ir para conseguir isso.

"Eu vou", declara Deakin, lendo a mente dela, mas Karen meneia a cabeça.

"Não. Nós devemos a Libby resolver isso o mais rápido possível. Vamos nós dois. Temos que ver até onde Ross foi com a autópsia, de todo modo." Eles se preparam para partir, Karen levando consigo o notebook. "Vamos mandar a perícia para cá, só por garantia", diz ela. "Não quero que nada passe batido. Esse cara pode ter estado aqui antes."

A inspetora sai da casa, com Deakin a seguindo. Ela vê quando o detetive para na porta.

"Eu gostava dela de verdade", diz ele, olhando para dentro novamente. "Só que não conseguia... sei lá..." Deakin fecha a porta da frente com suavidade. "Não foi a Libby. Fui eu, e só."

"Tenho certeza de que ela sabia disso, Noah."

Ele nega com a cabeça. "Não sabia, não. E, agora, vou ter que conviver com isso. Mais uma coisa com a qual terei que viver pelo resto da minha vida."

42

O telefone acorda os dois com seu trinado agourento. Jess passou a associar o barulho com más notícias, e, sem sombra de dúvidas, ela consegue dizer que é a irmã de Griffin, pelo tom da voz dele.

Griffin desliga e volta para a cama, puxando Jess para perto para roubar um pouco de seu calor. Ele descansa os pés frios nas pernas dela.

"Tenho que ir de novo ao apartamento. Pegar umas evidências."

Jess assente, decepcionada. Mais um dia sozinha, por conta própria. Porém, hoje ela tem um plano. Não é um plano sensato, nem lógico, mas é algo em que vem pensando desde aquela noite na rua, na primeira vez que seguiu Griffin.

"Pode me deixar na minha casa?"

Ele a encara, como se estivesse avaliando as opções.

"Eu levo você lá", diz Griffin, por fim. Ele olha de relance para o relógio. "Depois."

Os dois tomam banho e se vestem. Escovam os dentes lado a lado na pia. Uma domesticidade estranha com a qual não estão acostumados. Jess quase fica feliz quando saem e entram no velho Land Rover.

Uma questão surge em sua mente durante o trajeto.

"Griffin, quem é Alan?", pergunta ela. "O cara na casa de Manson."

Ele desvia o olhar da estrada por um segundo.

"É um administrador de cena do crime."

"E por que ele estava ajudando você?"

Griffin bufa, zombando. "Não está fazendo por vontade própria. Ele lidou mal com algumas evidências em um dos primeiros assassinatos. Uma impressão digital sumiu — tanto a amostra de fato quanto tudo associado a ela. O sujeito me implorou para não contar nada a ninguém, e eu concordei. Mas, quando fui suspenso, me dei conta de que isso poderia funcionar a meu favor."

"Você está chantageando ele?"

Griffin franze o cenho. "Basicamente. Estou. Ele me conta todo o resto que seja de algum interesse — me dá acesso à cena do crime — e eu fico de boca fechada." Ele olha por cima do ombro e faz uma curva à direita na frente de um bloco de apartamentos. "Chegamos."

O estacionamento está apinhado de viaturas e vans brancas. Jess se pergunta o quanto é sensato ela estar ali.

"Fique no carro", instrui Griffin. "Mantenha a cabeça baixa."

Jess o vê avançar a passos largos para a portaria dos apartamentos e falar com o policial fardado aguardando ali. Por um instante, Griffin conversa com um técnico de cena do crime, depois entra no prédio.

Enquanto aguarda, Jess pondera sobre a frequência com que Griffin trabalha às margens do que é considerado aceitável, a facilidade com que ele mente. Não tem certeza quanto ao que pensa da atitude evidentemente questionável dele no que se refere à lei, mas ela sabe que isso funcionou a seu favor até agora.

Jess continua a observar o movimento, até que vê a figura familiar de Griffin emergir da porta. Está com uma grande caixa de papelão nas mãos, e a apoia desajeitado no joelho ao abrir o porta-malas. Ele a guarda lá dentro, fecha a tampa, depois endireita a postura e estica as costas, fazendo cara feia.

"O que tem na caixa?", pergunta Jess quando ele entra no carro.

"Cadernos, fitas de vídeo."

"Tudo dele?"

"É."

"E você vai assisti-las?"

Griffin dá a partida. "Parte do trabalho."

"Mas deveria ser o *seu* trabalho?"

Ele não responde, e Jess fica quieta. Os dois seguem, o Land Rover chacoalhando pelo caminho em meio à rua movimentada. Ainda não mencionou a foto da esposa dele que encontrou. Jess quer perguntar a ele sobre ela, mas deveria?

E então, ela nota onde os dois estão.

Jess não acredita ser possível, mas parece ainda pior à luz do dia. Não há como esconder a devastação. O fogo se alastrou por toda a casa: paredes ficaram escuras, janelas foram estilhaçadas, o jardim virou um pântano lamacento, pisoteado por diversas botas. Ela espera ver um exército de investigadores, talvez alguém protegendo a cena do crime, mas o lugar parece deserto.

"Onde eles estão, Griffin?", pergunta.

"Acho que encontraram o que estavam procurando", responde ele, soturno. Evidências para incriminá-la, ou simples e absolutamente nada? Jess não consegue imaginar que alguma coisa possa ter sobrevivido ali dentro.

Ela sai do carro e segue até a entrada da garagem. Os detritos cobrem o asfalto: pequenos pedaços de madeira, pregos, cacos de vidro. A porta da frente está fechada com tábuas, mas Jess ignora a placa de entrada proibida e a abre. Não está trancada. O que haveria ali para roubar, afinal de contas?

O interior da casa está escuro. A parede está molhada, onde os restos do telhado falharam em prover qualquer abrigo. Jess estende a mão e a toca. Está preta de fuligem.

Não restou nada da casa na qual ela viveu. Tudo se foi. Esmagado, queimado ou quebrado. Ela se sente entorpecida; sua mente parece não conseguir acompanhar o que ela está vendo. Jess segue até aquilo que um dia foi a cozinha. O vidro se quebra sob seus pés.

"Jess."

Ela se vira, Griffin está parado atrás dela.

"Jess, não há nada aqui para você."

Ela olha outra vez para a sala. A mesa de jantar está tombada para o lado, com as cadeiras quebradas empilhadas ao redor. Jess pega uma delas e a coloca de pé. Mas parece ainda pior assim, ver algo do modo como era, como devia ter sido.

Jess sente Griffin colocar um braço sobre seus ombros e puxá-la para junto de si. Ela se dá conta de que está chorando e o abraça pela cintura, fungando lágrimas ranhosas no casaco preto dele. Após um momento, ela enxuga os olhos com um pedaço da manga de sua roupa.

"Caralho, chorando de novo", murmura Jess. "Sempre chorando nessa porra."

Griffin baixa o rosto para ela, com um olhar sério.

"Você tem todo direito de chorar. Você perdeu sua casa. Seu marido."

"Vou ficar bem. Já passei por coisa pior", responde Jess. *Você* já passou por coisa pior, é o que tem vontade de dizer, mas não diz.

"Não é assim que funciona, Jess. Ignorar o luto não o faz sumir, por mais que você queira."

Ela respira fundo e deixa o ar sair devagar. "Patrick dizia que esta era nossa casa para sempre. Mas eu nunca achei isso." Jess olha para Griffin. "Antes daqui, eu nunca tinha morado no mesmo lugar por mais de dois anos. Não desde que era bebê."

"Como assim?"

"Nós nos mudávamos muito. De condado para condado. Por minha causa", explica Jess. "Começou quando me levaram para o médico pela primeira vez. Como eu não sentia dor, vivia o tempo todo no hospital, e os médicos acharam que eu estava sofrendo abusos. Quando eu tinha 5 anos, nem me disseram o que estava acontecendo, simplesmente saíram correndo comigo para um abrigo infantil." Jess baixa os olhos para as próprias mãos. "Eu não entendi por quê. Achei que tinha feito algo de errado. Meus pais levaram um mês para conseguirem me pegar de volta."

Jess funga, depois assoa o nariz na manga da roupa. "Então, nos mudamos para o norte. Para recomeçar. Só que foi um pesadelo. Fui expulsa de uma escola depois da outra por me meter em brigas. Nunca me dei bem com as outras pessoas."

"Nem consigo imaginar como deve ser."

Jess olha para Griffin. Ele tem um tênue sorriso no rosto.

"Patrick foi a exceção. Ele disse que podia me consertar."

Há uma pausa. Jess ouve a chuva caindo casa adentro.

"Talvez você não precise de conserto", comenta Griffin, em voz baixa. "Talvez o certo seja que a gente seja mesmo um pouco quebrado por dentro."

Ela permite que ele a conduza para fora da casa e para o Land Rover. Os dois entram no carro e Griffin acende um cigarro.

"Griffin", chama Jess.

Ele a olha, o cigarro pendurado na boca.

"Eu encontrei uma foto. Eu sei que sua esposa foi uma das vítimas."

Griffin vira o rosto para outro lado, dando uma longa tragada, e então sopra a fumaça pela janela. Ele dá a partida.

"Vou deixar você na oficina. Preciso voltar à delegacia", diz ele.

"Griffin?" Jess põe a mão sobre o braço dele, mas ele a afasta com um movimento. "Me conte sobre ela", pede, com gentileza.

"Não há nada para contar."

Ele põe o carro em movimento e se afasta da casa cantando pneus. Jess fecha os olhos, praguejando por ter tocado no assunto. Esse não é o tipo de relação que os dois têm, diz a si mesma enquanto voltam para o apartamento. Foi idiotice de sua parte pensar o contrário.

43

"Sem ofensa, mas eu ficaria feliz em nunca mais ver vocês dois."

O dr. Ross ergue o olhar do cadáver na mesa de aço inoxidável quando Karen e Deakin entram na sala.

"E vocês chegaram adiantados", acrescenta ele.

Karen gesticula para o telefone em sua mão. Shenton ligou na delegacia quando estavam a caminho: eles têm o consentimento de um parente próximo. "Só precisamos de uma impressão digital", diz ela, e o olhar de Ross se desloca para a fileira de portas de metal do outro lado da sala.

Os três seguem até lá e Ross puxa uma das gavetas. Karen não consegue evitar um súbito arquejo quando o médico abre o saco preto para cadáveres e ela vê o rosto de Libby. Sua pele adquiriu um tom azulado pela refrigeração, seu cabelo rosa e gritante, dissonante das circunstâncias tão lúgubres.

Ross puxa o braço dela para fora e o segura enquanto Karen coloca as luvas e tira o telefone do saco para evidências. Ela pressiona o dedo de Libby gentilmente no sensor e o telefone é desbloqueado. Eles esperam um momento enquanto Karen desativa as opções de bloqueio.

"Já fez a autópsia?", pergunta Deakin.

"Já, e não houve nenhuma surpresa", responde Ross. "Baleada cinco vezes a uma distância razoável, meu palpite é que tenha sido do carro, o que seriam cerca de dez metros. Pulmões e fígado perfurados, um dos tiros atingiu a coluna. Mas o que causou mais danos foi o que atingiu a aorta. As balas são compatíveis com a arma encontrada na cena, uma calibre 22 modelo *high standard*, o básico. O teste de balística vai confirmar." Ele faz uma pausa, olhando para o rosto Libby. "A única coisa boa é que ela deve ter sangrado bem rápido."

"Alguma outra lesão?", pergunta Karen.

"Não, nada. Nenhum ferimento de defesa nas mãos ou nos braços. Tirei amostras das unhas dela só por garantia, da mucosa nasal e bucal, e fiz todos os exames para detectar violência sexual. Foi tudo para o laboratório, junto das balas."

Karen sabe o que Ross está procurando. O local onde eles estavam estacionados era um ponto de namoro bem conhecido — Libby poderia estar beijando o cara, ou mais, antes de ele atacá-la com a arma. Traços de saliva ainda podem estar presentes.

Deakin se voltou para o cadáver na mesa, olhando atentamente para seu rosto. Ross fecha o saco para cadáveres e, solene, empurra a gaveta de volta para a parede.

"E você acredita que esse seja o assassino? Michael Sharp?", indaga Ross, apontando para o corpo.

"Parece que sim", responde Deakin.

"Querem ficar por aqui enquanto faço a autópsia?"

Os detetives se sentam no lado oposto do necrotério. Karen observa Ross e seu assistente começarem a autópsia, abrindo o peito bem no centro, tentando não se encolher diante do ruído agudo quando a serra atravessa o esterno. Metodicamente, eles examinam cada parte, cada órgão, pesando e ensacando. Ross fala enquanto trabalha, comentários gravados para serem transcritos posteriormente.

O telefone de Deakin vibra e ele olha para o aparelho.

"Confirmado, o carro pertencia a Michael Sharp", sussurra o detetive. "O ANPR* registrou ele pegar a M271 às 22h56 daquela noite."

"Alguma imagem de câmeras de segurança de alguém dentro do carro?", questiona Karen, e Deakin nega com a cabeça.

---

* Serviço eletrônico de reconhecimento automático de placas automotivas dos serviços de segurança da Inglaterra. [NT]

A inspetora volta sua atenção outra vez ao celular de Libby. Ela opera a tela movida a toques pelo lado de fora do saco, passando pelos aplicativos. Encontra o Tinder e clica no ícone. Após alguns começos em falso, Karen encontra a seção de mensagens.

Há algumas conversas no histórico, chats encerrados, até algumas fotos de paus.

"Os homens acham mesmo que isso dá certo?", pergunta ela, mostrando uma das fotos a Noah.

"Ah, por favor", diz ele, encolhendo-se diante da imagem. "Eu não saberia dizer, não é uma tática que eu já tenha tentado usar."

"Então, você já entrou no Tinder?", indaga Karen, surpresa. Não conseguia imaginá-lo tentando um "encontro" no sentido tradicional.

"Não por muito tempo", explica Noah. "Assim que as mulheres descobrem com o que trabalho, ou elas ficam desanimadas, ou interessadas demais, se é que você me entende." Karen ergue as sobrancelhas. "Querem que eu as algeme, sabe, esse tipo de bobagem."

"Não é a sua praia?", pergunta ela.

"Não em um primeiro encontro", responde o detetive com um sorriso. "Achou alguma coisa?"

Deakin olha por cima do ombro da inspetora enquanto ela tenta navegar pelo aplicativo, depois toma o telefone dela. Ele faz mais alguns movimentos, então o devolve.

"Essa é a conversa mais recente", diz Noah.

Ele observa Karen ler a troca de mensagens. Gracejos no início, flertes, ligeiras insinuações. Um vai e volta contínuo, que dura alguns dias. Alguns intervalos: nenhum dos dois querendo parecer ávido demais, mas ambos definitivamente interessados. Então, o homem sugere que se encontrem. Para beber, no mesmo bar onde Karen foi com Libby apenas alguns dias antes.

Ela desbloqueia o próprio telefone, mandando uma mensagem para Griffin. *Cheque as câmeras de segurança no Salão Laranja. Bar no centro. Libby encontrou Sharp lá.*

A inspetora continua lendo, até que a última mensagem chama sua atenção. *Vamos fazer estilo velha guarda*, diz a mensagem. *Deixe o telefone em casa. Eu vou estar no balcão com um exemplar de* Drácula.

Karen aponta para a mensagem, cutucando Deakin. Ele franze o cenho.

"Ela deve ter gostado desse cara."

"Dá pra ver por que", comenta Karen. Ela volta para o perfil do sujeito. "Cada aspecto aqui é exatamente de alguém que atrairia Libby. É como se alguém tivesse projetado um homem especificamente para ela."

"Acha que ela foi feita de alvo?"

"É o que parece. Mas como ele poderia saber tanto sobre Libby?", questiona Karen. Ela repassa a conversa outra vez. "As bandas que ela gosta, as séries de TV que ela assiste."

"Ele poderia ter visto isso no Twitter", responde Deakin. "Eu a seguia lá, Libby não era discreta."

É verdade, pensa a inspetora. Cada detalhezinho de nossas vidas está online. Não é difícil descobrir, para alguém determinado.

Karen ergue o olhar para o zumbido do metal cortando os ossos. Ross passou para a cabeça. Ele já descolou a pele do rosto de Sharp, e, agora, trabalha com esmero no contorno da coroa. O assistente pega a serra, e Ross aos poucos puxa o topo do crânio do sujeito, produzindo um som pastoso. Horrendo, mas completamente fascinante.

"Enfim", continua Deakin, apontando para o próprio telefone e atraindo a atenção de Karen outra vez. "Os testes forenses e de balística de Manson já chegaram. Todas as impressões digitais e o sangue batem com os das vítimas. Baleados com uma arma calibre 22, compatível com os pedaços do cabo encontrados na cena."

"Igual à arma encontrada aqui?"

Deakin assente. "Poderia ser. Mas como ele a conseguiu? Aqui não é os Estados Unidos, você precisa conhecer alguém que possa pôr as mãos em uma arma. E armas ilegais específicas, ainda por cima."

Karen suspira. Ele tem razão. "E chegou alguma coisa da cena de Dahmer?"

"Ainda não."

Nem de longe uma surpresa, o laboratório deve estar atolado, as amostras para testes se acumulando.

A atenção dela é desviada outra vez quando Ross se afasta do corpo e segue até um microscópio no outro lado da sala. Ele está olhando para uma lâmina, em seguida chama o assistente para dar uma olhada. Os dois conversam animadamente, e Karen retorce os dedos. Enfim eles se viram, e Ross volta para o cadáver na mesa.

"O que você encontrou?", pergunta Karen.

"Muito curioso", começa Ross. "Ele tem um ferimento à bala significativo na cabeça. Mas você não precisava que eu dissesse para saber disso", afirma o médico, apontando para a massa gosmenta que costumava ser o cérebro do homem. "A bala entrou pelo céu da boca dele, obliterando completamente toda a massa cinzenta no caminho, antes de sair pelo topo da cabeça, aqui. Não houve nenhum outro fator contribuinte, exceto talvez estes." Ele puxa o braço para mostrá-lo e Karen vê uma longa fileira de marcas, do tipo deixadas por drogas injetáveis. "Provando o próprio produto, sem dúvida", acrescenta Ross. "Tirei amostras de sangue, então você vai saber mais a esse respeito."

"E então? Suicídio?", sugere Deakin.

"Normalmente, eu diria que sim. Mas quando comecei a olhar mais de perto, havia alguns aspectos estranhos que chamaram minha atenção. A temperatura corporal estava mais baixa do que deveria, mesmo levando em consideração o frio que fazia naquela noite. E muito mais frio no centro do corpo do que nas extremidades."

Karen franze o cenho.

"Fraturas em massas de grandes tecidos, como coração e fígado. Lesões em algumas áreas da pele. E isto."

Ross acena para que se aproximem do microscópio, e Karen observa através do instrumento. Ela consegue discernir formas estranhas, mas seu conhecimento de biologia não é mais o que costumava ser.

"Espaço extracelular estendido e células encolhidas resultantes de um ciclo de congelamento e descongelamento", explica Ross.

"Dá pra traduzir?"

"Este é um corpo que foi congelado."

"O quê?" Karen se sobressalta.

"E logo após a morte, já que nenhum dos processos de decomposição de costume tiveram início antes de ele começar a descongelar devidamente no necrotério."

Karen olha para Deakin. O detetive parece tão confuso quanto ela.

"Então, quando ele morreu?", pergunta a inspetora.

"Impossível dizer. Pode ter sido dias atrás. Pode ter sido há meses. Mas, de uma coisa, eu tenho certeza", conclui Ross, voltando-se para o cadáver. "É impossível que Michael Sharp tenha atirado em Elizabeth Roberts na noite passada. Este cara estava morto e foi mantido no gelo. Vocês estão procurando por outra pessoa."

44

Deakin treme de raiva. Karen está muda, quase atônita. Foi tudo encenado. A porcaria da coisa toda havia sido encenada, e a única coisa que passa por sua mente é *não acabou, não acabou*. Uma coisa está clara, esse cara vai continuar matando até que o detenham.

No carro, eles voltam para a delegacia em silêncio. Karen ouve o barulho da sala de investigações antes mesmo de sequer abrir a porta: pessoas conversando, o sibilo eletrônico da exibição das imagens das câmeras de segurança, mas nada dos gracejos que ela espera em uma investigação. A morte de Libby calou todos, erradicando o humor sombrio ao qual ela estava acostumada.

Karen assume o comando da sala e conta à equipe os resultados da autópsia. Ela vê os rostos chocados. Não há perguntas. A inspetora diz a todos para voltarem ao trabalho.

Ela sabe que as equipes de cena do crime ainda estão no apartamento de Sharp e também naquele ao lado, além da mata, trabalhando no caso. Marsh estica a cabeça para dentro da sala, depois desaparece outra vez. O superintendente parece estressado, e ela sabe por quê. Ele recebeu a ordem de priorizar recursos, mas como é possível? Nunca viram assassinatos em uma escala assim antes. As horas extras abocanham o orçamento. Eles não fazem ideia de que tipo de investigação pode acabar revelando uma pista, que tipo de evidência no laboratório poderá apontar a direção certa. São tantas amostras de sangue, tantas impressões digitais. Tantas pessoas mortas.

Na porta, há o clamor dos jornalistas. Chamam o departamento de relações públicas constantemente. Mas o que eles podem dizer? Já fizeram comunicados alertando as pessoas para que tomem cuidado, informando que há um perigoso assassino à solta e para não irem a nenhum lugar sozinhas, mas o sujeito está por toda parte. A única coisa com a qual podem contar é a dedicação dele à causa.

Karen sente o estômago revirando. Está em uma luta constante para acompanhar o ritmo; o assassino está sempre um passo adiante deles.

Ela precisa pensar. Parece loucura que alguém esteja levando tudo isso a cabo, mas a inspetora sabe que estaria errada em presumir que essa pessoa é insana. Já está claro que o criminoso sabe o que está fazendo.

Este homem é frio, calculista e organizado. Sabe o suficiente sobre procedimentos policiais para ser proficiente em ciência forense, mas qualquer um com acesso à internet e alguns episódios de *CSI* saberia o que evitar, hoje em dia. O sujeito tem um plano, mas com que finalidade? Karen não consegue nem imaginar.

Ela vê Shenton na sala de investigações. Trabalhando sozinho, o detetive está rodeado de arquivos de casos, montando o perfil psicológico. Isso poderia lhes dar algo, diz Karen a si mesma. Alguma coisa, qualquer coisa, pensa ela com uma prece silenciosa.

Mas o alívio de Karen tem vida curta quando Griffin chega de volta, com uma caixa de evidências nas mãos. Ele para na porta da sala dela.

"São os cadernos?", pergunta a inspetora.

Ele assente. "E as fitas. Quer dar uma olhada?"

Não, pensa Karen, *não quero mesmo*. Mas ela afasta a cadeira da mesa e aponta para o monitor. "Fique à vontade", diz.

Por sorte, Griffin teve a precaução de levar o videocassete do apartamento e pede a Shenton que consiga os cabos certos. Karen espera, vasculhando a caixa de fitas, todas ensacadas individualmente. Ela tira algumas da caixa, olhando para o que está escrito.

"O que acha que isso significa?", indaga a inspetora, estendendo-as para que Griffin possa vê-las. É um número de seis dígitos, rabiscado com caneta esferográfica na etiqueta.

"Um dos peritos disse que pode ser pornografia ilegal." Shenton volta para a sala com o cabo e Griffin o pluga no monitor. "Os números são um código, para o cliente saber o que está pedindo."

"Que profissional", responde Karen de cenho franzido.

Griffin coloca o videocassete na tomada e, enfim, a máquina zune, ganhando vida. A inspetora gesticula para Deakin e ele entra na sala para se juntar ao resto.

"Feche a porta", pede ela, depois de o detetive entrar. Ele se dá conta do que estão fazendo e puxa uma cadeira para se sentar diante do monitor e do outro lado de Karen. A inspetora nota que Deakin ainda está mantendo distância de Griffin. Só animosidade ali, observa Karen.

Ela vê Shenton zanzando junto à parede. "Toby, acho que deveria sair", aconselha a ele, que sai arrastando os pés.

"O coitado do garoto precisa fazer umas amizades", murmura Karen.

"Ele não é tão jovem", retruca Noah. "Eu sou só dois anos mais velho do que ele, sabia?"

Karen dá um sorriso maldoso. "Parece ter mais."

"Vai se foder. Minha vida tem sido dura."

"Você não trabalhou com Shenton no departamento de narcóticos?"

"Por pouco tempo." Deakin olha pela janela em busca do colega. "Ele era igual, na época."

Griffin está ignorando a conversa dos dois. Ele tira uma das fitas da caixa com a mão enluvada. "O que acham? Começamos por esta?"

"Tão boa quanto qualquer outra."

Ele tira a fita antiga da caixa de papelão e a coloca no aparelho. Karen não usa um desses há anos. Ela se lembra de serem estridentes, pouco confiáveis e, como era de se esperar, a imagem na tela é granulada.

A neve cinzenta evolui para um cômodo. A câmera focaliza uma cama. Vê-se uma mulher nua no colchão sem lençol, com o rosto virado para baixo e o cabelo escorrido o cobrindo, os braços amarrados atrás das costas com fita adesiva, as palmas das mãos unidas. Ela não está se movendo. Os olhos de Karen analisam a imagem, mas não há nenhuma característica reconhecível naquele cômodo: as paredes são brancas, sem janelas, nem portas. O colchão está manchado; as solas dos pés da mulher estão pretas de sujeira.

Ao lado da inspetora, Griffin e Deakin estão ambos em silêncio. Até mesmo a respiração dela parece alta demais.

A fita chia. Eles ouvem uma porta se abrir e um homem entra. O sujeito está usando o que parece ser um agasalho esportivo cinza, uma balaclava preta cobre seu rosto. Ele se vira e mostra algo para a câmera. É uma faca, longa, limpa e afiada.

"Caralho...", sussurra Griffin.

O homem se vira para a mulher. Com a outra mão, ele a cutuca e ela se mexe de leve. Os detetives ouvem um grunhido.

"Karen", diz Griffin lentamente.

No vídeo, o homem vira a mulher e a coloca de costas. Ela é magra, as costelas estão claramente visíveis, os ossos do quadril se projetando. Há hematomas nos joelhos e por todo o corpo, além de um corte na testa, vermelho e inflamado. Ela agora parece estar acordada, a inspetora pode ver seus olhos encarando o homem, uma fita prateada sobre a boca. Vê os olhos da mulher se arregalarem, os tendões se retesando no pescoço quando ela tenta gritar. O homem olha para a câmera, então ergue a faca acima da própria cabeça.

Tanto Deakin quanto Griffin mergulham na direção do videocassete. Eles o derrubam de lado, os cabos se soltam e a imagem desaparece. Mas Karen ainda está encarando a tela preta, boquiaberta. Então, ela se vira, lentamente.

"Aquilo não era pornografia", dá conta de dizer, por fim. A inspetora olha para a caixa de fitas. Deve haver dez, talvez vinte, ali dentro, com os mesmos códigos nas etiquetas.

Deakin balança a cabeça. Ele tenta falar, depois pigarreia.

"Aquilo era um filme *snuff*",* diz o detetive.

---

*   Vídeos que, supostamente, mostram cenas reais de mortes violentas. A expressão tem origem em um subgênero de filmes de terror que alardeavam exibir mortes verdadeiras dos atores em suas cenas — mas também pode se referir a supostos vídeos amadores que, de acordo com lendas urbanas, são feitos para registrar assassinatos e torturas reais e são distribuídos em um mercado clandestino. [NT]

45

Jess não consegue parar quieta. De volta ao apartamento, ela faz uma caneca de café forte para si, em seguida toma um banho. Está aborrecida consigo mesma por ter perguntado a Griffin sobre Mia; não consegue imaginar o que ele está pensando agora.

Jess se senta à mesa e acessa o notebook de Griffin outra vez. Sabe que não deveria, mas não consegue evitar olhar. Ela acessa o sistema que viu Griffin usar uma centena de vezes antes e consulta detalhes sobre si mesma, depois as informações sobre o caso de sua casa. Griffin disse que está investigando, mas não lhe contou nada além disso. E ela está desesperada para saber. Se ele achar alguma coisa — se ele a inocentar —, então ela poderá ver Alice.

Como era de se esperar, o relatório da investigação do incêndio foi salvo ali e Jess o lê, passando os olhos pelas informações técnicas em busca de algo interessante. Veredito: o fogo teve início pela ignição deliberada de parafina líquida no corredor da frente. Uma vítima. Restos humanos descobertos na cama de um quarto na parte da frente do primeiro andar durante a escavação da cena.

Jess segue clicando, até o arquivo de áudio da ligação para a emergência. Ela seleciona a gravação, que ganha vida. Ouve-se estática, então a pessoa que atende o chamado. A voz da pessoa que faz a ligação é de uma mulher, sem fôlego e apressada. A pessoa que atende diz a ela para ir mais devagar.

"Tem uma família lá dentro, meu Deus, uma menininha mora lá..." A mulher na gravação respira fundo. "Tem fogo saindo da parte da frente da casa, venham rápido, por favor."

"Um caminhão dos bombeiros já está a caminho", confirma a pessoa da emergência.

A gravação termina. E, mais uma vez, Jess se pergunta: por que nossa casa? Por que nós? Ela se dá conta do quanto ela e Alice tiveram sorte por terem saído vivas. Se Jess não tivesse pulado pela janela, sabendo que seria imune a qualquer dor, as duas estariam mortas agora.

Ela clica na tela outra vez, então vê mais um relatório inserido no sistema. Conclusões da autópsia: Patrick Richard Ambrose. O dedo de Jess paira por um instante, antes da curiosidade vencê-la.

É um relatório longo, e Jess passa os olhos pela terminologia médica, tentando desesperadamente dar algum sentido àquilo.

Fuligem na laringe, na traqueia e nos brônquios, evidências de trauma na mucosa causado pelo calor. Extensas queimaduras de terceiro grau, coriáceas, em mais de 50% do corpo, com amplas margens eritematosas, pele intacta com aparência translúcida e cerosa. Pele fragmentada em evidência por movimentos após a morte, em vez de lesões prévias ao falecimento.

O que isso significa?, pergunta-se Jess.

Seus olhos continuam a percorrer a página.

Posição do corpo no momento em que foi encontrado (de bruços, com as duas mãos acima da cabeça) indica que a vítima esteve amarrada à cama antes do incêndio começar. Material encontrado na boca, presume-se que fosse uma mordaça. Fragmentos de corda evidentes.

Que diabo era aquilo? Jess se encolhe, de olhos arregalados. Alguém esteve na casa deles e amarrou e amordaçou Patrick antes de começar o incêndio? Por que ela não ouviu nada? Por que Patrick não gritou?

Uma batida alta na porta quase faz Jess saltar da cadeira. Ela congela no ato, o coração aos pulos. Mais uma batida, depois um homem gritando seu nome.

Leva um tempo até conseguir pensar direito, até Jess se dar conta de que é Nav.

Ela se põe de pé às pressas e abre a porta. Nav suspira quando a vê.

"Mas que inferno, Jess. Achei que estivesse morta."

Ela lhe dá passagem e Nav entra. "Eu estou bem", responde ela. Jess está contente em vê-lo, mas está hesitante, tentando medir o humor do amigo depois da discussão que tiveram da última vez que estiveram juntos.

"É o que você diz." Nav olha ao redor do apartamento, então de volta para o rosto dela. "Você parece pálida. Como tem se sentido?"

"Estou bem", repete Jess. "Eu..." O olhar dela se desloca para o computador, o relatório da autópsia ainda na tela.

Nav segue seu olhar. "O que é isso?"

"É o relatório da autópsia de Patrick."

"O..." Ele encara a tela, depois olha de volta para ela. "Jess, o que está fazendo? Em que você se meteu? Eu vi o noticiário, todas as mortes. Isso tem..." Nav aponta para a tela. "Há alguma conexão com Patrick?"

Jess assente. "Griffin acha que sim."

"Griffin..." A voz de Nav se esvai. Ele estende a mão e toma a dela nas suas. "Jess, isso é loucura. Você não pode se envolver nisso."

"Eu já estou envolvida, Nav!", exclama Jess. Está feliz pelo amigo não estar mais furioso com ela; não quer irritá-lo outra vez por nada nesse mundo. Mas ela tem que ficar ali e ir até o fim. "Não posso desistir disso agora."

Ela vê o maxilar do amigo se retesar e ele balança a cabeça.

Jess sabe que Nav já fez muito por ela. Na universidade, ele logo compreendeu a condição de Jess, e, ao longo dos anos, foi a voz da razão em seu ouvido. Lembrando-lhe de fazer sua checagem diária. Dando-lhe pontos de sutura quando precisava. Jess sabe que muitas pessoas com a sua condição não chegam à velhice, ou, no mínimo, perdem mãos ou pés para infecções. Nav é, provavelmente, a única razão para ela ainda estar viva e inteira.

Ela o observa enquanto ele vai até o computador e encara a tela, os olhos percorrendo as palavras que Jess já leu. Ela quer dizer alguma coisa para melhorar as coisas entre os dois, mas, neste momento, não faz ideia do que poderia falar.

"Você entende isso, Nav?", pergunta Jess, em voz baixa.

Ele se senta lentamente, passando a página na tela. "Ah, Jess...", sussurra seu amigo. Nav cobre a boca com a mão e desvia o olhar por um instante, fechando os olhos com força. Depois, ergue o olhar para ela. "Você tem certeza de que quer saber?"

Jess assente e senta-se ao lado dele.

Nav respira bem fundo. "Basicamente, está dizendo aqui que Patrick estava vivo quando o fogo chegou nele. Alguém o amarrou." O médico fecha os olhos outra vez e aperta o topo do nariz. Jess percebe que ele está lutando para controlar a emoção. "Se certificaram de que ele morresse queimado."

Nav estende a mão e toca o braço da amiga. "Mas você sabe o que isso significa, Jess? Ele era o alvo de alguém, a casa era alvo de alguém. Você está em perigo. Por favor, procure a polícia. Você ao menos vai estar a salvo. Por favor?"

Jess vê o desespero nos olhos dele, mas meneia a cabeça.

Nav faz menção de dizer algo mais, mas os dois se viram ao ouvirem a chave na porta.

Griffin a abre, então para quando vê Nav. Só pela expressão no rosto dele, Jess sabe que as coisas não estão boas.

O sujeito não fala nada, apenas tira o paletó e o atira no sofá. Vai até a cozinha, tira uma garrafa de vodca do armário, serve uma dose generosa em uma caneca e a vira em um gole só.

"Você é o Nav", rosna Griffin.

Nav se levanta devagar. Está hesitante ao se aproximar de Griffin. Nav é alto e esguio, mas sua corpulência não é nada comparada à de Griffin. Jess vê o amigo endireitar a postura, mentalmente comparando seu tamanho com o do outro homem.

Ele estende a mão. "Dr. Nav Sharma", apresenta-se.

Griffin olha para a mão esticada, então a aperta. "Nos conhecemos lá no hospital. Detetive-sargento Nate Griffin."

Griffin vê o notebook aberto e olha na direção dele.

"Estão vendo o quê?" Ele encara o nome no relatório. "A autópsia de Patrick?" Griffin olha rapidamente para Jess. "Você não deveria estar lendo isso."

"Você sabia?"

"Sabia."

Jess hesita. Se Griffin viu aquilo, então o que mais ele leu? O que mais ele sabe? Ela está com raiva, quer bater boca com Griffin, gritar com ele por não ter lhe contado, mas também por seu contínuo comedimento, sua relutância em se abrir com ela. Mas Nav está ali.

E ela vê algo mais.

Jess veio a conhecer a escuridão por trás do olhar de Griffin, o modo como ele se move dependendo do tipo de analgésico sob cujo efeito ele está. Com as drogas certas, Griffin fica mais relaxado, mais calmo. Com as erradas — álcool, nicotina —, ele fica daquele jeito. A raiva se intensifica. A dor apenas joga lenha na fogueira.

"Nav", diz Jess. "Você precisa ir."

Nav a encara. Ela percebe que está magoando o amigo outra vez. "Eu entro em contato", acrescenta ela. "Prometo. Me dê seu número."

Nav olha de relance para Griffin. O detetive está virado para o outro lado, ignorando-os. Nav franze o cenho, então se inclina junto a Jess, escrevendo seu número de telefone em um pedaço de papel e o entregando a ela enquanto se prepara para ir embora. Jess o segue até a porta.

Ela a abre e Nav sai para o corredor.

"Não estou gostando disso, Jess. Não mesmo." O médico faz uma pausa, olhando outra vez para o apartamento. "O que ele usa?", questiona ele, em um sussurro.

"Como assim?"

"Eu conheço um viciado quando vejo um. A tremedeira, os suores. Ele está entrando em abstinência. As pupilas dele parecem buracos negros. O que ele usa?"

"Analgésicos", sussurra Jess. "Oxicodona."

"Ele não faz bem a você, Jess."

"E você faz?", esbraveja ela em resposta.

Nav se encolhe. Ela sabe que o aborreceu outra vez. "Faço", responde seu amigo. "Faço, sim."

Ele se vira e sobe as escadas rapidamente. Há um clarão de luz quando Nav abre a porta no topo, depois escuridão quando ele a fecha atrás de si.

Jess tem vontade de chorar. Não merece alguém tão bom quanto Nav. Nunca mereceu. É melhor assim.

Ela fecha a porta às suas costas e vai até Griffin.

"Está com muita dor?", pergunta, e ele se vira rapidamente, fuzilando-a com os olhos. "Tome alguma coisa."

"Já tomei", retruca ele, erguendo a caneca e entornando outra grande dose de vodca.

"Me refiro a algo que vá ajudar de verdade."

Jess pega a mochila dele, revistando um dos bolsos, e estende a caixa de remédio para Griffin. Ele a encara, depois a pega, tirando a cartela de lá e mostrando a ela.

"Quatro, só tem isso", explica.

"Então compre mais."

"Não posso. Meu médico quer que eu entre na porra de um grupo para dores crônicas, ou coisa assim. Pra me receitar outra coisa. Não tenho tempo para essas merdas."

Griffin tira um dos comprimidos, o engole, e então se deita cuidadosamente na cama.

Jess o acompanha, tirando as botas dos pés dele, depois se deitando ao seu lado.

"Talvez quando tudo isso acabar", murmura ele. "Aí, então, talvez."

Os dois ficam deitados juntos em silêncio. O dia está chegando ao fim, a escuridão está se aproximando, mas Jess não acende a luz. Pensa em Patrick, em seus últimos momentos. No medo que o marido deve ter sentido, na dor. No quanto ele lutou quando o fogo queimava tudo ao seu redor. Jess sabe que seus últimos pensamentos teriam sido sobre ela e Alice, e as lágrimas rolam silenciosas por seu rosto.

"Eu só quero que este pesadelo tenha fim", sussurra ela, deitada ao lado de Griffin. "Quero ver minha filha. Quero voltar à minha vida."

"Mas que vida é essa, agora?", ela ouve Griffin murmurar.

Jess espera para que o mundo volte a fazer sentido. E pensa: *o que é a minha vida, deste ponto em diante?*

Fico aqui, neste apartamento, com Griffin? Ou vou embora, mas vou para onde?

Ela espera, enquanto o apartamento vai esfriando em torno deles, enquanto sombras se formam pelas paredes. Ela espera pela resposta, que não chega nunca.

46

Karen está sentada em seu escritório. Todo o resto já foi para casa, até Deakin. Mas ela não quer ir embora. Não gosta da ideia de ir embora antes de ter uma noção clara de qual foco dar à investigação no dia seguinte, e, neste exato momento, não tem a menor noção, muito menos uma que seja clara. Há tantos caminhos a serem seguidos. Ela sabe que precisa tomar uma decisão.

A inspetora lê relatórios de atualização da equipe. Até agora, apesar dos estupros brutais, dos espancamentos, dos assassinatos, o sujeito não deixou nenhuma evidência para trás. Nenhum rastro. O clima é de abatimento.

Mais cedo, Karen se sentou com um dos detetives de outra delegacia, repassando a montanha de evidências que haviam revisado dos casos de West Yorkshire. Mas não havia nada.

"E o que é isso?", perguntou ela, apontando para o documento final.

O detetive o havia colocado na tela. "É um relatório de um botânico agrícola. Fizeram testes com os resquícios de plantas encontrados no corpo." Ele deu de ombros. "Acho que tinham orçamento para queimar, porque a única coisa singular identificada foi um tipo raro de grama, que só se encontra em charnecas turfosas."

Karen havia franzido o cenho. "E o que fizeram com isso?"

"Nada." O sujeito olhou para a inspetora. "Quer dizer, poderia ter sido uma pista, o cara poderia morar no interior. Ou...", e ele listou as opções em seus dedos. "Ele poderia ter estado lá de férias, poderia ter levado para criar um despiste deliberado, ou poderia ter vindo da vítima."

Karen manda que o detetive escreva aquilo no quadro mesmo assim. E, agora, as melhores pistas tinham vindo do apartamento 214. O olhar dela para na caixa de fitas VHS, ainda no chão da sala. Ela se inclina, as remexe dentro da caixa, pensando. Dentro dela, seu estômago parece cheio de chumbo. Os técnicos já confirmaram que as fitas são velhas, assassinatos sem correlação com a atual avalanche de cópias, mas isso é pouco reconfortante. Karen não consegue assisti-las, simplesmente não consegue.

Mas quando estava prestes a se sentar, uma delas salta às suas vistas. Não é como as outras, a etiqueta é diferente. A inspetora a pega. *Assistência à Infância de Hampshire, RDK (nasc.: 31/03/1986), 1 de 2, 27/02/1996*. Karen é tomada pela curiosidade e conecta o videocassete outra vez, colocando a fita na abertura.

Para o alívio dela, é uma sala de escritório. Há brinquedos sobre uma mesa — carros, bonecas, peças de lego — e um homem grande, de aparência robusta, está sentado à direita.

"Você sabe por que está aqui, Robert?", pergunta o homem. Ele usa óculos pequenos e redondos, e tem as faces vermelhas. Seu tom é gentil e encorajador. "Você se lembra do que houve com seu pai e com seu tio?"

A pessoa com quem o sujeito está falando está fora de quadro por pouco. Karen vê a mão de uma criança avançar, brincando com um dos carros de brinquedo.

"Posso ir pra casa?", pergunta uma voz desanimada.

O homem parece desolado. Karen presume que seja um assistente social. "Não, sinto muito, Robert, não vai poder ir para casa por um tempo. Tem algum outro parente com quem você possa ficar?

O carrinho se move para a frente e para trás. Então: "Me chamam de Robbie".

"Quem chama? Seu pai?"

Há uma pausa. Karen presume que o menino deve estar assentindo. O homem na fita coça a testa, então folheia suas anotações.

"Robbie, pode me falar mais daquilo sobre o qual estávamos conversando ontem? Sobre seu pai e seu tio?"

Karen vê o carrinho ser empurrado para fora da mesa.

"Você disse que eles faziam brincadeiras com você?" O homem engole em seco, perceptivelmente, seu pomo de adão subindo e descendo. "Que tipo de brincadeiras?"

"Não sei."

O homem aponta para as bonecas diante deles. Há um Action Man, com todos os acessórios militares, e um Ken. "Pode me mostrar?"

As pequenas mãos se estendem e pegam os bonecos. A boca de Karen está seca. Na fita, o menino começa a bater um boneco contra o outro, então coloca um sobre a mesa e bate nele com o outro.

"Seu pai bateu em você?"

"Bateu."

"E seu tio?"

Agora mais baixo: "Bateu".

O menino pega um dos bonecos e, com a outra mão, lentamente abaixa a calça do Action Man. O homem no vídeo fica pálido. O rosto de Ken está virado para o outro lado. Karen não consegue tirar os olhos das pequenas mãos na fita, mãos de criança, fazendo um movimento de estocadas com as duas figuras. A inspetora não consegue pensar no que aquilo representa, simplesmente não consegue.

"Abuso sexual."

A voz vem de detrás dela, causando-lhe um sobressalto. Shenton está na porta do escritório, olhando para a tela. Karen tira a fita.

"Não percebi que ainda estava por aqui, Toby."

"Isso é do 214?", pergunta o detetive.

"É, sim. Você deveria ir para casa...", Karen começa a dizer, mas Shenton dá um passo para dentro da sala.

Ele olha de relance para a tela preta, então gira nos calcanhares, cruzando os braços diante de si. "Abuso sexual infantil é algo comum entre criminosos em série. Infelizmente, a despeito do que a mídia gosta de retratar, a maioria dos assassinos surge na criação, em vez de no nascimento."

"Acha que foi isso o que aconteceu aqui?"

"É provável, mas é bom lembrar que nem todas as vítimas de abuso sexual se tornam também abusadoras. E, com certeza, uma porcentagem bem baixa se torna de fato assassinos em série. Porém, é um fator em comum."

Enquanto Shenton fala a respeito — algo de que ele claramente entende —, Karen nota como a confiança dele cresceu, sua postura está mais ereta, seus olhos estão mais brilhantes. *Talvez, depois disso, ele deva procurar se especializar*, pensa a inspetora. *Sair da polícia geral e ir para a psicologia forense.*

"Como está indo o perfil?", pergunta ela.

"Deve estar pronto amanhã. Pode me mandar as fotos da cena do crime do Zodíaco? Parece que não tenho acesso a elas."

"Farei isso agora", diz Karen. Então, acrescenta: "Você está bem?".

O detetive ergue o olhar rapidamente. Shenton parece mais pálido que de costume, sua pele quase translúcida na luz ofuscante vinda lá do alto. Ele pestaneja para a inspetora, então baixa os olhos para seus sapatos outra vez. "Estou, sim."

"Quando isto acabar, vamos todos tirar uma folga", declara Karen. Mas as palavras dela não parecem sinceras, mesmo aos seus próprios ouvidos. "Conseguir a ajuda apropriada para quem precisar", conclui.

Shenton a encara outra vez, então se vira sem dar palavra. A inspetora o observa voltar para a própria mesa. Ela reflete sobre sua declaração vazia. Ajuda apropriada? Mesmo que alguém de fato soubesse o que é isso, quando teriam tempo para conversar com um psicólogo? Quando ela teria?

Karen abre seu e-mail e começa a enviar arquivos. Faz o mesmo que todo mundo nesse ramo profissional: coloca todas as merdas em algum canto da mente, cerca com uma muralha e sai andando.

Erga uma muralha, pensa ela ao pressionar o botão de enviar para Shenton, *e torça e ore para que o horror jamais consiga derrubá-la para achar o caminho de volta.*

47

O corpo inteiro de Griffin é dominado pela dor. Agora, não são só as costas, cada músculo dói, a pele coça. Ele sente o coração acelerando. Precisa tomar alguma coisa, qualquer coisa, mas sabe que só vai piorar. Agora precisa de mais para que faça alguma diferença.

Na volta da delegacia, ele considerou fazer um desvio. Sabe onde ficam os traficantes. Sabe que, se quiser alguma coisa, qualquer coisa, para fazer a dor sumir, ele consegue com um pouco de dinheiro vivo. Mas também já viu os resultados de tal descaminho. Sabe onde acabam essas pessoas, e não quer parar lá. Ainda não.

Então, Griffin chega em casa e *ele* está lá. O puto do dr. Sharma, com seu cabelo bonito, sua bela pele sem manchas. Ele se lembra do sujeito de antes — e lá está o médico, com uma aparência ainda melhor. Meu deus, até ele treparia com o cara, se estivesse se sentindo um pouco mais em forma.

Mas, enfim, o homem vai embora. E Jess fica. Griffin não sabe por que, mas ela se deita na cama ao seu lado. Ele espera o único e solitário comprimido fazer efeito. Espera por algum tipo de alívio.

Mais cedo, naquele dia, quando Jess mencionou Mia, Griffin sentiu um raio atravessá-lo. Ele sabe que deveria oferecer alguma explicação, mas pensar nela tão subitamente o pegou de surpresa.

Durante boa parte do ano, pouquíssimas pessoas se referiram a ela. Todos pisavam em ovos junto dele, falando pelo eufemismo de sua "partida". Mas agora, com todas essas mortes, Mia está por toda parte. Seu rosto está em fotos, seu nome, de volta à sala.

E isso é bom. Griffin um dia achou que falar sobre a esposa o destruiria, mas faz é com que sinta que ela é mais real. Mia *é* real — a pessoa que ele amou, a pessoa que o amou.

"Mia era minha esposa", sussurra Griffin para Jess no quarto escurecido. "Éramos casados há exatos um ano e seis dias quando ela foi assassinada."

E ele começa a falar.

Devia ser 1h ou 2h da manhã. Griffin está confuso, a lanterna brilha em seus olhos, despertando-o. Ao seu lado, ele sente Mia se sobressaltar, o corpo dela se aproximando de suas costas, buscando proteção. Algo duro e frio é pressionado na cabeça de Griffin.

"Estou armado", sibila uma voz. "Levante."

Griffin hesita e o homem se move. A arma é afastada, mas, ao seu lado, ele escuta Mia ofegar de medo.

"Estou com a arma na cabeça da sua mulher. Não tente nenhuma gracinha." Aquilo foi dito entredentes, de forma dura e raivosa.

Lentamente, Griffin ergue as mãos. Ele põe as pernas para fora da cama, olhando ao redor. Está usando cueca boxer, sabe que Mia não está vestindo nada além de uma fina camisola. Na escuridão, ele só consegue ver sombras e uma figura usando máscara de esqui de pé junto à sua esposa.

"Amarre-o."

Mia se aproxima e Griffin coloca as mãos diante de si.

"Não, para trás."

Ele obedece e sente Mia envolver seus pulsos com um cordão. As mãos dela estão frias, e ela treme. Griffin os mantém levemente afastados, torcendo para conseguir manter uma folga nas amarras, contudo, depois que sua esposa termina, Griffin as sente ser ajustadas, puxadas para que se retesem e se aprofundem firmemente em sua pele.

"O que você quer?", pergunta Griffin. "Leve qualquer coisa, tudo que quiser."

"Ah, eu vou levar", diz a voz, abafada pela máscara. "Agora, deite no chão."

Griffin se ajoelha no carpete, e a mão do sujeito o empurra para baixo. Ele cai de lado pesadamente. Está pensando: domine-o, pegue a arma, soque o rosto dele, o homem deve ser menor do que você. No entanto, uma ideia vai e volta em sua mente: mas e a arma? E Mia?

Como se lesse a mente dele, o homem rosna: "Não se mexa, ou eu a mato".

Griffin sente o cordão ser enrolado em seus tornozelos, depois seus pés são puxados para trás.

Algo é enfiado em sua boca, tecido, talvez uma peça de vestuário. Uma mordaça é apertada ao redor de sua cabeça para manter o tecido no lugar. Em seguida, uma venda. Ele tenta se mover, mas está completamente imobilizado — seus pés estão firmemente amarrados aos pulsos. Griffin faz força outra vez, mas isso só parece deixar os nós ainda mais apertados.

Ele não enxerga nada, mas ainda consegue escutar. Passos, os pés descalços de Mia cambaleando para longe. Pode escutar sussurros, mas não consegue discernir o que o homem está dizendo. Supõe que os dois estejam na sala de estar e uma porta se fecha. Agora não consegue ouvir nada; sua imaginação entra em frenesi.

Griffin faz força mais uma vez. Ele pragueja contra si mesmo por ter permitido ser colocado nessa posição. Mas estava semiadormecido, não tinha imaginado...

Imaginado o quê? Ele ainda não consegue ouvir nada. Mas então — a voz de Mia, suplicando, implorando. Sua esposa está dizendo não, não faça isso, por favor, não. Griffin tenta gritar, mas sua voz é abafada, inútil. Ele faz força outra vez, o cordão fica ainda mais apertado. Arrasta a cabeça no carpete, tentando tirar a venda, a mordaça, qualquer coisa.

Ele a escuta gritar de dor. Ouve a mobília caindo, vidro quebrando. Soluços. Choro. Sons que despedaçam seu coração. As lágrimas encharcam a venda. Impotente, ele se debate de raiva no carpete, escutando a esposa uivar seu nome.

Agora não consegue sentir as mãos, o cordão cortou a circulação sanguínea. Mas ainda não consegue se soltar.

Minutos se passam, então horas. Griffin perde a noção de há quanto tempo está caído ali no chão. Esforça-se para ouvir o que está acontecendo no quarto ao lado. Por vezes, ouve gritos, algumas palavras, sussurros, depois silêncio.

Então, um clique. Uma porta se abrindo. Há alguém no quarto com ele. Griffin faz força de novo, e consegue, de algum modo, se erguer, pondo-se de joelhos, com as mãos para trás. Mas antes que possa fazer qualquer outra coisa, ele sente algo duro atingi-lo nos ombros. Então, no estômago. Depois, no meio do rosto. Sente gosto de sangue na boca. O nariz estilhaçado. A dor rasga seu corpo e ele cai, mas suas mãos se soltam. Griffin as estica, dormentes, mas os golpes vêm rápido, e tudo o que pode fazer é tentar se defender, colocando os braços diante de si. Ele sente as pancadas nos antebraços, ouve os ossos se quebrando.

É uma agonia. E eles continuam vindo. Em suas costas, em sua cabeça. O sangue corre por seu rosto. E então, enfim, Griffin cai inconsciente. E tudo se esvai.

A voz dele parece anormalmente alta no silêncio. Ele para de falar. Sente Jess se mexer levemente, os olhos dela na escuridão.

"Nós tínhamos recebido ligações estranhas por algumas semanas. Desligavam, não diziam nada no outro lado da linha. Eu notei que, um certo dia, o portão havia ficado aberto, mas não achei que fosse nada de mais."

Griffin balança a cabeça, sentindo a vergonha familiar por seu fracasso. "Eu nunca deveria ter deixado o sujeito me amarrar. Mas ele estava com a arma na cabeça dela, e disse que ia atirar em Mia. Só que sabendo o que sei agora, o que ele iria fazer..." A voz dele fica presa, as palavras se grudando em sua boca. Griffin pigarreia. "Um tiro teria sido melhor."

Um tiro não teria sido o sádico estupro que durou horas. Ele havia lido o relatório da autópsia. Tinha visto as fotografias. Os ossos quebrados, o sangue. Os rasgos e talhos na linda pele dela. A surra tendo reduzido o rosto de Mia a uma papa irreconhecível.

Ele sente Jess se mexer na cama. Ela descansa a cabeça no peito dele e seus braços o rodeiam. As pernas dela se entrelaçam às dele.

Griffin sente a mão tremer. "O sujeito me acertou. Aqui." Griffin toma a mão de Jess e a guia até a lateral de sua cabeça. Sabe que há uma cicatriz ali, um sulco onde o cabelo não cresceu outra vez. Ele engole em seco. "Quebrou meus dois braços, aqui", continua a dizer, apontando para os antebraços. "Quatro costelas, um pulmão perfurado, e uma fratura em parte da vértebra lombar L3. Passei dois dias inconsciente. Vendi a casa; não tinha como voltar para lá. Fui suspenso do trabalho por ser um detetive que não conseguia solucionar nem o assassinato da própria esposa. E, agora, moro em um porão em troca de oferecer segurança à loja de carros de um sujeito, e a única forma pela qual consigo chegar ao fim do dia é com drogas fortíssimas. Patético, não é?"

Jess ainda está segurando a mão dele, e agora ela entremeia seus dedos aos de Griffin. Depois leva a mão dele à sua boca, e Griffin a sente beijar seus dedos.

"Exatamente o oposto", sussurra Jess.

48

Ele está diante do espelho, escovando os dentes. Então, acharam seu apartamento. Ele os atraiu até lá, sabia que aconteceria, não é problema algum.

Mas ele perdeu tudo. Seus pertences. Todas as suas lembranças e suvenires. Então, vai precisar fabricar mais alguns. Essa ideia o deixa empolgado. Ele agora é ousado. Já se safou de tanta coisa, e ninguém sabe de nada. Ele pensa no que gostaria de fazer em seguida.

Talvez Bundy. Porra, o homem foi um pioneiro. Talvez ele faça algo como as mortes da Irmandade Chi Omega: quatro mulheres em uma noite, duas delas mortas, estranguladas, uma fodida com uma lata de aerossol. O sujeito até mastigou um dos mamilos de uma delas. Esse foi um homem que perdeu o controle. Se Ted não tivesse sido estúpido de morder a nádega de uma delas, talvez ainda estivesse por aí hoje. Talvez ainda estivesse matando.

Ele cospe a pasta de dentes, lava a boca debaixo da torneira. Sorri. Nunca seria tão estúpido.

Agora, só faltam mais alguns dias, e ainda há tanta coisa a fazer.

Ele se lembra de algo que leu, sobre um homem que matava suas vítimas diante de um espelho. Uma corda ao redor do pescoço delas, estrangulando, apertando, então soltando. Deixando-as respirarem por um instante, deixando-as viverem, depois repetindo. Literalmente fazendo-as assistir à própria morte.

Ele sente que está ficando duro só de pensar. Como seria? Ver a dor e o medo nos olhos de uma mulher enquanto a matava, uma vez após a outra. Enquanto ela perdia a noção da realidade, em seguida recobrava a consciência, só para se ver no mesmo lugar onde havia começado.

Ele se aperta com mais força, mais rápido, enquanto o cenário se desenrola. Lampejos dos rostos de diferentes mulheres. Parece bom demais para uma desconhecida. Um rosto gruda em sua mente, alguém familiar. E enquanto imagina a sua boca, os olhos, a tortura, tudo o que vai fazer com ela, ele goza, vigorosamente, ejaculando na pia.

Ah, meu Deus, sim, pensa ele, estremecendo e sem fôlego. Vai guardar este para ela.

Só para ela.

49

Dia 7, Domingo

AINDA ESTOU ESPERANDO CARALHO ESTOU DE SACO CHEIO DE ESPERAR É UMA VONTADE QUE NÃO PASSA AGORA QUE SEI QUAL É A SENSAÇÃO A MELHOR SENSAÇÃO DE TODAS NADA MAIS VAI SERVIR PORNOGRAFIA NÃO ADIANTA NEM AS COISAS CARAS NEM AS DE VERDADE EM QUE A VAGABUNDA MORRE ONDE ELE FODE COM ELA ATÉ ELA MORRER EU QUERO QUE SEJA EU DEVIA SER EU AGORA QUE SEI COMO É FÁCIL EU QUERO VOLTAR E FAZER DE NOVO EU QUERO FICAR NA FRENTE DOS CADÁVERES DESTRUÍDOS DELAS CHEIOS DA MINHA PORRA E RIR RIR DOS DETETIVES QUE NÃO CONSEGUEM ME PEGAR QUE NÃO FAZEM A PORRA DA MENOR IDEIA RIR VENDO IREM PARA UM LADO DEPOIS PARA O OUTRO SEGUINDO AS PISTAS QUE BOTEI NA FRENTE DELES EU QUERO SER TED FODENDO E MORDENDO QUERO SER RADER AMARRANDO E TORTURANDO E MATANDO QUERO SER SHAWCROSS E ENFIAR FOLHAS NAS BOCETAS DAQUELAS VAGABUNDAS DEPOIS DE MORTAS BERKOWITZ ATIRANDO ATIRANDO ATIRANDO —

"Chefe?", chama Griffin do outro lado, e Karen ergue a mão, mantendo-a no alto por um segundo. Está sentada em sua sala, um dos muitos cadernos do apartamento 214 em sua mão enluvada. É um caderno barato com espiral e tamanho A4 — o laboratório confirmou que é vendido em supermercados de todo o país —, mas cada página, cada linha está preenchida. Marcações feitas com esferográfica preta, pressionadas com força nas páginas, às vezes atravessando o papel. O sujeito não usa pontuação, não há indicação de hora ou data. Apenas letras maiúsculas: uma diatribe incoerente de escuridão e morte.

A inspetora coloca o caderno de volta no saco de evidências, então pressiona os olhos com as pontas dos dedos. Cores dançam na escuridão enquanto ela os esfrega. Estão ásperos e doloridos, Karen sabe que não está dormindo o suficiente. E essas coisas não estão ajudando.

Ela as leva até a mesa de Shenton. Ele ergue os olhos quando a inspetora se aproxima e ela as entrega a ele.

"Acho que vale a pena você dar uma lida nisto", diz Karen. O detetive assente, depois volta à tela. Ela quer perguntar como Shenton está se saindo, mas não quer pressioná-lo. Entrar na cabeça desse lunático já deve ser ruim o bastante.

Karen o deixa cuidando desse assunto e vai até onde Griffin está sentado. Ainda não tem certeza de como se sente trabalhando com seu irmão. Até agora, ele tem se comportado, nenhum sinal preocupante. E tem sido bom vê-lo todos os dias, isso ela tem que admitir.

Karen afasta uma cadeira e se senta à mesa.

"Teve alguma sorte com a Assistência Social?", pergunta, referindo-se à linha de investigação rastreando o arquivo ligado ao vídeo que ela assistiu na noite anterior. Se acharem a criança naquela fita, esse tal de "Robbie", talvez encontrem o assassino. Mas Griffin balança a cabeça.

"Hoje é domingo. Falei com uma mulher de plantão, todo o resto está na cama. Ela diz que todos os registros do ano de 1996 eram em papel, então eles teriam que ir até o depósito para procurá-los na mão. E, sem o número do caso, isso pode levar um bom tempo."

"Ligue de volta para ela. Vamos mandar uma equipe para ajudar", afirma Karen, mentalmente acrescentando isso à sua lista. Ela volta a atenção para o computador do irmão, que exibe imagens de câmeras de segurança. "Me mostre a primeira. Do bar?", pede a inspetora, e Griffin aponta para uma figura solitária.

É Libby. Ela está sentada em uma banqueta alta, Karen reconhece o bar onde ambas estiveram em uma noite anterior, mas, desta vez, Libby está sozinha. Parece nervosa, olhando vez por outra para a porta.

Eles vão passando as imagens. Algumas pessoas a abordam, mas partem após breves interações.

"Onde está o sujeito?", pergunta Karen.

"Não apareceu", responde Griffin. "Ela vai embora uma hora depois, mas veja só."

Na tela, Libby termina sua bebida e se levanta, e Griffin muda a imagem para a filmagem do exterior. Um carro encosta, e Libby se dirige à janela do motorista, inclinando-se e falando com a pessoa ali dentro. Ela sorri e então entra.

"Esse é o carro de Michael Sharp", diz Griffin. "E é a única imagem."

Karen nota que o irmão parece mais quieto hoje. Está mais calado, o rosto está pálido, com a barba por fazer de vários dias. Ela se deixa um lembrete mental para falar com Griffin a sós em algum momento, checar se ele está bem. Porém, até aí, o resto da equipe também está com uma aparência de merda. A sala de investigações está coberta de copos de café descartados e embalagens de chocolate. O cheiro no ar recende aos cigarros fumados, aos banhos não tomados. As vidas em compasso de espera, em busca desse cara.

"Não há outras câmeras de segurança?", continua Karen. "De nenhuma outra boate ou bar?"

"Não há nem um caixa eletrônico nas redondezas", comenta Griffin, sombrio. "O mesmo com sua filmagem de Kemper. Mas parece que ela o reconheceu."

"Merda", murmura Karen. Ela olha para Griffin, que está imerso em pensamentos. "Você tem uma teoria?", pergunta a inspetora.

Ele esfrega as mãos no rosto. "Então, o laboratório não achou nada nos testes do carro, exceto vestígios de Libby e Michael Sharp, correto?" Karen assente. "E cabelo, sangue e água da bota de Sharp", acrescenta ele. "Então, nosso assassino tira Sharp do armazenamento..."

"O freezer baú no apartamento 214?"

"Sim, provavelmente. E o coloca no porta-malas para descongelar. Combina de encontrar Libby no Salão Laranja, mas aí não aparece. Vai até lá, a pega, a leva para a Colina Salterns..."

"Por vontade própria ou sob a mira de uma arma?", interrompe Karen.

"Creio que temos que presumir que seja por vontade própria, porque é difícil controlar alguém e dirigir ao mesmo tempo."

"Então, ela o conhece bem?"

"Talvez. Então, quando os dois chegam lá, Libby descobre o perigo que está correndo e tenta fugir. Depois de morta, o sujeito tira o corpo do porta-malas, encena o suicídio com o cadáver e puxa o gatilho."

"E como ele voltou para casa depois?", questiona Karen. Ela sente falta disso, de bancar o advogado do diabo com seu irmão. O confronto de idas e vindas.

"A mesma pergunta das mortes de Kemper", responde Griffin sem perder o ritmo. "Neles, o assassino também levou as vítimas para o meio do nada. Planejamento com antecedência? Deixou um carro ali?"

"Ou ele tem um cúmplice?"

"Não me parece o tipo de assassino que lida bem com outras pessoas", comenta Griffin. "Esse nível de controle, de planejamento? Meu palpite é que ele não gostaria da imprevisibilidade que ter um cúmplice poderia trazer."

"Talvez", concorda Karen. Ela ergue os olhos quando Shenton se aproxima — o detetive coloca duas folhas de papel em suas mãos. A inspetora começa a ler; Griffin tenta olhar por cima do ombro dela, curioso; Shenton fica se apoiando em um pé e no outro. Ela baixa as páginas e dá um sorriso para Shenton.

"Muito bom, Toby. Nate, leve todo mundo para a sala de reuniões." Shenton lhe mostra sua mesma expressão de sempre, de olhos esbugalhados de surpresa.

Griffin encara a irmã, intrigado. "Para quê?"

Karen se levanta.

"Shenton vai nos dar o perfil."

50

A equipe toda enche a sala de reuniões. Griffin se dirige para ocupar um lugar no fundo da sala, mas reconsidera, querendo oferecer um pouco de encorajamento ao seu hesitante protegido ali das primeiras fileiras.

Shenton se posta de ombros curvados diante de todos, o onipresente bloco de anotações apertado entre os dedos.

Karen ergue as mãos e a sala fica em silêncio. Shenton pigarreia quando a inspetora apresenta o propósito da reunião.

"Preciso que vocês todos escutem e deem a Toby sua total atenção", afirma ela. "Seja lá quais forem suas opiniões sobre perfilamento", acrescenta, com um olhar de alerta para Griffin. Seu irmão franze o cenho, aquilo não é justo. Ele não é totalmente contrário ao trabalho feito pelos psicólogos forenses. Mas não é como se fossem telepatas, afinal de contas.

Toby olha para os rostos em expectativa por toda a sala. O detetive dá um sorriso nervoso. Griffin já consegue ver a transpiração na testa dele. *O que Karen tem na cabeça?*, ele se pergunta. Shenton não está pronto para algo assim, com ou sem mestrado.

"Eu li os arquivos de todos os casos, vi as fotografias, e há algumas coisas que creio que posso dizer a vocês sobre nosso assassino", começa Shenton.

"Que escrotinho metido a besta", murmura um detetive junto de Griffin, e alguém bufa, prendendo riso.

Toby faz uma pausa em meio à contínua conversa na sala. Karen fuzila com o olhar os detetives que não param de falar e todo o resto se cala, contorcendo-se em suas cadeiras. Shenton continua: "Ele tem conhecimentos forenses, nunca deixa vestígios para trás. Conhece nossos procedimentos de cabo a rabo, então deve ter passado algum tempo na polícia ou em uma profissão relacionada. Deve até ter se inserido na investigação de alguma forma."

"Está dizendo que o sujeito é um de nós?", berra alguém, e um surto de aborrecimento ressoa pela sala.

"Não estou dizendo que ele é da polícia", gagueja Shenton. "Apenas que é alguém próximo às forças de segurança." Ele pigarreia e baixa os olhos para suas anotações. Griffin vê o enrubescimento que é a marca registrada do detetive se insinuar pelo pescoço. "Sabemos que ele sabe dirigir e, provavelmente, tem o próprio carro. Paga aluguel em pelo menos uma propriedade, então deve ter emprego fixo. É alguém funcional em sua vida cotidiana."

Mais do que algumas pessoas desta sala, pensa Griffin. O olhar dele se dirige a Deakin, recostado em uma parede no lado oposto. Griffin sabe que está com uma cara de merda, mas Noah leva o prêmio. Sombras escuras sob os olhos, mais magro que de costume. O homem parece não comer há uma semana. Deakin percebe o olhar dele e lhe devolve um olhar perfurante. O puto do Noah, pensa Griffin. Que baita cuzão.

Enquanto isso, Shenton ainda está falando. "Sabemos que ele guarda lembranças de seus assassinatos. As polaroides, e o fato de que ele as exibia de modo proeminente, nos mostram que tem orgulho do que alcançou. Alguns criminosos demonstram culpa ou arrependimento, usando álcool ou comida para lidar com isso, mas não é o caso desse cara. Ele realmente gosta de ver o resultado de suas ações."

"Você acha que é um cara só?", grita alguém à direita de Griffin.

"Não temos razões para achar que não é. Então, sim, é provável que seja um cara só." Shenton agora está com uma postura mais ereta, aparentemente pegando o jeito da coisa. Griffin sente um orgulho relutante pelo garoto, e respeito por sua irmã. É óbvio que Karen reconheceu o potencial em Shenton antes de qualquer outra pessoa. "Porém, mesmo que não seja", continua Toby, "estamos procurando uma pessoa dominante, e outra submissa. Um cara só está dando as cartas."

"E com certeza é um homem?", indaga um detetive no fundo.

"Sim. Com certeza. E um homem heterossexual, aliás."

"Mas ele sodomizou homens", acrescenta o detetive, e Shenton assente.

"Sim, mas os estupros de homens foram funcionais. Levados a cabo metodicamente quando as vítimas estavam mortas ou moribundas, com o intuito de reproduzir o *modus operandi* de Jeffrey Dahmer. Se colocá-los em contraste com os estupros de mulheres..." Toby se vira e pega uma das fotos da cena do crime dos ataques do Assassino de Golden State. "Eles foram violentos e brutais. E nenhum mais do que no caso de Mia Griffin."

O silêncio cai sobre a sala. Griffin sente a pele pinicar, enquanto rostos se viram em sua direção. *Puta que pariu, Toby, sério mesmo?*, pensa. Tinha que escolher esse exemplo? Mas ele se força a manter uma expressão impassível, encarando o homem na frente da sala.

"Acredito que o sujeito considere que uma mulher é a responsável por seus problemas e desconte sua raiva em outras mulheres, como resultado. Então, é improvável que consiga manter um relacionamento normal. Ele tem a necessidade emocional de degradar e destruir, é possível que tenha algum tipo de disfunção, incapaz de manter uma ereção sem esse tipo de violência."

Shenton está de cabeça erguida. Ele coloca de lado o bloco de anotações. Sua expressão está séria.

"Esse é um homem que deseja que suas vítimas sofram", afirma o detetive. "Ele tira prazer sexual e satisfação de machucá-las, do poder que exerce sobre suas vidas e, em última instância, sobre suas mortes. Ele escuta os gritos delas e se excita com sua dor." Shenton faz uma pausa. A sala está em completo silêncio; ele tem a total atenção de cada detetive ali. "O sujeito é um sádico sexual, e perigoso. Cada morte apenas alimenta o apetite de infligir mais dor, mas ele vai precisar fazer cada vez mais para ter prazer. Vai se tornar mais elaborado, mais pessoal. Não tenho dúvidas de que vai continuar a matar, e não vai parar até o pegarmos."

Shenton para. O clima na sala esfriou. Cada detetive sabia da gravidade do homem que estavam tentando capturar, mas o pequeno detetive Toby Shenton provou aquilo por A mais B. Cada palavra apontava as falhas deles. A verdade não dita é que, se não o pegarem, os próximos assassinatos estarão na conta deles.

"Então, quem ele vai matar a seguir? Qual método ele vai colecionar?"

Shenton respira fundo. "Não sei dizer", responde o detetive, e Griffin ouve a inquietação. "Mas sua assinatura é interessante por si só."

"Assinatura?", pergunta Karen.

Toby se vira para ela. "O MO — *modus operandi* — é o que nosso criminoso faz para matar. É o esfaqueamento, o estrangulamento, os tiros. E, como vimos, ele muda. Mas a assinatura..." O detetive sorri. "Esta é a parte interessante. É o que o criminoso faz para se excitar. É influenciado pelo porquê. E isso não muda."

"E quanto ao Colecionador de Monstros?"

"Ele está copiando outras pessoas. De onde ele tira isso?" Shenton olha para os rostos pela sala, esperando algum tipo de resposta. Todos permanecem calados. "O sujeito é um sádico sexual. Teria muito mais prazer se não fosse limitado pelo mimetismo. Então, por que fazer isso?", pergunta ele outra vez.

"O assassino não consegue pensar por conta própria", sugere um detetive no fundo.

Shenton meneia a cabeça. "Mas nós sabemos que é inteligente. Não falta originalidade a esse cara." Ainda há silêncio. "Acredito que esteja se escondendo por trás disso. Gostando de fingir que é outra pessoa. Ele gosta da notoriedade dos assassinos do passado, mas está gostando de vencê-los, superando as realizações deles. Sentindo que é melhor do que eles. E, como mencionei antes, acho que a questão é poder. Ele está retomando parte do controle que perdeu no passado — talvez nos abusos sexuais —, exercendo autoridade sobre as vítimas. É intoxicante para ele."

"Então, como nós o pegamos?"

A pergunta recebe uma onda de concordância da sala. Griffin sente a energia se acumulando.

"Hã." Shenton para. Sua confiança anterior se esvaiu diante de ser encarado por toda a sala. Griffin sabe que essa é a parte difícil; o rapaz precisa tomar uma decisão. "Ele vem matando há um bom tempo, pelo menos há alguns anos." Shenton está encarando o chão, pensando em voz alta. "E as mortes estão se tornando mais frequentes. Ele está escalonando a situação. Se antes era paciente, colocando astutamente as peças de seu quebra-cabeças..."

"Quebra-cabeças?", interrompe Griffin.

"Sim, porque acredito que seja disso que se trata. A encenação de Dahmer, por exemplo. Aquilo deve ter demorado muito tempo para montar. São muitos corpos, muitas mortes. Além disso, Michael Sharp, no freezer. O sujeito deve tê-lo matado antes de se apoderar de seu apartamento. Mesmo assim, não o desmembrou, como fez com os outros. O assassino obviamente tinha um plano. E isso deve ter exigido paciência." Shenton olha ao redor da sala, para os rostos em expectativa. "Mas, agora, ele está acelerando. Mais mortes, menos espaço entre cada uma. Algo deve ter acontecido: um incidente em seus dias atuais, ou uma data significativa ligada ao seu passado. E acho que, ao matar Libby, ele está pedindo atenção. Ele quer ser visto."

"Acha que ele quer ser capturado?", indaga Karen.

"Não. Pelo menos, ainda não." Shenton olha para a inspetora. "O sujeito só está deixando para trás evidências que quer que nós encontremos. Como o sangue de Michael Sharp no carro de Kemper. E o copo no apartamento dele, com o DNA e as impressões digitais de Libby. Acho que está gostando da confusão que está criando. Ele é um narcisista: se sente superior, merecedor. Vai desfrutar do poder de nos ver indo para cima e para baixo atrás dele."

O rosto de Shenton cora, sabendo que acabou de criticar a investigação. Mas Karen desconsidera aquilo. "Então, o que você nos sugere fazer?", pergunta ela.

"Acho que deveríamos realizar um memorial para Libby", responde Shenton.

"Continue..."

"Faremos em um local público. Com estardalhaço. O ideal seria que fosse o funeral dela, mas o corpo ainda vai demorar semanas para ser liberado, então, vamos fazer um memorial."

"E qual seria o sentido disso?", questiona Griffin. "Tirar partido da morte dela? A família nunca vai concordar."

"Vai, sim, se explicarmos o motivo para fazermos isso." Shenton sacode as mãos, empolgado. "Porque o sujeito não vai ser capaz de resistir à oportunidade. Ele vai querer ver o luto. Vai achar um barato ver a destruição que causou. Se fizermos um memorial, eu garanto que ele vai aparecer."

"Garante, é?", repete Karen, e Shenton parece inseguro por um segundo, mas então assente, devagar.

"Muito bem, então." Karen endireita a postura diante do grupo. "Vamos nessa. Vamos organizar tudo."

51

Karen observa os detetives saírem em fila, de volta à sala de investigações. Shenton é o último a sair, virando-se para olhar para a inspetora ao seguir seus colegas.

"Muito bem, Toby", elogia ela, enquanto força seu melhor sorriso. "Feche a porta quando sair."

No momento em que a porta se fecha, Karen desaba. Está sozinha ali dentro, as persianas estão fechadas e ela afunda em uma cadeira, colocando a cabeça entre as mãos. A enormidade do caso, de repente, é demais. As inseguranças de Shenton, a esposa morta de seu irmão, Noah...

Noah, o quê? Karen não consegue colocar um rótulo nisso, mas algo com certeza o vem incomodando.

Como se lesse os pensamentos dela, ouve-se uma leve batida na porta, e Deakin coloca a cabeça para dentro.

"O que foi?", esbraveja Karen, mais incisiva do que pretendia.

"Precisamos de algumas decisões com relação a esse memorial", ele começa a dizer, então inclina a cabeça para o lado, avaliando-a. "Você está bem?"

A inspetora sente os olhos escuros dele pousarem em seu rosto. Ela faz que vai responder, mas sua garganta se aperta. Não consegue se lembrar da última vez que alguém perguntou se estava bem. Karen engole em seco, mas antes que possa protestar, lágrimas grossas começam a cair. Então as enxuga, irritada.

"Me desculpe", dá conta de dizer. "Você não está aqui para lidar com chororô."

Deakin fecha a porta atrás de si e avança para se sentar ao lado dela.

"Não precisa pedir desculpas", diz ele, com suavidade. "Esse é um caso escroto para caralho e você tem o trabalho infeliz de ser a oficial sênior da investigação. Não é surpresa nenhuma que esteja estressada."

Karen pigarreia outra vez, erguendo os olhos para tentar dissipar as lágrimas. Ela nunca chora, mostra incerteza ou fraqueza na frente da equipe, mas Noah é diferente.

"Porra, eu estou simplesmente um caco. Não vejo os meninos direito há dias."

"Então, vá para casa. Tire um cochilo", sugere ele, mas Karen já está negando com a cabeça antes mesmo de Noah terminar a frase.

"Você sabe que não posso fazer isso." A inspetora dá uma risada vazia. "Olhe ao redor da sala." Karen gesticula na direção da porta, atrás da qual ela sabe que seus detetives estão trabalhando duro. "Ninguém teve folga. Estão todos estressados. Não vou largá-los de mão. Nem vou largar as mulheres e os homens que o sujeito matou."

Noah se inclina para a frente, para mais perto dela, e, por um momento, Karen pensa que ele vai segurar sua mão. Mas o detetive se inclina para trás outra vez e um pensamento fugaz passa pela mente dela: o que teria feito se ele tivesse mesmo a segurado?

Ao lado dela, seu telefone começa a vibrar. Ela não reconhece o número, então deixa tocar.

Karen respira fundo, então se lembra da caixa de evidências em sua sala. "E você pode lidar com aqueles cadernos? Achar um especialista em caligrafia, alguma coisa assim, para ver se nos dá alguma luz?"

Noah assente. "Então, tudo na mesma?", diz ele com um sorriso sem entusiasmo.

"Tudo na mesma, Deaks", conclui Karen, e o telefone toca outra vez. "Ah, puta que pariu", murmura ela antes de atender.

"Detetive inspetora-chefe Elliott? Aqui é Steve Gray. Do *Diário*."

Karen quase desliga. Não tem tempo para essas merdas. "Como conseguiu meu número? Não tenho nada a dizer sobre o caso, por favor, fale com o setor de relações públicas, como de costume."

"Não, inspetora Elliott, espere. Temos algo que você precisa ver."

O tom dele faz com que ela se detenha. O homem parece em pânico.

"O que foi?"

"Uma carta. Nós recebemos uma carta", balbucia ele. "E achamos que é do assassino."

52

Karen e Deakin se encontram na sala do editor do jornal. O bilhete está na mesa, diante deles, agora envolvido por um plástico transparente para evidências. Ninguém diz nada.

O jornalista e seu editor os observam. Steve Gray é baixo, loiro, magro, e o editor é o exato oposto, com um rosto redondo e carnudo, com olhos de botão. Os dois parecem enervados, mas irritantemente empolgados.

A carta havia chegado no dia anterior em um envelope branco, o endereço escrito na parte da frente com caneta hidrográfica azul. *Favor Entregar Urgente ao Editor*, dizia abaixo do endereço, mas ele havia sido ignorado até aquela manhã, quando fora aberto e um pedaço de tecido preto saiu flutuando.

"Vou te contar, ficamos chocados", dissera Gray, apontando para o tecido, ainda deixado sobre a mesa onde havia caído. Com a mão enluvada, Karen o colocou em um outro saco para evidências.

O bilhete dentro do envelope havia sido escrito em um pedaço de papel pautado branco, com a mesma caneta. Karen o lê outra vez.

Aqui quem fala é o Colecionador de Monstros
Eu sou o assassino do
casal lá da
Colina Salterns noite
passada, para provar aqui
está um pedaço do vestido dela

*manchado de sangue. Eu
sou o mesmo homem
que matou as pessoas no resto
do Reino Unido.
Quero que imprimam este código
na primeira página de seu
jornal Neste código está minha
identidade.
Se não imprimirem este código
até a tarde da sexta-feira, 5
de fevereiro, vou cometer uma matança na noite de sexta vou rodar
o fim de semana todo matando pessoas
sozinhas à noite depois vou
matar de novo, até ter
doze pessoas quando o
fim de semana acabar.*

No rodapé da página há um círculo atravessado por uma cruz: a marca do Assassino do Zodíaco.

"O que Shenton disse?", pergunta Deakin. O editor já tinha enviado uma cópia escaneada da mensagem, dando ao detetive deles uma dianteira na análise.

"Confirmou que a caligrafia é quase a mesma dos bilhetes do Zodíaco, de 1969", responde Karen. "A mistura de dois deles, só mudam os detalhes relevantes ao nosso caso."

"E o..." O editor do jornal faz uma pausa. "O código?"

Preso ao bilhete há um outro pedaço de papel. Ao longo dele, há uma série de símbolos e letras. Um código cifrado, ao estilo do Assassino do Zodíaco.

"Isso é diferente", confirma Karen.

"Então, pode ser um novo código? Contendo a identidade do nosso cara?"

"É possível."

Todos ficam em silêncio outra vez. Karen pega o envelope. Há o dobro do número de selos necessários para uma postagem normal, todos colocados de lado. O carimbo postal é do dia anterior ao da morte de Libby.

"Então, vamos publicá-lo amanhã", declara o editor.

Karen suspira. Sabe muito bem que não deve esperar que eles mantenham sigilo, era um furo grande demais. "Será que não podem segurar só um ou dois dias? Ainda podem ter a exclusividade", acrescenta, rapidamente. "Mas, por favor, nos deem a chance de resolver isso e pegar esse cara. Se publicarem a identidade do assassino, há a chance de o sujeito se esconder."

O editor franze o cenho. "Vocês têm quatro dias." Ele aponta para o bilhete. "Não quero isso na minha consciência se não o publicarmos até sexta e o assassino cometer a matança de que falou. E quero a confirmação de quem era a dona desse vestido."

Karen sente uma onda de raiva. Aquele era o vestido de sua amiga. Sua *amiga*. Não um dispositivo para vender jornais. Mas a inspetora assente, precisa manter esse cara do seu lado. "Obrigada", acrescenta ela.

Eles levam consigo o bilhete original, o código e o pedaço de tecido, deixando uma cópia para o jornal, e entram no carro.

"Acha que isso vai nos dizer o nome do assassino?", pergunta Deakin. "Parece meio... fácil?"

"Nós ainda não o deciframos", retruca Karen. Ainda se sente exausta, a gravidade do caso pesando em sua mente.

Os dois partem de carro, e, durante o trajeto de volta ao centro, Karen tem vontade de ver Roo. Deseja um abraço de seu marido, de alguém que possa lhe dizer que tudo vai ficar bem.

"Você se importa se passarmos no restaurante?", pergunta Karen. Deakin parece relutante, mas faz o que ela pede, encostando o carro diante do lugar. "Vou aproveitar e pegar almoço pra gente", acrescenta a inspetora para apaziguá-lo.

Karen sai do carro e observa pelas enormes vitrines. O serviço ainda não teve início, e ela abre a porta, caminhando por entre as mesas vazias, com guardanapos brancos e brilhantes talheres de prata dispostos sobre elas. Mesas que a inspetora sabe que em breve estarão ocupadas por uma elegante clientela: almoços de senhoras, homens de negócios aproveitando ao máximo os filés pagos por suas contas corporativas.

Algumas pessoas trabalhando a notam ali e acenam de cabeça — eles têm uma baixa rotatividade de pessoal, e a maioria da equipe a conhece —, e Karen segue até a cozinha.

Aromas tentadores já começam a sair de muitos fornos, alguns chefs finalizam os últimos preparativos, mas Karen não vê Roo ali. Então ela o avista, no outro lado da cozinha, diante da porta dos fundos aberta. Seu marido está sorrindo, conversando com alguém, e Karen para um momento para admirá-lo em seu traje branco de chef.

Ele é bonito: está em melhor forma do que a maioria dos homens da mesma idade, alto, grisalho, com um sorriso que atrai as pessoas. Karen já viu o escrutínio apreciativo das mulheres em Waitrose. Ela nota os sapatos de Roo: tênis Converse. A mesma marca dos rastros de pegadas encontrados do lado de fora da janela do banheiro de Griffin quando ele foi atacado. Também identificado pela testemunha como sendo usado pelo homem entrando no apartamento 214. Vê-los nos pés de seu marido só confirma o que ela já sabia: milhões de homens usam esses tênis. Esses resultados não fazem a lista de suspeitos diminuir.

Karen se aproxima para cumprimentá-lo, mas hesita ao ver com quem Roo está falando.

Ele está rindo, e estende a mão para tocar o braço dela. Uma mulher com longos cabelos loiros, partidos ao meio.

É Lauren.

Karen a vê sorrir de volta, então franze o cenho. Maldito Deaks e suas teorias deixando-a paranoica, pragueja a inspetora. Provavelmente só foi até ali entregar algo para as crianças, ou foi encontrar alguém para almoçar. Mas, no fundo, Karen sabe que aquele lugar é caro demais para Lauren. E ela nunca soube de sua babá ter estado ali antes.

Então Roo se inclina para a frente. Põe a mão na cintura de Lauren e a beija. No rosto, não nos lábios, muito menos um beijo apaixonado, mas algo naquilo — a lentidão, o sorriso, alguma coisa — diz a Karen que não há nada de inocente no gesto.

Ela se afasta da cozinha, então atravessa o restaurante às pressas. Sente os olhares curiosos da equipe de garçons e garçonetes, mas não para até estar de volta ao carro.

"Só dirige", instrui a Noah, e ele lhe lança um olhar intrigado. "E me dá isso", acrescenta Karen, referindo-se ao cigarro pendurado na boca dele.

Noah o passa para ela sem dizer palavra e a inspetora dá uma longa tragada. O cigarro a deixa tonta, mas precisa disso. Ela encara o exterior pela janela, resoluta, deixando o carro se encher de fumaça, fazendo seus olhos lacrimejarem.

Karen sente Deakin olhar em sua direção, mas está constrangida, não consegue se forçar a dizer nada em voz alta. A reconhecer suas falhas. Um assassino em série que ela não consegue capturar, zombando dela um dia após o outro. E um marido que a está traindo com a babá.

```
△ / ▣ Z ∧ U B ⋊ ⊖ ⌀ ⊥ ⊥ R B ⊡ ▢
∧ △ / ▣ Z ⊖ U B ⋊ ∧ O ⋊ R △ △ R
+ ∧ U B ⋊ ⊖ ⊡ ⊃ R + Z ∧ U B ⋊ ∧
Z P B π ⊖ N ⌀ ∧ ⊤ R ⊡ ⊃ ∧ U B ⋊
⊤ ∧ S ⋊ B △ R ⊥ ⌀ ● ⊖ φ + ⌐ ∧ U
B ⋊ ⋊ ∧ ⋊ 7 S B ⋊ ⊥ ● ⊖ H ⋊ ⊖
U B ⋊ ⊖ ∧ B + ⊡ ∧ Z + B π ∧ ● ⊂
R ⊥ ⊖ R ⊖ Z + B π ⊖ 9 M ⊖ ∈ B
/ ⋊ 7 ∧ J M ● ⊡ ∧ ⊤ ⋊ R Z ⌀ ∧ ⊥ ⊃
7 ⊖ B ⊡ ⊃ ⌀ ⋊ ∧ H R ⊡ ▣ ⊃ ⌀ ● ⊖
R ∧ π R > ⊥ ∧ H ⌀ φ ⊥ ∧ ∈ 9 M ⊖
R ⊖ π R ⊥ ⊤ ∧ Z R ⊥ ⊥ ∧ U B ⋊ ∧
R ∧ π R > > ⊖ ▣ / ⊥ ⊖ ∈ 9 ⋊ ⊖ ⋊
+ ⊥ R ⊥ ∧ ⊡ ⊃ ⌀ ⋊ ⌀ 5 + ∧ 9 π ∧
⊂ ⋊ ⌀ ⊖ △ B ⋊ ∧ φ + ⌐ ⋊ ⊤ π 9 ∧
⊥ R ▣ Z ∧ ⊡ B ⊖ O B ∧ π ⊂ 7 P ∧
⊃ ⌀ ∧ △ / ▣ Z 9 ⊖ ∈ 9 M ∧ △ ▣
Z ∧ U 9 M ∧ ⌀ ⊥ > R 9 ⊥ ⊡ ⊖ △ /
▣ Z ∧ ∈ B ⋊ ∧ O ⋊ R △ △ R + ∧ ⊖
```

53

Todos os olhos estão sobre Karen e Deakin quando eles voltam à delegacia. Tentaram de tudo para manter o bilhete e o código entre si, mas a notícia havia se espalhado com rapidez pela equipe e agora todos queriam participar da ação. Griffin sabe que é só avidez por conseguirem uma nova pista, para resolverem o caso, mas ele esbraveja com alguns dos detetives mais jovens quando o entusiasmo deles começa a resvalar na insensibilidade.

Karen designa tarefas para toda a equipe, enviando às pressas o pedaço de tecido e a carta para o laboratório, fazendo cópias do código, tentando encontrar alguém que seja capaz de decifrá-lo. Alguns poucos detetives arrogantes tiram uma cópia para si, cobiçando reivindicarem os louros. Karen volta à própria sala. Ela tem sido um tanto profissional, a detetive inspetora-chefe no comando, mas, para Griffin, sua irmã parece distante. Ele a conhece por tempo suficiente para perceber quando está escondendo alguma coisa.

Griffin se recosta no batente da porta da sala e espera até que Karen olhe para ele.

"O que você quer?", pergunta a inspetora, abruptamente.

"O que você não está nos contando?"

Karen o fita por um instante. Então pergunta: "Tem mais cigarros?". Ele assente e a segue até o telhado.

• • •

Griffin sabe que não têm permissão para estar ali em cima, mas presume que uma detetive inspetora-chefe e um detetive-sargento podem se safar de algo assim. Karen trava a porta de incêndio para que permaneça aberta e os dois se recostam em uma parede, protegendo-se do vento. Ele entrega um cigarro à irmã, e ela o pega, protegendo com a mão em concha a delicada chama do isqueiro.

"Desde quando você voltou a fumar?", pergunta Griffin, fazendo o mesmo.

"Desde que um maníaco assassino começou a cometer assassinatos em massa debaixo do meu nariz."

"Assassinatos em série, não assassinatos em massa." Griffin sorri. "Olha que o Shenton vai corrigir você."

Karen emite um som que fica a meio caminho de uma risada e de um bufo.

"Pegue leve com Shenton", ela o repreende. "O rapaz está fazendo o melhor que pode."

"Você sempre teve um fraco pelos nerds." Griffin a observa dar mais uma longa tragada. "O que está havendo, Karen?"

Ela respira fundo e deixa o ar escapar em uma série de suspiros trêmulos.

"Roo está me traindo", diz, quase em um sussurro.

Griffin cerra os punhos. "Eu vou matá-lo", rosna ele.

"Não antes de mim."

Mas então o rosto de Karen se contrai e ela começa a chorar, e Griffin a puxa para um abraço. Sua expressão se fecha, e ele descansa o rosto no topo da cabeça da irmã. Griffin sempre gostou de Roo, mas isso? Isso ele não poderia perdoar.

"Como você sabe?", pergunta, depois de um instante. "Com quem?"

Karen se afasta do irmão e olha para o cigarro, queimando até o filtro.

"Deaks e eu fomos até o restaurante no caminho para casa, e eu os vi juntos. Ele e Lauren."

"Sua babá? Meu Deus, que bosta de clichê!"

"Eu sei." Karen quase ri por entre as lágrimas. "Me sinto tão idiota. O que eles andaram fazendo pelas minhas costas? Na casa, quando eu trabalhei até tarde? Que porcaria de detetive eu sou." A inspetora ergue o olhar para Griffin. "Noah percebeu, sabe."

Griffin ergue as sobrancelhas. Talvez não dê tanto crédito ao sujeito como detetive quanto deveria. E como amigo. Griffin se sente um merda. Deveria ter estado ao lado de Karen. Deveria ter notado.

"Como foi que as coisas ficaram assim, Nate?", ela lhe pergunta. Karen se recosta outra vez na parede de concreto e dá uma outra tragada no cigarro. Seu cabelo escapou e está arrepiado ao redor do rosto. Naquele momento, ela lembra a Griffin a Karen de 17 anos, fumando nos fundos da escola, esperando a mãe deles buscá-los.

Karen ainda está falando: "Você se casa e pensa, agora é isso. Tudo resolvido. E aí, olha só o que acontece". Ela se detém. "Me desculpe, não quis comparar Roo com o que aconteceu a Mia."

Griffin meneia a cabeça. "Eu sei o que quis dizer. Que simplesmente não há como prever esse tipo de merda." Ele termina o próprio cigarro e o esmaga com o pé. "O que vai fazer agora?"

"Com Roo?" Karen dá de ombros. Ela faz o mesmo com a guimba de seu cigarro. "Não faço ideia."

"Você vai resolver." A inspetora ergue o olhar para o irmão, que dá um risinho. "Lembra daquela vez, quando tínhamos uns 12 ou 13 anos? Estávamos de férias, jogando tênis de mesa."

"Se me lembro? Eu ainda tenho a cicatriz." Karen se inclina para a frente, sob a luz, e Griffin consegue discernir uma pequena linha pálida na maçã do rosto dela.

"Não foi por isso!"

"Foi, sim!" Karen ri. "Depois de todo esse tempo. Você poderia ter arrancado meu olho."

Griffin se detém, atordoado. Ele se lembra do incidente: a rivalidade normal entre irmãos, Karen vencendo um jogo após o outro na mesa de tênis desnivelada, até que Griffin perdeu a paciência e arremessou a própria raquete. Tirou um naco do rosto dela, sangue por toda parte, os pais deles furiosos e o forçando a se desculpar. Sem se arrepender, Griffin saiu pisando duro, só retornando horas depois, quando já havia escurecido.

E, ainda assim, se recusou a pedir desculpas. Karen permaneceu em silêncio e magnânima até o último dia das férias, quando uma indisposição estomacal deixou Griffin preso ao banheiro, fazendo-o perder o grande passeio ao parque aquático.

Karen voltou, de pele bronzeada, molhada e exausta, rindo com seus novos amigos. Griffin estava deitado na cama, no escuro, infeliz e com inveja, quando a irmã entrou no quarto.

"Como você está?", perguntou ela.

"Péssimo."

"Você mereceu", disse-lhe Karen, e ele a encarou, incrédulo. "Você devia ter pedido desculpas."

Karen agora encara o irmão sob a meia-luz do telhado. "Está sugerindo que eu faça o quê? Coloque laxantes no milkshake de Roo?"

Griffin ri. "Não. Mas você sempre foi a mais calculista, mesmo naquela época. Eu sou reativo." Ele aponta um dedo para a irmã. "Você *pensa*. Você vai resolver", repete ele, e Karen ri, depois sua expressão fica séria.

"Nate, essa mulher. Essa suspeita de homicídio. Você precisa entregá-la."

Griffin permanece em silêncio. Ele sabe, *sabe* que Karen tem razão. Está arrumando problemas para si mesmo. E para a inspetora também.

"Você não encontrou nada de definitivo quanto ao incêndio criminoso, encontrou?", continua ela. O detetive balança a cabeça lentamente. "Então, precisamos lidar com isso do modo correto. Legalmente", acrescenta Karen.

"Me dê um pouco mais de tempo", roga Griffin. "E, se eu não encontrar nada, eu mesmo vou prendê-la." Mas ele sabe que não fará isso. Nunca conseguiria algemá-la, ver o olhar de traição de Jess. Diz a si mesmo que é porque ela é inocente, que isso seria um erro judiciário, deixando-a ao sabor da investigação fajuta de Taylor, mas, no fundo, Griffin sabe que é outra coisa. Uma parte dele que não quer que Jess vá embora.

Karen dirige ao irmão um olhar duro. "Está bem." Ela está prestes a falar uma outra coisa, mas seu telefone vibra e a inspetora olha o aparelho. "É o Noah. Disse que achou um criptógrafo, ou seja lá como chamam essas pessoas. Vamos torcer para que esse sujeito decifre essa porcaria de código."

Griffin assente e os dois voltam para dentro. Enquanto descem as escadas, ele acrescenta: "A oferta ainda está valendo".

Karen para e olha para o detetive.

"Sobre Roo. Eu não preciso quebrar osso nenhum, só dar um sacode nele, de leve."

Karen ri entredentes e Griffin sorri. Isso, pelo menos, é algo bom, pensa ele com seus botões. Pelo menos ainda consegue fazer sua irmã mais velha rir.

54

"Que interessante, muito interessante", comenta o professor Barnet, com a atenção focada no pedaço de papel em sua mesa. Ele tem um olhar que geralmente são reservados para crianças pequenas na época de Natal. Deakin já havia lhe mandado uma cópia da mensagem, mas tinham levado a original consigo, para o caso de ela oferecer algo mais no sentido das pistas.

"Mas você consegue decifrar o código?", pergunta Karen, impaciente.

O par de sobrancelhas abundantes do professor dança enquanto ele ri. "Isso não é um código, é um criptograma. Em que cada letra é substituída por uma outra, ou por um símbolo, neste caso. Ele pode ser traduzido da mesma forma que outros criptogramas do Zodíaco que têm solução?"

Karen meneia a cabeça. Eles sabem que o primeiro criptograma enviado pelo Assassino do Zodíaco, lá em 1969, havia sido solucionado — por um professor e sua esposa, ainda por cima —, mas nenhuma das letras se encaixava. O mesmo com relação àquele resolvido anos depois, em 2020.

"Infelizmente não", responde ela. "Acha que consegue decifrar esse?"

"Eu com certeza vou tentar", garante o professor Barnet. "Criptogramas como este podem ser resolvidos usando certas regras de nossa linguagem cotidiana. Por exemplo, o 'E' é a letra mais comum, seguida por 'T', 'A', 'O' e 'N'. Algumas letras costumam aparecer dobradas, como 'E' e 'L', e algumas costumam aparecer juntas. Podemos aplicar essas regras aos símbolos para tentar descobrir as substituições. Por exemplo, podemos ser capazes de deduzir que a palavra 'matar' aparece no texto, assim como no original."

"Parece bem simples", comenta Deakin, mas o professor ri.

"Isso presume apenas que o suspeito fez uma simples substituição. Mas dada a questão e o que está em jogo, ele provavelmente incluiu algumas coisas aleatórias para nos despistar, e, pelo modo como foi escrito, não há como saber onde as palavras começam ou terminam. Também estou presumindo que é um criptograma homofônico, usando múltiplas substituições para uma única letra." Ele se detém e esfrega as mãos uma na outra. Parece feliz. "Enquanto isso, vamos nos divertir um pouco. E verei se algum de meus colegas no GCHQ* quer fazer uma tentativa. Se não houver nenhum problema."

Karen concorda e ela e Deakin saem, levando consigo a carta original.

"Bom, nós pelo menos fizemos ele ganhar o dia", diz Deakin. "Talvez a gente devesse publicá-la no jornal e deixar o público em geral tentar."

"E depois? Postamos a solução no Twitter? E se solucionarem errado e derem início a um linchamento em massa, Deaks?"

Enquanto atravessam o campus da universidade, Karen olha para as outras pessoas ali, os alunos, os professores, levando as vidas normalmente. Ela inveja a ignorância deles, sua habilidade de seguir em frente sem saber que alguém pode assassiná-los e torturá-los naquela noite. Poderia ser a pessoa caminhando ao lado, e eles nunca saberiam. A inspetora suspira, e Deakin olha para ela.

"O que houve mais cedo?", pergunta o detetive. "No restaurante?"

Karen não consegue olhar para Noah. "Vamos dizer apenas que você estava certo", murmura ela.

"Ah." Deakin cai em silêncio. "E Griffin tinha algo de útil a dizer sobre a questão?"

---

*   Sigla em inglês do Quartel-General de Comunicação Governamental, agência responsável por obter informações em trocas por meios eletrônicos e pela confirmação de outras informações, direcionando-as para o governo e as forças armadas do Reino Unido. [NT]

"Se ofereceu para dar uma surra nele."

"O modo costumeiro dele resolver problemas, então."

Os dois chegam ao carro e Karen olha para Deakin por cima do teto do veículo.

"Eu sei que vocês dois não se dão bem, mas se ao menos um de vocês fizesse algum esforço, poderiam perceber que têm muito mais em comum do que se dão conta."

Deakin meneia a cabeça ao se sentar no banco do passageiro. "Acho improvável, Karen. Simplesmente não suporto o jeito do seu irmão. Como se achasse que as regras normais não se aplicam a ele. O resto de nós tem que seguir os procedimentos, e é assim que conseguimos uma condenação. Por que ele deveria ter passe livre?"

"Bom, será que pode ao menos tentar, por favor?", suplica a inspetora. "Por mim?"

Deakin suspira. "Qualquer coisa por você, Karen, você sabe disso."

Os dois permanecem sentados no carro de Karen. Ela sabe que nenhum deles quer ir para a delegacia. Para voltar a pentelhar o laboratório, perseguindo Ross atrás de mais resultados de autópsias? Para ficar de dedos cruzados, torcendo para conseguirem algo com que consigam trabalhar?

Eles precisam desse tempo, desse espaço. Mesmo que seja só por um momento.

Karen estende a mão por cima de Noah e abre o porta-luvas, encontrando dois biscoitos de aveia, deixados ali para as crianças, certa vez. Não tem certeza do quanto estão velhos, mas passa um para Deakin e ele o abre. Karen come o seu, desfrutando da abrupta doçura.

"Você já pensou que poderia matar alguém?"

As palavras saem antes que a inspetora possa pensar nelas. Ela olha ansiosa para Noah, mas o amigo não está julgando. Ele dá mais uma mordida no biscoito e mastiga, pensativo.

"Gostaria de pensar que não poderia. Mas se chegasse a esse ponto, talvez. Sim. Se minha vida estivesse em perigo, algo assim."

"Essa é a condição, para você? Alguém ameaçando sua vida?"

"Ou alguém que eu amasse."

Karen se pergunta quem seria essa pessoa para Noah.

"Você teve que fazer algo assim nas operações infiltradas?", pergunta ela.

"O quê? Matar alguém?", questiona Deakin. Karen assente. "Não. Geralmente era eu quem levava a surra. E fui esfaqueado, uma vez."

"Sério?"

"Sério, bem aqui." Noah tira o casaco, a jaqueta impermeável de Roo, e o joga no banco de trás, depois puxa a beira da camisa. Karen olha com atenção para a pequena cicatriz irregular descendo pela lateral do abdômen dele, então se distrai com a linha de pelos pretos desaparecendo pela cintura da calça jeans de Noah. Ela desvia o olhar rapidamente.

"Doeu?"

"Nada." O detetive dá um riso largo, baixando a camisa outra vez. "E você? Quem você mataria?"

Karen pensa em sua família.

"Eu mataria esse cara", declara ela, quase sussurrando. "Pelo que fez a Libby. E a Mia e a Griffin."

"Como?"

"Como?" Karen não havia pensado nisso desse modo. Quanta dor infligiria? Iria querer que esse cara sofresse? "Talvez algo rápido", murmura ela. "Tiro. Veneno. Saco plástico na cabeça. Algo assim."

"Mas você conseguiria?", pergunta Deakin. "Se alguém desse uma arma a você? Conseguiria puxar o gatilho?" O detetive faz uma pausa. "E você confia em Griffin?"

"Em Nate? Para me dar cobertura, sim", responde Karen, sem hesitar. Noah balança a cabeça.

"Não foi o que quis dizer. Diante do homem que assassinou a esposa dele, você confia nele para não matar o sujeito? Nós dois vimos o que ele fez com Mia — e com Griffin. É uma grande pergunta: se, diante do estuprador e assassino da sua esposa, você não faria o mesmo com essa pessoa."

Karen morde o lábio.

"Você pode dizer, com sinceridade, que prenderia esse cara se fosse Griffin? Que sairia andando? Se tivesse esse poder naquelas mãos de tamanho considerável? Você sabe, Karen. Ele poderia matar com facilidade, sem nem suar."

Karen tem a intenção de partir em defesa do irmão, mas ela sabe que Noah tem razão. O temperamento de Griffin é ruim em grande medida, e o tamanho de seus bíceps se equipara a essa medida. Não precisaria de muito — alguns socos bem mirados no rosto de um cara, e seria fim de jogo. A vida de Griffin e a carreira dele estariam acabadas.

"Não vou deixar isso acontecer", declara ela, por fim.

Deakin parece aceitar sua palavra. Ou, mesmo que não acredite nela, tem a boa vontade de deixar passar. Ele olha para o último pedaço de biscoito na própria mão. "Acho que os biscoitos estão amanhecidos, Karen." O detetive a fita com um tênue sorriso. "É esse o seu plano? Me apagar com guloseimas suspeitas?"

O telefone da inspetora toca, interrompendo a conversa, e ela vê o número de Marsh. Karen atende, enquanto Deakin dá de ombros e come o último pedaço.

"Onde você está, Elliott?"

"Voltando para a delegacia, chefe."

"Venha me ver quando chegar. Imediatamente."

O superintendente desliga sem nenhuma cortesia. Karen sente o peito se apertar.

"Marsh quer me ver."

"Coisa boa não é", comenta Deakin.

"Não", concorda ela. "Não mesmo."

O palpite dela se confirma no momento em que Karen vê a expressão do detetive superintendente-chefe.

"Sente-se", instrui Marsh. "Em que pé estamos?"

Karen não precisa perguntar ao que ele está se referindo. Ela faz um resumo de cada pista que seguiram, cada uma das evidências. Não leva muito tempo.

"Então, vocês não têm nada, basicamente, tirando um código que ninguém consegue decifrar, pegadas usando uma das marcas de tênis mais comuns, um arquivo de caso de 1996 que não conseguem encontrar, um pouco de grama de um brejo e uma pilha de corpos no necrotério?"

"Estamos rastreando cada uma das câmeras de segurança, fazendo testes, tirando impressões digitais, amostras. Mas não aparece nada. O sujeito é inteligente, chefe. Deve estar usando camisinhas nos estupros. Ele sabe onde estão as câmeras, sabe como evitar deixar qualquer coisa com que a perícia consiga trabalhar."

"E disso eu já não sei?", murmura Marsh. "Já viu meu orçamento?" Ele não espera Karen responder. "Estou sendo pressionado, detetive inspetora-chefe Elliott. Perguntas estão vindo lá de cima. Sobre você. Sobre a competência da minha oficial sênior de investigação para liderar esse caso."

Karen sente o estômago congelar.

"Precisamos de resultados. E precisamos logo, antes que apareçam mais corpos. Estão falando em levar isso à próxima reunião com o primeiro-ministro, sabia disso, Elliott? Vão perguntar à porra do primeiro-ministro por que o maior caso na história do Reino Unido não está sendo conduzido pela polícia metropolitana."

"Coloque qualquer outra pessoa como oficial sênior de investigação, *senhor*, e eu garanto que ela terá os mesmos resultados."

"Pode ser verdade, mas precisamos que vejam que estamos fazendo tudo o que é possível." Marsh se detém. "Vocês vão realizar o memorial amanhã, não é?", pergunta ele.

Karen assente.

"Vocês têm 24 horas depois disso. Daí, entregamos o caso."

Karen sai da sala do superintendente e desce as escadas às pressas, abrindo a porta para o banheiro. Entra em um dos cubículos, baixa a tampa e se senta, colocando a cabeça entre os joelhos e as mãos sobre a cabeça.

Ela não culpa Marsh. Está sentindo o quanto a investigação vai mal. Sabe o quão pouco eles têm para continuar.

O memorial, no dia seguinte, é o único tiro no escuro deles. Uma jogada desesperada para que o ego do cara não seja capaz de resistir e ele apareça. Mas e depois? Como vão saber?

Metade dela sente que não se importa mais. Faz dias que ela mal faz uma refeição quente, não dormiu mais do que oito horas, combinadas, ao longo da semana toda. Passa tão pouco tempo em casa que seu marido está comendo a babá. Isso não é saudável.

Karen se pergunta se deveria simplesmente entregar os pontos. Colocar tudo em caixas e entregar para a Polícia Metropolitana ou para a Agência Criminal Nacional, e eles que se preocupem com isso.

E aí poderá ir para casa. Tomar um banho. Ver a última temporada de *The Crown* na Netflix.

Karen escuta uma outra pessoa entrar no banheiro, fechando a porta em outro cubículo. Ela se dá conta do quanto está sendo ridícula, sentada ali, escutando as funções corporais de outra pessoa.

Essa não é ela. Essa derrota. Essa desistência.

Aquele homem estuprou oito mulheres, matou treze. Ele esquartejou onze homens e os colocou em seu freezer. A inspetora conta mentalmente os mortos. São 28 no total, além do incêndio criminoso de Taylor. Mal consegue acreditar nesse número, parece tão ridículo.

Karen sai do cubículo e lava as mãos. Posta-se diante do espelho. *Eu vou pegá-lo sim, caramba*, decide ela.

Mesmo que isso destrua minha vida inteira no processo.

55

Griffin está de volta, mas está calado. Jess lhe pergunta se quer comer alguma coisa, mas ele só nega com a cabeça. Ela presume que nada de novo aconteceu.

Mas está ficando louca trancada ali dentro.

"Griffin?", chama ela, em voz baixa. Jess se senta junto a Griffin na mesa, onde ele está encarando o próprio notebook, mudo. "Você falou com sua irmã sobre meu caso?"

Ele assente. "Falei, mas as notícias não são boas. Ainda querem prender você."

Jess sente a moral despencar. "Mas você não contou a ela onde estou."

"Não."

Jess quer perguntar por que não. Mas não ousa. Não deseja questionar o que Griffin está fazendo, fazê-lo duvidar de si mesmo. É um policial, afinal de contas.

Ele ainda está fitando a tela de olhos semicerrados, e Jess se lembra do que pensou no dia anterior. Será que Griffin sabe?

"Já colocaram aí?", pergunta Jess. Griffin ergue um olhar intenso, e essa expressão basta para responder à pergunta. Ele sabe. "O que estão dizendo?", ela se obriga a perguntar.

"Não muito."

"Não foi do jeito que eles entenderam", responde Jess, as palavras saindo antes que ela possa impedi-las. Não consegue olhar para Griffin, então encara a pilha de jornais que ainda cobre a mesa. "Foi um acidente."

Jess sente os olhos dele sobre si. Precisa contar a ele, agora, antes que mude de ideia.

"Ele tentou me impedir de... você sabe." Ela gesticula na direção do banheiro e Griffin assente. "Era uma daquelas lâminas antigas, degoladoras, que comprei só pra isso. Estava de noite, Alice estava na cama, dormindo, não achei que seria incomodada. Mas Patrick tentou tirar a lâmina de mim e ela escorregou, fazendo um talho feio na mão dele. Ele começou a berrar, eu estava chorando. Os vizinhos devem ter chamado a polícia."

Jess mal se lembrava do que havia acontecido em seguida. Havia ficado histérica, berrando na rua. Os policiais a contendo: braços torcidos para trás das costas, um joelho entre suas omoplatas, seu rosto esmagado contra a calçada.

"Me levaram para algum lugar, não sei como chamavam, mas era um hospital psiquiátrico."

"Unidade de Avaliação Rápida", explica Griffin suavemente.

"Sim, isso." Jess para. Respira fundo. Ela se lembra de chegar ao grande prédio de tijolos aparentes, a vergonha e a indignidade de ser despida e sofrer uma revista íntima por uma mulher, as frias luvas de plástico em suas mãos, insensíveis e ríspidas enquanto Jess soluçava sob o brilho das luzes no teto. Ninguém escutava, ninguém se importava. A picada das injeções, então sua cabeça: confusa e lenta. A noite no quarto sem mobília, sob vigília antissuicídio, as luzes acesas, incapaz de dormir, escutando os berros e uivos ecoando pelos corredores. "Patrick tentou me internar compulsoriamente. Me manter lá. A polícia concordou. Se não fosse Nav falando em meu favor, não sei o que teria acontecido."

O silêncio cai sobre os dois. Griffin parou o que estava fazendo no notebook, com os dedos pairando sobre o teclado. Jess aguarda, temendo o julgamento dele.

O sujeito pigarreia. *Vai ser agora*, pensa ela. *Com certeza vai pensar que sou louca.*

"E você ficou com ele?", pergunta Griffin, por fim. "Com Patrick? Depois disso?"

"Ele me amava. Só queria o melhor para mim."

"Que modo engraçado de demonstrar", murmura Griffin.

Mas Jess não menciona como se sentiu naquela época. Que não servia para ser mãe. Que sabia que, se deixasse Patrick, não haveria modo de conseguir a guarda de Alice.

A consciência esmagadora de que não era melhor do que um pedaço de merda no sapato do marido. Algo a ser limpo e descartado. Ela se lembra das ameaças de Patrick, de que, se não melhorasse, ele ligaria para a polícia de novo e, desta vez, Jess não sairia de lá, não importa o que Nav dissesse. Patrick falou sobre eletroconvulsoterapia, sobre lobotomia. Drogas para entorpecer os pensamentos. Jess não tinha conhecimento do que eram aquelas coisas, ou mesmo se elas se aplicavam a ela, mas o medo? Foi o medo que a manteve na linha. E esse medo agora a mantém longe da polícia, sabendo que ela tem o poder para trancá-la lá dentro novamente.

"Sinto muito, Jess", diz Griffin em voz baixa, e ela o fita. Ele está encarando o tampo da mesa. "Eu entendo por que você não confia na polícia. Falei que ajudaria a encontrar quem assassinou Patrick, e estou decepcionando você. Não quero ser mais uma dessas pessoas."

Jess olha para Griffin. Ela balança a cabeça. "Não é nada disso, de jeito nenhum", diz. "Eu..." Ela faz uma pausa. "Eu precisava saber o que houve com Patrick, sim. Mas isso agora parece ter sido há muito tempo. Não foi por isso que eu fiquei."

Ela estende a mão e toma a dele. Griffin olha para a mão dela por um instante, então ergue a cabeça e seu olhar encontra o dela. Jess nunca o viu tão infeliz.

"Você não está me decepcionando, Griffin", afirma ela. "E também não está decepcionando Mia."

Ele logo baixa os olhos outra vez, tirando a mão da dela. Jess pragueja mentalmente. Não devia ter dito aquilo sobre Mia.

Ela se levanta da mesa e vai até a cozinha. Não está com fome, mas quer dar um certo espaço a Griffin, ou ao menos o máximo possível nesse porão minúsculo. Mas então ela o escuta empurrar a cadeira e o sente de pé às suas costas.

Jess se vira e Griffin toma seu rosto entre as mãos, beijando-a com delicadeza.

Não é como nas outras vezes em que se beijaram. É lento, suave. Ele passa a mão no cabelo dela, e ela faz o mesmo, depois descendo pelas costas dele, por baixo da bainha da camisa. Os dois seguem na direção da cama, tirando as roupas pelo caminho, sorrindo quando uma meia se recusa a sair, quando a camiseta de Jess fica presa em sua cabeça. Eles caem juntos, com Griffin por cima dela, e Jess aprecia a sensação do peso dele, o calor de pele contra pele.

Eles vão com calma. Ambos estão explorando, aproveitando ao máximo o fato de estarem um com o outro, em contraste à natureza frenética de antes. Mas não foi só a velocidade que mudou.

Estão de fato olhando um para o outro. No início, esse contato visual parece estranho, íntimo demais, mas então Jess se dá conta de que não consegue desviar o olhar. Está perdida, os olhos castanho-claros dele nos seus, os cílios longos, as rugas de expressão no canto dos olhos de Griffin. Ela gosta disso. Gosta dele.

As linhas no rosto dele relaxam. Ele a está observando, sorrindo conforme a expressão dela muda, dependendo do que ele está fazendo, onde Griffin está colocando as mãos, os dedos, a boca.

Isto é diferente, pensa Jess. E então ele está dentro dela, e ela não pensa mais em muita coisa.

Eles caem no sono, de corpos entrelaçados, mas quando Jess desperta, Griffin foi embora. Ela olha para o relógio, confusa. Acaba de passar da meia-noite.

Senta-se na cama, então vê as chaves do carro dele sobre a mesa. Griffin não pode ir longe sem o Land Rover. Algo parece errado.

Ela se levanta, acende uma luz e se veste. Olha ao redor. Tudo o mais está ali: a mochila dele, o notebook. Mas o casaco não, nem as botas.

Jess hesita. Mas não aguenta ficar ali sentada, sem fazer nada. Ela pega as chaves e sobe as escadas para sair do apartamento.

Lá fora, o ar está frio, mas parado. Os mesmos carros se encontram à venda no estacionamento, um táxi passa pela pista. Ela não consegue ver Griffin.

Jess dá alguns passos para longe da sombra do prédio principal, então algo chama sua atenção. É uma forma no chão, roupas, o que parece ser um corpo.

Uma sensação ruim a domina e ela corre até lá. Mas o alívio de quando vê que não é Griffin é substituído pelo horror.

Os olhos da mulher estão abertos, fitando o céu. Sua boca, lábios em carne viva, dentes danificados, está aberta em um grito silencioso. Jess nunca tinha visto um cadáver como aquele antes, não de perto.

O cheiro se embrenha em seu nariz. Podridão, fezes, um fedor indescritível que lhe causa ânsias. Ferimentos ainda úmidos cobre o corpo da mulher, é possível ver os ossos brancos protuberantes através da pele rasgada.

Jess dá um passo para trás, então a respiração se prende em sua garganta quando mãos agarram seus braços com firmeza. Faz menção de gritar, mas se detém ao ouvir a voz dele.

"Jess, o que está fazendo aqui? Você tem que ir embora."

Griffin está às suas costas, conduzindo-a de volta ao apartamento, mas ela resiste. O choque de ver a mulher a está deixando com raiva, e lágrimas quentes se derramam por seu rosto.

"Aonde você foi, Griffin?", grita para ele. "Quem é essa? Aonde você foi?"

Griffin a deixou e ela acabou achando essa mulher sozinha. Ele tenta tranquilizá-la, mas Jess ainda está furiosa.

"Por que tem um corpo aqui? Quem é ela?"

"Eu não sei, mas já chamei a polícia. Você tem que sair daqui, ou vão prendê-la." A expressão dele está desvairada, suplicante. "Por favor?"

Jess assente, forçando-se a não olhar para a mulher no concreto. Consegue ouvir sirenes ao longe, e corre de volta para o porão.

Ela fecha a porta atrás de si e toma fôlego em profundas arfadas.

O assassino em série. O Colecionador de Monstros.

Ele esteve do outro lado daquela porta.

Ele esteve ali.

56

No momento em que Karen chega da delegacia, Deakin já está lá, fuzilando Griffin com o olhar. Viaturas cercam a área, as luzes azuis dançam nos escuros tijolos aparentes. Policiais fardados trabalham para colocar o cordão de isolamento, alguns poucos passantes mostrando um rápido interesse.

Ela estava trabalhando até tarde. Não esteve em casa. Sabe que Roo está lá, e não teve energia para encará-lo. Não ainda.

"O que temos aqui?", pergunta a inspetora. Os dois homens permanecem em silêncio. "Por favor? Alguém?"

Shenton se adianta para fora da escuridão. Karen nem mesmo o havia notado. "Vítima mais recente, mulher, mostrando sinais claros de espancamento. Possivelmente detida contra sua vontade."

Enquanto o detetive está falando, Karen se agacha e olha para o corpo. Dá para ver marcas inflamadas ao redor dos pulsos e tornozelos da mulher, ferimentos em carne viva ao longo do torso e da cabeça. O vestido está sujo e rasgado, ela não está usando sapatos. Nem roupa íntima, Karen se dá conta.

"O patologista e a perícia estão a caminho."

"E já sabemos quem ela é?"

Shenton meneia a cabeça.

"Ou qual assassino em série ele está copiando?"

"Não até termos mais informações", murmura Shenton. "Infelizmente, são muitos os que têm isso em seu *modus operandi*."

Karen suspira. De repente, se sente tão cansada. Cansada para caralho dessa coisa toda. "E achamos que o corpo foi despejado? Do lado de fora de onde você está morando, Griffin?", acrescenta a inspetora.

"Acho que ele quis dizer alguma coisa, não quis?", sugere Griffin. "Deixando sua última vítima na porta da minha casa."

"A menos que tenha sido você quem a colocou aí", acrescenta Noah.

Griffin fecha a cara para ele. "Sério? Acha que eu mataria alguém e então a deixaria bem diante da minha casa? Acha mesmo que sou tão burro assim?"

Deakin faz uma careta para o detetive e, antes que Karen possa reagir, Griffin salta adiante, todo o seu peso no punho estendido. A inspetora ouve algo úmido sendo esmagado quando ele atinge seu alvo, Karen mergulhando entre os dois, empurrando o irmão para longe enquanto Noah cai de costas no concreto. Ela olha para Griffin, chocada.

"Nate! Fique longe!" Quando seu irmão não se move, ela berra outra vez. "Detetive-sargento Griffin. Fique. Longe. Porra!"

Deakin está sendo posto de pé por Shenton, tocando o rosto com hesitação, encolhendo-se. "Onde você estava esta noite, Nate?", grita ele. Em seguida, põe a mão sobre o olho esquerdo, tentando conter o sangramento. "Em casa? Sozinho? Sem ninguém para oferecer um álibi?"

Karen nota que Griffin se detém.

"Como vamos saber? Sério." Noah se vira para Karen. O sangue está começando a se infiltrar por entre seus dedos, correndo pelo pulso. "Griffin esteve aqui, apontando as coisas de forma tão conveniente, a cada passo do caminho. E agora isso?"

"Calem a boca, vocês dois", esbraveja Karen. "A coitada desta mulher merece coisa melhor do que isto. Merece que nós encontremos o assassino, e não...", diz ela quando Deakin faz menção de interromper. "Eu não acho que seja Griffin. Nem ele é tão burro ao ponto de deixar um corpo do lado de fora do próprio apartamento. Noah, vá se limpar. Griffin... Esta loja tem câmeras de segurança?" Ele assente, agora em silêncio. "Ache as imagens. Falo com você sobre isso depois."

Karen observa enquanto Noah sai de lá e o grupo se dispersa. Era inevitável que a linha tênue de tolerância entre ele e Griffin fosse cruzada, e a falta de sono e de progresso no caso significava que não havia mais como evitar. Ela se lembra da conversa no carro. O temperamento de Griffin se desgastou, e foi preciso apenas que Noah jogasse a isca.

A inspetora olha na direção da porta lateral que ela sabe que leva ao porão de Griffin. Quando recebeu a ligação, primeiro pensou que se tratava dela, Jessica Ambrose, a suspeita de homicídio que estava escondida no apartamento de Griffin. Mas está claro que essa é uma vítima separada, e Karen se pergunta brevemente onde está a outra mulher. A menos de três metros, escondendo-se, em silêncio? A inspetora sabe que Griffin ainda está investigando o incêndio, mas ela também fez as próprias pesquisas, passando os olhos pelo arquivo, revisando as evidências. E concorda com o irmão: aquilo se encaixa. Mais uma morte na longa linha de assassinatos em série, então, prender Jessica Ambrose se tornou uma preocupação menor.

E Karen tem problemas mais urgentes com os quais lidar no momento.

Ela olha para a mulher morta, caída no concreto, enquanto espera a perícia chegar. Os olhos da vítima estão abertos e vítreos, olhando para cima de modo acusatório. Karen sabe que o corpo ter sido colocado ali não foi coincidência. O sujeito está chegando perto. Sabe quem eles são. Onde eles moram.

O assassino está provocando todos eles.

57

Dia 8, Segunda-feira

O dia está frio e claro. O sol brilha pelas frestas entre as árvores, iluminando o canto do cemitério. A área é isolada da estrada, com uma única trilha para entrada e saída. Flores estão dispostas na frente, ao redor de uma grande fotografia de Libby. É uma bela foto, oferecida pelos pais dela. Eles entenderam e concordaram com o plano quando Karen o explicou. Os dois querem ver esse cara capturado.

Griffin agora observa a irmã, posicionada diante do grupo. A voz dela é firme e clara no ar parado. Está falando sobre Libby, um tributo no qual ela trabalhou até as primeiras horas do dia, pedindo considerações da família e dos amigos. Griffin sabe que Karen iria querer fazer tudo do jeito certo. Por mais que isso seja uma tramoia, ainda assim é uma homenagem a Libby. Griffin gostava dela. Karen disse que a amiga teria aprovado esse plano.

Os olhos de Griffin estão irritados. Não dormiu nada na noite anterior, como sabe que ninguém dormiu. Analisou as gravações das câmeras de segurança, passando as imagens feitas no exterior da loja de carros, mas o corpo havia sido colocado em um ponto cego. Não conseguiam ver quem o desovou.

Griffin só sabia que, quando saiu e deixou Jess no apartamento, a vítima não estava lá. E, quando voltou, estava. E Jess havia olhado para ele, com os olhos cheios de questionamentos.

Griffin quer vê-la. Precisa explicar aonde foi, mas a vergonha queima forte demais. Jess acha que ele é alguém que não é. Acha que Griffin é forte, bom. Alguém digno de ser amado. É uma sensação boa. Ele não quer destruir tudo isso ainda.

A perícia trabalhou na cena do crime a noite inteira. E, quando o sol nasceu, os restos mortais foram levados de lá. E ele veio direto para cá.

Griffin está de pé, atrás do grupo, e seu olhar passa pela multidão. Um dos outros detetives está tirando fotos, garantindo que todos os presentes sejam registrados. Junto dele, Shenton parece ansioso.

"Pare de retorcer esses dedos", sibila Griffin, e Shenton para de se mover, agarrando forte uma das mãos com a outra.

Muita coisa depende desse plano, pensa Griffin, ele tem razão de estar nervoso. Um novo corpo. Nenhuma resposta do criptógrafo com relação à mensagem. Nenhuma impressão digital no bilhete, nenhum DNA no envelope. E o laboratório enviou o resultado dos testes feitos no apartamento de Dahmer naquela manhã: a única evidência pertencia a Michael Sharp.

Quanto mais o tempo passa, maior se torna o medo de Griffin. Por Jess. Por sua irmã.

Poderia o Colecionador de Monstros estar ali? Poderia Shenton estar certo?

Lá estão os pais e o irmão de Libby. Os detetives da investigação estão misturados ao grupo. Há pessoas que Griffin não reconhece, de rosto para baixo, algumas delas chorando. Griffin sabe que devem ser amigos de Libby, seus colegas. Algo em seu interior presume que ele reconheceria um assassino, que veria alguém e uma lâmpada se acenderia. Um súbito sinal de contato visual e ele saberia que se tratava do homem daquela noite terrível. Mas não sente nada quando olha para essas pessoas.

O que sente é o lampejo familiar do fracasso. A autoaversão de que nem mesmo ele, um detetive, consegue encontrar o homem que assassinou sua própria esposa. Qual o sentido de todos esses anos de experiência se Griffin não consegue reconhecer o único homem que importa de verdade?

Seus olhos continuam a observar a multidão. Deakin está com Roo, no lado oposto. Griffin se lembra de que Roo conhecia Libby também. Ele se pergunta o quanto Karen havia contado ao marido e se Roo acredita que aquele memorial é real. Ele se pergunta se Karen conversou com Roo sobre o caso que estava tendo.

Deakin murmura um comentário para Roo e o sujeito assente em resposta. O rosto de Noah está levemente inchado no lado esquerdo, onde Griffin o acertou, hematomas roxos e verdes começando a despontar na vermelhidão, um curativo de ponto falso atravessando a sobrancelha. Deakin está com uma cara péssima. Mas, até aí, pensa Griffin, ele não acha que algum dia já viu o parceiro de sua irmã dar um sorriso quando ela não está por perto. Ele odeia demais esse cara. Vê Deakin olhando para Karen, enquanto a inspetora apresenta uma outra pessoa para discursar.

Não é a primeira vez que Griffin se pergunta se Noah Deakin tem uma queda por sua irmã, esperando que um dia sua parceria profissional se torne pessoal. Mas Karen tem um gosto melhor do que isso, pensa o detetive. E, até esta semana, teria acreditado que Roo, hoje vestido com um elegante conjunto de terno e gravata, seria um par muito melhor para ela. Mas mesmo os caras bonzinhos podem decepcionar você, observa Griffin com cinismo.

O memorial está chegando ao fim, Karen agradecendo ao pai de Libby pelo discurso. Griffin olha na direção do detetive com a câmera e inclina a cabeça para o lado. *Pegou tudo?*, é o que está perguntando. O detetive assente tenuemente.

Um recém-chegado nas margens do grupo chama a atenção de Griffin. Está usando um elegante casaco preto, colarinho levantado, e o está encarando. O homem ergue a mão de leve e Griffin o reconhece. É Nav.

Griffin vai até o sujeito. Nav tira um pedaço de papel do bolso e o estende.

"O que é isso?", pergunta Griffin.

"Jess me ligou, disse que você estaria aqui. Disse que você precisava disto."

Griffin pega o pedaço de papel e olha para ele.

"Isso é uma receita de codeína com paracetamol."

"É o melhor que posso fazer."

"Eu tomo oxicodona, Nav. Isso mal vai me fazer cócegas."

"Então procure seu próprio médico, Griffin." Nav coloca as mãos nos bolsos e faz menção de sair andando. Griffin estende a mão e agarra seu braço; o médico se desvencilha, com raiva.

"Escute", rosna Nav. "Só estou aqui por causa de Jess. Eu nem o conheço."

Griffin percebe a expressão de Nav.

"Então, é isso", diz ele, devagar. "Não é que você não goste de mim, é porque está com ciúmes." Nav fecha a cara para o detetive. "Você esperou anos, e agora que o marido finalmente está fora do caminho, está puto por ter perdido sua chance."

Nav dá um passo adiante na direção dele. "Eu também era amigo de Patrick", sibila o médico.

"Era mesmo?", zomba Griffin. "Sério? Ou estava só matando o tempo até que Jess visse o erro que tinha cometido?"

Nav o fuzila com o olhar. "Você não presta para ela. Jess sabe disso."

"Talvez seja verdade, doutorzinho. Mas é pra mim que ela está dando."

Griffin usa o palavreado chulo de forma deliberada. Está desesperado por uma briga. Quer que Nav o soque, inflija um pouco de dor merecida. Ele vê a raiva cruzar a expressão do médico, sabe que o atingiu, e Griffin enrijece o corpo, mas Nav se vira nos calcanhares e sai andando a passos largos sem dizer nada.

"Quem era aquele?"

Karen está ao seu lado.

"Não se preocupe, ninguém importante", murmura Griffin. "Você se saiu bem, hoje", comenta ele, forçando a voz a soar positiva.

"Sim, bem, veremos. Vamos torcer para nosso homem ter aparecido."

A inspetora se vira e começa a voltar para o carro. Griffin a segue. Enquanto anda, ele olha para a receita em sua mão, então a amassa até virar uma bola. Consegue sentir as mãos começarem a tremer, a agitação em seu corpo. Sabe que só lhe restam mais duas doses. Sabe que logo estará sentindo dor, com as costas em uma agonia incapacitante. E não tem ideia do que vai fazer a respeito disso.

58

Eles têm razão. Ele está lá, observando. E ele se mistura, entre os ternos elegantes, entre o preto, entre os rostos abatidos.

Ele força sua expressão a permanecer infeliz. Os cantos de sua boca virados para baixo, a cabeça apontando para a grama. Em certo ponto, consegue até derramar uma lágrima, e tem orgulho disso. Aprendeu a copiar emoções, a mimetizar os sentimentos de outras pessoas, um mal necessário para seguir atravessando o tédio de sua vida.

O homem na frente do grupo começa a chorar, com os ombros tremendo. Pai de Libby, ele se lembra da apresentação. O quanto ficaria ainda mais magoado se soubesse como a filha morreu? Se soubesse o olhar de medo que passou pelo rosto dela quando ele lhe mostrou a arma? Os poucos segundos pelos quais ele permitiu que ela corresse antes de começar a atirar. O alvoroço em sua virilha quando a bala rasgou a carne dela, quando ela caiu no chão, as mãos se estendendo na lama, naqueles últimos momentos desesperados.

Como ele ficou no carro depois disso, de olhos fechados, e se masturbou, lembrando da morte dela.

Tinha 9 anos quando percebeu o que mexia com ele. Havia visto os pênis eretos de seu pai e de seu tio. Tinha visto os olhares extasiados nos rostos deles, experimentou em primeira mão com seu corpo, pequeno e frágil, como faziam para chegar lá. E havia se perguntado: como posso ser normal se não gosto disso? Tinha visto escondido a coleção de pornografia dos dois, arriscando-se a levar uma surra para poder folhear as páginas de mulheres nuas, de homens nus, trepando, penetrando, corpos se contorcendo de prazer, e ele não havia sentido nada.

Mas então, ele soube.

Havia roubado uma faca da cozinha, a pesado na mão, e ido pé ante pé ao andar de cima. Esperou no corredor e espionou por portas abertas, os quartos um ao lado do outro. Os dois estavam dormindo — o pesado sono bêbado de homens que haviam se satisfeito às custas dele —, e ele entrou no quarto do tio. Ficou junto do pé da cama, com a faca na mão, e, pela primeira vez, sentiu que estava ficando duro. Tocou seu pênis por cima do pijama azul-claro de dinossauros. Então, era essa a sensação.

Matou primeiro seu tio. Enfiando a faca no peito dele, uma vez após a outra, o sangue espirrando pelas paredes, cobrindo-o dos pés à cabeça. O homem mal teve chance de acordar. Em seguida, foi ao quarto de seu pai e fez o mesmo.

Então ele estendeu as mãos e tomou o pênis flácido do pai entre dois dedos. Com três golpes de faca, ele o decepou, empregando pouco esforço a mais do que aquele necessário para cortar a cartilagem que conecta linguiças cruas. Ele o descartou no chão, e, quando o pai abriu os olhos, gorgolejando ruídos incompreensíveis enquanto o peito entrava em colapso, ele soube.

Sentiu o sangue quente e grudento revestindo seu peito, o travo de ferro metálico na boca, e tomou o próprio pênis na mão. Não levou muito tempo, os assassinatos haviam sido muito mais do que ele teria precisado, e, com algumas poucas esfregadas rápidas, estava ejaculando. O gozo pela cama, por cima do corpo morto e mutilado de seu pai.

Aquele havia sido o início. Mas isto? Este "memorial"? Esta farsa?

Este não é o fim. Esse virá logo. Uma data que está alojada em sua mente desde sempre, que em breve estará marcada por algo mais. Algo impressionante. Magnífico. Algo que vai assombrar todos eles pelo resto de suas vidas.

Se eles sobreviverem.

59

Tudo é um quebra-cabeças. Estão estudando as fotografias do memorial, tentando meticulosamente identificar cada rosto na multidão. Shenton está trabalhando no criptograma uma vez mais.

"Deu sorte?", pergunta Karen, e ele franze o cenho.

"Odeio dizer isso", murmura o detetive. "Mas estou começando a achar que é impossível de decifrar. Afinal de contas, alguns dos criptogramas do Assassino do Zodíaco nunca foram decodificados."

Karen o fita demoradamente. Milhares de palavrões preenchem sua mente, mas ela, de algum modo, não pronuncia nenhum.

"Teve alguma notícia da caligrafia?", pergunta Shenton diante do silêncio.

A inspetora assente. "O especialista acha que o sujeito é canhoto. E que é singular o bastante para fazer uma comparação, se conseguirmos algum suspeito."

"Sabe, dizem que o Assassino do Zodíaco era ambidestro", comenta Shenton, de forma espontânea. "Então, qualquer análise caligráfica pode não funcionar."

Karen range os dentes. O rapaz só está tentando ser útil, diz a si mesma. Não desconte nele o pesadelo de toda essa situação.

Ela se afasta de Shenton antes que diga algo de que vá se arrepender depois e segue até o quadro branco. Ela encara a fileira de vítimas, a mulher encontrada na frente do apartamento de Griffin acrescentada à sinistra escalação. O dr. Ross deu sua perspectiva. Causa da morte:

eletrocussão. Isso e os fatores contribuintes de inanição, desidratação, abuso sexual, tortura e traumatismo. O patologista supõe que ela foi mantida encarcerada por cerca de uma semana. "Gary Heidnik", havia murmurado Shenton, designando um assassino em série ao assassinato.

A inspetora pega o relatório do laboratório, recebido naquela manhã. Libby estava com o nível alcoólico no sangue sob controle com os poucos drinques que eles sabiam que ela havia consumido no bar. Michael Sharp tinha uma longa lista de drogas em sua corrente sanguínea, porém, uma vez mais, nada de estranho, dado o tipo de produto farmacêutico que o homem costumava ingerir.

Não havia impressões digitais na arma. Nenhum DNA. As únicas células sob as unhas de Libby eram dela própria. Nenhuma saliva estranha. Foi confirmado que o tecido enviado para o jornal com o criptograma tinha vestígios do sangue de Libby, e um buraco compatível foi encontrado no vestido dela. Porém, nada mais.

Sempre a mesma coisa, o tempo todo.

"Vai", murmura Karen entredentes. "Cometa algum erro."

Mas ela sabe que isso pode significar mais uma morte. E como poderia pedir por algo tão maligno? Mesmo que conseguissem pegar esse cara.

A inspetora olha para os nomes das vítimas no topo do quadro. Lisa Kershaw. Daria Capshaw. Sarah Jackman. Marisa Perez. Ann Lees. Elizabeth Roberts. Michael Sharp. Diversas pessoas que ainda não conseguiram identificar. E Mia Griffin.

Karen decide que, assim que isso acabar, quando o Colecionador de Monstros tiver sido capturado e estiver atrás das grades, ela vai garantir que esses nomes sejam lembrados. Todos haviam sido a filha de alguém, o pai, o irmão, a esposa. São essas as pessoas que importam.

Ela toca a foto de Libby com um dedo, então a de Mia com outro. "Eu vou pegar esse cara", murmura para si mesma. "Por vocês."

Então, Karen se pergunta sobre o telefone e o notebook de Libby. Ela respira fundo, depois expira devagar. *Preciso mudar de ares*, pensa, e então sai de lá, descendo os cinco lances de escada até o porão.

• • •

O laboratório digital solicitou que suas salas fossem alocadas ali embaixo. Era o lugar que ninguém mais queria, por causa da falta de luz natural, da distância da cantina. *Mas deve ser por isso que gostam daqui*, pensa a inspetora, com as luzes automáticas se acendendo conforme ela atravessa o corredor.

A sala parece estar escura quando Karen chega à porta, no final. Ela tenta a maçaneta, mas a porta está trancada. Há uma campainha à direita, e ela a pressiona.

Após um instante, um sibilo anuncia que alguém atendeu.

"Detetive inspetora-chefe Elliott", apresenta-se ela ao interfone.

Um zumbido indica que recebeu permissão para entrar, e Karen empurra a porta para abri-la.

A sala está sob uma luz tênue. Um dos lados é dominado por prateleiras de equipamentos, cabos caindo casualmente de seus gabinetes, alguns espalhados pelo chão. Há fileiras de computadores, e de um deles emana um brilho tênue diante dela.

"Olá?", chama Karen.

Um rosto brota por detrás de um monitor. O homem sorri.

"Como posso ajudar?"

Sua aparência e seus modos amigáveis a desarmam. Ele é bonito, com um corte de cabelo da moda e belos olhos por trás dos óculos.

"Detetive inspetora-chefe Karen Elliott", repete ela. "Queria saber como anda o progresso com o notebook e o celular."

"Então você veio até aqui embaixo?", pergunta o sujeito.

"Vocês não recebem muitas visitas?"

"Nenhuma." Ele estende a mão e puxa uma cadeira para junto de seu computador. "Sente-se aqui ao meu lado, vou procurar. Charlie Mills", diz ele, estendendo a mão.

"Você é Charlie Mills?", indaga a inspetora, apertando a mão dele. Mal consegue conciliar aquele homem com o nome que viu assinado em um sem-número de relatórios totalmente incompreensíveis que passaram por sua mesa ao longo dos anos. Esperava alguém monossilábico, talvez calvo, levemente acima do peso.

Charlie ri. "Não se preocupe, já estou acostumado. Volte quando não for dia de curry na cantina para conhecer minha equipe. Eles vão se adequar às suas expectativas. Qual é o número do caso?"

Karen o lê e ele o digita no computador. Ele acessa um relatório, então olha na direção dela.

"Diz aqui que o enviamos para vocês ontem."

"Ah." Karen se sente estúpida. "Para quem você o enviou?"

Charlie diz o nome da caixa de e-mails e Karen franze o cenho. É a caixa coletiva, usada para informações desimportantes, em vez de relatórios urgentes desse tipo.

"Tudo bem, então", murmura ela. Aquilo é um pouco preocupante. "Pode me contar o que diz nele? Já que estou aqui?"

"Adoraria", responde Charlie com um riso largo. Karen se pergunta se o homem está flertando com ela, então ignora a ideia. Deve ter, o que, trinta e poucos anos? Com certeza Charlie tem pessoas melhores para quem sorrir do que uma mulher casada e mãe de dois filhos.

Charlie rola a página para baixo, passando os olhos pelo texto. "Aqui diz que nada de útil foi achado no notebook. Ela não fazia muita coisa nele, além de redes sociais, fotos pessoais e e-mails."

"Alguma coisa nos e-mails?"

"Pode levá-lo e conferir você mesma, se quiser, mas meu funcionário não achou nada que parecesse suspeito. Ah, mas isto. Isto é mais importante."

Karen olha para Charlie e ele recita uma longa lista de nomes que soam como tecnobaboseira. Ele ri de seu olhar vazio.

"Vírus e programas espiões instalados ilegalmente", esclarece. "Significa que, se ela estava usando o computador, outra pessoa podia ver o que ela estava fazendo. E monitorar os toques no teclado."

"Então alguém saberia as senhas dela?"

"Exato." A expressão de Charlie, de repente, se torna séria. "Por sorte, ela nunca levou trabalho para casa, mas todo o resto, bom... esse cara sabia."

"Algum modo de descobrir quem?"

Charlie meneia a cabeça. "Receio que não. Parece que meu pessoal da técnica deu uma fuçada, mas acabaram em becos sem saída. Além daqui." Ele aponta para a tela. "O sujeito conseguia vê-la pela webcam."

Karen estremece. A ideia de esse cara ver cada movimento de Libby? É apavorante. Não admira que ele soubesse como montar o perfil no Tinder para ser atraente a ela.

"E quanto ao celular dela?", pergunta a inspetora.

Ela observa Charlie ler o relatório seguinte. "Nada digno de nota, receio eu. Embora tenhamos trabalhado um pouco no perfil de encontros ao qual ela estava conectada." Ele segue lendo. "Há até um conjunto de coordenadas geográficas para uma das mensagens que o homem mandou."

"Vocês têm uma localização?" Karen fica empolgada. Essa pode ser a pista de que precisavam.

"Só um momento, esqueceram de verificá-la..." Charlie digita um pouco, então franze o cenho. "Não pode estar certo", murmura ele, digitando outra vez.

"O que foi?"

Charlie se vira para a inspetora com uma expressão chocada. "A localização", começa ele. "Ela aponta para cá."

"Como assim?"

"Ela aponta para a delegacia. Essa mensagem foi enviada de dentro desta delegacia."

60

Karen volta para a sala de investigações, com a cabeça girando. A sala está movimentada, detetives trabalhando detrás de suas mesas, alguns conversando, outros em silêncio. Lá está Deakin, de cabeça baixa, revisando relatórios, e Griffin com um dos detetives. A inspetora olha para eles e só uma pergunta lhe vem à mente: é você?

Karen se senta diante de seu computador e clica na caixa de entrada de grupo. Há algumas mensagens ali, e ela rola a tela, procurando o e-mail enviado pela equipe digital. Não consegue achá-lo, então faz uma busca por todas as páginas. Ainda nada.

Será que alguém o deletou, desejando esconder as evidências do que fez? Será que o assassino se deu conta de que cometeu um erro?

Deakin se aproxima e ela rapidamente clica em outra coisa.

"Escuta, algo nos veio à mente, sobre a carta", diz ele, e Karen ergue o olhar em sua direção. "Você está bem?", acrescenta Deakin. "Está pálida."

"Estou, sim", murmura a inspetora. Mas ela precisa contar a alguém. "Sente-se", sussurra, e o detetive o faz, com uma expressão intrigada. "Acabei de voltar do laboratório digital. Disseram que havia programas espiões no computador de Libby."

"Alguém a estava vigiando?", pergunta Deakin, e Karen assente.

"Mas isso não é tudo. Disseram que uma das mensagens no perfil do homem no Tinder foi enviada daqui."

"Daqui?" Deakin ergue o olhar, fitando os arredores. "Fala da sala de investigações?"

"Não necessariamente. Da delegacia."

"Quê? Então nosso assassino é policial?"

Karen vê a expressão de Deakin. É de perplexidade, de descrença. O mesmo sentimento que ela sabe que tem em sua própria expressão.

"Pode ser. Como Toby disse. Ou um civil, alguém da Central de Controle, ou da administração. Ou qualquer pessoa trabalhando neste prédio."

"Mas não conseguiram especificar mais do que isso?"

"Não. A pessoa só tinha que estar aqui quando mandou a mensagem. E isso fica entre nós, está bem?" Deakin assente rapidamente. Karen suspira. "O que você ia me perguntar?"

"Ah. Então, vamos querer que alguém dê uma olhada com mais atenção no papel em que o bilhete foi escrito. Não há digitais, mas eu li que máquinas especializadas podem detectar se há qualquer chanfradura mínima que não podemos ver a olho nu. Se essa página veio de um caderno, podemos ser capazes de discernir coisas que o sujeito tenha escrito antes."

Karen assente. "ESDA. É o nome do dispositivo usado para detecção eletrostática, sim. Podem encontrar impressões secundárias no papel", acrescenta, irritada por ela mesma não ter pensado nisso.

"Mas é caro. Precisamos que você solicite a verba a Marsh."

"Claro, sem problemas", responde Karen. O superintendente vai ter que dizer sim depois da conversa de ontem, com certeza. "Como está seu rosto?" A mão de Deakin sobe até o hematoma. A inspetora estende a sua, e ele permite que ela gentilmente ajeite com a ponta do dedo um dos pedaços de fita do curativo. O detetive se encolhe de leve. "Está doendo?"

"Não muito. Só fico preocupado de isso estragar minha beleza rústica", declara ele com um sorriso torto.

"Vai prestar uma reclamação formal?"

Noah suspira. "Nem vale levantar o rabo da cadeira pra isso, Karen. Eu provavelmente mereço. Além disso, ele parece estar pior do que eu."

Karen olha para o outro lado da repartição, onde Griffin está sentado. Seu irmão está ereto na cadeira, de rosto tenso. Estão todos com uma cara de merda naquele momento, mas Noah tem razão, ele não está bem.

"Ele parece doente", continua Deakin. "Acho que precisa ir para casa."

"Obrigada. Eu falo com ele." O detetive se levanta, mas Karen agarra a mão dele antes que ele saia. Deakin se vira. "Mesmo, Noah. Muito obrigada."

Ele sorri e sai, e a inspetora o segue para a outra sala, indo na direção de Griffin. De perto, seu irmão parece ainda pior. Há uma fina camada de suor em sua testa, seu rosto está quase amarelo.

"Nate, você está bem?", pergunta Karen, e Griffin ergue o olhar de repente.

Ele hesita. "Estou, sim."

"Não está. Está doente. Vá para casa, se estiver precisando."

Griffin passa a mão pela testa. Karen nota que o irmão está trêmulo. "Sim, acho que vou", concorda ele, em voz baixa.

"Quer que eu leve você?"

Ele balança a cabeça rapidamente. "Não, não. Precisam de você aqui."

A inspetora o observa se levantar, pegar a mochila e sair. Ele caminha devagar, como se colocar um pé na frente do outro precisasse de toda a sua concentração. Karen pensa em ir atrás dele, forçar alguém a acompanhá-lo, mas sabe que ele vai detestar a intromissão. Só o fato de Griffin ter concordado em ir embora por contra própria já é suficiente.

A inspetora fica do lado de fora de sua sala, à beira da sala de investigações. Observando a equipe, todos trabalhando duro. Os detetives por trás das fileiras de computadores, ainda examinando imagens de câmeras de segurança. Os analistas repassando dados. Os agentes de interrogatórios dando prosseguimento a cada informação oferecida pelo público, por mais improvável, por mais louca que fosse.

Karen pensa no que o laboratório digital encontrou. Sobre a conta do Tinder.

Ela observa todos eles. E, mais uma vez, pensa: *é você?*

É você?

61

Ora, esta é uma bela casa. Ele ergue o olhar para a fileira de janelas, a porta da frente vermelho-claro, em seguida caminha pelos últimos metros pela entrada da garagem coberta de cascalho. O carro dela está aqui, e ele sabe que ela está sozinha.

Ele a tem vigiado. E ela é perfeita. É isso. Ele está pronto. Respira fundo e toca a campainha. A porta se abre.

O primeiro golpe com seu punho a lança para trás, o sangue esguichando do nariz da mulher. O segundo, na boca, a derruba no chão, os braços girando feito pás de um moinho. Ele ouve a mandíbula dela se quebrar, vê os olhos dela se arregalarem de pânico. Ele segue para o corredor atrás da mulher e ela se arrasta freneticamente para longe, as mãos lutando para ganhar tração, os sapatos rangendo na superfície azulejada. Ele se abaixa e a atinge mais uma vez — os nós dos dedos dele quebram a órbita ocular dela, um segundo golpe na lateral da cabeça.

Ela parece atordoada. Ele a ouve tentar dizer alguma coisa pelos lábios esmagados, o sangue e a baba escorrendo do queixo. Ele assoma sobre ela, saboreando o momento. Sabe o que vai fazer.

Ele a agarra pela parte de cima do braço, puxando-a para cima e rasgando sua camisa. Os botões pulam e quicam pelo chão; a costura arrebenta quando ele a arranca do corpo da mulher. O sutiã é rosa e de rendas, delicado — ele o agarra pela frente e o usa para arrastá-la mais para dentro da casa, oferecendo pouca resistência quando ele faz força para rasgá-lo, ferindo a pele dela.

A mulher ainda resiste. Ela não se entrega fácil. Ele gosta disso. Ele desfere alguns chutes bem aplicados no estômago dela, sente o estalo quando uma das costelas se parte, e ela se dobra, depois vomita violentamente. Ele a rola de bruços, o rosto virado para o chão, então leva a mão ao bolso e tira um pedaço de corda. Ele a passa ao redor do pescoço da mulher, cruzando-a, em seguida puxando, com o joelho no meio das costas dela. A mulher gorgoleja, ele vê os olhos dela se revirarem. Mas ele solta. Não tão forte, pensa. Ainda não.

A saia é a próxima, então a meia-calça. Calcinha combinando, muito bom. Essa piranha sabe se cuidar. A peça de roupa fica em pedacinhos quando ele a puxa pelas pernas dela. Ele sente cheiro de suor e urina. Os sapatos já se foram durante a luta, caídos de lado em uma poça de sangue.

Ele consegue sentir o próprio coração batendo mais rápido. Está duro só pela antecipação. Ele assoma sobre o corpo nu e prostrado dela, tocando-se de leve com os dedos por cima da calça jeans. Olha para a pele nua dela, onde hematomas começando a aparecer, para a boceta suculenta, a bunda apertada que sabe que está esperando por ele.

Ela está apenas olhando por cima do ombro, com os últimos vestígios de consciência.

Ele se vira para a porta da frente, ainda aberta, para a rua vazia além dela. Ele a fecha com o pé e, ao fazê-lo, vê a esperança desvanecer dos olhos da mulher.

A porta se fecha com um clique. Ele não quer ser incomodado. Quer fazer com que esta aqui dure, quer se lembrar de cada detalhe.

Porque chegou a hora.

Este é o início do fim.

62

Griffin quase cai ao passar cambaleando pela porta, e Jess o leva até a cama. Ele se deita com um baque. Dá para ver com clareza a dor em seu rosto.

"Isso é ridículo, Griffin. Tome alguma coisa."

"Só tenho mais um comprimido."

Ela vai até a mochila dele e tira a caixa de lá. Como era de se esperar, há apenas um comprimido solitário. Jess o tira da cartela e o entrega a Griffin com um copo d'água.

"Tome", ordena. O homem se ergue lentamente sobre um dos cotovelos e engole a droga, então desaba outra vez na cama. "Você se encontrou com Nav?"

Griffin franze o cenho. "Ele me deu uma receita de codeína com paracetamol. É inútil."

"Isso é ridículo", exclama Jess. "Vou ligar para ele outra vez."

"Ele não vai me ajudar", argumenta Griffin.

Algo na voz dele faz Jess se virar, com o celular dele na mão. "O que você falou pra ele?" A expressão de Griffin se anuvia. "O que você falou?"

"Nós tivemos uma discussão sobre pontos de vista. Não é importante."

"Olhe só para você! Importa, sim."

Jess lhe dá as costas e disca o número de Nav. Depois de alguns toques, o médico atende, com voz incisiva.

"Que foi?"

"Nav, você precisa ajudar Griffin", diz Jess.

"Ele não quer minha ajuda."

"Oxicodona, Nav. Não qualquer outra merda que você tenha oferecido."

"Oxicodona é um medicamento controlado, Jess. Ele não é meu paciente. Diga a Griffin para procurar o médico dele. Ir a uma emergência. Qualquer coisa."

"Ele disse que vocês discutiram." Faz-se um silêncio do outro lado da linha. "O que foi que ele falou, Nav?"

Uma outra pausa. "Não é importante. Não foi por causa disso."

Nav parece chateado, aflito, mas Jess não tem tempo para isso agora. Ela se afasta da cama, de modo que Griffin não possa ouvi-la. "Veja", diz ela. "Eu sei que ele é um cuzão. Sei que pode ser difícil. Mas ele passou por muita coisa. Por favor, Nav? Por mim?"

Faz-se silêncio outra vez, então Jess ouve Nav resmungar. "Está bem. Eu passo aí quando terminar por aqui. E, Jess?"

"Sim?"

"Alice terá alta do hospital em algumas horas."

A onda de emoção pega Jess de surpresa.

"Ela está melhor?", consegue perguntar, rouca.

"Bem o suficiente. Ela vai ficar com seus pais. Estava perguntando de você e de Patrick."

Jess não consegue se obrigar a falar.

"Você precisa dar um fim a isso, Jess", continua Nav. "Pelo bem de Alice. Precisa se entregar à polícia. Depois disso, vão deixar que você a veja. Alice precisa da mãe."

"Traga a receita para Griffin, e pronto. Obrigada", murmura Jess, então desliga.

Ela espera um momento, forçando a se livrar de um nó na garganta. Em seguida vai se juntar a Griffin na cama, deitando-se ao lado dele. Os olhos dele estão fechados.

"Nav vai trazer uma receita mais tarde."

"De oxicodona?"

"Sim."

"Obrigado", diz Griffin em voz baixa. Ele abre os olhos de leve e a fita. "Eu não sou um cuzão."

Jess sorri. "Então pare de agir feito um, Griffin."

Ele assente, então estremece. Ela estende a mão e toma a dele, entrelaçando os dedos aos dele.

Os dois ficam deitados assim por algum tempo. Jess escuta a respiração de Griffin. Ouve os carros na estrada. Conversa vinda do átrio da loja de carros, lá fora.

"Alice vai sair do hospital hoje", comenta em voz baixa.

Griffin não responde. Ela se pergunta se está dormindo.

"Eu quero vê-la."

"Deveria ir mesmo", murmura ele.

"E se houver polícia por lá? Eu deveria ficar com você."

"Vou ficar bem. Você sabe em que deve ficar de olho. Leve o Land Rover. Pegue um de meus cartões de crédito, caso precise de dinheiro. E se vir alguém estranho, pegue o carro e vá embora." Griffin abre os olhos, vagamente desfocados, depois aponta na direção da mesa de cabeceira. "Gaveta de baixo."

Ele não elabora, e Jess se inclina para abri-la. Então se detém. Ali dentro, há um suéter cinza de algodão, com um logo de arco-íris bordado na frente. É macio e cheira a roupa limpa e bem-cuidada.

"Você precisa de outra coisa para vestir", murmura Griffin.

Jess baixa os olhos para si mesma — o mesmo suéter que Nav havia lhe comprado há todos aqueles dias. Ela o vem lavando quando pode, mas Griffin tem razão, a roupa está manchada e suja por quase uma semana de uso constante.

"Não posso aceitar...", começa Jess, mas ele a interrompe.

"Por favor. Ela ia querer que você ficasse com ele."

"Não sei como um dia vou poder retribuir a você por tudo isso, Nate." Jess segura o suéter com carinho, olhando para Griffin. Seus olhos já se fecharam outra vez, e ele está recostado no travesseiro. "Por me manter segura, por cuidar de mim."

Griffin abre um dos olhos por um breve momento. "É só fazer uma nota promissória", diz ele baixinho. "Por serviços prestados a uma dama em perigo."

Jess estende a mão e toma a dele outra vez, apertando-a de leve. Griffin retribui o gesto. Então ela se senta na cama, trocando de roupa rapidamente e calçando os sapatos. O suéter é um pouco grande demais, mas está quente, limpo, e ela se conforta por saber que a roupa é uma parte de Griffin. Jess se reclina, beijando-o delicadamente nos lábios.

"Vou ser o mais rápida possível. Obrigada, Nate."

Ela já está quase do outro lado da porta quando ouve a voz dele outra vez.

"Jess?"

"Hmm?" Ela se volta. Griffin se ergueu um pouco, olhando para ela.

"Você me chamou de Nate."

"Você se importa?"

Ele volta a se deitar na cama. "Não."

Jess sorri e pega as chaves do Land Rover.

A caminhonete dá a partida sem falhar e Jess encara isso como um bom sinal. Ela atravessa a cidade e estaciona a algumas fileiras de distância da casa de seus pais. Sabe qual caminho vão tomar se estiverem vindo do hospital, mas não faz ideia de quando. Nav dissera algumas horas, então ela se acomoda no banco para esperar.

Jess passa os olhos por outros carros estacionados na pista, mas não há ninguém por perto. Após todo esse tempo, não há possibilidade de se entregar à polícia. Griffin está trabalhando na investigação. Eles vão encontrar alguma coisa. Vão achar esse assassino, então vão saber que ela não teve nada a ver com a morte de Patrick.

O incêndio parece uma memória distante. Suas recordações de Patrick são nebulosas, como um sonho surreal. Ainda é muita coisa com a qual se conformar — seu marido está morto. A vida com Griffin não parece normal, mas... Jess não tem certeza.

Ela pensa nele, deitado de dor no apartamento. Não consegue compreender como é isso, como é sofrer desse modo, e, pela primeira vez, Jess considera sua condição como uma bênção em vez de uma maldição. Griffin parece tanto uma força imutável, que vê-lo tão completamente derrubado dá o que pensar.

Ficar ali sentada no velho Land Rover a lembra dele. O carro tem cheiro de cigarros; há bagunça espalhada ao seu redor. Pela primeira vez, Jess pensa na esposa dele — a mulher que costumava usar aquele suéter. E como Griffin devia ser como marido.

O dia se aproxima do fim, e as luzes das ruas piscam ao ganhar vida. Alguns carros passam pela rua, mas não param.

Então, finalmente, Jess vê o Nissan de sua mãe vir em sua direção e virar na entrada da garagem. Vê o carro estacionar e os faróis se apagarem. Sua mãe sai do carro e abre a porta de trás. Então — lá está ela. Alice está tagarelando alegremente; o cabelo está solto e cai em cascatas sobre seu rosto.

Jess relaxa no mesmo instante. Sua filha está ali, e está bem. Ela põe a mão na porta para abri-la, porém algo faz com que se detenha. Com o canto do olho, ela vê um hatch branco seguir lentamente pela rua. O veículo para a alguns carros de distância de Jess e desliga os faróis, mas ninguém sai dele. Dá para ver uma mulher sentada no banco da frente.

Cada músculo no corpo de Jess deseja sair do Land Rover. Quer ir até a filha, tomá-la nos braços, mas sabe, por instinto, que aquele carro é da polícia. Jess sabe que não pode se mexer.

Ela começa a chorar ao girar a chave na ignição do Land Rover. Olha para a filha uma última vez. A porta da frente da casa de seus pais está aberta e sua mãe está conduzindo Alice para dentro. A menina está segura. Está feliz. Está bem. Isso é tudo o que importa, diz Jess a si mesma ao sair da vaga de estacionamento.

Ela se afasta da casa, olhando no retrovisor pelo caminho. O hatch branco não a está seguindo. Ela está sozinha.

Quer voltar para Griffin. A ausência da filha é um grande peso, mas, com um choque estranho, Jess se dá conta do quanto precisa voltar e estar com ele. De que estar junto de Griffin vai aplacar um pouco essa tristeza, e ela dirige rapidamente pelas ruas escuras.

Jess vê a oficina adiante e para o Land Rover outra vez em sua vaga, então sai do carro. A loja agora está deserta, as luzes no escritório estão apagadas; ela olha na direção da única janela do porão. Estranho, também está escuro lá dentro. Ela se pergunta se Nav passou ali. Talvez Griffin tenha adormecido, caído no sono após ser ninado com a chegada de novos remédios.

Jess abre a pesada porta de metal e desce as escadas. Coloca a chave na fechadura e abre a porta. Está escuro e ela se detém, deixando os olhos se ajustarem. Vira o rosto na direção da cama. Está vazia. Griffin não está ali.

Ela franze o cenho, preocupada. Ele não pode ter saído. Ela está com as chaves, com o carro. Jess dá um passo adiante, mas seu pé percebe algo no chão. Ela olha para baixo. Há um volume diante dela, algo no escuro.

Jess arfa e tateia os arredores em busca do interruptor. A súbita claridade a ofusca, mas ela sabe.

Ela cai de joelhos ao lado dele, gritando seu nome.

Griffin está deitado de lado, com a cabeça torta. Dá a impressão de que estava tentando alcançar a porta. Jess sacode o corpo do sujeito, tentando acordá-lo, mas ele não se move. Ela entra em pânico, a mente em disparada, tentando se lembrar o mínimo que seja de técnicas de primeiros socorros. Jess o sacode outra vez, então o rola para deitá-lo de costas. Ela se inclina junto à boca dele. Está respirando com esforço, os batimentos estão lentos, mas Griffin está vivo.

Ela pega o telefone na mesa e tecla o número da emergência.

"Ambulância", diz, ofegante. A ligação é transferida, uma voz pergunta seu nome e onde ela está. Jess informa o endereço, mas então se detém. Seu nome. Se disser a eles quem é, vai acabar presa. Ela chamou a ambulância, deveria ir embora, fugir agora. Mas não pode abandonar Griffin. Não pode.

"Jessica Ambrose", responde. "Por favor, venham rápido."

A pessoa na linha pergunta a ela sobre o paciente.

"Nate Griffin. Ele está inconsciente, mal respira."

Jess se agacha junto a Griffin. Então percebe. Escrito na poeira junto à mão dele há algo que parecem letras. Ela estreita os olhos. Estão tremidas, mas consegue discernir algumas. S H I. Ela vira a cabeça, tentando lê-las no sentido correto. P M.

Jess inspira o ar bruscamente. Ela sabe. Sabe o que Griffin estava tentando lhe dizer.

"Diamorfina", berra Jess ao telefone. "Ele teve uma overdose de diamorfina."

"Permaneça na linha", pede a pessoa ao telefone. "A ambulância está a caminho."

Jess desaba no chão, sentada ao lado de Griffin, o telefone preso em uma das mãos, trêmula, agarrando a mão de Griffin com a outra.

"Shipman", sussurra para si mesma. "Harold Shipman."*

---

*   Harold Shipman, assassino em série britânico conhecido como Doutor Morte. Foi condenado pela morte de quinze mulheres idosas entre 1970 e 1990, mas o total de suas vítimas pode passar de 250. Usava doses letais de diamorfina, um opiáceo, para executar suas vítimas. [NT]

PARTE 3

63

Os paramédicos chegam, abrindo caminho pela porta aberta, e Jess vai para os fundos, saindo da frente deles. São uma massa de movimento ao redor de Griffin, transmitindo mensagens uns para os outros, colocando uma máscara no rosto dele, forçando ar para dentro de seus pulmões.

Jess está atônita em vê-lo desse jeito: inconsciente, perto da morte. Um policial fardado aparece ao lado dela. Está pronta para ser presa, mas o sujeito não está ciente da situação, fazendo-lhe perguntas sobre o que aconteceu.

"Era para meu amigo Nav ter vindo aqui", balbucia Jess. "Não sei se ele veio."

"Nome completo?", pergunta o policial, o bloco de anotações posicionado em sua mão.

"Dr. Navin Sharma, ele trabalha na oncologia do Hospital Geral. Ainda deve estar no plantão."

O homem faz uma anotação, então ergue o olhar quando uma mulher entra no cômodo. Sua expressão é severa, de olhos fixos em Jess. Ela a reconhece: é a detetive do hospital.

A mulher avança, bloqueando a saída.

"Jessica Ambrose." A detetive vai direto ao ponto. "Você está presa como suspeita pelo assassinato de Patrick Ambrose, na segunda-feira, 25 de janeiro." O policial fardado recua, confuso. A detetive puxa as mãos de Jess para longe de seus flancos, colocando algemas à frente dela. "Não precisa dizer nada. Mas sua defesa pode ser prejudicada se não mencionar, ao ser perguntada, algo em que pode querer se apoiar depois no tribunal. Tudo o que você disser poderá ser usado como evidência."

A mulher a puxa para longe, saindo pela porta e subindo as escadas de metal, para longe de Griffin, mas Jess resiste.

"Por favor", suplica ela. "Só me deixe saber se Nate está bem."

Um dos paramédicos faz menção de abrir caminho por elas nas escadas, e a detetive chama a atenção dele.

"Como ele está?", pergunta ela.

O paramédico se detém. "Demos a ele uma dose intramuscular de cloridrato de naloxona. Ele respondeu bem, então não tivemos que entubá-lo", explica o sujeito. "Vamos levá-lo em breve. Provavelmente vão seguir com uma intravenosa no hospital."

"Então ele vai ficar bem?", pergunta Jess, às pressas.

O paramédico assente. "É o que parece." Ele olha para a detetive. "O homem não tem as marcas de costume de um usuário de drogas, mas achamos uma marca de agulha no antebraço dele."

"Ele não é", afirma Jess no impulso. "Ele não fez isso consigo mesmo. O chão...", tenta dizer, desesperada para fazê-los escutar. "Ele sabia..."

O paramédico lhe dirige um olhar apático e segue seu caminho para pegar algo na ambulância.

A detetive puxa as mãos de Jess e as duas sobem as escadas, saindo para o pátio dos carros, onde uma viatura aguarda. No caminho, Jess se lembra de onde Griffin havia caído. As letras no chão haviam sido obliteradas, raspadas pelos sapatos do paramédico.

64

Quando Noah aparece na porta de seu escritório, ela sabe pelo olhar dele que a notícia é ruim. Mas Nate? Karen quase não consegue acreditar que seu irmão forte e pragmático foi atacado de novo.

"O hospital falou que ele vai ficar bem", acrescenta o detetive rapidamente. "Mas vou pegar seu carro, vamos vê-lo agora."

Karen pega o casaco e os dois saem às pressas da delegacia. Mas antes de chegarem à rua, Karen o detém. Ela põe a mão no braço dele e Deakin olha para ela.

"Noah", diz Karen. Está se forçando a falar devagar, seu corpo todo em pânico. "Preciso que me faça um favor. Algo que só confio que você faça."

Deakin vê a expressão dela e parece preocupado. "Qualquer coisa."

"Está de brincadeira. Não podemos simplesmente ir embora do nada!"

Karen está diante de seu marido no restaurante, e Deakin zanza no plano de fundo.

"Roo, me escute. Alguém tentou matar Griffin. Não posso deixar que você ou as crianças corram esse risco."

Roo gesticula pela cozinha. "Eu preciso gerenciar o serviço do almoço, tenho que..."

"Que se dane o serviço do almoço!", berra Karen. "Não estou pedindo, estou mandando: você tem que pegar seu carro e ir com Noah. Pegue as crianças na escola e vá para o chalé. Vão estar a salvo lá."

"Por quanto tempo?", pergunta seu marido, atônito.

"Até isso acabar."

"Até..." A voz dele se esvai. "Que absurdo", murmura Roo, mas Karen sabe que ele vai fazer o que pediu. "Eu ligo para Lauren. Vou pedir para arrumar as malas das crianças."

Karen meneia a cabeça. "Não. Lauren não vai", acrescenta ela em voz baixa.

Roo a encara.

"Eu sei de tudo, Roo", diz Karen. Está ciente de que sua voz está trêmula; não pode desabar agora. "Sei o que andaram fazendo. Juntos."

Seu marido paralisa. Ela nota as faces dele corando levemente. "Eu não fiz...", começa Roo, mas Karen percebe pelo tom da voz dele que ela tem razão. "Mas não podemos deixá-la aqui", ele dá conta de dizer, gaguejando. "Se estamos em perigo, então ela também está."

"Ela não vai com vocês."

Karen dá as costas ao marido.

"Mas Karen...", tenta Roo.

"*Não venha com merda* pro meu lado!" Karen está tremendo, dominada pela fúria. "Meu irmão está no hospital, há um assassino em série insano à solta e você quer levar sua amante para nosso chalé de férias, depois de ter tido um caso debaixo do meu nariz, sabe Deus por quanto tempo." Ela está berrando, sabendo que está recebendo olhares dos outros chefs do restaurante, mas não se importa. "Roo, pegue suas coisas e vá com Noah. Agora!"

A inspetora sai pela porta dos fundos na cozinha, e para junto ao carro do marido. Agora está chorando, grandes lágrimas ranhentas, e as enxuga com raiva na manga da roupa.

Deakin aparece ao seu lado. A inspetora olha para ele, que lhe entrega um lenço.

"Sinto muito, Noah, não é justo com você."

"Tudo bem. Sério. Vou levá-los para o chalé e volto assim que puder. E, escute, Karen."

O detetive parece desconfortável, com as mãos enfiadas nos bolsos.

"Sim?"

Ele faz menção de dizer alguma coisa, mas então nota Roo vindo na direção dos dois.

"Deixa para lá", murmura Noah.

Ambos entram no carro e o marido de Karen baixa o vidro da janela.

"Me ligue quando estiver com as crianças", pede ela, e Roo assente.

Quando o carro some de vista ao dobrar a esquina, Karen no mesmo instante se sente melhor. Sua família estará a salvo, isso é tudo o que importa por ora. Lidará depois com a merda entre Roo e Lauren.

Um garçom sai às pressas da cozinha, agarrando um celular. "Chef!", chama ele na rua deserta. Mas é tarde demais. "Ele esqueceu o telefone", diz o sujeito.

"Eu levo", responde Karen, e o garçom o entrega. Ela o devolverá depois. O chalé não tem sinal, de todo modo.

Porém, ao voltar para o próprio carro e jogar o telefone do marido no banco do passageiro, ela se lembra de Deakin e se pergunta o que o detetive estava prestes a dizer. Karen balança a cabeça. Não devia ser assim tão importante.

Isso pode esperar, diz a si mesma. Vai ter que esperar.

Ela precisa ir ao hospital, ver o irmão, certificar-se de que ele está bem.

E, depois, ela tem um assassino em série para pegar.

65

A detetive nada diz durante o trajeto na viatura. As duas chegam na delegacia e Jess é escoltada até a detenção. A detetive lhe retira as algemas. Jess assente nos momentos certos, assina os papéis que lhe mandam assinar. Meneia a cabeça quando perguntam se deseja um advogado.

Ela é levada até uma cela. Senta-se no colchão coberto por um plástico azul. A porta é fechada com um baque metálico.

Há gritos abafados vindos da cela vizinha. Está ciente do vaivém das pessoas pelo corredor, mas não se move.

Agora que está ali, agora que foi presa pelo assassinato de seu marido, Jess mal consegue sentir qualquer coisa. Não sente o medo que esperava. De repente, foi arrebatada por um mar de inevitabilidade, com todas as decisões sendo tomadas por ela. Pensa em Griffin, na ambulância a caminho do hospital. Pensa em Alice.

Ela se deita na farfalhante cama de plástico. Põe o cobertor atrás da cabeça e fecha os olhos, torcendo para que, ao menos agora, possa ver a filha.

Jess é despertada pelo som da porta se abrindo. Um homem chama seu nome e acena para que ela o siga.

"Está na hora", anuncia o sujeito, escoltando-a pelo corredor até uma sala de interrogatório. A detetive está esperando; ela aponta para a cadeira diante de si. Jess se senta.

A mulher se apresenta, então lê o alerta mais uma vez. Detetive Taylor, Jess agora se lembra.

"E você está recusando seu direito a um defensor independente e gratuito?", pergunta Taylor.

"Sim", responde Jess. Sabe que não é sensato recusar um advogado, mas sua ânsia autodestrutiva voltou a dar as caras. *Me acusem da morte dele*, pensa ela, *só façam algo para me punir pelo que acontece com as pessoas que eu amo. Todas acabam machucadas ou mortas.* Primeiro Patrick e Alice, agora Griffin. "Posso ver minha filha?", pergunta ela.

"Tudo a seu tempo." Taylor olha para suas anotações. "Me diga o que preciso saber e talvez possamos pensar em alguma coisa. Agora, por favor, me relate os eventos da noite de segunda-feira, 25 de janeiro, quando sua casa pegou fogo."

Jess abre a boca para falar, mas uma batida na porta as distrai.

"Interrogatório pausado, 17h46." Taylor suspira e levanta para abrir a porta.

Há uma mulher do outro lado. Ela é alta, tem cabelos escuros e está vestida com uma camisa elegante e jeans preto. Jess sabe exatamente quem é. A irmã de Griffin, Karen Elliott. Parece estranho ela estar ali, tão perto; é como ver uma celebridade em carne e osso.

Elliott diz algo a Taylor, e Jess a ouve praguejar.

"Como assim, você precisa dela?", Jess ouve Taylor perguntar.

Elliott fala mais alguma coisa. Taylor parece furiosa, mas murmura: "Sim, chefe".

Karen fita Jess, então indica a saída com a cabeça. "Venha comigo, por favor."

Taylor observa, com expressão desalentada, Jess ir embora. Jess atravessa o corredor sem nada dizer, até uma sala de interrogatório diferente. A detetive inspetora-chefe fecha a porta atrás de ambas, mas não faz menção alguma de se sentar.

"Jessica, sou a detetive inspetora-chefe Elliott", diz a mulher.

"Como Griffin está?", pergunta Jess. "Por favor?"

A inspetora Elliott sorri. "Está indo bem, acordado e falando no hospital. Obrigada por ter chamado a ambulância", diz ela. "Você salvou a vida dele."

"Ele salvou a minha", responde Jess. "Posso vê-lo?"

"Não, sinto muito." A expressão da detetive se torna séria mais uma vez. "Preciso que você nos ajude. Estamos com o dr. Sharma sob custódia."

"Nav? Por quê?", gagueja Jess.

"Nós o prendemos por tentativa de homicídio."

"O quê?" Jess não acredita no que está ouvindo. Por que Nav iria querer matar Griffin? "Vocês devem ter pegado a pessoa errada. Ele é médico, salva vidas."

Elliott franze o cenho. "Nós aparecemos no hospital para interrogá-lo e ele confessou na mesma hora. Disse que está preparado para fazer uma declaração completa."

"De quê? O que ele disse que fez?"

"Convenceu Griffin a deixá-lo injetar um analgésico nele, e então usou uma quantidade potencialmente letal de diamorfina. Mas ele quer falar com você antes. A sós."

Jess sente as pernas fraquejarem. Ela se recosta na parede.

"O que ele quer me falar?", sussurra.

"Isso é o que gostaríamos de saber. É contra o protocolo, mas achamos que ele sabe alguma coisa. Algo que pode nos ajudar a encontrar o Colecionador de Monstros."

Jess ergue a cabeça de pronto. "Ele não está envolvido nisso."

"É mesmo, Jessica?", indaga Elliott. "Esse cara tenta matar meu irmão exatamente do mesmo modo que o mais prolífico assassino em série do Reino Unido, e você não acha que há uma conexão?"

Jess nega com a cabeça, uma vez após a outra. "Não está. Não pode estar." Ele, não. Nav, não.

A inspetora Elliott abre a porta. Jess pode ver a determinação em seu rosto. Ela a lembra de Griffin.

"Que tal irmos confirmar?", sugere a detetive.

66

Jess olha pela pequena janela na porta. Dá para ver Nav bem ali, afundado na mesa. Está usando um moletom cinza, um cobertor azul-claro envolvendo os ombros. As mãos estão algemadas diante dele, a cabeça está curvada.

Jess olha para a inspetora Elliott, parada ao lado dela.

"O que eu faço?", pergunta.

"Deixe-o conduzir a conversa. Ele pediu para ver você, deve haver algo que queira contar. Mas não há possibilidade de que eu vá deixar você entrar aí sem ouvir a conversa. Cada movimento seu vai ser filmado, cada palavra, gravada. Entendeu?"

Jess assente. Elliott abre a porta e Nav se vira, fazendo menção de se levantar quando vê a amiga.

"Sente-se", ordena a inspetora Elliott com severidade. "Você tem dez minutos." E fecha a porta atrás de si.

"Jess, eu sinto muito, sinto muito mesmo." Nav afunda na cadeira outra vez. Ele cobre o rosto com as mãos e começa a chorar, os ombros subindo e descendo. Jess estende a mão e toma a dele.

O médico ergue os olhos para ela. Sua aparência está terrível. Os olhos estão vermelhos e injetados, o rosto está fundo. Jess agarra as mãos dele bem apertado, estão quentes e pegajosas.

"Nav", diz ela delicadamente. "O que aconteceu? Estão dizendo que tentou matar Griffin, mas isso não está certo, está?"

Tem que se esforçar para manter as emoções sob controle. Quer gritar com ele, gritar para deixar de ser tão estúpido, mas precisa permanecer calma. Ela tem que ajudá-lo.

Nav balança a cabeça. "Sinto muito. Ele falou que eu tinha que fazer."

Jess sente um arrepio gelado correr por seu corpo. "Quem falou isso, Nav?"

Nav ergue os olhos, e os dois se fixam no domo preto no canto da sala. "Estamos sendo gravados?"

"Estamos."

O médico se inclina para a frente, na direção dela, baixando a voz a um murmúrio quase imperceptível. "Eles não podem saber, Jess. Ele disse isso."

"Quem?"

"Não sei. Deixaram um bilhete no meu armário. O sujeito disse que entraria em contato em breve. Havia um pendrive com o bilhete." Nav baixa os olhos para as próprias mãos, voltando a chorar. "Eu o coloquei em meu computador. Era um arquivo de vídeo. Era você, Jess. Com um homem."

Jess mal consegue respirar. A sala está sufocante de tão quente. "Que homem?", sussurra.

"Não sei, eu não o reconheci. Parecia que vocês estavam em algum banheiro. Você estava..." A voz de Nav se esvai e ele respira fundo, trêmulo ao inspirar e exalar o ar. "Vocês estavam fazendo sexo. A data no vídeo dizia que foi há uma semana."

Jess não consegue se mover. Banheiros. Um sujeito qualquer. Alguém, de algum modo, a esteve filmando no dia do incêndio. Ela sente a pele pinicar, a face enrubescer.

"Quando você recebeu isso?", consegue perguntar.

"Hoje. Então, assim que terminei de ver, recebi uma mensagem. Dizia que, a menos que eu..." O médico está chorando uma vez mais, fungando para inspirar de volta ranho e lágrimas enquanto fala, a voz não mais do que um sussurro. "A menos que eu matasse Griffin, ele entregaria isso à polícia. Ele foi muito específico, falou em diamorfina. Então você ligou e eu tive a desculpa de que precisava. Não podia deixar que a polícia tivesse esse vídeo. Ele dá um motivo, Jess."

"Eu não matei Patrick", murmura ela, ainda atordoada pelo que Nav está dizendo.

"Eu sei. Mas isso não foi tudo. Havia... havia fotos. De... de mulheres." Nav fecha os olhos com força. "Mulheres mortas. Assassinadas. Ele disse que faria o mesmo com você. Que mataria você e Alice. Que faria você sofrer. Que iria torturá-la, estuprá-la..."

"Então, por que não chamou a polícia? Ela teria me protegido."

O médico a encara. "As mesmas pessoas que você odeia? As pessoas de quem você fugiu no hospital, deixando sua filha para trás, só para não ser presa? E ele disse que não faria diferença. Ainda assim pegaria você. Eu..."

"Mas matar uma pessoa, Nav? Matar Griffin?!", berra Jess.

Nav não consegue olhar para a amiga, mas ele aperta sua mão de leve. "Eu amo você, Jess. Sempre amei. Faria qualquer coisa por você."

"Eu..." Não há nada que Jess possa dizer. Sabia, lá no fundo, o que o amigo sentia por ela, mas sua autoestima despedaçada nunca permitiu que Jess acreditasse. Não de fato. Alguém como Nav, apaixonado por alguém como ela? Mas agora... isto? Isto é uma loucura.

"Onde está esse pendrive agora?", sussurra Jess, olhando na direção da porta.

"Ainda está no trabalho, no meu armário. Por quê...?" Então, Nav se dá conta. "Não é possível, você quer ir lá pegá-lo? Jess, é perigoso demais, esse homem... me prometa, por favor!"

"Prometo. Mas, Nav, você precisa contar à polícia. Conte tudo a eles. De outro modo, vão acusá-lo de tentativa de homicídio. Você irá para a cadeia."

A porta se abre e a inspetora Elliott volta para dentro da sala.

"Já disse tudo o que precisava dizer, dr. Sharma?", pergunta ela, com a voz fria.

Nav assente. Seu rosto se contorce e ele começa a chorar outra vez, agora soluçando, a cabeça nas mãos, os dedos se entranhando nos cabelos.

Jess quer abraçá-lo, mas a inspetora Elliott a puxa para o corredor. Ela entrega um lenço a Jess, que se dá conta de que também está chorando.

"O que foi que ele falou?"

"Me diga você. Você estava escutando." Mas Jess se dá conta de que deviam estar falando muito baixo, e de que Elliott ainda está no escuro.

"Pare de joguinhos, Jessica. O que ele contou a você?"

"Exatamente o que você falou", responde Jess. "Que injetou diamorfina em Griffin."

"Nada mais?"

"E que me ama."

A inspetora Elliott ergue uma sobrancelha. "Isso meio que está virando um problema por aqui", murmura ela.

Elliott a escolta de volta à cela. A porta se fecha com um estrondo e Jess encara a mulher, as palavras de Nav passando por sua cabeça. Prometeu a ele, mas sabe que não tem como deixar essa evidência por aí. A prova de que Nav foi chantageado para atacar Griffin.

E um motivo para que ela matasse seu marido. Algo que sabe que a detetive-sargento Taylor vai deturpar e moldar até que ela esteja trancafiada de vez.

Jess precisa ir ao hospital pegar o pendrive. Mas como poderia fazer isso, trancada ali?

67

A estrada se transforma em uma trilha de cascalho. Ele apaga os faróis ao desligar o carro e desce do veículo. Seus olhos levam um momento para se ajustar à escuridão quando ele se posta na clareira, as mãos nos quadris, olhando para o céu. Um caco de luz da lua atravessa as nuvens; ele sabe que logo vai chover.

Volta para o carro e abre o porta-malas. A mulher ergue o olhar para ele, seus grandes olhos azuis arregalados de medo. As mãos dela estão amarradas diante de si, os pés atados, e ela respira forte pelo nariz, a fita em sua boca se retraindo e se expandindo em um ritmo rápido. Ele agarra as mãos dela e a puxa para cima. A pele nua dela está fria ao toque e a mulher treme, mas isso agora não importa.

Ele a leva para o meio da clareira, então a joga na lama. Ela ergue os olhos e vê a corda pendurada frouxamente na árvore acima dos dois. Seus olhos se esbugalham, ela solta um grito abafado e tenta se mover, mas está amarrada com muita força, sentindo muita dor. Ele a observa, achando graça. Gosta da disposição dela. Talvez, depois que ele começar, a mulher vá aguentar mais do que ele imagina, e ele a puxa de volta, rolando-a para que fique de costas e dando um chute rápido em suas costelas. Ela geme e depois fica quieta, o peito se contraindo com a força de sua respiração em pânico.

Mas essa mulher é só o começo. A entrada, a pequena porção que se prova antes do prato principal. Ele está guardando o melhor para o final: Jessica Ambrose. Linda, excepcional, única. Seu anjo. Quando a viu no supermercado naquele dia, a reconheceu de todos aqueles anos atrás. A mulher que ela se tornou não era tão diferente da menina que ela havia sido no abrigo para crianças, e todas as peças se encaixaram. Ele reconheceu o olhar de admiração na expressão de seu amigo, o crachá do hospital pendurado no pescoço do sujeito, e então soube, naquele exato momento, como tudo iria funcionar.

Ele sabe que ela agora está na delegacia, mas não está preocupado. Não há nenhum lugar ao qual não possa ter acesso, nenhum obstáculo que não possa superar.

O médico havia sido útil; Shipman havia arruinado tudo para todo mundo, era difícil conseguir medicamentos controlados hoje em dia. Esse cara tinha acesso a diamorfina, sabia quanto e onde injetar. E o dr. Sharma era perfeito: honesto, verdadeiro, apaixonado, tudo que ele odiava. Ele quer destruir tudo o que há de bom neste mundo.

Vai até o carro e de lá tira sua bolsa, levando-a consigo. Ele se ajoelha junto da mulher, então tira uma ferramenta de cada vez, colocando-as no chão de modo que ela possa ver. As facas: uma grande faca de caça, uma longa e fina faca para filetar, alguns bisturis; todas limpas e afiadas. Um costótomo, seu novo brinquedo, brilhante e nunca usado, um cortador de ossos, comprado especialmente para este dia. Está ansioso para este último em particular.

Hora de começar.

Ele se levanta outra vez, pegando a faca maior. A mulher esteve encarando, como ele esperava que fizesse, e agora ela solta um grito frenético e animalesco, sacudindo a cabeça: não não não. Mas ele coloca o joelho na base das costas dela, todo o seu peso a forçando a permanecer imóvel.

Está desfrutando do momento, sentindo o peso da faca em sua mão. Então, ele a estende para baixo, segurando firme o pescoço dela ao penetrar a pele de suas costas com a faca. A faca entra fácil e começa a cortar, dissecando músculos, cartilagens, artérias e veias.

Os dedos da mulher se esticam para fora; seus músculos se tensionam; seus pés se retorcem de dor. Está gritando, o máximo que pode, a respiração dificultosa, o rosto empurrado contra a lama.

Mas isso não o detém. Ele continua a trabalhar, agora suando com o esforço, até que nota que ela ficou imóvel. Ele para um instante. Os olhos dela estão fechados e ele encosta dois dedos em seu pescoço. Ainda há pulso, fraco e filiforme. O último resquício de vida ainda resistindo.

Ele para o que está fazendo e se move na direção do rosto dela. Pega um pequeno bisturi. É o certo a se fazer. Quando a mulher acordar outra vez, vai querer ver isso.

Ele não quer que ela perca nenhum detalhe.

68

"Você está de brincadeira."

A detetive-sargento Taylor está encarando Karen, as mãos nos quadris, a cara amarrada.

"Não. Eu não *estou de brincadeira*," repete Karen lentamente. "Você tem que soltá-la."

"Ela vai fugir outra vez."

"É isso o que eu espero. O dr. Sharma contou a ela mais do que declarações de amor. Ela tem algo em mente. Eu quero segui-la."

Taylor profere uma exclamação alta e joga as mãos para o ar, dando as costas. A inspetora sabe que ela não tem escolha a não ser fazer o que pediu, ela é a oficial superior e tem a concordância do superintendente Marsh, mas isso não impede que uma pequena parte dela fique satisfeita por tê-la irritado.

"Taylor?", berra Karen pelo corredor para a detetive que se afasta. "Me avise quando ela for liberada!" A inspetora recebe uma aborrecida mão no ar como resposta.

Karen volta à sala de investigações, onde a equipe aguarda ansiosa. Ela se posta diante de todos.

"Muito bem. Sabemos que Jessica Ambrose apresenta risco de fuga, então, por favor, não façam besteira. Mas precisamos saber aonde ela vai. Como muitos de vocês, eu não acredito que o dr. Sharma seja o Colecionador de Monstros — Warmington, dê seguimento aos álibis do hospital, por favor —, mas não tenho a ilusão de que ele tenha feito isso por vontade própria."

Ela designa missões para a equipe, garantindo que cada movimento que Jessica Ambrose faça esteja sendo vigiado, enquanto outros detetives dão continuidade às pistas na delegacia. Karen está nervosa. Precisa que isso dê certo.

Seu telefone vibra dentro do bolso, e ela o pega.

Sendo liberada da custódia agora, diz a mensagem de Taylor. *Chamei um táxi para ela.*

Karen deixa a sala de investigações e desce as escadas até a recepção, onde Jess está esperando. Ela a observa pelo painel de vidro na porta.

Ver Jessica Ambrose de perto tem sido interessante. Havia visto fotos, claro, mas Karen está fascinada agora que ela está ali, pessoalmente. A mulher por quem Griffin vem arriscando a carreira para escondê-la em seu apartamento.

E Jess está um trapo. Não está usando maquiagem nenhuma, o cabelo mal está escovado, amarrado em um rabo de cavalo frouxo. Está usando roupas que lhe caem mal, incluindo um suéter que, Karen se dá conta, é de Mia. Ver isso causa um choque na inspetora. A devoção de Griffin por sua esposa era ampla e generalizada, e Karen compreende quanto Griffin deve gostar de Jess. O dr. Sharma também. E ela se pergunta por quê.

Jessica Ambrose não parece particularmente singular. É bonita, sim, mas não estonteante. Ela não sorri. É mais rabugenta do que charmosa.

Mas, então, Jess se levanta. As reflexões de Karen terão que esperar. O táxi chegou.

Eles estão em deslocamento.

69

Liberada sob investigação. Jess não sabe o que isso significa, exceto que está feliz por não precisar passar nem mais um instante naquela cela. Está fora dela e dentro de um táxi, a caminho do hospital.

Ao chegar, usa o cartão de Griffin para pagar. Já esteve ali algumas vezes com Nav, então sabe aonde está indo. Chuta qual é o armário dele no vestiário masculino e se dirige até lá.

Ela sabe que Griffin está em algum lugar desse hospital e está desesperada para vê-lo. Precisa estar com ele; sente uma atração que não sentia por ninguém já há algum tempo. Com o marido, o sentimento sobrepujante era a decepção. Que sua própria existência já o decepcionava. Mas Griffin a aceita do jeito que ela é. Não há tentativas de consertá-la.

Mas não pode vê-lo agora. Achar esse pendrive e as fotos é mais importante. Essa é a única evidência de que Nav foi chantageado. Jess vai entregá-lo à polícia, e então eles saberão.

Ela chega ao vestiário masculino e, olhando ao redor, abre a porta, hesitante. Para seu alívio, o cômodo está vazio, e ela vai até o armário de Nav. Jess o conhece bem e usa o número do antigo quarto dele como combinação da fechadura, que faz um clique ao se abrir.

Lá dentro, acha a bolsa do notebook dele e o tira de lá, colocando-o em um dos bancos e remexendo em seus bolsos. Há dois pendrives ali. Um com as iniciais NS escritas em caneta, o outro preto e liso.

E então, as fotografias. Um conjunto de cinco, em um simples envelope branco. Em estilo antiquado, a moldura branca ao redor do plástico, as imagens borradas e indistintas. Mas Jess não tem dúvida do que elas são. Mulheres: olhos arregalados, bocas gritando, pernas abertas. Dedos ensanguentados na frente dos rostos, tentando em vão se proteger.

Ela leva a mão à boca. Não admira que Nav tenha sentido que não tinha escolha além de aplicar a injeção em Griffin. Tendo o conhecimento de quem esse homem já havia matado, vendo isso como evidência do que ele poderia fazer. Com ela.

Jess sente o horror frio pingando por suas costas, sabendo do risco que é estar ali. Mas precisa ver com os próprios olhos primeiro. Poderia simplesmente ter contado tudo à inspetora Elliott assim que saiu da sala de interrogatório, mas Jess sente a total humilhação de ter sido filmada com aquele cara. Quer assistir, ver o que Nav estava vendo. Confirmar com os próprios olhos a merda de pessoa que ela é.

Ela reúne tudo e sai do vestiário, atravessando o corredor apressada, procurando um espaço vazio, qualquer lugar onde não vá ser incomodada.

Por fim, vê uma despensa da zeladoria e abre a porta, acendendo a luz. Ela a fecha atrás de si, sentando-se no chão entre baldes e esfregões, pousando o notebook nos joelhos. Jess liga o computador, acessa o sistema como visitante, e, impaciente, espera ele carregar.

A tela inicial por fim é exibida e ela pluga o pendrive preto. O computador zumbe, então o símbolo do drive aparece na área de trabalho. Ela clica nele, o nervosismo a fazendo tremer. Há um único arquivo.

O vídeo é granulado e preto e branco, mas Jess consegue discernir o banheiro do qual se lembra de uma semana atrás. A câmera está posicionada no alto: mostra a pia e a porta. Não há ninguém no cômodo.

A porta se abre e Jess assiste a ela mesma entrar no banheiro. O homem vem logo atrás e começa a beijar sua nuca, então ela se vira e os dois começam a se beijar de fato. Jess sente o rosto corar, as costas ficarem suadas. Como pode ter feito algo assim? No momento, soube que era errado, soube que era imprudente, mas pareceu estar de acordo com sua mente transtornada, com a casca avariada que faz as vezes de seu corpo, mas, agora, vendo tudo ali? Parece horrível.

Aquele cara aleatório trepando com ela é horroroso, ela é feia, um terrível arremedo de gente. Jess tem a sensação de estar sufocando. Começa a chorar, sabendo que, menos de 24 horas depois disso, seu marido havia sido morto.

Ela desvia os olhos do vídeo. Não consegue mais assistir. Mas logo antes de fazê-lo, algo chama sua atenção. Algo que a perturba. Ainda mais do que aquele ato podre em si. Ela enxuga os olhos com a manga do suéter e volta a olhar. No vídeo, está olhando para longe, curvada sobre a pia, a saia ao redor da cintura, o homem atrás dela, então... o que foi aquilo?

Jess pausa o vídeo e o volta uma fração. Clica novamente no play.

Então, ela vê. E se detém. Naqueles poucos segundos, fica paralisada, com o ar preso nos pulmões.

O homem ainda está lá, ainda está trepando com ela, mas, por uma fração de segundo, ele olha para cima. Olha direto para a câmera.

E sua expressão? Puro ódio.

70.

Quando Griffin acorda, suas costas inteiras doem. Por um instante, fica confuso. Ouve o bipe dos monitores, o som de vozes no corredor, vê a cortina azul puxada ao redor de sua cama.

Lembranças de pouco mais de um ano antes abrem caminho à força por sua cabeça. Despertar no hospital, a cabeça latejando, mal sendo capaz de abrir os olhos inchados, os gessos revestindo seus braços. Sem ser capaz de se mover enquanto lhe diziam que Mia estava morta.

Griffin fecha os olhos com força outra vez. Lembra-se de Jess saindo do apartamento. Então, alguém bate à porta e Nav está ali. Algo no médico parecia estranho desde o princípio. Os ombros estavam caídos, as mãos estavam trêmulas quando ele colocou a bolsa no chão. Não olhava nos olhos de Griffin, mas a aflição de Griffin era tanta, seu corpo doendo tanto, que ele não se importou.

"Você trouxe o remédio?", perguntou, desabando outra vez na cama.

Nav tinha assentido. "Mas, antes, vai precisar de outra coisa. Sua abstinência se alastrou mais do que eu esperava."

Griffin grunhiu, concordando. Deixou o médico subir a manga de sua camisa, colocar um torniquete em seu braço. Sentiu o frio rápido do lenço com álcool e depois a picada da agulha quando ela penetrou sua veia.

Então, o alívio. A abençoada onda generalizada de euforia quando o opioide chega à corrente sanguínea. Sentiu Nav o observando e abriu os olhos, surpreso em ver o médico chorando, a seringa e a agulha ainda na mão.

O sujeito balançou a cabeça. "Sinto muito", disse, afastando-se de Griffin, então se virando e correndo porta afora.

Griffin soube que havia algo de errado. Sabia como eram aquelas drogas, seu organismo já havia ingerido o suficiente delas ao longo do último ano, mas aquilo parecia demais. Tentou se levantar, mas sua cabeça estava zonza. Ele se pôs de pé, cambaleando. Sabia que precisava encontrar seu telefone, ligar para alguém, mas o mundo ia escorregando para os lados. O piso disparou de encontro ao seu rosto; Griffin sentiu a pancada na cabeça ao atingir o chão.

Shipman, pensou. Como pode ter sido tão cego? Ter deixado Sharma entrar no apartamento. Confiado nele para enchê-lo de drogas quando havia um assassino em série à solta, copiando assassinatos do passado.

Com o rosto ainda pressionado contra o piso, Griffin ergueu a mão, e, com um dedo trêmulo, o passou pela poeira. Conseguiu fazer cinco letras antes de desmaiar.

Ele acordou primeiro com um choque, ainda no apartamento. Rostos desconhecidos o encaravam, equipamentos médicos em suas mãos. Griffin pestanejou diante deles, a visão clareando lentamente. E então, uma vez mais: apagado.

Na ambulância, ficou acordado por mais tempo. Perguntou por Jess.

"Sua amiga?", respondeu o paramédico. "Desculpe, meu chapa. Ela foi presa."

Griffin praguejou alto e tentou se sentar. Com gentileza, o paramédico o persuadiu a voltar ao lugar.

"Ainda não escapou totalmente dessa, meu chapa. Você tomou uma dose considerável de opioide. Nem bem injetamos naloxona em você, o efeito passa logo e voltamos à estaca zero. Aguente firme…"

O rapaz estava certo. Griffin não passou muito tempo consciente.

• • •

E, agora, ali estava ele. Vivo. Uma cânula em seu braço, os tubos subindo até uma bolsa clara em um suporte. O tubo de oxigênio sob o nariz, os monitores apitando ao seu lado. Griffin se lembra vagamente de Karen indo visitá-lo. Palavras reconfortantes de que ele estava bem, que ela pegaria seja lá quem tivesse feito isso.

E, então, se lembra de Jess. Presa. Provavelmente sendo interrogada por Taylor, aquele arremedo patético de detetive.

"Merda!", berra Griffin. Então, se afunda no travesseiro. "Merda", murmura outra vez, agora mais baixo. Mas, ao menos, ela está segura, pensa ele. Está com Karen. Vai ficar bem.

Pelo menos, ela está segura.

71

Jess está congelada. O vídeo ainda está sendo reproduzido na tela, mas ela não consegue se concentrar. Não consegue pensar.

Ele sabia. De algum modo, o cara sabia quem ela era. Sabia o que iriam fazer.

Jess quebra a cabeça, tentando pensar no que aconteceu naquela manhã. Foi ela quem fez a proposta a ele? O sujeito falou com ela primeiro, agora se lembra disso. Fez um comentário sobre o tempo, algo inofensivo, mas depois, o que fez? Sorriu? Fez uma observação indecente de forma casual? Por que foram juntos para aquele banheiro?

Jess fecha os olhos, tenta desacelerar a respiração. Ela fez a sugestão, mas ele mencionou os banheiros. Está tudo claro. A coisa toda foi planejada.

Este é ele.

Jess tem o rosto dele na tela. O cara com quem trepou. O homem que pôs fogo em sua casa. Que matou Patrick. Que matou a esposa de Griffin. E todas aquelas pessoas.

Seu estômago revira e ela se inclina para a frente, o parco conteúdo dele subitamente vomitado em um balde. Ela espera ali por um instante, tendo ânsia, o corpo se contorcendo, arfando em busca de ar.

Sabe o que tem que fazer. Precisa levar isto à polícia.

Jess se levanta, fechando a tampa do notebook e tirando o pendrive. Abre a porta e sai correndo pelo corredor. Mas, ao fazê-lo, vê um orelhão em um canto. Ela para um homem de passagem. Ele lhe dirige um olhar curioso, mas cede ao seu pedido, dando-lhe uma moeda que Jess coloca no telefone.

Ela disca um número que sabe de cor e, finalmente, alguém atende.

"Escola Primária Santa Maria", diz a voz melodiosa.

"Sim, olá. Queria saber se pode me ajudar. Minha filha chegou em casa com um brinquedo dos *Transformers* que ela falou que pertence a Hayden." Jess atropela as palavras, dizendo a primeira coisa que lhe vem à cabeça. "O pai dele se chama Evan... ou Ethan. Algo assim. Será que poderia me informar o nome completo dele para que eu possa enviar uma mensagem pelo Facebook? Estou preocupada porque acho que Hayden gosta muito do brinquedo e vai ficar chateado."

"Hã." A voz do outro lado está hesitante. "De que turma, mesmo?"

"Ah. Turma Carvalho. Acho."

Jess ouve ruídos de digitação do outro lado da linha. Então, outra pausa.

"Receio não poder ajudar a senhora."

Jess engole em seco. "Eu sei, é uma questão de proteção de dados, sinto muito. Mas se pudesse apenas me dizer o primeiro nome correto, daí eu posso procurar."

"Não é isso", explica a mulher. "Bom, quero dizer, é verdade. Não posso dar esse tipo de informação. Mas, mesmo que eu quisesse, não conseguiria."

"Como assim?", gagueja Jess.

"Não há ninguém na turma Carvalho com o nome de Hayden. Ninguém deste ano, na verdade."

Jess murmura um agradecimento e desliga o telefone.

Agora tem certeza. Foi tudo encenado.

Como pode ter sido tão estúpida? Ela era o alvo dele, assim como outras vítimas. E agora Griffin está no hospital e Nav foi preso.

Um pensamento súbito brota na cabeça de Jess e ela começa a correr. Ele sabia quem sua filha era. Sabia onde a menina estudava.

Jess dispara pelo corredor, agarrando com firmeza a bolsa do computador. A urgência liquefaz suas entranhas. Precisa proteger Alice.

Ela empurra a porta do hospital para abri-la, que se choca contra a parede com um baque. Jess sabe que estão olhando para ela, mas não se importa. Tem que chegar até sua filha, e olha freneticamente ao redor.

Mas não consegue ver a fileira de táxis. O lugar está deserto. Ela corre para mais longe do hospital, tendo o vislumbre de uma placa, apontando o caminho.

A rua está escura e silenciosa. Não há ninguém por ali, nada à vista com exceção de um carro velho, estacionado em uma área proibida.

Ela se detém, procurando desesperada na escuridão, e a mão de alguém toca seu ombro.

"Com licença?", diz uma voz masculina.

Jess olha na direção dele por um segundo. O sujeito está usando um boné de beisebol, seu braço é esguio. O colarinho do casaco está levantado sobre a metade inferior de seu rosto.

"Poderia me ajudar a levar isto até meu carro?"

O homem aponta para uma pilha de livros junto aos pés dele, depois para o carro. É um antigo Volkswagen Beetle marrom-claro, e a estranheza disso é registrada em algum lugar da mente dela.

Mas o pânico é grande demais.

"Sinto muito, estou com pressa", afirma Jess, e ele puxa seu braço outra vez.

Ela se vira. Vê o rosto dele. Sua boca se escancara.

É tarde demais.

Ela sente algo atingir sua cabeça, e suas pernas cedem. Seu corpo cai no concreto duro.

Tudo escurece.

72

"Como assim, vocês a perderam de vista? Como isso aconteceu?"

Karen está ciente de que está gritando com o detetive ao seu lado, mas não consegue evitar.

"Eu... nós não sabemos. A última vez que a vimos foi no orelhão do corredor sul. Mas daí... ela simplesmente sumiu."

Karen berra outra profanidade, então grita em seu rádio com qualquer um que esteja escutando. As respostas dadas são todas iguais. A suspeita desapareceu.

A inspetora agora está correndo, dirigindo-se à recepção. Ela abre caminho pela fila e mostra seu distintivo ao homem por trás da mesa.

"Onde estão os monitores das câmeras de segurança?", grita ela. "Onde é o escritório da segurança daqui?"

O sujeito aponta para uma pequena porta no lado direito e Karen corre na direção dela, abrindo-a e se dirigindo ao cara por trás da fileira de monitores.

"Corredor sul", diz a ele, e o homem vai passando a gravação. Mas ele é lento, dolorosamente lento, e Karen se crispa, impaciente.

"Ali! Ali!" Ela aponta para a tela e os dois seguem a figura de Jess enquanto ela corre para fora do hospital. O segurança troca a câmera, mas eles a perdem de vista outra vez.

"Cacete, pra onde diabo ela está indo?", murmura Karen. "Ponto de táxi. Procure o ponto de táxi", pede, e, como era de se esperar, avistam Jess surgindo em quadro, na beira da tela. A mulher não para quieta, encarando o espaço vazio onde os carros deveriam estar. Então se vira, falando com alguém fora do quadro.

"Consegue ver essa pessoa?", pergunta a inspetora, mas o segurança balança a cabeça.

"Receio que não haja câmeras daquele lado."

Jess fala com a pessoa outra vez, mas então Karen a vê cair. Agora, apenas os pés dela estão em quadro, e a inspetora a vê sendo arrastada para longe.

"Merda! Merda! A suspeita foi atacada", berra pelo rádio. "Repito. Suspeita abatida."

Ela olha para o segurança, que está passando as imagens em outras telas, mas os dois não conseguem ver nada. A mulher desapareceu.

Karen não acredita que isso está acontecendo. Jessica Ambrose sumiu.

Ao seu lado, Karen consegue ouvir o detetive fazendo ligações para a Central de Controle. Ela telefona para Shenton.

"Procure imagens de câmeras, ANPR, qualquer coisa", instrui. "Temos que encontrá-la."

Karen sabe que isso não é coincidência. O Colecionador de Monstros está com Jess.

Atordoada, ela começa a andar para longe, subindo as escadas, seguindo a súbita ânsia de estar com alguém que ela ama, com sua família. O policial fardado lhe dirige um aceno de cabeça quando ela se aproxima, e a inspetora abre a porta.

Griffin ergue o olhar quando a vê. Não parece seu irmão, vestido com a camisola emasculante do hospital, rodeado de tubos e equipamentos, de rosto cinzento, sem o onipresente cigarro na mão. Ele primeiro sorri, então franze o cenho de preocupação quando vê o olhar da inspetora.

"O que aconteceu?", questiona ele, sentando-se.

"Foi a Jess." Karen mal consegue dar conta de falar. "Ele a seguiu até aqui. Mas ela sumiu."

"Ele a pegou", conclui Griffin.

"Sinto muito."

Ele começa a puxar os vários fios em seu corpo, estremecendo ao tirar a agulha do braço.

"Nate, pare", diz Karen. "Não pode ir embora."

"De jeito nenhum vou ficar aqui sentado enquanto Jess está por aí com um assassino em série. Não posso..." Ele se detém, e Karen sabe o que o irmão estava prestes a dizer. *Não posso deixar isso acontecer de novo.* Ela sabe que o fracasso dele em impedir o assassinato de Mia quase o fez perder o juízo. Sabe que não há como pará-lo.

"E quanto às suas costas?", pergunta a inspetora, entregando a Griffin as roupas que estavam no armário.

"Estou chapado de tudo quanto é tipo de coisa neste momento, vou ficar bem."

Karen se vira enquanto ele veste as roupas. Griffin faz uma careta, claramente sentindo dor, e ela o ajuda a calçar as botas.

"O que nós sabemos?", pergunta ele.

"Shenton está mandando ver; a equipe está analisando imagens de câmeras de segurança. Ela veio para cá, depois sumiu lá fora, perto do ponto de táxi."

"Para cá?", pergunta Griffin. "Por quê?"

Karen estende o braço e seu irmão o agarra por um segundo ao se levantar. Ele vacila de leve. "Ela não veio ver você?"

"Não."

Karen pode ver que Griffin está começando a perder o controle. Sua carranca, o perpétuo movimento adiante. Ele está agindo, não pensando.

"Nate."

O tom sério da irmã faz Griffin parar, e ela o pega pelo braço e o conduz na direção da cama. Ele se senta com um baque. Karen se senta na cadeira diante dele, repousando os braços nos próprios joelhos.

Ela toma a mão de Griffin; pode senti-lo tremer. Ele está com medo. Seu irmão durão que não leva desaforo para casa está com medo, e isso a apavora mais do que qualquer outra coisa.

"Preciso que você repasse a situação comigo", pede Karen, a voz deliberadamente comedida. Ela sente a mente embaralhada; há muito no que pensar, tudo derrapando em círculos, quicando nas paredes de seu crânio. "Me ajude, por favor?"

Griffin assente, devagar. Encara o chão por um momento, recompondo-se, então olha para a irmã. "Me diga o que temos", pede ele, por fim.

Karen meneia a cabeça. "Muito pouco. O sujeito não deixou praticamente nada para trás. Uma marca de tênis Converse. Uma mensagem do Tinder enviada da delegacia. Alguns vestígios de grama rara encontrada em charnecas, nos assassinatos Sutcliffe, e um criptograma que não conseguimos resolver."

"Alguma resposta da Assistência Social?"

"É um beco sem saída. Faz muito tempo, não há o suficiente para continuar. Não conseguem achar o arquivo daquele menino."

"E sabemos que ele gosta de assassinos em série", acrescenta Griffin. "Mas qual? Qual vai ser o próximo?"

"Melhor ligar para o Shenton", dizem os dois ao mesmo tempo.

Karen disca o número em seu celular, e Shenton responde imediatamente. Ela o coloca no viva-voz. "Toby, aqui é Elliott. Quais assassinos em série conhecidos ainda faltam? Quem o sujeito ainda não usou?"

"Hã..." Shenton pensa por um segundo. "Bom, temos Bundy, Filho de Sam, o Estrangulador de Boston, Gein." Faz-se uma pausa quando Shenton menciona o nome dele. "Você sabe o que ele fez, não sabe? Ele..."

"... fez uma roupa com pele de mulheres, sim, Shenton, obrigada." O olhar de Karen encontra o de Griffin por um segundo, então ela desvia o rosto. "Diminua a lista para assassinatos que ocorreram perto de charnecas ou do campo."

"Os assassinatos das charnecas... Brady e Hindley?"

"Não, esse foi uma criança. A vítima precisa ter sido uma mulher."

"Hm. Robert Pickton? Ele morava em uma fazenda. Dava cadáveres para os porcos comerem. Ridgway? Não, esse foi em um rio." Shenton está pensando em voz alta. Karen pode ver a irritação na expressão de Griffin. "Hansen?"

"O que tem Hansen?"

"Ele seguia mulheres na floresta com uma arma e uma faca."

"Onde?"

"Alasca."

"Caralho!", prapraga Griffin ao lado dela, e Karen afasta o telefone dele.

"Shenton", diz ela. "Já chegaram os resultados dos testes de ESDA naquele bilhete?"

"Espere... Já, sim. Hoje pela manhã. Encontraram algo escrito. Pode ser um outro código."

"O que está escrito?"

"Só alguns números. Nove a quatro. Dez a doze. Só consigo discernir uma palavra. Sab."

Karen franze o cenho. "Mande para mim. Alguma coisa das câmeras de segurança?"

"Não, sinto muito. Mas chegaram os resultados dos cadernos."

Tanto Karen quanto Griffin se inclinam para a frente. "E...?"

"Impressões digitais e um pouco de DNA. Mas nenhuma compatibilidade."

"Compare de novo com todos os perfis de policiais, primeiro", vocifera Karen.

"Fizemos isso. Nada. Estamos agora na base de dados nacional."

Karen não consegue acreditar. Ela sente a decepção atravessá-la. Tinha certeza de que era alguém de dentro. "Me ligue assim que algo aparecer", acrescenta a inspetora, prestes a desligar quando Toby a interrompe.

"Mas, chefe, eu pensei em algo."

Do lado de fora do quarto de Griffin, duas enfermeiras começam a conversar em voz alta. Karen aumenta o volume do alto-falante, a irritação borbulhando.

"Continue."

"O sujeito vai saber que vocês estão chegando perto", diz Shenton. "Vão saber que estão procurando. Então, ele deve tê-la levado para algum lugar onde se sente seguro."

"Como assim?"

"Ele vai para algum lugar familiar. A casa dele. Um espaço de trabalho. Algum lugar onde possa controlar os arredores."

Karen sente o pavor se elevar outra vez. "Mas como vamos saber onde, quando não temos a menor ideia de onde ele está?", berra ela, de voz estridente.

A inspetora olha para Griffin. Vê a impotência, o medo, refletido em seus olhos.

O Colecionador de Monstros levou Jess, só Deus sabe para onde e para fazer o quê. É tudo culpa de Karen. E ela não tem ideia do que fazer.

73

Ele está perto. Dá para sentir.

Olha na direção dela, afundada no banco da frente, enquanto os dois chacoalham em seu Volkswagen capenga. Um filete de sangue corre pela testa dela, onde ele a atingiu, mas, com exceção disso, ela está intocada. Não estará assim por muito tempo.

Ele está feliz pelo fim estar logo à vista. Está cansado, tão exausto dessa merda toda.

Ele se sente como se fosse duas pessoas. Uma com Karen. O profissional respeitado. A outra: aquela que matou. Há duas almas lutando pela posse de seu corpo. Bundy sabia disso. Gein, Dahmer, Brady. Todos lutaram contra sua metade ruim, enquanto levavam vidas cotidianas. Pegando ônibus, fazendo seus trabalhos, amando suas famílias.

Até amor? Sim, até isso. Era algo que nunca havia imaginado, contudo, ali está ele.

Ele se prepara para o que tem que fazer. Mentalmente, coloca o disfarce; torna-se outra pessoa. Só é realmente ele mesmo quando está com ela, e essa ideia corrói suas entranhas, sabendo que isso nunca mais acontecerá de novo.

Mas não pode pensar nela agora.

Não era assim que imaginava que seria sua vida. Mas não é mais do que ele merece, nem do que esperava, tendo crescido naquele lugar. Estava sozinho no início, e estará sozinho no fim.

E em breve. Em breve, estará tudo terminado.

74

Os dois saem do hospital, Griffin seguindo Karen até o carro. Precisam ir a algum lugar, qualquer lugar. Até voltar à delegacia serve, só para sentirem que estão tomando alguma ação decisiva.

Ele não se sente bem. Sua cabeça está zonza, as pernas estão fracas. Está com dor. Mas isto é mais importante. Precisa seguir em frente.

Tem que encontrar Jess. Está tenso, seu corpo está à beira de explodir. Não fazem ideia de para onde esse lunático a levou. Ou o que ele vai fazer.

Karen destranca o carro e abre a porta do passageiro para o irmão. O pequeno gesto o incomoda, faz com que ele se sinta patético, mas Griffin se afunda no banco, sentando em cima de algo no processo.

Ele estende a mão para baixo das nádegas e tira um telefone. A tela se aviva com a luz, mostrando um alerta vermelho. *Andrew! Você tem uma nova conexão!*, berra o aparelho, exigindo atenção. Griffin reconhece o logo. O ícone da pequena chama vermelha com um "t". O que Roo está fazendo no Tinder? E por que o telefone dele está ali? Griffin sente uma pontada de raiva e enfia o telefone no porta-luvas para escondê-lo.

Está frio do lado de fora do hospital superaquecido e Griffin abraça a si mesmo. Está usando apenas camisa e calça jeans, as roupas com as quais foi levado para o hospital. Sente-se imundo. Desesperado por um cigarro.

Ele vê um casaco deixado no banco de trás de Karen e estende a mão até ali, para pegá-lo, tentando vesti-lo.

A torrente de emoção o atinge como uma avalanche. Ele sente as mãos tremerem, o corpo eletrizado pela adrenalina.

Griffin olha para a jaqueta. Não cabe nele, é pequena demais, berrante, vermelha e azul. Ele se lembra de Mia a escolhendo e a dando a Roo em um Natal. E o cheiro... Griffin a leva ao nariz e o choque do reconhecimento queima por todo o seu ser, deixando-o tonto.

Está de volta ao chão de seu antigo quarto. Os pulsos criando bolhas por causa das cordas, os músculos fazendo força para tentar se soltar. Ele está cego, amordaçado, mas a ouve gritando. Baques e pancadas. Ruídos vindos de Mia, gritos primitivos, desesperados. Griffin se debate, se revira, repuxando os pulsos outra vez, enfurecendo-se de forma impotente contra as amarras.

Mia grita outra vez, então faz-se o silêncio, e a quietude é pior, bem pior. Então, ele sente algo perto de si. Um corpo, azedo e quente. Suor, café, pele suja.

Griffin sente o cheiro desse homem agora, vindo da jaqueta.

Karen abre a porta do motorista, e ele estende a mão, tomando as chaves dela, e então a empurrando para trás. Tranca a porta e vê a expressão chocada da irmã pela janela quando ele pula para o banco do motorista, dando a partida.

Griffin agora sabe quem o sujeito é. Quem ele é e para onde os dois foram.

Mas Karen não pode saber. Isso a destruiria. Ver o que Griffin vai fazer.

Ele coloca o carro em marcha e, com os pneus cantando, parte em disparada do hospital.

75

Karen cai pesadamente na calçada. Ela grita o nome de Griffin para o carro indo embora, repetidamente, frustrada.

Seu irmão se deu conta de alguma coisa. Algo que não quis dividir com ela. A inspetora prageja contra ele, não consegue acreditar no que Griffin fez.

Ela liga para a delegacia, diz à Central de Controle para rastrear um Audi A3 azul, repete o número da placa. Sabe que o irmão agora vai disparar os radares de alta velocidade, que não vai se importar. E se pergunta apenas se vai ser tarde demais.

Está prestes a ligar para a sala de investigações outra vez, mas vê a notificação do e-mail enviado por Shenton. É uma imagem das marcas da ESDA e algo nela chama sua atenção.

Sentada na calçada, Karen aproxima a imagem, ampliando o que está escrito. Shenton tinha razão: são números, tênues, mas claros. Algo neles lhe despertam a memória e então ela percebe.

9 – 4. 10 – 12. Sáb.

É a caligrafia dela. São horários de funcionamento da piscina comunitária, rabiscados às pressas nas últimas férias. Em sua última visita ao chalé.

O bilhete das mortes do Zodíaco, do assassinato de Libby, foi escrito em um bloco tirado de seu chalé. No meio do nada, na charneca.

Para onde o assassino deve ter levado Jess. Para onde Griffin está indo agora.

Mas por que...? Mas quem...?

Sua mente mal consegue reconhecer o que ela sabe que deve ser verdade.

Karen faz uma ligação urgente, solicitando uma viatura. Precisa ir até lá. Antes que alguém que ela ama morra.

76

O frio é súbito e chocante. Jess ofega, a água correndo por seu rosto.

"Acorde."

Há um homem diante dela. Ele tem um balde na mão e o coloca no chão, junto dele. Jess o reconhece imediatamente.

Ela tenta se mover, mas está amarrada a uma cadeira, de pés e mãos amarrados fortemente com laços de cabos plásticos. Seus braços estão esticados, e ela os repuxa, mas a pesada cadeira de madeira os segura com firmeza. Jess faz força e a cadeira balança de leve.

"Cuidado, não quero que caia de costas", avisa o sujeito. Então estende a mão e, com gentileza, afasta uma mecha de cabelo molhado do rosto dela. "Como você está, Jessica?"

"Me solte", rosna ela. Está encharcada, e o cômodo é frio. Seus olhos disparam pelo lugar. É um chalé de madeira, com belas fotos nas paredes e cobertas sobre um confortável sofá. "Onde eu estou?", berra. "Para onde você me trouxe?"

"Um lugar onde não seremos incomodados." O homem puxa uma cadeira e se senta diante dela. Jess nota que ele tem um pequeno canivete na mão.

Ela repuxa outra vez, as amarras se entranhando em sua pele. Precisa se acalmar, diz a si mesma. Pense. Pense. Mas então ela tem o vislumbre de um corpo. Alguém caído no sofá, de costas para ela. Um homem.

"Quem é esse?", gagueja Jess.

Ele olha para trás, seus olhos semicerrados mal tomando conhecimento da figura prostrada.

"Ninguém com quem você precise se preocupar. Ele tentou defendê-las, sabe. As crianças. Herói do caralho." O sujeito acrescenta essa última frase com amargura, o ressentimento se insinuando em sua voz.

A respiração de Jess fica presa na garganta. O homem vê a expressão horrorizada dela. "Não se preocupe", diz ele. "Os dois estão bem. Drogados e adormecidos no quarto. Eu amo Tilly e Joshua. Eles nunca fizeram parte do meu plano. Mas eu precisava voltar para pegar você. Para podermos conversar."

"Sobre o que você quer conversar?", questiona Jess. Está tentando distraí-lo. Espera que alguém a encontre. *Mas como?*, pergunta a voz baixinho em sua cabeça. *Como? Como seria possível que alguém soubesse que você está aqui?*

"Você não me reconhece, não é?", pergunta o sujeito.

"Claro que reconheço. Da semana passada. Do..."

Ele a interrompe. "Não. Não do nosso encontro nos banheiros. De antes."

"Antes...?" Jess está intrigada. Ela olha para o rosto do homem. "Eu não..."

Mas então algo nele faz com que Jess se detenha. Ela o conhece mesmo. Vê os olhos gentis de anos antes. Seu sorriso — entregando-lhe, nervoso, o último pedaço de torrada. Dando-lhe um brinquedo com o qual brincar. Traços do menino que ele um dia foi.

"O abrigo de crianças", sussurra Jess. "Você estava lá."

O homem dá um sorriso triste. "Você *lembra* de mim! Tenho que admitir, quando você não me reconheceu na semana passada, fiquei chateado. Porque eu me lembrava de você, Jess." Ele olha para o canivete, puxando uma das lâminas do cabo. A luz se reflete na prata, dançando no gume afiado.

"Mas isso já faz mais de vinte anos", gagueja Jess.

"Você tinha 5 anos. Eu tinha 12", diz ele. "Você estava com tanto medo, era tão insegura. Eu ouvi falarem sobre você. Disseram que tiveram que tirar você dos pais. Que sua mãe estava chorando quando levaram você embora."

"Eu não me lembro disso."

Ela o encara. Pela primeira vez, Jess se dá conta de que os modos dele são estranhos; o sujeito está quieto, reservado, com os ombros curvados. Esse não é o comportamento que ela esperava. O homem que Griffin descreveu a partir do perfil da polícia era um assassino sádico e alegre, pronto e ansioso para matar. Esse homem parece derrotado. Tão abatido quanto ela, embora seja Jess quem esteja amarrada a uma cadeira.

"Você só passou um mês lá", continua ele, em voz baixa. "Mas eu sabia que você era especial. Você me mostrou."

"O que eu fiz?", sussurra Jess.

"Você colocou a mão no fogo. Eu vi sua pele ficar preta e se enrugar. Vi as bolhas se formarem. Mas você nem piscou. Ficou olhando e sorriu." O homem estende a mão para Jess. Em sua palma, há uma cicatriz, a pele repuxada e vermelha. "Você me disse para tentar. Eu aguentei o máximo que pude. Foi agonizante. Mas, no fim, não consegui suportar a dor. E você riu de mim."

Jess balança a cabeça. "Sinto muito. Eu não entendia, na época. Não percebia que tinha problemas."

Os olhos dele se arregalam de surpresa. "Problemas? Você não tem problemas." O homem franze o cenho, um sulco se forma no meio da testa, os dentes se cerram. "Você tem algo que nenhum de nós tem", continua ele, a voz agora ficando mais alta. "Algo melhor. Eu sabia na época. Ainda mais quando seus pais foram buscá-la." Ele ri, de repente, levemente histérico. "Eles foram buscar você, Jess! Nenhum pai ou mãe vai buscar ninguém naquele lugar! Nenhum!"

"Não. Não. É só uma condição médica. Não é nada."

Ela vê a expressão dele se anuviar. Em um movimento rápido, o homem agarra a mão dela, virando-a, segurando seus dedos esticados enquanto estende a mão para o canivete. Ele enterra a lâmina no meio da palma de Jess.

Ela a sente atravessar sua carne, acertar o osso, romper os tendões. A lâmina se prende na madeira do braço da cadeira e Jess vê o sangue quente começar a fluir. Ela grita, alarmada.

"Você é especial, Jess", declara o homem. "Nunca negue isso."

"Você é louco", grita ela. Ela tenta tirar a mão, mas o canivete está preso. O sangue pinga da cadeira, empoçando-se no chão. Jess agora está tremendo. De frio, de medo, de choque.

O homem sorri, mas parece forçado, não mais do que uma careta. "Talvez", concorda ele. "Talvez seja verdade. Porque tudo que eu sempre quis foi ser notado. Queria ser alguém." Conforme vai falando, ele parece estar ganhando força. A exaustão prévia desvaneceu; sua postura está mais ereta, deixando o corpo retesado. "Eu era insignificante. Todos me esqueciam. Minha mãe. Pais adotivos. Você."

O homem se põe diante dela, olhando para Jess sob as sobrancelhas abaixadas. Ela não ousa se mover. Para Jess, é como se ele estivesse lutando contra algo, uma batalha interna entre a raiva e a aceitação. Ela passa os olhos pelo cômodo outra vez. Consegue ver as árvores lá fora, pela janela. Está chovendo, está escuro.

Então ele se vira, caminhando até a mesa às suas costas e pegando uma faca maior. É grande, com uma lâmina serrilhada em um dos lados, reta e afiada no outro, e Jess não consegue tirar os olhos dela.

"Pelo menos você não vai sofrer", diz o homem, quase para si mesmo. Agacha-se diante dela, com a faca na mão, a ponta direcionada para o corpo dela. "Não vai experimentar a mesma agonia dos outros. Eu ainda ouço os gritos deles, sabe." Ele ergue o olhar e Jess vê em seus olhos o lampejo de uma centelha de humanidade. "Os apelos, os berros. Mas não havia nada que eu pudesse fazer."

Jess o encara. Ela não vai perguntar, não vai. Mas sua mente segue nessa direção, começando a imaginar o que o sujeito está planejando, o que pode fazer com ela. Seu coração se acelera, o pânico confundindo seus pensamentos.

"E aquela outra garota, o que ela passou antes de morrer..." Ele fecha os olhos com força, balançando a cabeça lentamente.

"Que outra garota?", gagueja Jess, horrorizada, mas o homem não responde. "O que você quer de mim?", grita ela. O ranho e as lágrimas escorrem por seu rosto. "Eu faço qualquer coisa, por favor. Só me deixa ir embora."

"Não posso fazer isso. Sinto muito, Jess, simplesmente não posso. Você tem um papel a cumprir em tudo isso. De outro modo, isto não vai ter fim. Não vai acabar nunca."

Então, a cabeça dele se ergue de pronto, como se ele se lembrasse do que fora fazer ali. O homem se levanta, volta à mesa e pega algo nela. É uma pistola, pequena e preta, e ele baixa a faca por um instante para poder puxar o ferrolho. A arma é engatilhada, com um estalo metálico.

"Está na hora", anuncia ele.

Jess nota que a voz dele mudou. Agora ele parece resoluto, determinado. O efeito a arrepia até os ossos.

"Por favor, me deixe ir embora", sussurra Jess.

O homem fica em silêncio. Apontando a arma para a cabeça dela, ele tira o canivete do braço da cadeira, de sua mão, em seguida o usa para cortar os cabos ao redor dos tornozelos dela. Jess olha para a faca de caça, ainda deixada sobre a mesa. Então para a porta no outro lado do cômodo.

O homem segue seu olhar enquanto dobra o canivete, colocando-o no bolso. "Tente alguma coisa", diz ele. "E eu atiro em seus joelhos. Com ou sem dor, não vai andar para lugar algum."

Ela não se move.

"Entendeu?", pergunta o sujeito.

Jess sabe que precisa parecer cooperativa. Se estão indo para o lado de fora, ela pretende correr. É a melhor chance que tem. É a única chance que tem. O homem está esperando a resposta dela e Jess o encara, com olhos frios. Ela assente.

Ele estende a mão para trás e pega a faca de caça, cortando as amarras nos pulsos dela. Depois a coloca de pé, então se posta atrás dela, a arma contra a cabeça de Jess e a faca em seu pescoço. Ela sente o metal rígido forçar sua carne.

"Ande", ordena o homem, empurrando-a com a arma, e ela cambaleia com as pernas bambas, chegando à porta em poucos passos.

"Abra."

Ela aninha a mão machucada. Agora está sangrando muito, o ferimento escancarado. Jess remexe o trinco da porta, por fim abrindo-o.

O vento a atinge com toda força no rosto quando os dois saem. Está caindo um aguaceiro. Ambos dão passos lentos para longe da casa, e Jess olha escuridão adentro. Não consegue ouvir nenhum sinal de civilização; não consegue ver luz nenhuma. Não faz ideia de para qual direção seguir.

Ainda sente a faca em seu pescoço, a pistola em suas costas. Mas a pressão é menor. É um risco, mas que outra escolha ela tem? Não há mais ninguém ali, ninguém indo até lá. Com um súbito movimento, ela se afasta do homem dando um tranco, empurrando o braço direito dele com uma das mãos e dando-lhe uma cotovelada com o outro braço. Ela o atinge, mas não olha por cima do ombro.

Jess ouve um berro de raiva vindo de trás dela, fazendo seu sangue gelar. E ela corre.

77

Está um breu, Jess não consegue ver mais do que um palmo à sua frente, mas ela corre. Seus pulmões se esforçam, ela corre o máximo que pode. Tropeça na raiz de uma árvore, consegue se estabilizar e atravessa galhos e mato alto.

Jess não sabe o quanto está distante dele. Sente espinheiros repuxarem suas roupas, algo arranhar seu rosto. Ela pisa em uma parte desnivelada do terreno, dobrando o tornozelo, mas se coloca de pé outra vez, correndo, correndo.

Que lugar é este? Não há estradas, nenhum sinal de vida. Ela agarra arbustos, está sem fôlego, frenética. Ouve o estampido de um tiro e, mentalmente, confere o próprio corpo. O sujeito deve ter errado, pensa ela. Quantas balas ele ainda tem? Ela pensa na faca, pensa na ameaça dele, e corre.

Mas então ouve outro estrondo e algo a faz cair para o lado. Jess sente a energia escoar de seu corpo. Mas se força a avançar. Não pode deixar que ele a pegue. Não pode.

Jess olha para trás, tentando vê-lo, mas então, de repente, não há nada. Seu pé encontra o ar e ela sente que está caindo, rolando sobre pedras e pela terra. Suas mãos arranham o terreno, tentando parar.

Ela ouve o estalido quando sua perna esquerda atinge o fundo da encosta. Sente o osso se quebrar. E Jess para. Consegue sentir o gosto de sangue na boca, a textura da lama entre os dentes. Tenta se mover, mas sua perna não funciona, e Jess olha para ela sob a pouca luz. Osso branco, um pedaço da tíbia, sua canela, se projeta da carne ensanguentada, seus jeans estão rasgados, a perna está entortada.

Jess se agarra a uma árvore junto dela e se põe de pé, colocando todo o peso na perna boa. Tenta mancar, mas sente o osso raspando no osso, a carne tremulando úmida ao redor do ferimento. Ela cai no chão outra vez com um grito.

Jess amaldiçoa seu corpo avariado. Não sente a dor, mas isso só adianta até certo ponto. Com a perna quebrada, feita em pedaços, é impossível correr para longe dele.

Ela fica parada. Tenta desacelerar a respiração frenética. O homem não sabe onde ela está, diz a si mesma. Talvez não consiga achá-la. Talvez a polícia já esteja por aí, procurando. Talvez. Talvez.

Jess aguarda dez, quinze minutos. Passa os olhos de um lado a outro, procurando desesperadamente. Ela apura os ouvidos para escutar. Não consegue ouvir nada além do vento e da chuva. Talvez o homem tenha ido embora. Talvez.

Ela deveria se mexer. Não pode ficar ali a noite toda. Na escuridão, ela vê que está na beira de uma clareira. Imagina uma trilha, uma estrada de terra, qualquer coisa que possa levá-la até a ajuda. Jess se arrasta adiante com os cotovelos e o joelho ileso, os dedos agarrando a lama para avançar aos poucos.

E é então que ela vê.

No início, é irreconhecível. Sua mente não consegue compreender as formas. A figura paira sobre ela, pálida e branca, sob o brilho do luar, e se vira lentamente, pingando, tremulando. O rangido de uma corda. Os vazios pretos, o vermelho-escuro, as marcas e as manchas.

E então, ela se dá conta do que é.

E começa a gritar.

78

Ela não consegue desviar o olhar. Tudo nela deseja fechar os olhos, quer desaparecer, quer parar de olhar para aquela cena pavorosa, mas Jess está travada. Focada no corpo.

É uma mulher. Jess agora se dá conta. Está pendurada acima dela, com uma grossa corda ao redor do pescoço, a cabeça dobrada na direção do chão, olhando diretamente para Jess com aqueles olhos anormalmente abertos, arregalados. A língua está preta e inchada na boca, o longo cabelo loiro solto e murcho ao redor dos ombros, caindo de forma quase artística sobre os seios nus. Um mosaico de hematomas cobre o corpo pálido, uma miscelânea de púrpuras.

As pernas dela estão riscadas de vermelho e marrom. Os dedos dos pés apontam para baixo; lama, chuva, sangue, algo indescritível, pingando no chão.

A mulher se move lentamente. Rodando devagar na corda. E quando o corpo dela se vira, Jess sabe como vai morrer. Toda a pele das costas da mulher foi removida. Foi despregada, partes dela esvoaçando soltas, a maioria completamente arrancada. Para fora da ferida, Jess consegue ver carne: o que presume serem pulmões, intestinos, órgãos pendurados, ainda conectados. Mas ainda pior são as costelas. Abertas, curvando-se para fora do corpo, como asas extremamente brancas.

O corpo todo de Jess está fraco, paralisado pela visão. Não consegue imaginar quem faria algo assim com outra pessoa. Esse ser não é humano. Não pode ser... não pode ser...

"Ela é um anjo."

Jess se sobressalta ao ouvir a voz dele junto a ela, então se arrasta para trás na lama. O homem caminha lentamente clareira adentro, vindo de trás dela. Está ensopado, a lama manchando suas roupas, a camiseta grudando no peito.

"Eu falei para você não correr. Eu falei", diz ele. Sua voz é monótona, constante e insensível. O sujeito aponta a arma para as pernas de Jess, então se detém ao ver o osso e o sangue borbulhando do buraco do jeans dela.

"Por favor, por favor...", soluça Jess. "Por favor... O que você fez?"

Ele ergue os olhos para a mulher por um segundo, então olha de volta a Jess. Seus olhos são escuros, buracos negros, indiferentes.

"Ela não durou muito tempo", explica o homem, em voz baixa. "Desmaiou de dor. Não aguentou quando ele cortou as costas dela. Quando ele quebrou as costelas e puxou os pulmões para fora, ainda respirando."

Jess cobre a boca com as mãos. Não consegue absorver tudo. O que essa mulher deve ter passado, a dor que deve ter sentido. Ela se sente nauseada, e ácido quente lhe sobe à garganta.

"Cortou as pálpebras dela", continua ele, apontando para trás. "Ela precisava ver, ver o que ele estava fazendo com ela."

"Quem?", exclama Jess com o homem. Ela olha ao redor da clareira. "Nós somos as únicas pessoas aqui, seu maluco escroto!"

Ele ri, agudo e incisivo, então repetidamente bate com a base da palma na própria cabeça, o rosto virado para o chão, os olhos fechados com força. Ela o observa, horrorizada. "Ele está por toda parte", grita o homem. "Uma parte de mim. Sempre observando. Sempre aqui. E agora ele vai fazer com você também." Ele olha para Jess outra vez, e aponta a faca de caça na direção dela. De repente, ela não consegue respirar. Seus olhos pulam da lâmina afiada para a mulher acima. "Esta vai ser a porra de um coral de anjos."

Mas então o homem para. Inclina a cabeça para o lado e apura os ouvidos. Depois ergue a pistola outra vez, brilhando, o preto molhado sob o aguaceiro, a mira apontada para o rosto dela.

"Griffin", berra o homem, a bravata de volta à sua voz. "Nate Griffin."

Jess está confusa, mas se vira ao ouvir movimento nas árvores à direita.

O homem berra outra vez: "Venha cá agora mesmo, ou eu atiro na cabeça da sua namoradinha".

Então, Jess o vê. Ele sai do matagal. Ergue as mãos lentamente acima da cabeça.

"Deixe ela em paz", diz Griffin.

79

Griffin já estivera no chalé antes. Em tempos mais felizes, com Mia. Era o refúgio deles, um cantinho de paz e tranquilidade. Onde ninguém pode ouvir você gritar, ela havia brincado.

Griffin sabe quem ele é. O Colecionador de Monstros. Ele esteve no memorial de Libby. Esteve na delegacia apenas alguns dias antes, poderia ter mandado a mensagem no Tinder, cometeu esse único erro. E era bom com facas. Porra, o homem era um chef.

Porém, durante todo o trajeto até o chalé, ele se esforçava para compreender. O pai de seus sobrinhos. Marido de Karen. Como ela não percebeu? Como esse homem pôde matar todas essas pessoas? Como pôde matar Mia, e ter tentado matar *ele*?

Mas as evidências estavam ali. Tinha que ser verdade.

Griffin tinha saído correndo sob o aguaceiro, sabendo que, a cada segundo que passava, Jess estava com um assassino. Havia estacionado, deixando o carro a uma boa distância, querendo que ninguém ouvisse sua chegada.

Tinha olhado pela janela cuidadosamente, mas o chalé estava vazio. Havia uma solitária cadeira no meio da sala, com um dos braços sujo do que Griffin presumia ser sangue. A porta estava aberta, batendo ao vento.

Ele se virou e olhou para a mata escurecida. Sabia que os dois estavam por aí. Mas onde? Então, ele a ouviu gritar.

Griffin seguiu o barulho, correndo em meio às árvores. A chuva caía sobre seu rosto, encharcando suas roupas, mas ele mal notava. Parando, escutando, então correndo outra vez, seguindo pela floresta, a adrenalina o impelindo a avançar.

Mas então viu a descida, e se segurou no último minuto. Foi descendo devagar, arrastando-se com cuidado pelas paredes de lama.

Até que viu. O... o *que* era aquilo? Uma mulher, pendurada, ensanguentada e arrebentada na escuridão. Griffin se encolheu com o choque, o sangue latejando nos ouvidos. Por acaso seria... Ah, meu Deus. A primeira coisa que pensou foi que se tratava de Jess, e suas pernas quase cederam sob o próprio peso, o ar evadindo de seus pulmões com um grunhido baixo. Mas então Griffin notou o cabelo loiro, e seus olhos seguiram as vozes até lá embaixo.

Lá estava Jess, deitada de costas, a perna dobrada em um ângulo estranho. Mas esse alívio teve vida curta: um homem assomava sobre ela, uma faca em uma das mãos, uma pistola na outra. E não era quem ele estava esperando.

Griffin não acreditava no que estava vendo. Mas as impressões digitais, o DNA no caderno? Não pode ser ele.

Então, ele ouviu o próprio nome.

"Griffin", ele escutou. "Nate Griffin. Venha cá agora mesmo, ou eu atiro na cabeça de sua namoradinha."

Griffin fecha os olhos. Ele sabe o que esse cara fez. Sabe que é um assassino sádico e de sangue frio. A prova está bem ali, pendurada diante dele. Não há outra escolha. Não pode deixar que atire em Jess.

Griffin sai do meio das árvores e ergue as mãos acima da cabeça. Olha para o homem. O homem ao lado de quem ele trabalhou. Um homem de quem não gosta, mas em quem confiou. Porque ele é um policial. Um detetive.

"Deixe ela em paz", diz Griffin. "Deixe ela em paz, Deakin."

80

"Que gentileza a sua se unir a nós, Nate", diz Noah. A arma se move, agora apontada para a cabeça do próprio Griffin.

Griffin vê Jess olhar para ele, então outra vez para Deakin.

"Você o conhece", sussurra ela. Mesmo sob a pouca luz, Griffin consegue ver que ela não está bem. Está pálida, trêmula.

Griffin dá um sorriso desalentado. "Ele é policial, Jess. Você está bem?"

"Não, ela não está bem", exclama Deakin. "Está com a perna quebrada, e eu dei a porra de um tiro nela."

Jess olha para baixo, surpresa. Griffin a vê colocar a mão no flanco, erguê-la, encarar o sangue. O vermelho brilhando sob a luz do luar.

"Gostou do nosso anjinho?"

Griffin ergue os olhos para a mulher, em seguida encara Deakin por baixo do cenho contraído. "O que foi que você fez, Noah?"

"A jogada final, Griffin! Sempre precisou haver uma jogada final." Deakin dá uma risada. Ela é alta e gélida. "Nunca se tratou de apenas uma ou duas mortes, porra, é toda uma obra-prima. Uma homenagem, se preferir, aos maiores e melhores. E isto! Olhe para isto! É uma puta de uma obra de arte! Tinha que ser algo melhor e mais elaborado do que tudo que veio antes."

"Você está doente, Noah. Se entregue e pronto. A polícia está a caminho."

"Não, não está. Eu o conheço. Você veio sozinho. Lobo solitário do caralho. Por que fez isso, Griffin? Você tinha seus próprios planos?"

Griffin cerra os dentes, meneando a cabeça.

"Você ia me matar, era isso? Se vingar por Mia?" Deakin balança a pistola freneticamente por um instante, depois a aponta outra vez para ele. "Como isso vai dar certo agora, Nate?"

Griffin lança ao sujeito um olhar furioso em meio à escuridão, sentindo seu ódio se avolumar.

"Acha que pode ser tão rápido assim? Acha que consegue me desarmar antes que eu atire em você? Antes que eu deixe você aí sangrando, olhando enquanto faço aquilo", Deakin aponta para a mulher, então de volta para Jess, "com ela?"

Griffin olha para Jess, desesperado, enquanto ela começa a chorar, as lágrimas caindo na lama.

"Eu vou fazer você assistir, Nate", sibila Deakin. "Enquanto eu a abro toda, arranco os ossos, as entranhas. Enquanto a penduro na árvore. Deixo os dois aqui para morrer. Porque é isso o que vai acontecer."

Griffin hesita. Será que consegue dominá-lo antes que Deakin atire? Poderá lidar com as consequências caso tente e falhe? Como da última vez? Como houve com Mia?

Mas, então, ele ouve. Uma voz, alta e clara por cima do vento e da chuva.

"Noah, por favor. Abaixe a arma. Acabou."

Griffin tem a sensação de que seu coração vai sair pela boca. Por favor, não. Ela também, não.

Karen aparece em meio às árvores. Griffin vê que a irmã está chorando, mas, por trás das lágrimas, sua expressão é determinada. Deakin a vê e, no mesmo instante, seu rosto muda.

"Não!", berra ele. "Você não pode estar aqui. Você tem que ir embora!"

"Por favor, Noah", repete Karen. "Os oficiais armados estão a caminho. Não é isso que você quer. Esse não é você."

Griffin nota a abrupta diferença em Noah. A chegada de Karen fez algo nele mudar. A confiança se foi; ele parece mais instável, emotivo, como se uma máscara tivesse caído.

"O que você sabe sobre mim?" Sua voz é de pânico, e Deakin olha para trás em direção às árvores. "Nada! Eu matei todas aquelas pessoas! Veja o que eu fiz com ela! Eu sou um merda. Um inútil. Eu mereço morrer."

Deakin aponta para a mulher, e, pela primeira vez, Griffin se dá conta de quem ela é. É Lauren. E Karen também sabe.

Griffin percebe o quanto a irmã está lutando. Ela fecha os olhos com força, o corpo desabando sobre si, apoiando as mãos nos joelhos para se manter de pé. Ele a vê engolir em seco, respirar fundo e então os abrir outra vez. Mas Karen não olha para cima. Desvia o olhar do cadáver mutilado da babá morta e encara Deakin.

"Eu não acredito nisso", consegue dizer a inspetora, com voz trêmula. "Eu passei cada dia dos últimos três anos com você. Você é meu parceiro, Noah. Meu melhor amigo."

"Cale a boca!", berra Deakin para ela. Os cantos de sua boca estão torcidos para baixo. Parece estar prestes a chorar. "Por favor. Você tem que ir embora."

"Não vou abandonar Griffin", afirma Karen. "E não vou abandonar você, Noah."

"Você precisa, você precisa", repete Deakin, uma vez após a outra. "Por favor."

Então, ouve-se um estampido alto. Ele ecoa ao redor deles, fazendo os ouvidos de Griffin zumbirem.

Ele ouve gritos. Vê a fumaça cinzenta se elevar na escuridão, subindo e espiralando lentamente da boca da arma preta na mão de Deakin.

Griffin sente a força se esvair de seu corpo. Vê os olhos de Jess sobre si, apavorada, quando ele cai de joelhos. Suas pernas desabam. Ele cai de costas na lama. Percebe a dor. Mas ela é diferente de antes, do implacável latejar na coluna, do ódio inexorável de quando foi espancado. Ele sente tudo em câmera lenta. Está calmo. Em aceitação.

Na escuridão, na umidade, Griffin está caído de costas, vendo as gotas de chuva prateadas despencarem com o céu escuro ao fundo.

E ele pensa, *é isso.*

Estou morrendo.

81

Karen ouve os próprios gritos, mas é como se o som estivesse vindo de outra pessoa. Ela corre até Griffin e cai de joelhos.

"Karen."

A inspetora ergue os olhos, encarando os de Deakin. Ele agora está chorando, mas a arma ainda está em sua mão, apontando para Griffin.

"Vá, agora, ou eu atiro na cabeça dele."

"Por que está fazendo isso?", questiona, suplicante. "Por favor, Noah. Por favor. Me dê a arma."

Ela estende a mão para o detetive, mas todo o seu corpo parece fraco. Aguente firme, diz a si mesma, só mais um pouco. O reforço logo vai chegar. Não olhe para Lauren. Não pense no que ele fez. Só mais um pouco.

"Não posso", responde Noah, soluçando. "Precisa estar tudo completo. Mas, por favor, você não pode ficar aqui. Ou vai acontecer com você também. Você vai ser um deles."

Deakin ergue o olhar e a mão de Karen pula para cobrir a própria boca. Ela se dá conta do que o amigo está dizendo. Fique, e ele vai matá-la. Fique, e ele fará com ela o que fez com Lauren. Mas a inspetora ainda não consegue acreditar nele. Não pode ser essa pessoa. Não Noah. Ela o ama. Ele é sua família. Ele não faria mal a ela. Com toda certeza.

Karen olha para o irmão. Os olhos dele estão fechados. Não sabe dizer se está vivo ou morto, e se sente nauseada.

Lentamente, ela se levanta da lama. Deakin ergue a arma e a aponta para ela. O sangue de Karen gela.

"Vá embora", repete Noah. A voz dele soa desesperada, ele está lhe implorando.

"Não."

"Isto tem que acabar. Esses assassinos em série, esses homens, eles são os melhores no que fizeram." Deakin faz uma pausa, enxugando o rosto com as costas do braço. "E eu superei todos. Por toda a minha vida, me disseram que eu não era nada. Que ninguém me amava, que eu nunca conseguiria nada."

"Eu amo você, Noah", sussurra Karen.

"Ama nada!", berra ele, em meio às lágrimas. Karen vê que o corpo inteiro do amigo está tremendo. "Você ama Roo, ama seus filhos, ama Griffin. Mas eu, não, não do mesmo modo. Eu tenho que fazer isto. Tenho que fazer. Isto tem que acabar esta noite." As palavras de Noah são interrompidas por um soluço; ranho, chuva, lágrimas, suor escorrendo por seu rosto. "Vá embora. Por favor", implora.

"Noah..." De repente, tudo aquilo é demais para ela. Karen está chorando, com a visão borrada. Sabe que, se os agentes armados chegarem antes que ela tome a arma dele, vão atirar em Noah. Ele vai morrer. Ela estende a mão outra vez. Mal consegue enxergar por entre as lágrimas. "Por favor", pede ela.

Deakin ergue a arma para a cabeça dela, e seu dedo se tensiona no gatilho.

"Não, Karen, não...", murmura ele.

A inspetora agora está junto dele. A arma está encostada em sua testa; se disparar, ninguém será capaz de fazer nada. Mas ela não olha para a pistola, e estende as mãos devagar, tocando os ombros do detetive.

Karen o olha no fundo dos olhos, e ela o vê. O seu Noah.

"Você é meu melhor amigo, Noah. Eu amo você", repete. O rosto dele se contorce, a arma cai, e ela sabe então que acabou.

Ouve as sirenes ao longe, as viaturas da resposta armada enfim chegando ao local.

Noah agora está em prantos, e ela avança sem pensar, puxando-o para seus braços. É a resposta natural dela, mas, ao se levantar, abraçando seu parceiro, seu olhar vai até Lauren. Até os olhos dela, incapazes de piscar. Karen pensa na dor que deve ter sofrido. Uma agonia excruciante e insuportável.

E ela olha para seu irmão e para Jess, que se arrastou até onde Griffin está caído, em silêncio, de olhos fechados. Jess aninha a cabeça dele nos braços, falando com Griffin, dizendo para aguentar firme, mantendo-o vivo.

Karen sente a repulsa, a raiva. Ela se dá conta do que está fazendo e se afasta, Deakin afundando no chão, ainda soluçando. A inspetora dá um passo para trás, enquanto a polícia armada avança pela clareira. Eles hesitam, encarando a cena, o horror contorcendo seus rostos.

Ela olha para Noah. Ele não faz esforço algum para se mover, e seu rosto está uma mistura de lágrimas, chuva e lama. Dá para ver que ele desistiu. Está chorando, repetindo as mesmas palavras, mas Karen não está mais ouvindo.

"Ele", diz ela. "Foi ele."

Homens vestindo preto e carregando armas enormes cercam Deakin, torcendo os braços dele atrás de suas costas, colocando-o de pé.

"Meus filhos...", diz Karen a um dos agentes. Ela não consegue chegar ao fim da frase. "Meu marido..."

"Eles estão bem", responde o policial. "Estão sendo levados agora para o hospital. Há mais paramédicos logo atrás de nós."

A inspetora espera sentir alívio, mas ele nunca vem. Está completamente entorpecida, e reconhece tenuemente que aquilo deve ser choque. Pensa nas mulheres mortas, nos homens estripados. Nos estupros, na tortura. Em Libby, em Mia, em Lauren.

Suas pernas cedem e Karen desaba de joelhos na lama. Ela olha outra vez para Noah. Ele ainda uiva as mesmas palavras enquanto está sendo levado embora, com a voz desesperada, quase perdida no barulho da polícia, do vento e da chuva.

Mas Karen consegue ouvir o que o amigo está falando.

"Sinto muito", diz ele, repetidamente. "Sinto muito, sinto muito, sinto muito."

82

Dia 10, Quarta-feira
Dois dias depois

Alice está deitada ao lado de Jess na cama do hospital, seu pequeno corpo repousando junto da mãe. Ela tagarela desinibida, contando sobre a escola, sobre o que fez na casa da vovó e do vovô, e Jess sorri para a filha, indulgente. Está mais quieta do que de costume, enlutada pela perda do pai agora que Jess lhe contou, mas, em grande parte, está alheia a tudo o que aconteceu. O assassino em série. O detetive que matou todas aquelas pessoas. Um dia, quando Alice for mais velha, Jess vai contar a verdade a ela, mas, por ora, a menina permanece em sua inocência com relação aos eventos dos últimos dez dias. Sem saber como o pai morreu.

Jess vê o soro pingar lentamente ao seu lado. Sua perna está rigidamente imobilizada por um gesso pesado. Ela passou por uma cirurgia, teve o ferimento à bala costurado, os ossos colocados no lugar, sob as estritas instruções de não se mexer. Suas mãos estão enfaixadas. Fizeram o possível, dizem os médicos, mas ela pode não recuperar os movimentos de alguns dos dedos, dados os vários tendões rompidos pela faca. Ainda assim, pensa ela, não é tão ruim. Não está sentindo dor, afinal de contas.

A mãe e o pai de Jess estão sentados ao lado da cama, escutando, felizes por terem a filha de volta. Toda a família dela está ali. Ela deveria estar feliz. Mas a única pessoa em quem consegue pensar é em Griffin.

Na mata, no escuro e na chuva, ela ficara deitada ao lado dele. Tinha escutado as sirenes ao longe, rezando para que chegassem a tempo, vendo a dor no corpo dele se esvair. Ela sussurrou o nome dele, uma vez após a outra, torcendo para que Griffin pudesse ouvi-la.

Ouviram-se vozes, gritaria. Pessoas haviam corrido na direção dela e Jess tinha ficado olhando, desesperada, enquanto tentavam salvar Griffin. Ele tinha ido atrás dela, e agora estava morrendo. Ela ficou vendo ele ser levado embora, ignorando o paramédico que tentava colocar uma tala em sua perna despedaçada. Na ambulância, havia perguntado sem parar se Griffin estava vivo, até que um médico enfim aproximou-se dela.

"Jess", disse o sujeito. A expressão dele era séria, e ela começou a chorar. "Nate perdeu muito sangue, teve uma parada cardíaca, e tivemos que realizar uma ressuscitação cardiopulmonar. Mas ele está bem, Jess."

"Ele está bem?", repetiu ela.

O médico assentiu e sorriu. "Ele está bem."

E ele está ali, em algum lugar. Jess sabe que ele está acordado. Quer vê-lo, desesperadamente, mas não tem certeza quanto ao que dizer.

E agora, quanto aos dois? Jess não sabe o que ele sente por ela. Mas sabe que o ama. Essa é a única coisa de que tem certeza.

Ela ouve uma batida e todos erguem o olhar. A inspetora Elliott está na porta.

"Posso entrar?", pergunta, e Jess assente.

Jess olha para sua família. "Podem nos dar um minuto?", pede, e eles deixam as duas a sós.

A detetive inspetora-chefe se senta em uma cadeira junto da cama. "Que bom que você está bem, Jess."

"Que bom que sua família também está, detetive."

"Por favor, me chame de Karen", pede ela, com um sorriso. "Soube que você vai se mudar."

Havia sido sugestão de sua mãe. A imprensa os rodeava feito moscas. Eles reconheciam uma manchete quando a viam: a bela viúva que não sente dor.

"Vamos recomeçar", dissera a mãe de Jess. "Nos mudar para onde ninguém nos conheça. Alice merece ao menos isso."

E Jess havia concordado. Alice precisa de uma vida sem o burburinho.

"Tudo bem quanto a isso?", pergunta ela a Karen, e a inspetora assente.

"Nós retiramos todas as queixas contra você. Sabemos que não foi você quem matou Patrick. Sinto muito, de verdade."

"Sente muito?"

A expressão da detetive está abatida, e Jess se pergunta se a mulher vai começar a chorar. "Por tudo isso ter acontecido com você. Sinto muito por não termos percebido. Foi um dos nossos. Devíamos ter..."

"Vocês não tinham como saber", diz Jess. Então, ela faz a pergunta que mal ousa articular: "E quanto a Nav?".

"Ele confessou a tentativa de homicídio. Mas dada a ameaça contra você e Alice, sabemos que ele estava agindo sob coação."

"Ele vai ser preso?"

Karen assente. "Sim, é provável. Mas faremos o possível, Jess, prometo."

Jess engole em seco. Tudo naquele hospital a lembra de Nav. Cada médico alto de pele escura, cada voz masculina no corredor. Ele nunca mais vai exercer a medicina. Aquela culpa permanece com ela mais do que qualquer outra coisa. Tudo pelo que o amigo trabalhou, perdido em um segundo. Por causa dela.

"E Griffin vai depor em favor dele na audiência de sentenciamento, Jess", continua Karen. "Isso vai ajudar." A inspetora se detém. Ela olha para Jess. "Você já foi ver Nate?", pergunta. Jess balança a cabeça. "Ele tem perguntado por você."

"Eu vou", murmura Jess.

"Escute", diz Karen, com expressão séria. "Eu conheço meu irmão caçula. Sei que é uma pessoa difícil, que é rabugento, que é um pé no saco. Mas, no fundo, ele é assim por pensar que não é digno de ser amado." Ela faz uma pausa. "Mas você e eu sabemos que ele é, não sabemos?", conclui Karen em voz baixa.

Jess assente outra vez, não tendo confiança em si mesma para falar.

Karen dá tapinhas amigáveis na mão dela. "Descanse um pouco. Mas vá vê-lo, por favor. Ala Burrell. Quarto seis."

A detetive deixa Jess sozinha. No quarto vazio, ela começa a chorar. Por toda a sua vida, sempre se sentiu como uma mercadoria avariada. Quebrada, insuficiente.

Griffin entendia. Ele entendia porque se sentia da mesma forma. Agia como um cara malvado, só punhos e cara feia. Mas não era. Havia amado a esposa, amava Karen, amava os sobrinhos. Talvez também a amasse.

Jess enxuga as lágrimas com a manga da roupa e se senta. Sente os pontos se retesarem um pouco; sente os ossos raspando um no outro dentro do gesso. Deveria esperar, pedir uma cadeira de rodas, mas sabe que, se hesitar, vai desistir.

Ela tira o conta-gotas da cânula em sua mão, então se ergue para pegar a camisola e o par de muletas, deixadas ali para o momento em que tivesse permissão para usá-las. Mas Jess é uma profissional veterana, e, logo, está derrapando velozmente pelo corredor, conferindo placas, procurando a direção da ala dele.

Seus pés descalços sentem frio ao toque do chão de cerâmica; ela recebe olhares das enfermeiras enquanto passa, mas elas a deixam seguir.

Finalmente Jess vê as placas certas, e se detém. A porta do quarto está aberta, e ela consegue ver Griffin, escorado na cama. Os olhos dele estão fechados e, por um momento, ela o observa.

Parece tudo errado com ele, aquele homem corajoso e destemido, sob um cobertor azul-claro, os monitores emitindo bipes ao seu lado.

Jess pensa em seus planos de ir embora, mas não consegue.

Griffin abre os olhos e se vira para a porta. Ele a vê e sorri.

Não posso deixar você, pensa Jess.

"Oi", diz Griffin, e ela entra no quarto.

Me peça para ficar, pensa Jess, *e eu fico*.

83

"Você tá um caco", comenta Jess.

"Você também." Mas Griffin não consegue deixar de sorrir. Ela está usando um pijama listrado azul e branco, com uma das pernas arregaçadas sobre o topo de um gesso branco, um roupão azul-marinho por cima. Ela era a pessoa — a única pessoa — que ele estava desesperado para ver.

Jess se senta junto à cama.

"Como está se sentindo?", pergunta ela.

"Tudo dói. Preciso de um cigarro, mas não me deixam fumar."

"Você deveria parar. Essas coisas vão te matar, sabia?"

Ele ri, então se encolhe diante da dor que isso causa. "Talvez. Como você está?"

Ela dá de ombros. "Vou sarar."

"Jess", diz Griffin. "Naquela noite em que eu apaguei, eu..." Ele se detém. Mas precisa contar a ela. "Eu saí para comprar drogas. Ilegalmente. Para conseguir algo que aliviasse a dor. Sinto muito, não devia ter deixado você..."

Jess o interrompe. "Eu sei. Não importa agora. Como foram as coisas com Karen?", pergunta ela.

"Hmm", é tudo que ele consegue dizer em resposta.

Quando acordou, sua irmã estava junto da cabeceira da cama. Ele havia sido sedado, estava grogue, e, no início, levou algum tempo até se lembrar. No entanto, depois se lembrou. Lauren, morta e pendurada na árvore. Noah Deakin, a arma na mão dele. O parceiro de sua irmã.

Caralho, a pessoa com quem Karen havia passado cada momento, a pessoa a respeito de quem ele com frequência se perguntava, em silêncio, se o relacionamento dos dois ia além de meros colegas. Havia sido ele o assassino. O assassino de sua esposa.

Karen havia erguido os olhos vermelhos para Griffin. "Ah, Nate", disse ela, então começou a chorar. "Eu não sabia, eu não sabia..."

Ele estendeu a mão, fraca e trêmula, e a pousou no ombro dela. "Eu também não percebi", dissera, articulando a vergonha e a humilhação que sentiu quando viu Noah na mata. Griffin não gostava de Deakin. Mas o sujeito ser um assassino em série? Não havia feito a menor ideia.

"Você me culpa?" Karen não precisou dizer mais nada. Griffin sabia o que ela estava perguntando. É culpa minha que Mia esteja morta?

"Não", respondeu ele.

Porém, depois que Karen foi embora e Griffin ficou sozinho, com apenas os bipes dos monitores para distraí-lo, ele se deu conta de que estivera mentindo. Sim. Sim, ele a culpava. Ela era uma detetive. A oficial sênior da investigação. Uma inspetora-chefe. Karen deveria ter sabido. Do mesmo modo que a culpa e o fracasso haviam se assentado sobre ele desde a morte de Mia, Griffin agora os partilhava com Karen.

Mas era sua irmã. Praticamente a única família que tinha. Teria que perdoá-la, Griffin sabe disso. Mas não naquele dia.

Ele e Jess ficam ali sentados, em silêncio, por um instante. Há tanta coisa que quer dizer a ela, mas, assim como foi com Karen, não sabe por onde começar.

De repente...

"Eu vou embora", Jess deixa escapar. "Quer dizer, nós vamos nos mudar. Minha mãe e meu pai acham que vai ser melhor assim. Para Alice."

"Ah." Griffin faz uma pausa. "E o que você acha?"

"Eles provavelmente estão certos."

"Ah", diz outra vez. Está perplexo. Achou que... não sabe o que achou. Que os dois ficariam juntos? Onde? Naquele seu apartamento de merda, em um porão? Que ridículo. Jess agora tem a vida de volta. A filha, a família. Ela precisa organizar um funeral para o marido, para viver o luto da forma apropriada.

Essa última semana em seu apartamento não foi real. Jess estava presa ali, presa com ele. Nada além disso. Era inevitável que, quando tudo isso acabasse, ela fosse embora.

Griffin olha para o rosto dela, aquele rosto lindo, e a contempla pelo que, ele sabe, será a última vez.

"Nate...", ela começa a falar, e o olhar dele encontra o dela. Alguma parte de Griffin se permite ter esperança.

"Obrigada", conclui Jess.

Ele pigarreia. "Não tem de quê", responde, com a voz rouca.

Tudo bem. Tudo bem, garante a si mesmo. Ele não tem tempo para isso, de qualquer forma. Karen diz que vão permitir que volte ao trabalho quando estiver melhor. E Griffin sabe que ser um detetive sempre toma conta de tudo. Era algo de que Mia reclamava. A polícia em primeiro lugar, ela em segundo. Só que não era assim, não é mesmo? Griffin nunca lhe disse o quanto ela era importante para ele. Talvez devesse...

Mas Jess agora está se levantando. Ela hesita por um momento, então, desajeitada, se inclina, beijando-o no rosto com gentileza. Griffin estende a mão, enfiando-a nos cabelos dela, e eles se beijam, devidamente, desta vez.

Mas então Jess se afasta. Vira-se, sem dizer mais uma palavra, e sai mancando do quarto de hospital, com as muletas fazendo cliques contra o assoalho. Ele a ouve fungar; pensa que Jess pode estar chorando.

Quer ir atrás dela, mas não pode. Está preso ali: dor, tubos e cabos o mantendo cativo na cama.

"Jess", ele a chama.

Griffin espera, observando a porta. No corredor, ouve pessoas conversando, o burburinho de um hospital movimentado.

Mas a porta permanece vazia. Ele engole em seco.

Ela se foi.

Griffin balança a cabeça. Ela não estava ali para ficar, lembra a si mesmo. Elas nunca estão.

Ele se recosta outra vez no travesseiro e encara o teto. Seus dentes se cerram, e Griffin afasta para longe a sensação do vazio no fundo de suas entranhas. Há um rangido de sapatos no corredor, o eficiente movimento de uma enfermeira entrando no quarto.

Ela se ocupa ao lado dele, checando os monitores, fazendo anotações, então se vira para encará-lo.

"Como está se sentindo?", pergunta a mulher.

Griffin não olha para ela. Uma merda. Solitário. Descartado.

"Bem", responde.

A enfermeira ergue a mão. "Aquela mulher, sua amiga, me pediu para lhe dar isto."

Griffin ergue os olhos bruscamente. "Quem? Quando?"

"Agora mesmo, no corredor."

A enfermeira estende a mão e coloca algo na cama. Ele pega: o resquício de um pedaço de papel, dobrado em quatro. Ele abre. Duas palavras, rabiscadas toscamente com esferográfica preta.

NOTA PROMISSÓRIA.

"Ela disse que você sabia o que isso significa", encerra a enfermeira.

Com cuidado, Griffin dobra o papel outra vez em um pequeno quadrado, o segura firme na palma da mão e sorri.

84

Karen se detém no corredor do hospital. Seu corpo não consegue ir mais longe e ela se recosta na parede, colocando a cabeça nas mãos. Passou dois dias segurando a barra diante de todos — a equipe na delegacia, as crianças, Roo, Griffin —, mas, agora, não sobrou mais nada.

Sua mente titubeia constantemente, incapaz de deixar que uma emoção se estabeleça antes de passar para outra. A culpa, a sensação de absoluta traição, o completo ódio escaldante. Ela não dorme, ele assombra seus sonhos, despertando-a com um choque, os lençóis encharcados de suor, o coração acelerado.

Tilly e Joshua estão bem. Acordaram no hospital, grogues e confusos, sem nenhuma lembrança do que aconteceu. Roo está com uma dor de cabeça que vai deixá-lo rabugento durante dias, mas, fisicamente, vai ficar bem. É com o lado psicológico que Karen se preocupa.

Eles passaram os últimos dias rondando um ao outro na casa. Desconfiados, feito gatos na defensiva, defendendo seus territórios com as garras de fora. E a discussão, quando veio, no dia anterior, foi espetacular.

Ela estava pronta para ir para o trabalho. Ele estava com uma calça de moletom e uma camiseta, de atestado no trabalho, cuidando das crianças.

"Não é possível que você esteja indo!", esbravejou Roo.

"Eu preciso..."

"Por quê? Pra poder vê-lo? Aquele canalha doente? Ele não merece viver..."

"Não faça assim, Roo..."

"Ele deveria ser enforcado e esquartejado, assim como fez com..." Karen havia notado que seu marido não conseguia chegar a dizer o nome dela. "Torturado e deixado para apodrecer..."

"Roo, pare, por favor..."

"A cadeia é bom demais para ele", vociferou Roo. "Aquele escroto pervertido..."

"Roo! Pare!" Seu marido tinha se detido, em choque, quando sua caneca atingiu o chão de cerâmica, quebrando-se em pequenos cacos ao redor dos dois. Karen se levantou, os punhos cerrados, gotas de café ensopando sua calça. "Cale a boca!", berrou ela. "Eu preciso encarar isso. Preciso chegar até o fim."

"Sua família está aqui. Seus filhos, os filhos que *você* colocou em risco, precisam de você!"

Foi um golpe baixo, e Karen sentiu a culpa apertar seu estômago. "Bom para caralho que você se lembre disso agora, Roo. Sua família não era tão importante assim para você quando estava comendo a babá."

O cômodo caiu em silêncio. Karen havia se virado e ido embora, para fora da casa e para longe do marido. Roo havia lhe contado sobre as mulheres no Tinder. Trepadas desconhecidas e aleatórias. Nada mais do que ele procurando um pouco de excitação.

Mas ainda não havia perguntado a ele sobre Lauren. Havia sido algo casual? Era amor? Ele teria deixado Karen? A questão que vai permanecer sem resposta para sempre.

Karen havia levado os pobres pais de Lauren ao necrotério naquela manhã. Ela os viu chorar sobre os restos mortais maltratados da filha, o rosto tão machucado que era impossível identificá-la formalmente desse modo. Nenhum dos dois havia perguntado os detalhes, e Karen espera que nunca perguntem.

Nenhum pai ou mãe precisa saber que a filha foi atacada de forma tão violenta, que seu maxilar se quebrou e os ossos de sua face foram destruídos. Ela teve um traumatismo craniano, uma hemorragia interna enorme. Foi estuprada repetidamente, sodomizada, teve lesões extensas na vagina e no ânus. Karen sabe que ela estava viva enquanto foi torturada, as costelas quebradas, o corpo estripado, pendurado em uma árvore, sufocando lentamente, os pulmões para fora do corpo. Tudo em nome de alguma fantasia doentia.

Ela vai perdoar Roo. Sabe disso. Precisa perdoar. Ele não é um assassino. Um marido de merda, promíscuo, sim, mas não um assassino em série.

As crianças agora precisam de estabilidade. E Karen também. Mais do que qualquer coisa, ela anseia por familiaridade, por uma garantia de que o mundo todo não mudou, apesar da sensação de que está no topo de um precipício e que, a qualquer momento, vai ser empurrada de lá.

Apesar de agora saber que seu melhor amigo era um assassino em série.

Karen ainda não consegue conciliar o que viu com o homem com quem passou praticamente todos os dias nos últimos três anos. Toda vez que tenta pensar nisso, sua mente cospe a ideia de volta. Ela quer acreditar que ele não fez nada disso; sua mente vai e volta na negação. Deakin, não. Noah, não.

Karen tem a impressão de que está sufocando cada vez que pensa nele. Noah foi examinado por médicos, agora está algemado em uma cela de sua própria delegacia, mas Karen não consegue ir vê-lo. Seu fracasso é absoluto; ela é uma tola. Não viu um único sinal.

Marsh havia sido gentil, a imprensa, nem tanto. "Ninguém percebeu", havia murmurado o superintendente, mas Karen sabe do burburinho. Ela era a detetive inspetora-chefe. A oficial sênior de investigação. Ele havia sido parceiro *dela*.

Fizeram uma batida na casa dele. Chegaram os relatórios: era imunda, louças sujas entupindo a pia, mofo, lama, quem sabe o que mais. Karen havia olhado para as fotos, descrente; com um choque, se deu conta de que fazia mais de um ano desde que estivera ali. Ela o pegava e o deixava praticamente todos os dias, mas não entrava. Esteve ocupada demais. Com as próprias preocupações. Sua família. Egoísta demais.

Mas mesmo com todas as buscas, não encontraram nenhuma munição, nenhuma arma. Nenhuma lembrança das mortes, nenhuma faca — e nenhuma evidência de um poço onde as mulheres mortas haviam sido mantidas. Nenhum sinal de sangue: até os cães haviam procurado. Deakin deve ter uma outra casa, disseram. Como o apartamento 214. Eles a encontrariam.

Revistaram o chalé. Acharam evidências de que alguém havia morado lá nos últimos meses. Encontraram DNA e impressões digitais de Deakin, descobrindo, sem surpresas, que ele estivera lá antes por diversas vezes. Às vezes com Karen e com sua família. Às vezes sozinho, querendo um lugar para fugir no fim de semana, a inspetora presumia que com uma mulher a reboque. Agora, ela se pergunta o que mais aconteceu ali. Quanta dor e quanta tortura também aconteceu entre aquelas quatro paredes.

Nunca mais vai voltar lá, sabe disso. Eles vão vendê-lo. Ou botar fogo na porra do lugar, até que vire cinzas. Karen não liga.

Ela caminha para fora do hospital e entra em seu carro. Senta-se no banco do motorista, mas não consegue se forçar a dar a partida. É ainda pior na delegacia. Em cada canto, ela inconscientemente procura por ele. Escuta sua voz. Karen se vê ainda querendo perguntar a opinião dele, falar com ele, sentir seus olhos escuros a observando. Sempre acreditou que os dois tinham uma conexão. Até achou que, talvez, fosse mais do que isso. Mas tudo o que Noah andou fazendo invalida o que havia entre eles. O que havia sido fingimento e o que havia sido verdade? E o que ele esteve pensando de verdade, em todos esses anos?

Karen ainda está indo ao trabalho, apesar da desaprovação de Roo. Tem uma equipe para comandar, um caso para encerrar. Mas não tem certeza de por mais quanto tempo consegue fazer isso. Agora, toda vez que entra na delegacia, a inspetora sente a dúvida crescer. Uma incerteza, um medo: de que, uma vez mais, vai ignorar o óbvio.

Ela sabe que seu irmão a culpa. *E ele está certo em fazê-lo*, pensa ela. Ela revira a mente, lembrando-se das conversas com Noah. O homem que a inspetora um dia achou que a entendia melhor do que qualquer um. Ela vasculha a própria memória por um instante, atrás de um sinal do assassino que ela possa ter deixado passar. Mas não há nada.

Vou tirar um tempo de folga, decide. Procurar aconselhamento, me consultar com um profissional. *Coitado do desgraçado*, pensa ela, e deixa escapar um súbito e inapropriado bufo histérico. Tem pena do terapeuta que tiver que escutar suas lamúrias.

Seu telefone toca e Karen se sobressalta. No piloto automático, ela atende.

"Inspetora Elliott? É o professor Barnet."

Ela leva algum tempo até reconhecer o nome. O especialista em criptogramas, o homem que estava com o código.

"Está na linha? É que... nós o solucionamos."

A voz dele está ofegante e ávida. O sujeito não viu as notícias. Alguém esqueceu de atualizá-lo. Mas Karen não sabe o que dizer. Nesse vácuo, ele continua:

"Então, nós fizemos como dissemos. Demos uma olhada nas letras duplicadas, nas palavras que achamos que poderíamos usar. Tivemos alguns começos equivocados." Barnet ri. "Mas acertamos na loteria quando começamos a olhar para os nomes de vocês."

A frivolidade dele é enervante. Karen quer mandá-lo embora, mas a curiosidade se sobrepõe à raiva. Não é culpa dele, afinal de contas. "Como assim?", pergunta, por fim.

"Olhamos para o 'L' duplo e o 'T' duplo em seu nome, e no 'F' duplo no nome do detetive-sargento Griffin. E ambos aparecem lá. Eles nos levaram a identificar as palavras 'foder' e 'matar'; a partir delas, conseguimos resolver todo o criptograma."

Barnet faz uma pausa, obviamente esperando uma salva de palmas que Karen não vai dar. "Devo enviar a solução por e-mail?", acrescenta o professor, mais calado diante do silêncio de Karen.

"Leia para mim."

Ela ouve o sujeito respirar fundo. "Hã", hesita ele. "Há muitas palavras chulas."

Karen range os dentes. "Não vou me ofender."

O professor pigarreia. "Vá se foder, Elliott. Vá se foder, Griffin", ele lê. "Vocês acham que me conhecem. Com seus perfis e seus relatórios. Mas não sabem de porra nenhuma. Eu conheço vocês." Barnet faz uma pausa. Engole seco. Continua: "Você é igualzinha às outras vagabundas. Vou dar uma surra em você. Vou matar você. Vou cortar você até não sobrar nada para Andrew meter o pau dele quando for te foder. Vá se foder, Elliott. Vá se foder, Griffin".

O professor para.

"É só isso?", pergunta a inspetora.

"Hã, sim." Barnet parece estar muito arrependido de ter solucionado o criptograma. Ela se sente mal pelo sujeito; ele não faz parte desse mundo. O pobre coitado não deveria ter sido exposto a tamanho mal.

"Obrigada, professor", diz ela. "Fico muito grata."

Ela desliga, então vê a notificação do e-mail enviado por Barnet. Karen lê a mensagem outra vez. Franze o cenho. Há algo de errado com aquelas palavras, pensa ela, mas então balança a cabeça. A coisa toda é errada. A situação toda é tão escrota que ela duvida que algum dia será capaz de reconhecer algo que seja certo outra vez.

Precisa vê-lo. Olhar para Noah nos olhos e ouvi-lo confessar. Mas está apavorada. Não consegue prever como vai reagir quando encarar o homem que ela achou que conhecia. Será que vai chorar? Gritar, berrar? Ou talvez seja o leve empurrão que falta para derrubá-la para um abismo do qual nunca vai sair.

Ela olha para baixo e vê dois objetos deixados no porta-copos entre os bancos do carro. Um maço de cigarros e um pacote de pastilhas Polo. Ela pega as pastilhas, e é como se alguém houvesse enfiado a mão dentro de seu corpo, arrancado seu coração e o esmigalhado no chão. Karen sabe quem ele é, o que ele fez, mas ela o amava. E sente saudades dele. Sente saudades de seu amigo.

A inspetora coloca as duas mãos no volante, seu corpo crispando, a cabeça descansando nos braços, e ela chora. De alívio, de exaustão, de pura e abjeta infelicidade. As pastilhas caem de sua mão e rolam para baixo do banco.

Mas acabou.

O caso foi encerrado.

O Colecionador de Monstros foi encontrado.

Epílogo

Dia 11, Quinta-feira

Deakin lança um olhar fuzilante para o outro lado da mesa. Está cansado, faminto. Com frio. Trancado há dias naquela cela. Apenas esperando eles estarem prontos.

E agora, chegou o momento. Ele está há horas na sala de interrogatório. Falando. Diante dele, o rosto de Karen está cinzento. Deakin não sabe por que ela está ali. Qualquer outro detetive da delegacia poderia ter tomado seu depoimento, poderia tê-lo escutado repassar os assassinatos, metodicamente, um por um. Detalhando os sequestros, os tiros, os esfaqueamentos. Descrevendo como escolheu as vítimas, como as matou, golpe horrendo atrás de golpe horrendo. Ainda assim, lá está ela.

Ele não tem um advogado. Não deseja um. Que sentido faria? Vai se declarar culpado. Ficará preso pelo resto da vida, sem chance de condicional. E então, estará tudo acabado.

Karen faz uma pausa. Olha para as páginas no arquivo diante de si, depois para o detetive Shenton ao lado dela.

"Noah", diz ela com gentileza. Suas mãos estão agarradas à beirada da mesa, os nós dos dedos pálidos. "Nem consigo imaginar o que você passou quando criança. Sei que você cresceu em um abrigo. Eu ouço o que está dizendo, sobre tudo o que fez, mas algo ainda não se encaixa."

Ele a encara. "Que merda você está falando, Karen? Fui eu. Eu matei aquelas pessoas."

"É exatamente isso." Ela se endireita na cadeira. "Você me chama de Karen. Sempre chamou, mesmo em seu primeiro dia. E, ainda assim, no criptograma, me chamou de Elliott. Chamou meu marido de Andrew. Você nunca o chamou pelo nome verdadeiro em toda a sua vida."

"E daí, porra...", ele começa a dizer, mas a inspetora o interrompe.

"Nós temos seus dados biológicos em sua ficha, Noah. Sua caligrafia não é compatível com a dos cadernos do Colecionador de Monstros. Nem suas impressões digitais, ou o seu DNA. E achamos vestígios de outra pessoa no chalé. Dessa mesma pessoa." Karen se inclina para a frente. "Então, de quem é isso tudo?"

Ele não responde.

"De quem?", pergunta Karen outra vez.

"Fui eu", repete Deakin. "Eu fiz tudo."

"Lá na mata", continua a inspetora. "Você disse que sentia muito." O olhar de Karen encontra o dele, então ela olha de relance para Shenton. "E eu também andei lendo um pouco sobre assassinos em série. E uma coisa que vi, o tempo todo, é que é muito raro que um sádico sexual expresse remorso."

"Talvez eu sentisse muito por ter sido pego", rosna Deakin.

Karen morde o lábio. Ele já a viu fazer aquilo tantas vezes antes, tentando se controlar para não chorar. "Por favor", pede ela com suavidade. "Eu conheço você. Você era meu amigo. Eu posso ajudá-lo. Há pessoas que podem ajudá-lo."

Ela ainda está olhando para ele. Deakin ama os olhos dela. Castanho-claros, sérios. Sempre gostou do modo como Karen olha para ele, e mesmo hoje consegue ver um indício de empatia por trás da dor. Mas não é esse o acordo. Ele precisa cumprir o acordo.

"Você não me conhece, *detetive inspetora-chefe Elliott*", declara Deakin. "Nós nunca fomos amigos. Você e seu marido ficaram brincando de família feliz na minha frente. Se exibindo com o que tinham, quando sabiam que eu não tinha nada." Ele vê o desalento na expressão de Karen. Ela tenta esconder, mas Deakin sabe que seus comentários acertaram bem no alvo. "Você finge que as ações do Colecionador de Monstros foram desumanas, que nunca poderíamos conceber cometê-las nós mesmos, quando, no fundo, todos nós sabemos. Sabemos quem gostaríamos de matar. Sabemos quem mataríamos e quem salvaríamos."

Karen desvia o olhar dele. A inspetora está se lembrando da conversa que tiveram no carro. Na universidade. Ele sabe como detetives podem acabar sendo sombrios.

"Você foi tão cruel comigo quanto qualquer uma daquelas pessoas no abrigo para crianças, Karen. Eu sempre estive sozinho. E lá estava você, esfregando sua família na minha cara. Você me fez sofrer, assim como eles. Gosta de fingir que éramos amigos, mas você não significa nada para mim. Nunca significou."

Deakin vê o rosto dela se contorcer, e Karen sai correndo da sala de interrogatório. Ele respira fundo, então se vira para o detetive Shenton.

Toby franze o cenho. "Interrogatório concluído às 15h47", diz o sujeito, então desliga o vídeo.

Mas permanece diante de Deakin. Tamborila os dedos na mesa e suspira.

"Não era assim que as coisas deveriam ter sido, Noah", diz Shenton.

Noah fecha a cara. "Vá se foder", murmura ele.

Shenton meneia a cabeça. "Ela não acredita em você. Não consegue aceitar que seu amado Noah Deakin é um sádico assassino em série. O que vamos fazer quanto a isso?"

Do outro lado da mesa, Noah o fuzila com o olhar. "Eu confessei. Fiz tudo o que você pediu. Fiquei calado enquanto você se divertia. Eu até matei a primeira, Robbie."

O rosto de Shenton se avermelha. "Não me chame assim! Ninguém mais me chama assim!" Ele se levanta, gritando com Noah, a respiração pesada, os olhos saltados. "E você não matou ninguém! Não conseguiu nem estuprar a vagabunda. Além disso, fez tanta cagada que até deixou uma impressão digital para trás e eu tive que dar cobertura a você e terminar o serviço." Lentamente, Shenton vai se sentando na cadeira, mais uma vez o retrato do autocontrole. "Você nunca teve gosto pela coisa, Noah", continua ele. "Você é fraco, patético. Você não é nada. E, ainda assim, aqui está você, levando todo o crédito. Recebendo toda a *minha* glória."

"Então confesse, porra. Você estava lá, na mata. Poderia ter mostrado a cara a qualquer momento, para se deleitar com seu *sucesso*." Noah aponta para a porta, com raiva. "Vai lá, seu sádico escroto. Conte a ela o que aconteceu."

Shenton nega com a cabeça. "Não, não", diz calmamente, de volta à fachada de costume. Ele tem um tênue sorriso no rosto. "Não é assim, nem de longe, que as coisas vão ser."

Os dois se conheceram há vinte anos. Companheiros improváveis, unidos pela necessidade, naquela merda de abrigo para crianças. Onde ambos conheceram Jessica Ambrose. E então Noah foi embora e ele achou que nunca mais o veria. Até que ele apareceu na força policial.

E tudo deu errado.

Deakin tinha aptidão para o trabalho infiltrado. Uma habilidade natural de se misturar, de ser quem quisessem que ele fosse. Mentia com facilidade. Não fazia amigos; não se apaixonava. Sabia que não era digno da vida que outras pessoas tinham.

Era arredio, um outsider. Bebia; tomava todos os remédios que apareciam em seu caminho. Trabalhou ao lado de alguns dos piores barões da droga do país: ele lutou, foi surrado, esfaqueado. Mas, ainda assim, apesar de todos os esforços contrários, ele sobreviveu.

E, então, tentou se matar.

Shenton o impediu. Ele deve tê-lo seguido até a mata; cortou a corda e o desceu da árvore, Deakin arfando em busca de ar.

"Eu não sou nada", disse Noah, ofegante, a corda caindo de seu pescoço. "Não vou ser nada nunca."

Toby havia olhado para ele. "Você é meu amigo, Noah", disse. "Eu vou cuidar de você." E, com essas poucas palavras, Deakin foi enfeitiçado pelo sujeito.

Ficou fascinado pelo modo como Toby fazia uma encenação quando estava no trabalho, tímido e patético.

"Eu passei nove anos aprendendo a como ser fraco", diria Shenton. "Não é tão difícil assim fazer isso de novo."

À noite, os dois saíam dirigindo no carro de Shenton, seguindo mulheres, observando-as por janelas iluminadas, indiferentes àquilo tudo enquanto tocavam suas vidas. Noah ficava deslumbrado por Shenton. Passavam o tempo juntos, às vezes na casa de Noah, às vezes na antiga e sórdida casa da família de Shenton, às vezes no chalé. Toby levava prostitutas, primeiro trepava com elas, então as passava para Noah, ordenando a ele o que fazer. Enquanto se masturbava, enquanto assistia. Toby gostava de impor sua vontade sobre aqueles ao redor, mexendo com suas cabeças. Fazia aquilo na época, assim como fez nos assassinatos do Colecionador de Monstros: o brinco de Mia no incêndio, para mexer com Griffin, as impressões digitais de Libby no copo no apartamento 214.

Toby estava no controle, no comando. Sempre. Noah se deleitava com a atenção dele; pela primeira vez, alguém se interessava por sua vida. Noah fazia tudo o que ele pedia. A discordância resultava em socos em seu estômago, em olhos roxos. E, certa vez, quando Noah ousou recusar uma prostituta, Toby o colocou de joelhos diante de si. Me mostre que sente muito, seu putinho rabugento, disse ele, abrindo o zíper. Peça desculpas ou eu vou matá-la, aqui e agora.

Sabia que Toby falava sério. E ele fez o que lhe foi ordenado.

Noah conseguiu novas amostras biológicas para Toby, trocando as dele pelas de um desconhecido no sistema. Obedeceu sem questionar, muito embora soubesse que Shenton tinha algo específico em mente.

Observando aquelas mulheres em suas casas, Toby ficava excitado, elétrico no banco do passageiro, mas Noah nunca havia o questionado, até que, um dia, Toby apontou para uma jovem mulher, voltando para casa da faculdade.

"É ela", disse ele. "Essa vai ser a sua primeira."

Noah havia olhado para Toby com descrença. "Eu não sou virgem", retrucou, "você sabe disso", e Toby riu de sua ingenuidade.

"Primeira morte, seu babaca", respondeu ele.

Os dois esperaram até o momento certo, então arrastaram a garota, que se debatia, para o carro. Shenton havia sorrido enquanto a subjugavam a pancadas, amarrando-a rapidamente, depois a levando para fora da cidade. Pararam o carro no meio do nada e Noah ficou olhando, recostado contra a porta do veículo, a bile subindo à garganta, enquanto Shenton arrancava as roupas dela, então a estuprava, seu rabo branco dando fortes estocadas contra o corpo delicado da garota. Toby não demonstrou hesitação alguma ante os gritos dela. Nenhuma consciência. Apenas o mesmo riso largo e insano, o rubor excitado de suas faces. O sangue em suas mãos, em seu rosto.

E, depois que terminou, ele deu as costas para o corpo maltratado da mulher e disse a Noah: "Sua vez".

Noah só conseguiu balançar a cabeça, e os lábios de Toby se crisparam. Então, ele estendeu a mão e desferiu um forte tapa no rosto de Noah. "Não vá me decepcionar, seu putinho. Pelo menos, mate essa piranha imunda."

E assim ele o fez. Com o rosto ardendo, temendo a rejeição de Toby, Noah a estrangulou, apertando a amarra com força até que a garota ficou azul e imóvel. Em seguida, vomitou no assoalho do carro.

Toby não o levou mais com ele.

Deakin foi transferido para o Departamento de Investigações Criminais. Ele tentou se afastar, mas sabia que os assassinatos continuavam. Ele sentia a culpa. Não conseguia suportar a dor. Sentia-se nauseado o tempo todo. Não conseguia dormir, e, quando conseguia, vinham os pesadelos.

E ele conheceu Karen.

Ela era tudo. Era sua chefe, mas era mais do que isso: era sua amiga, a pessoa em quem confiava. Karen o havia recebido em seu lar, e, pela primeira vez na vida, Noah tinha uma família. Quase conseguiu se esquecer de Shenton. Até que, certa noite, ele apareceu em sua casa.

"Venha comigo", dissera Toby. A arma em sua mão brilhava sob a luz do luar, e havia algo em sua voz do qual Noah não ousou discordar.

Seguiram de carro até uma casa e estacionaram diante dela. Já passava bastante da meia-noite; as ruas estavam tranquilas. Os dois se esgueiraram até uma janela lateral que Shenton abriu à força, e ambos entraram em um banheiro.

"Espere aqui", havia sussurrado Shenton, em seguida cobriu o rosto com uma máscara de esqui.

Na sequência, ele ouviu os gritos. Uma voz masculina berrando, raivosa. Uma mulher, suplicante e frenética. Noah cobriu os ouvidos com as mãos, tentando bloquear aquilo, mas de nada adiantou. Parte dele queria ir embora, a outra sabia que devia intervir. Deter Shenton, fazer alguma coisa. Qualquer coisa. Pelo amor de Deus, ele era um policial. *Policial*. Mas o antigo medo daquela primeira morte o manteve paralisado no lugar. Não quis ver o que Shenton estava fazendo.

Depois do que pareceram horas, a porta do banheiro se abriu e Noah se sobressaltou. Shenton ficou ali parado, comendo um sanduíche calmamente. Na outra mão, ele segurava uma câmara polaroide barata, de plástico.

"Tenho um presente para você", dissera ele, com tanta casualidade quanto se tivessem saído para beber em um bar. Toby pôs o sanduíche na boca e deu mais uma mordida. Mastigou, observando Noah, gostando de fazê-lo esperar. Ele engoliu. "Venha comigo."

A casa agora estava em silêncio; o coração de Noah martelava no peito enquanto os dois caminhavam, atravessando o corredor, passando por uma porta aberta, indo para a sala de estar.

A luz era tênue. A televisão estava ligada, no mudo, uma toalha jogada sobre a tela de modo que apenas um brilho baço iluminasse a sala. Estava uma bagunça. A mobília havia sido revirada, papéis jogados por todo lado, cacos de vidro de um armário quebrado espalhados pelo chão. Pedaços de algo marrom cobriam o carpete, e Deakin, entorpecido, pegou um deles, rolando-o na palma da mão. Casca de árvore.

No centro de tudo aquilo, uma mulher estava caída de bruços, seminua, as mãos amarradas atrás de si, o cabelo repousando sobre o rosto.

"Não vou..." Noah havia tentado falar, mas as palavras saíram finas e fracas. Shenton apenas pôs um dedo sobre os lábios, dizendo-lhe que ficasse calado.

Ele levou Noah para longe da mulher, na direção do quarto. Em seguida, abriu a porta, apontando na direção do homem no chão.

O sujeito estava amarrado, respirando com esforço pelo nariz, com uma mordaça na boca e uma venda nos olhos. O homem tinha ouvido a porta se abrir e tinha se virado, o máximo que podia, lutando inutilmente contra a corda.

Noah arfou, e Shenton o puxou para longe.

"O que você fez?", sibilou Noah, do lado de fora do quarto. "Aquele é Nate Griffin. Você ficou louco?"

Ele olhou outra vez, freneticamente, para a porta fechada, então para a mulher no chão da sala de estar. "Aquela... aquela é Mia?"

"Era", respondera Shenton com um risinho breve.

"Você é maluco", tinha conseguido dizer Noah, antes de sentir a dor em seu estômago. Ele se dobrou, sem ar em resposta ao golpe, olhando para cima em choque. O comportamento de Shenton havia mudado por completo. O rosto estava contorcido de raiva, os punhos cerrados nos flancos.

"Acha que eu não notei?", escarnecera Shenton. "A sua quedinha por nossa grande inspetora Elliott? Eu vi você a seguindo por aí, com os olhos grudados nela feito um cachorrinho caído de amores. O jeito que tratam você me dá nojo."

Noah tinha tomado fôlego profundamente, com os olhos ainda lacrimejando por causa do soco.

"Escuto quando eles riem pelas suas costas, Elliott e Griffin. Chamando você de patético, dizendo o quanto você é inútil para a equipe." Noah havia balançado a cabeça, em silêncio. "Pode acreditar, Noah. Eles acham que você não é nada. Nada!" Shenton tinha continuado a falar, envenenando sua mente. As mesmas palavras que ele tinha ouvido a vida inteira. Insignificante. Nada. Inútil. Desperdício de espaço. Esquecido. E ele tinha sentido a raiva crescer. Tensionando seus músculos, o sangue correndo por suas orelhas. A raiva inútil e sem sentido.

Até que Shenton colocou o pedaço de madeira em sua mão e o empurrou de volta para o quarto. E Noah canalizou 36 anos de impotência, fúria e solidão em Nate Griffin, sentindo o sangue quente atingir seu rosto, ouvindo os ossos se quebrarem, até que, por fim, o homem estava inconsciente no chão, e Noah não conseguia parar de soluçar, a tora tendo caído de suas mãos.

Tinha ouvido Shenton entrar no quarto às suas costas. Noah tinha assistido a ele cutucar o corpo sem vida de Griffin, apaticamente, com o pé.

"Ela agora nunca vai amar você", dissera Shenton com um suspiro teatral, e Noah tinha sentido o pavor, o horror do que tinha feito. Toby tinha razão. Qualquer esperança que pudesse ter tido com Karen não existia mais.

Ele soube, naquele momento, que sua vida tinha acabado. E odiou Toby Shenton.

• • •

Shenton tamborila os dedos na mesa da sala de interrogatório. Deakin o olha feio; mal aguenta estar na mesma sala que ele.

"Eu confessei", sibila Noah. "Esse foi o combinado."

"E foi uma boa confissão, também. Crível — de que tudo o que um babaca inútil feito você quer é ser conhecido por criar algo brilhante. Mas nós não terminamos, não é? Era o meu dia." Noah pode ver o ódio crescendo por trás dos olhos dele, os sinais reveladores de Shenton perdendo o controle costumeiro. "Minha mãe me abandonou quando eu tinha 3 anos", vocifera ele. "No dia primeiro de fevereiro de 1990." Ele cutuca Deakin com cada palavra, seu longo dedo delgado no rosto dele. "Ela me deixou com aqueles desgraçados", continua Shenton, de rosto vermelho. "E essa deveria ter sido minha obra-prima, Noah. Para celebrar aquela vagabunda. Uma garota! Uma? Eu queria mais, aquela outra, pendurada lá no alto com ela."

Deakin sempre teve suposições quanto a alguma estranha motivação por trás do plano de Shenton. Sua especificidade com a data. "Você é muito clichê", rosna ele. "Culpando sua mãe ausente pelo fato de ser fodido da cabeça. Pelo menos assuma. Pelo menos aceite a responsabilidade pelo que fez. Você gosta disso, desgraçado. É por isso que você tortura. É por isso que você estupra."

Shenton bufa, caçoando de suas palavras, os lábios se curvando de desprezo. "Ninguém nasce mau, Noah. Já devia saber disso. Foi preciso a minha influência para levar você a matar. Fui eu quem persuadiu você a trepar com Jessica Ambrose no banheiro." Shenton sorri, recobrando o controle. "Você pode ter conseguido sua trepada com ela, mas eu queria a minha vez." O rosto de Shenton enrubesce de excitação diante da ideia. "Aposto que também teria sido bom com ela. Aposto que ela teria resistido."

Noah se lembra da sensação de vazio no estômago, fazendo a proposta àquela mulher nos portões da escola, rodeado por todas aquelas crianças. "Eu não queria transar com ela", murmura, em resposta.

"Mas transou, Noah. Você transou." Shenton estende a mão para a frente, dando tapinhas gentis e condescendentes na face de Deakin com a palma da mão. "E sexo consensual nunca foi a minha. Nós precisávamos de uma vantagem, algo para mexer com ela e com seu adorável amigo doutor. Não que a ameaça de uma morte feia e violenta não fosse suficiente." Toby ri. "Além disso, eu precisava de tempo para a preparação. Tinha uma noite agitada pela frente. Uma casa para incendiar, pessoas para matar." Ele diz isso friamente, e Noah se lembra das cabeças cortadas na cena de Kemper, a mulher assassinada, o bebê no ventre dela.

Havia feito o que Shenton pediu: deixado seu carro na Floresta de Cranbourne naquela noite de segunda-feira, e depois voltado para casa andando por mais de quinze quilômetros. Odiando-se por aquilo, mas temendo as consequências se recusasse. A mesma coisa na sexta-feira, estando ausente enquanto Karen descobria o apartamento 214 com Griffin.

"Eu queria ver por quanto tempo ela ficaria viva", continua Shenton, com a voz agora mais estável. "Prolongar a morte, me divertir de verdade. Ver o quanto eu conseguia decepar antes de ela morrer. E aí, Elliott nos achou." Toby deixa escapar um suspiro decepcionado. "Você não teve colhões, seu nervosinho de merda. Poderia ter sido brilhante."

Shenton se inclina para a frente, de modo que seu rosto fica a meros centímetros do de Noah. Deakin consegue sentir o odor azedo do café rançoso. "Ela não acredita em você."

"E daí? O que eu posso fazer quanto a isso?", grunhe Deakin.

Toby sorri, um olhar malicioso de triunfo. "Termine o serviço que começou", prossegue ele, com suavidade. "Se mate."

As palavras pairam na sala, sépticas e podres.

"Eles então vão dar um fim a tudo", continua Shenton. "Vão encerrar o caso. Com uma confissão e um assassino morto, não vão procurar por mais ninguém."

Mas Noah não é mais o mesmo homem que era na época. Os últimos anos cobraram seu preço, mas ele está pronto para a prisão. Muito embora seja policial, cacete, aquilo vai ser uma colônia de férias comparado a isto. Ele conheceu Shenton. Não há ninguém pior que ele por trás das grades.

Shenton vê a relutância de Noah e se recosta na cadeira, cruzando os braços sobre o peito. "Eu falei sério quanto ao que eu faria, aqueles meses atrás. Ou acha que não vou fazer?"

Noah sente o sangue sumir de seu rosto. A única ficha de barganha que Shenton tinha, usada quando ele sentiu o domínio sobre Noah se afrouxar.

Karen.

"Eu vou matá-la."

"Deixe ela em paz."

Deakin se sente fraco. Ele se lembra da visão daquela garota pendurada na mata, mal conseguindo manter a farsa quando se deu conta do que Shenton havia feito. E quando Karen apareceu? Ele soube o que Toby faria. Soube que o sujeito a mataria.

Noah faria qualquer coisa para protegê-la.

Shenton sorri. "É quase tocante, seu amor por aquela vadia." Ele ri. "Você confessou mais de trinta homicídios só para eu não tocar em um fio de cabelo daquela cabecinha linda. Mas o que faz você pensar que vou manter minha parte do acordo? Ainda mais se ela continuar pensando que você é inocente." Toby se detém, seus olhos semicerrados encarando Noah.

"Você é só um puta de um doente, não é?", grunhe Deakin.

Shenton ri. "Acho que sim. Mas dá para me culpar? Nem todos têm as ausências que você desfrutou, Noah, com um pai desaparecido e uma mãe morta por overdose. Eu tive um pai e um tio, claro, mas quando terminavam de me usar como brinquedinho particular, me davam uma puta de uma surra e riam enquanto eu chorava. É de se admirar que a minha diversão seja diferente?" Ele vê Noah fuzilá-lo com o olhar, e sua expressão espelha a repulsa dele. "Não venha fingir que você é diferente, Deakin."

"Eu sou", rosna Noah. "Eu nunca poderia fazer o que você fez com Lauren. Eu não poderia ter estuprado Mia. Ou aquelas outras mulheres."

"Mas deu uma surra do caralho em Griffin! Eu vi você, Noah! Eu vi você dar um golpe atrás do outro com aquele pedaço de pau. Vai me dizer que não gostou daquilo, nem um pouquinho só?"

Noah meneia a cabeça, encarando a mesa. Ele sabe que o que fez foi errado. Mas o que fez — matar aquela garota, espancar Griffin — não foi nada se comparado a Shenton. Não pode deixar Toby escapar livre, não pode.

"Você sabe do que sou capaz, Noah. Você sabe o que eu faria com Karen. Se você se matar, o caso é encerrado. Você consegue seu final. Eu consigo o meu."

Deakin sente o pânico crescer, o coração começando a acelerar. Ele sente as paredes se fechando.

"Sei até como vou fazer." Shenton se recosta na cadeira. Cutuca uma das unhas, despreocupado. "A rua Cromwell, número 25, diz alguma coisa a você?"

A cabeça de Noah se ergue de pronto.

"Você sabe o que Fred West fez com Linda Gough, *Deaks*?", questiona Shenton, com desdém.

"Cale a boca", sussurra Noah.

"Ele a amarrou. A pendurou nos buracos de madeira que abriu no teto de seu porão."

"Cale a boca, Shenton..."

"Amarrou quase a mandíbula toda com fita adesiva, para ela não gritar..."

"Cale a boca." Noah fecha os olhos, coloca as mãos sobre os ouvidos. Não consegue deixar de imaginar Karen. Ele vê seus olhos, seu corpo, seu sangue.

Shenton se inclina para a frente, pondo o rosto junto ao de Noah. "Cortou os dedos dela, das mãos e dos pés, enquanto ela ainda estava viva. Ele a estuprou, a espancou, a estrangulou..."

"Cale a boca cale a boca cale a boca", berra Noah, empurrando Shenton para longe, com raiva.

Toby ri. "E eu sei o que você está pensando", diz ele.

Noah o fuzila com os olhos. "O quê?"

"Que você poderia contar à sua amada Karen tudo sobre mim. Que ela vai me prender, e, então, tudo vai ficar bem. Mas não vai dar certo, Noah." Ele faz uma pausa, recostando-se na cadeira. "Você conhece minha facilidade para fazer *amigos*. E eles não vão faltar na prisão." Shenton tamborila os dedos na mesa, indolente. "Talvez eu não pare em Karen. Talvez eu faça um dos meus novos amigos tentar a sorte com aqueles filhos adoráveis dela. Não é minha tara, mas tem homens que acham um barato foder com crianças."

Noah se sente nauseado. Ele sabe que Shenton tem razão. Sente o arrepio do suor se derramando lentamente em sua espinha.

"Como?", pergunta Noah em voz baixa.

"Se enforque com os lençóis da cama, como Shipman; irrite alguém e acabe esfaqueado, como Dahmer. Pode escolher. Não estou nem aí, Noah. Só faça. E seja rápido. Vou estar de olho." Shenton se levanta. "Você é meu, seu merdinha patético. Nunca se esqueça disso."

Shenton sai, fechando a porta atrás de si.

O corpo inteiro de Noah começa a tremer. Seu estômago revira e ele vomita no chão da sala de interrogatórios.

Sabe o quanto Shenton é perigoso. Viu a mulher torturada, eletrocutada no fundo do poço. Lauren, pendurada naquela árvore. Viu Libby morta. Escutou Toby enquanto ele estuprava Mia, gritando para que alguém a socorresse. E Noah não fez nada.

Mas não vai deixar isso acontecer com Karen.

Shenton tinha razão; o poder pertence a ele. Desde aquele dia, na floresta, desde aquela primeira morte. Sua vida estava nas mãos de Shenton. Seu destino é claro.

Noah se levanta, batendo na porta da sala de interrogatório. Repetidamente, até os punhos estarem em carne viva.

"Me tirem daqui", berra ele. "Me levem de volta à minha cela. Me levem agora."

Ele começa a chorar, desabando no canto da sala de interrogatórios, os joelhos junto ao peito, os punhos cerrados, os braços cobrindo o rosto. Shenton entra na sala outra vez, com Karen, hesitante, atrás dele.

Shenton olha para baixo, então se agacha ao lado de Noah.

"Não se preocupe", diz o detetive Toby Shenton com um sorriso. Ele põe a mão no ombro de Noah e o aperta, com firmeza. "Tudo vai acabar logo, Deakin. Tudo vai acabar logo."

AGRADECIMENTOS

Este livro é dedicado a Ed Wilson, agente que não perde para nenhum outro. Ed acreditou neste conceito desde o princípio, encorajando-me a escrever mais — e coisas mais sombrias. Não sei se isto é uma dedicatória ou uma atribuição de culpa, mas, sem ele, este livro não seria o que é hoje. Obrigada também a Hélène Butler e ao resto da equipe da Johnson e Alcock, e a Genevieve Lowles, pelo seu trabalho prévio na primeira versão.

Um enorme obrigado à minha editora Kathryn Cheshire, da HarperCollins, por adotarem este livro insano e por amarem Griffin, Deakin e Elliott tanto quanto eu. Obrigada a Charlotte Webb pelos olhos de águia na preparação de texto, e ao resto da equipe da HarperCollins.

Como sempre, obrigada ao dr. Matt Evans. Seu comprometimento para garantir que eu matasse pessoas do jeito "correto" é sempre certeiro, e ele teve um trabalhão com este daqui.

Obrigada a Dan Roberts, meu policial favorito. Pessoa singularmente responsável pelo agravamento de meu linguajar chulo; de uma paciência impossível diante de minhas perguntas sem fim.

A Stephanie Fox, perita especialista em respingos de sangue da vida real, muito obrigada.

Aos outros brilhantes especialistas — Charlie Roberts, Laura Stevenson, Susan Scarr, Meenal Gandhi, Jas Sohal, AR, GC, Sue B, dr. SB e KG —, muito obrigada. Todos os erros, deliberados ou de outra ordem, são meus, e somente meus.

Nomes foram roubados dos incomparáveis Charlotte Griffin, Tom Deakin, Anne Roberts e Toby Spanton. Dada a natureza do livro, e dados os inefáveis atos e últimos locais de descanso de alguns de seus xarás, obrigada por concordarem com meu roubo.

Por último, mas não menos importante, a Chris e Ben, obrigada, do fundo do meu coração.

Case No. #04
Type 3ª temporada
Description of evidence coles

Quem é ELA?

SAM HOLLAND sempre foi fascinada pelo obscuro e pelo macabro e teve seu amor pela leitura forjado na biblioteca, por meio de Stephen King, Dean Koontz e James Herbert. Nerd confessa de assuntos relacionados a assassinos em série, Holland estudou psicologia na universidade, então passou os anos seguintes trabalhando com recursos humanos, antes de deixar o ramo para buscar uma carreira como escritora em tempo integral. *O Colecionador de Monstros* chocou e cativou leitores e críticos com sua sinistra descrição de uma série de crimes que copia assassinos famosos do passado na vida real. Sam Holland pode ser encontrada no Instagram como @samhollandbooks.

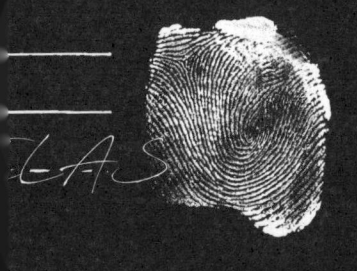

E.L.A.S

QUEM GOSTOU DE
O COLECIONADOR DE MONSTROS
TAMBÉM VAI GOSTAR DE:

Suspense psicológico literário e inovador, que desconstrói a narrativa clássica de serial killers

Explora o trauma, o luto e a complexidade emocional com empatia e profundidade

Narrativa em múltiplas vozes femininas

Discussão sensível sobre pena de morte, justiça e cultura do espetáculo

Para leitores de A Sangue Frio e O Veredicto

"Um romance instigante e inteligente."
Paula Hawkins, autora de A GAROTA NO TREM

Danya Kukafka
Anatomia de uma execução

DARKSIDE

DANYA KUKAFKA
ANATOMIA DE UMA EXECUÇÃO

Uma reflexão sobre a estranha obsessão cultural por histórias de crimes reais e uma sociedade que cultua e reproduz essa violência.

"Um romance instigante e inteligente, que emociona e comove."
PAULA HAWKINS, autora de *A Garota no Trem*

E.L.A.S ESPECIALISTAS LITERÁRIAS NA ANATOMIA DO SUSPENSE **EVIDENCE** TO BE OPENED BY AUTHORIZED PERSONNEL ONLY ESPECIALISTAS LITERÁRIAS NA ANATOMIA DO SUSPENSE **EVIDENCE**

3ª temporada
E.L.A.S EM EVIDÊNCIA.

Narrativa dupla, alternando pontos de vista de um detetive e uma repórter

Um suspense psicológico visceral e muito perturbador

Trama cheia de reviravoltas, mentiras e jogos de confiança

Tensão emocional e moral desde a primeira página

Thriller sombrio da mesma autora de Pedra Papel Tesoura

DELE & DELA
ALICE FEENEY
DARKSIDE

"Uma leitura diabolicamente planejada e deliciosamente sombria."
— Lucy Foley, autora de *A ÚLTIMA FESTA*

2

**ALICE FEENEY
DELE & DELA**

Uma pequena cidade. Um crime brutal. Uma repórter e um detetive. Seus segredos e mentiras podem salvá-los ou condená-los. Em breve uma série da Netflix.

"Deliciosamente sombrio [...] fará com que os leitores devorem suas páginas."
MARY KUBICA, autora de *A Garota Perfeita*

Capture o QRcode e descubra.

Conheça agora todos os títulos do projeto especial **E.L.A.S — Especialistas Literárias na Anatomia do Suspense**, que integra a marca Crime Scene® Fiction, da DarkSide® Books, para apresentar uma seleção criteriosa das mais criativas e inovadoras autoras contemporâneas do suspense mundial.

CRIME SCENE® FICTION

DARKSIDEBOOKS.COM